Hugo Loetscher

War meine Zeit meine Zeit

Diogenes

Umschlagillustration: Max Gubler,
›Die Brücke‹, 1946 (Ausschnitt)

*Der Autor dankt der Pro Helvetia
für die Gewährung eines Werkjahres*

www.diogenes.ch
40/09/8/2
ISBN 978 3 257 06716 3

Wie alle bin ich ungefragt auf die Welt gekommen. Ich gehöre zu denen, die versuchten, daraus etwas zu machen.

Unter den ersten Dingen, die mir zufielen, war eine Stadt. Diese lag an einem See, der Absicht nach lieblich und gelegentlich besungen, eingebettet zwischen Hügel und föhnverwöhnt, an den Hängen Wein, der bis zu brauchbarer Süße wächst.

Berühmt ist der Abfluss, die Limmat. An ihr war die Stadt gegründet worden. Sie fließt den Altstadtvierteln entlang, gesäumt von Kirchen, Zunfthäusern und dem Rathaus. An ihren Quais hatten einst Schiffe angelegt, waren Märkte abgehalten worden, woran ein Weinplatz oder die Gemüsebrücke erinnern. Vorbei an den steilen Mauerresten eines römischen Kastells und einer mittelalterlichen Pfalz.

Doch es gibt einen anderen Fluss, einen minderen, wilder und mit verbauten Ufern.

Jenseits dieses Flusses war einst eingerichtet und angelegt worden, was nicht ins puritanische Bild der Stadt gepasst hatte: Das Siechenhaus, der katholische Friedhof, der Schlachthof oder die Hinrichtungsstätte. Hier lebten von jeher Kleinbürger und Proleten. Was von der Stadt aus gesehen jenseits lag, war ein Diesseits für diejenigen, die hier wohnten. Hier wuchs ich auf, einer, der versuchte, aus dem Ungefragten etwas zu machen.

Als Kind kletterte ich zum minderen Fluss hinunter, mich an den Sträuchern der Böschung absichernd, ermahnt von der Großmutter, nicht zu ertrinken. Doch tief war das Wasser nicht. Natürlich hüpfte ich von Stein zu Stein, zog manch vollen Schuh heraus, stand knietief im Fluss, als könnte man mit Beinen den Lauf sperren.

Viel später vernahm ich als Schüler von einer andern Art Fluss, von der Lethe. Aus diesem griechischen Fluss tranken die Toten, um zu vergessen, was hinter ihnen lag. Außer den chinesischen Toten, die tranken, um nicht Altlasten aus dem früheren Leben ins neue mitzuschleppen, einen Tee.

Ich erfuhr, dass nicht nur leben, auch tot sein kostet. Die Zulassung ins Totenreich ist nicht gratis. Ich hatte ein Sparschwein angelegt. Aber ich schlug es auf, bevor es galt, die Münzen für die Überfahrt in die Unterwelt zu entrichten. Das Geld kriegte nicht ein Fährmann, sondern eine Kioskfrau, für Heftchen, die nicht für Jugendliche bestimmt waren.

War der Fluss meiner Kindheit nicht auch ein Fluss des Vergessens? Die Sihl bildete einen Stausee. Der war noch kein Jahr alt, als ich mit Mitschülern an einem schulfreien Nachmittag mit dem Rad zur Staumauer fuhr. Wir hatten sie uns imposanter und länger vorgestellt, den ausgedehnten Stausee vor Augen. Als wir uns auf der Staumauerbrücke talseitig über die Brüstung lehnten, bis uns der Höhensturz der Mauer schwindeln ließ, redete uns einer an, nicht viel älter als wir. Ein »Umgesiedelter«, wie er sagte; er zeigte auf eine Stelle weit oben im See, dort sei er geboren worden, die

Stelle war kaum auszumachen: »Hinter dem Kahn, darunter, dort lag mein Schulweg«, sein Vater sei Torfstecher gewesen, er selber habe als Kleiner mitgeholfen, Soden zu trocknen; bevor die Flut kam, hätten Armeeflugzeuge zur Übung bombardiert, auch, was einst ihr Haus gewesen sei. Der Großvater habe aus den Trümmern einen Bilderrahmen gerettet.

War das nicht ein See des Vergessens? Überflutet Wiese und Weide, Kartoffelacker, Pflanzland und Moor. Verstummt, was die Gehöfte und ihre Wände einst vernommen. Türen, durch die nun Fische schwammen. Über dem Kreuz der Wegkapelle ein Anglerhaken. Ersoffen Stall und Scheune. Brunnen und Brunnenstuben ertrunken.

Ob das, was nach Unwettern im Sihl-Wasser trieb, versuchte, dem Vergessen zu entkommen? Nicht nur abgebrochene Äste, die an Gärten und Wälder von weiter oben erinnerten. Die Schuhschachtel, wieso war sie verschnürt? Und der Mantel, wen hatte er gewärmt? Ob der Hund, an dessen Halsband noch die Leine hing, auf jemand hoffte, dem er erzählen konnte, wie er ertränkt worden war? Bevor der Kadaver zu reden beginnen konnte, riss er sich los vom Stein, an dem er hängengeblieben war.

Als ich eines Tages dem Flussgott begegnete, der in Rom auf der Piazza Navona einen Brunnen in vier Ströme aufteilt, habe ich mich gefragt, wie wohl der Sihl-Gott ausschaut. Sicher nicht ein Poseidon, von Nymphen verwöhnt, nicht ein Herrscher über die Meere, kein Triton, der Seepferdchen meistert und auf Muscheln bläst – eher ein Bub, wie ich, der an etwas herumbastelt.

Eines Nachmittags hatte ich ein Holzscheit aus der Sihl

gefischt. Ich wunderte mich, dass ein Stück Brennholz im Wasser trieb. Ich hatte den Fund hinter einer Betonröhre versteckt. Als das Holz trocken war, schnitzte ich daran, zunächst ohne Absicht, doch dann formte ich einen Bug, und als das Holz noch die Form eines Rumpfes erhielt, ritzte ich den ersten Buchstaben meines Vornamens ein, bohrte ein Loch, steckte als Mast ein Streichholz hinein, ein kürzeres, um den Mast zu befestigen, und schickte das segellose Schiffchen auf große Fahrt, nicht wissend, wohin, und rief ihm einen Gruß nach, nicht wissend, an wen. Ein Bote, der annoncierte: Einer kommt nach.

Aufregend nur schon war, dazuhocken und sich dem Vorbeifließen hinzugeben, dem Glucksen, Raunen und Flüstern zuzuhören, zuweilen mit geschlossenen Augen, damit, was zu sehen war, nicht das, was zu hören war, störte. Gespannt, ob einem eine Welle anvertraut, wie das ist, wenn sie an einem Stein aufschlägt.

Und dann wiederum mit offenen Augen staunen, wie der Fluss bei Sturmwetter anschwoll, wie Wasser sich grau verfärbte und am Ende schwarz wurde wie die Wolken, das Gesicht dem Wind entgegenstrecken, der in die Wellen peitschte, dass es schäumte und spritzte. Und gar die Momente, wenn oben neben der Quaimauer die Linden blühten; da verströmte der Fluss ein Parfum wie der Lindenblütentee, mit dem die Großmutter Fieber heilte.

Wasser, das war Land mit Füßen. Und ich sinnierte darüber, wohin die Wellenfüße den Fluss tragen. Er, der selber den Schanzengraben, einen Nebenabfluss des Sees, schluckte, wurde von einem anderen geschluckt, der in einen größeren mündete, der seinerseits Zuträger wurde – was, wenn am Ende weltweit jeder Fluss von einem anderen aufgenommen wird und jeder Fluss zum Nebenfluss wird.

Gerne suchte ich die Stelle hinter dem Bahnhof auf, der zum Teil auf Brückenpfeilern ruhte und unter dem die Sihl durchfloss. Es gab Momente, da hätte ich es der Sihl gegönnt, wenn sie den Zug genommen hätte und ans Meer gefahren wäre, vielleicht erster Klasse.

Doch zu meinem Glück floss die Sihl unter den Bahngeleisen durch. Und hinter dem Bahnhof die Stelle, wo sie sich mit dem anderen Fluss verband, dem berühmteren. Ein kurzes Stück weit flossen die beiden nebeneinander, das saubere Wasser der Limmat und das verschmutzte der Sihl, bis der bürgerliche Fluss den Proleten schluckte.

Jahrzehnte später brachte mich ein Boot an die Urwaldstelle, wo der Rio Madeira in den Amazonas mündet. Nur, dass es diesmal der Nebenfluss war, der sauber-frisches Wasser führte; der Hauptstrom hingegen war verschmutzt von aufgewühltem Schlamm. Kaum Gefälle, ein träges Geschiebe, kilometerweit nebeneinander herfließend, bis das trübe Wasser über das saubere siegte. Seither frage ich mich, ob die Sihl ein kleiner Amazonas ist und der Amazonas eine große Sihl.

Sind nicht alle Flüsse der Kindheit am Ende ein Wassersystem? Gespeist von unzähligen Nebenflüssen. Quelle und Brackwasser, abgebrochene Ufer, Quai-Anlagen und erhoffte Brücken, Inseln, die untergingen, seichtes Gewässer neben Abgrundtiefe, sich in Sumpf verlierend, nie benutzte Anlegeposten, Laichplätze neben Reusen, vielleicht quakt noch einer der Frösche, die wir nicht gefangen haben, und am Himmel der verlorene Schrei eines Wasservogels.

Der Amazonas brachte mir bei, dass man sich einem Fluss nicht nur von den Ufern her nähert: unter mir eine silbrige Linie, Schleifen, die keinen Horizont respektieren, flugstundenweit Mäander, ausgreifend und schlängelnd, die sich gegen unbegrenztes Grün behaupten.

Es war das erste Mal, dass mich Monotonie faszinierte. Nach der Landung auf der Erdpiste machte ich mich daran, den Spielarten der Eintönigkeit nachzuspüren, der nie ausgeschöpften Wiederholung im mehrstöckig verhangenen Regenwald: wo Palme nicht Palme war und Liane nicht Liane, genauso wie der Affe, der schrie, nicht der Affe war, der eben mit seinem Greifschwanz von Ast zu Ast hüpfte, und Schmetterlinge kaum von den Blüten zu unterscheiden, die der Wind verstreute – am selben Ast Blüte und Frucht.

Ich hatte begriffen, dass ich einem Fluss nicht nur vom Ufer her beikomme, sondern auch aus der Luft. Erst so erlange ich Anschauung über den Lauf seiner Biographie.

So hielt ich doppelt neugierig Ausschau, als die Maschine die Flughöhe erreicht hatte; irgendwann musste der Nil auftauchen. Bis ich merkte, dass wir längst darüberflogen. Richtung Quellen, den Katarakten entgegen, gen Afrika, wohin mit den Giraffen und Leoparden die Nilpferde abgewandert sind.

Das also war Ägypten. Zwischen zwei Wüsten ein Strich von einem Land, das überschwemmt werden konnte und das ein Volk und eine Kultur mit seinem Schlamm ernährte, aus dem auch die Ziegel für die Fellachenbehausungen verfertigt werden.

Dreifach war die Bekanntschaft. Vorerst der Götterblick

von oben. Als die Geier im Morgenlicht ihre Schwingen ausspannten, meinte der Sonnenbrillenverkäufer: Sie beten.

Und dann das Schiff. Über den Wasserstand sinnieren, welcher Pegel Hunger und welcher Pegel Überfluss verheißt. Zuschauen, wie für die Felder Wasser gewonnen wird, ob dank eines Zahnrads, das von Zugtieren bewegt wird, ob mittels einer Schraube oder eines Schöpfrads.

Danach an jedem Anlegeplatz an Land gehen. Nicht bloß wegen der Tempel, der Grabkammern und Felsgräber, sondern zu Fuß oder per Bus, per Sammeltaxi oder Mietesel erfahren, wie bald hinter dem Grün der Felder und hinter den Dattelpalmen, wie bald nach Zuckerrohr und Baumwolle der Sand beginnt, gelb und rot. Eben noch Rinder, die die Pflugschar zogen, und schon Kamele, die in die Dünen und zu Oasen aufbrechen, ein Fuß im Ackerland und ein Fuß im Sand, einer im Heute und einer in der Ewigkeit.

Dieser Nil war nicht ein Fluss, der mir zugefallen war. Er zählte zu denen, auf die ich im Lauf einer Lebenszeit gestoßen bin oder die ich aufgesucht habe. Ihre Bekanntschaft machte ich aus unterschiedlichen Gründen.

Nur schon deswegen, weil ich unzählige Namen von Flüssen auswendig lernte. Ich musste mich für den Geographieunterricht mit Antworten auf Fragen wappnen: Wie heißt der zweitlängste Fluss? Zeigen Sie ihn auf der Karte. Ich hatte auch einmal gewusst, an welcher Mündung sich der Weltausfuhrhafen für Muskatnuss befand, ohne zu wissen, wofür dieses Wissen gut sein soll; seither kein Kartoffelstock, ohne dass mich das Aroma daran erinnert, es gibt einen Weltausfuhrhafen für Muskatnuss.

Einen Anlass, einen Fluss kennenzulernen bot es, zwischen Buchdeckeln einem Plot zu folgen. Im Hinterland des Mississippi hatte ich Seite um Seite mit Tom Sawyer und Huckleberry Finn eine Hütte gebaut und einen entflohenen Sklaven versteckt. Als mich eine Reiseroute nach St. Louis verschlug, löste ich ein Ticket für eine Flussfahrt. In der Erinnerung ist geblieben, wie ich hinten über die Reling lehnte. Gischtbetäubt verfolgte ich, wie das Rad Wasser hochhievte. Schaufel um Schaufel und Episode um Episode, und wie das Rad die Geschichten in den Fluss zurückwarf, aus dem es sie geschöpft hatte.

Von der Wolga aber hatte ich nicht aus einem Buch erfahren, sondern dank einer Schallplatte. Eigentlich durfte ich mich als kleiner Junge nicht am Grammophon zu schaffen machen, obwohl ich kräftig genug war, es aufzuziehen. Ich war schuld, dass die Nadel quer durch die Lieblingsplatte meines Vaters einen Kratzer gerissen hatte. Auf dem Schutzumschlag waren die Wolgaschlepper abgebildet. Wenn ich etwas nie werden wollte, war es Wolgaschlepper.

Es war im reiferen Alter, als ich in Sankt Petersburg, das wieder Sankt Petersburg hieß, im Russischen Museum den Ikonen kaum Beachtung schenkte, an dem Engel mit dem goldenen Haar vorbeieilte, nur ein Ziel im Auge, den Saal, wo das Bild hing, das ich von einer Plattenhülle her kannte. Trotz aller Revolutionen schleppten die Männer noch immer, der vorderste fast auf den Knien, noch nicht zusammengebrochen, über der rechten Schulter das Seil, mit dem er am Lastkahn festgebunden war.

Als ich im Anschluss an den Sankt-Petersburger Aufenthalt die Möglichkeit hatte, nach Kasan zu fliegen, zögerte ich; als ich erfuhr, dass die Stadt an der Wolga liegt, sagte ich zu. Der Strom so breit wie in meiner Heimatstadt der See. Als Erstes begab ich mich nach der Ankunft an den Steg. Ich fuhr mit der Fähre ans andere Ufer, machte ein paar Schritte und musste gleich das Schiff zurück nehmen. Fast nur alte Frauen, die Taschen voll von dem, was sie aus ihren Schrebergärten geholt hatten, Kohl, Kartoffeln, Rüben, auch Blumensträucher. Nicht dank Schleppern hatte ich die Wolga kennengelernt, sondern dank Großmüttern, lauter Babuschkas, in Schals und Mäntel gehüllt, die Mützen tief im Gesicht, gewappnet für den Winter, der sich mit Gestöber in der Luft anmeldete und der den Fluss zum Gefrieren bringen wird.

Ich hörte von einem Fluss, den ich nie gesehen hatte, den ich aber gerne erlebt hätte. Auch Hadin hatte einen Kindheitsfluss, in Bosnien. In seinem Fluss hatten sich Kirchen und Moscheen gespiegelt – der Ruf des Muezzins neben dem Gebimmel orthodoxer Glocken. »Ich ein Bosniak«, lachte er auf, als sein Asylgesuch abgelehnt wurde. Er erzählte von seiner Brücke, die sei schon vor ihrer Vollendung ins Wasser gefallen, doch dann dank eines Mörtels aus Eiweiß, Honig und ungewaschener Schafswolle errichtet worden. Und nun war sie zusammengeschossen. Sein Nomadentraum galt einem Strom im Garten Eden, einem Ort der Kühle und des Schattens, der alles bietet, »was die Seele begehrt und für die Augen eine Wonne ist«, wie er gelernt hatte. Von dort werden sie ihn nie abschieben wie jetzt aus der Schweiz: Dort wird er auf brokatenen Teppichen ruhen, bedient von Paradiesjungfrauen, dort gibt es Quellen und Brunnen, dort gibt es Bäche, in denen Milch und geklärter

Honig fließt – soll er sich Dynamit umgürten und Unbeteiligte in den Tod mitreißen, sich als lebende Bombe in die Luft sprengen, um einen Weg ins Paradies zu erkämpfen, der gesäumt ist von Krankenhausbett und Grab?

Mit meinen alttestamentarischen Flüssen verhielt sich das anders. Pischon und Gihon, die schienen versiegt, nachdem das erste Menschenpaar uns das Paradies verscherzte. Jedenfalls hatte ich lange nichts von den beiden Flüssen gehört. Bis ich eines Tages einem Goldwäscher zusah, wie er, mitten im Fluss, mit seinem Sieb Kies und Sand schöpfte und darin wühlte, hoffend, so viel zu finden, dass es zu Zuckerrohrschnaps reicht, um über die nächste Runde zu kommen und um von neuem im seichten Flussbett ein Viereck mit Steinen abzustecken, sein Arbeitsgärtchen aus Wasser und Schlamm.

Dies in einem Fluss, von dem die Konquistadoren der Neuen Welt annahmen, er könne die Eroberer zum El Dorado führen, sofern sie sich bis zur Quelle durchkämpften. Nach der Schließung des Paradieses musste das Gold, das der Pihon einst im Garten Eden mitführte, irgendwohin weggeschwemmt worden sein, warum nicht in irdische Gewässer. Dass ich Goldwäscher in einer brasilianischen Provinz antraf, die Minas Gerais, »Allgemeine Minen«, hieß und wo eine Barockstadt sich nach dem »schwarzen Gold« Ouro Preto nannte, leuchtete mir ein. Dank der einstigen Funde hatten sie die Innenräume der Kirchen vergoldet, Decken wie Gestühl und Altar. Ob Märtyrer, Putten oder Karyatiden und Engel, sie alle waren mit Gold überzogen worden, auch das Passionskreuz erstrahlte mit seinem Leiden im Goldschmuck. Die ersten Zuwanderer hatten hier im *Interior* nur noch Gold gewaschen und nichts angepflanzt, so dass sie, die Taschen voll Gold, beinahe Hungers gestorben wären.

Doch erstaunt war ich, als mir einer erzählte, er habe in der luzernischen Innerschweiz ein Wochenende mit Goldwaschen verbracht. Der war nördlich des Polarkreises im finnischen Tankavaara Weltmeister im Goldwaschen geworden. Nun war er zur einheimischen Meisterschaft angetreten: aus dem zugeteilten Kübel in kürzester Zeit am meisten Goldflitter auszuwaschen. Dies in einer voralpinen Waldschlucht, hinten im Tal, wo Hexen hausen und es nicht mehr weitergeht.

In einer Region also, aus der einst mein Vater nach Zürich ausgewandert war, wo ich geboren wurde. Was, wenn er, statt zu emigrieren, Gold gewaschen hätte und ich als Sohn eines Goldwäschers auf die Welt gekommen wäre, der seiner Frau zur Hochzeit einen Korb goldener Klumpen überreicht, wenn's auch nur Seifengold ist. Und der mir als Erbstück eine Waschpfanne hinterlassen hätte. Man hätte von mir gesagt, ich sei mit einem goldenen Löffel auf die Welt gekommen.

Die beiden andern Paradiesflüsse, Euphrat und Tigris, entsprangen zu meiner Zeit längst nicht mehr im Garten Eden. Vor ihm wachte ein Erzengel, den Zugang zum Baum des ewigen Lebens versperrend. Die beiden Flüsse haben ihre irdischen Quellen in der Türkei gefunden. Es erging ihnen nach der Sündenfall-Umleitung wie dem Menschen, sie führen ein Dasein in Mühsal: werden gestaut, von Pumpen getrieben und in Kanäle gezwungen. Doch können sich die beiden am Ende vereinen und in einer Ebene der Bohrtürme ein Grün ermöglichen, das an die Üppigkeit ihrer biblischen Herkunft erinnert.

Wie es dem Menschen in seiner Mühsal ergehen kann, vernahm der Tigris, als er eines Tages beim Unterlauf an Basra vorbeifloss. Die von Kanälen durchzogene Stadt war dem Erdboden gleichgemacht, zerbombt, Kampfhubschrauber in der Luft, Detonationen von Mörsergranaten und hinter der nächsten Straßenecke ein Heckenschütze. Was war im Schweiß des Angesichts hier nicht alles möglich gewesen: eine Philosophenschule und die Produktion von Dattelwein, die Aufzucht von Pferden für die britische Kolonialarmee. Ebenso Dampfschiffstation wie Ausgangspunkt für Karawanen, ein Ort, an dem Sklaven einst einen Aufstand gewagt hatten. Ein Märchenschauplatz für Tausendundeine Nacht, wo ein Jüngling sich lieber als Dieb ausgab, als zuzugeben, er sei nachts ins Haus der Geliebten geschlichen, und wo die Wahrheit erst herauskam, als der Metzger bereits das Messer schliff, um dem Dieb die Hand abzuhacken. Wie sollte der Tigris einem Märchentag, der bös begann und gut endete, Beachtung schenken, wenn bei Sonnenuntergang Frauen und Kinder aus ihm gefischt werden, Leichen, wahrscheinlich von Geiseln.

Und unter den vielen Flüssen immer wieder die, die in irgendeiner Weise an den meiner Kindheit erinnerten – und sei es nur, weil die Sihl die Stadt von einem Außenviertel trennte, eine harmlose Grenze im Vergleich.

Der Mekong, Mae Khong, die Mutter der Wasser, das war ein Grenzfluss eigener Art. Da konnte man von einem Ufer auf das andere flüchten, von der Guerilla in ein Auffanglager mit Zehntausenden, die nicht mehr ans andere

Ufer zurückkehren mochten. Sie hofften, nicht länger *displaced persons* zu sein, sondern zu echten Flüchtlingen erklärt zu werden, was ihnen die Weiterreise in ein Drittland ermöglichte. Ich begegnete ihnen, wie sie beim Fotografen anstanden, für die Aufnahme einen Karton mit einer Nummer in der Hand.

Aber die Bergstämme, diesseits und jenseits, haben den Fluss nie als Grenze respektiert. Der Fluss hielt es gleich. Nicht nur weil darüber gestritten wird, ob der Fluss selber oder ein Nebenfluss die Grenze bilden soll. Kommissionen hatten die Grenze zwischen Laos und Thailand in der Flussmitte gezogen; doch der Fluss änderte stets seinen Lauf, erweiterte mit jeder Regenzeit sein Bett und legte sich neue Arme und Finger zu, unzählig die Rückstauseen vor dem Monsunregen. Es nützte nichts, als sie den Ufern entlang die Grenzlinien festlegten; der Fluss verschob die Ufer, brach auf beiden Seiten Land ab, gab welches frei und legte je nach Wasserstandslaune Inselchen bloß. Auf ihnen, ungeachtet der ideologischen Grenzposten, trafen sich die Anrainer beider Seiten zum Markt und zum Fest. Ein Grenzfluss, der das Grenz-Sein nicht akzeptierte. Bei unserer Bekanntschaft entdeckte ich in meinen Adern Mekongwasser; so koaguliert in den Bahnen mein Blut zu Niemandsinselchen für den kleinen Grenzverkehr meiner Widersprüche.

Nun sollte ich im Laufe eines Lebens auf ganz andere Grenzen stoßen. Nicht nur auf Flüsse, die keine Grenzen bilden, nicht nur an Grenzen, die kaum als solche zu erkennen waren. Bis zum Grenzenlosen stieß ich vor. Ich hatte dafür mein Zimmer nicht zu verlassen. Ich hatte lediglich dazuzulernen: *log-in,* speichern, *back-up, decoder, server* und vieles mehr. *Log-out.* Und ich, der ich einst an Fingern zählen lernte, rechnete *byte* in *bit* um. Ich, der einst übte, Buchstaben groß und klein zu schreiben, verfügte am Ende über ein Endlos-Alphabet.

Nach Jahrzehnten steht auf meinem Arbeitstisch ein Bildschirm, metallen eingerahmt, der sich an keine Grenzen hält – an mir und meiner zufälligen Herkunft gemessen von unerschöpflichen Möglichkeiten. Hab ich nicht einst gelernt, dass das Weltall endlich und unbegrenzt ist. Soll das auch für mein Weltall gelten, derart, dass mein Universum portabel ist.

WAS HABE ICH DENNOCH NICHT ALLES an Grenzflüssen kennengelernt, an veritablen.

Die Guadiana, das war kein Fluss, sondern eine Episode. Noch zu Salazars Diktatorzeit. Im Süden Portugals, in Vila Real de Santo António, an der spanischen Grenze. An dem Tag, an dem im Frühling nach dreimonatiger Unterbrechung der Sardinenfang wiederaufgenommen wird. Die portugiesischen Fischer, gewöhnlich im Dienst von Konservenfabriken, streikten. Das war trotz der brüchigen Diktatur gewagt. So saßen wir bei den aufgebockten Booten herum. Drüben aber, in Spanien, dort gingen sie auf Fang und hatten, wovon jeder Portugiese an einem solchen Tag träumt, frische Sardinen. Was, wenn wir jetzt um ein Feuer hockten und Sardinen brieten; etwas, das mich nicht besonders lockte; da man die kleinen Fische mitsamt den Gräten verspeiste, knackte es in den Zähnen. Ich fuhr dennoch mit der Fähre hinüber in die spanische Grenzstadt und deckte mich in Ayamonte mit einem Korb frischer Sardinen ein. Die portugiesischen Zöllner, die manches erlebt haben mochten, kamen aus dem Staunen und den Vermutungen nicht heraus und hätten am liebsten jedem Fisch ins Schmuggelmaul geschaut. Ich habe nicht Eulen nach Athen getragen, aber Sardinen nach Portugal.

Hingegen kümmerte es mich bei einem andern Fluss

nicht, was für eine Grenze er bildete, obgleich er dies tat wie kaum ein anderer. Die Fahrtrinne gewiss, eine, die sich verlagert und die versandet. Eine augenfällige Trennlinie. Westlich des Paraguay bewirtschaftetes Land, subtropischer Wald und Pampa, ein wasserreiches Hügelland. Vom Ostufer aus aber erstreckt sich eine kaum erschlossene Ebene, die die Palmen-Savanne ankündet, zur Regenzeit brackige Prärie, Dornbuschdickicht und Buschsteppe. Mitten unter gestapelten Tierhäuten ging mein Blick nach oben, zu einem Sternenzelt reinster Klarheit. Hier auf dem Wasserweg nach Concepción trübte kein irdisches Licht das Firmament, auch nicht der fade Strahl, mit dem die Scheinwerfer die Ufer ableuchteten. Ein mondloser Moment, um über die Sterblichkeit der Sterne nachzudenken, über die, die jung sterben und es nicht über fünfzig Millionen Jahre bringen, und über jene, die längst erloschen sind und von denen nur noch die Erinnerung leuchtet, wenn das einst ausgestrahlte Licht seine Bahn weiterzieht. Dank der ungebrochenen Klarheit waren die Sterne nicht nur zu sehen, sondern auch zu hören. Der keuchende Motor, die klirrenden Ketten, das Ächzen der Seile und das Plätschern vermochten nichts gegen die himmelhohe Stille. Da war in einem Sternhaufen das Flüstern der Plejaden zu vernehmen, der sieben Schwestern, die in Tauben verwandelt wurden, um Orion, dem Jäger, zu entkommen, noch immer erschrocken, dass nicht nur sie an den Himmel versetzt wurden, sondern auch ihr Verfolger. Im Nebel der Andromeda zeichnete sich der Felsen ab, an den die Königstochter wegen der Eitelkeit ihrer Mutter gefesselt worden war, und es tauchte ihr Retter auf, der das schlangenhaarige Schreckhaupt, das er der Meduse abgeschlagen hatte, nicht aus der Hand gab. Geschichten aus Gas und Staub. Das geflügelte Pferd begleitete mich zum Wendekreis des Steinbocks.

In einem Jugendlager hatte ich gelernt, wie man mit Hilfe des Großen Wagens die Nordrichtung bestimmt. Und nun der Südhimmel über mir, hell die vier Punkte vom Kreuz des Südens. Ich kam mir vor wie die Seefahrer, die als Erste den Äquator überquert hatten und sich mit unbekannten Sternformationen konfrontiert sahen. Für deren Benennung beriefen sie sich nicht auf irgendwelche antike Helden oder Götter, sie schufen aus Nächstliegendem Sternbilder: ob Kiel oder Segel, ob Zirkel, Winkelmaß oder Grabstichel, ob Pendeluhr oder Luftpumpe. Angesichts dieses Himmels die Gelegenheit, ein noch unbekanntes Zeichen zu erfinden, an dem ich mich für den Kurs meiner Navigation orientieren könnte: das Sternbild des Fragezeichens, das Große Fragezeichen und das Kleine. Ihr lateinischer Name: *adventura*, das, »was auf einen zukommen wird«. Ich dachte an das Kind, das einst die Kühe zeichnete, die auf der Milchstraße gemolken wurden.

Und andererseits – symbolträchtig war die Sihl schon gar nicht, wenn ich mich an einen Fluss wie den Maenam erinnere. Eine andere »Mutter aller Wasser«, Reisfelder nährend, selber malträtiert mit Abwässern, den Fischen zum schwimmenden Friedhof geworden. Auf diesem Fluss der Flüsse habe ich mich einmal Bangkok genähert, der Stadt der Engel, die schwer atmete unter der lastenden Decke der Vorregenzeit, verhangen vom Smog. An den Ufern Pfahlbauten, im Ohr das Tuckern von Booten und Rufe von badenden Kindern, in Sichtweite die Großhotels, Bürohäuser,

Wolkenkratzer, gegen die sich die Tempel mit den goldenen Dächern ihrer Chedis und Prangs zu behaupten suchten. Eine Bauruine, durch deren leere Fenster die Abendsonne schien. Im letzten Licht erglänzte der Tempel der Morgenröte mit seinen Fayencen, Muscheln und Porzellanscherben.

Das alles nimmt sich bedeutungsvoll aus, wenn nicht gar spektakulär neben meiner Sihl. Obgleich – als die alte Strafanstalt im Zürcher Stadtzentrum abgerissen wurde, so erinnerten sich die Eltern, holten die Buben von unserem Diesseits am Abbruchplatz Brennholz. Das missgönnten ihnen die richtigen Stadtbuben; so kam es wegen Brennholz an der Sihlbrücke zu einer Großprügelei, bei der sie mit Brettern und Stecken aufeinander losgingen. Ich konnte mir gut vorstellen, dass ich seinerzeit dabei gewesen wäre; schließlich wusste ich von unserem eigenen Haushalt, wie teuer Heizen mit Kohle und Koks war.

Selbstverständlich bin ich hingegen dabei gewesen, wenn wir unseren Hinterhof verteidigten. Immer wieder drangen Horden in unseren Hinterhof ein, obwohl sie einen eigenen hatten. Am besten war, schon im Durchgang mit Huronengebrüll auf sie loszudreschen. Unser Hinterhof, das waren Teppichklopfstangen, an denen wir und nur wir kletterten; an unseren Mülltonnen hatte kein Fremder was zu suchen; uns gehörten die wetterbeständigen Wäschedrähte, über die wir Tücher spannten, um eine Höhle zu bauen, einen Unterschlupf mit einer Matratze, auf die die Mädchen ihre Puppen betteten, obwohl überall die Federung heraussprang. Auch ich hatte vor unserer Hütte Wache gestanden, mit einer Fahrradhupe als Warnsignal.

Als ich, Jahrzehnte danach, bei einem Berlinbesuch um

die Blöcke zog, entdeckte ich auf der Straßenfassade eines Mietshauses den Pfeil »A bis D«. Ein Hinweis auf Hinterhäuser. Zwischen diesen so viel Abstand, dass ein Spritzenwagen wenden kann. Ich fragte mich, ob Häuser Platzangst kennen. Ich kriegte vom Hinsehen schon ein Schwindsuchthüsteln. In einem Hof habe ich das einsamste Bäumchen der Welt gesehen; da habe ich mir eine Drehorgel gewünscht, um dem tapferen Krüppelchen was von der Krummen Lanke vorzuspielen oder von der Holzauktion in Grunewald – ja die Berliner Luft, Luft, Luft. Und dies, warum auch nicht, im Gedenken an die Kriegsveteranen, die einst für ihre Verstümmelungen vom Kaiser keine Pension kriegten, stattdessen die Lizenz, auf öffentlichen Plätzen Drehorgel zu spielen – auch ich hätte Stoff genug, um etwas auf die Walze zu bringen als Hinterhofmusik.

Unser Hinterhof verfügte über Auslauf, auch wenn das eine Mietshaus seinen Anteil gegen die andern mit Topfpflanzen, Gittern oder Mäuerchen absperrte. In unserem Hinterhof waren Werkstätten untergebracht. Wir sahen dem Mechaniker beim Schweißen zu, kletterten auf den Bretterstapeln der Sägerei herum, standen im Weg, als die Brandwache einfuhr, weil der Flachmaler vergessen hatte, den Spirituskocher auszumachen. In einem Keller hatte sich ein Scherenschleifer eingerichtet. In einer Bude betrieb einer eine Galvanisieranstalt, der lieh uns alte Pneus fürs Reifenspiel. Und vor dem Lagerschuppen stapelten sich Getränkekisten, hinter denen wir uns versteckten und aneinander herumfummelten.

Aber andererseits, so ganz geschichtslos war die Sihl nicht. Es hatte hier, zur Zeit des Alten Zürich, eine Schlacht mit vielen Toten stattgefunden. Damals, als die alten Eidgenossen noch untereinander Krieg führten. Die Schlacht von St. Jakob an der Sihl. Die innerschweizerischen Gegner waren in den Fluss gewatet; da die Bretter der Sihlbrücke lose lagen, stachen sie von unten auf die Zürcher ein. Als wir in der Geschichtsstunde erfuhren, wie es dem Zürcher Bürgermeister ergangen war, wurde die Wandtafel vor Trauer noch einmal schwarz: »Sie rissen ihm von Hand das Herz aus der Brust und fetteten mit seinem Bauchfett ihre Stiefel.«

Verständlich, dass ich nicht stehen blieb, wenn Soldaten auf dem Kasernenplatz ihre Schuhe einfetteten. Spannender schon, wenn sie über die Kampfbahn gehetzt wurden. Verließen sie in Marschformation die Kaserne, folgte ich ihnen ein Stück weit und versuchte, Schritt zu halten. Mein Schultornister hüpfte mit, wenn sie von einem Kameraden sangen, den sie verloren hatten, einen besseren gab es nicht; aber sie sangen auch davon, wie lustig das Zigeunerleben ist, und einer saß vorn auf dem Bock und hatte hinter sich einen gelben Wagen voll Mädchen.

Wie geschichtsträchtig die Sihl auch war, sie wurde malträtiert. Sie wurde ein Opfer der Verkehrsplanung. Wo sie in die Stadt einmündet, hat man sie mit einer Straße überdacht; sie fließt seither eingezwängt zwischen Pfeilern. Man hat dem Fluss den Himmel genommen, und dem Himmel die Möglichkeit, sich in der Sihl zu spiegeln.

Etwas flussabwärts hat man, nach Jahrzehnten, die Sihl von den offenen Parkplatzbauten befreit. Durch ein Stück Uferwiese wurde ein Fußpfad angelegt mit der Warntafel »Auf eigenes Risiko«. Dieses Risiko nahm ich auf mich. Die

Sihl gewann Auenwäldchen zurück. Bevor sie unter dem Bahnhof durchfloss, um auf der andern Seite von der Limmat geschluckt zu werden, erinnerte sie sich mit dem Wildwuchs von Erlen und Weiden an ihre nichturbanen Anfänge.

Die wahre Stadt aber, die lag drüben, am andern Ufer. Ging man dorthin, hieß es: »Wir gehen in die Stadt.« In die Stadt wären Großmutter und Mutter nie in der Schürze gegangen; für die Stadt setzten sie einen Hut auf, und ich musste die Hände bis zu den Ellbogen waschen. Nun schlichen wir Buben auch hinüber, ohne uns groß herzurichten. Nicht ungern bis zum Warenhaus direkt hinter der Sihlbrücke. Dieses Warenhaus besaß Rolltreppen. Wir fuhren von der Herren- und Kindermode hinauf zur Damenabteilung mit Pelzen und Dessous, und von der Unterwäsche eine Etage weiter zu den Küchen- und Bettgarnituren, ein Stockwerk höher Kundendienst und Personal. Auf der normalen Treppe zurück ins Parterre für die nächste Rolltreppenfahrt. Das konnte einen halben Nachmittag dauern zwischen Kinderlatz und Büstenhalter, von Pralinen zu Krawatten und vom Kissenbezug zum Stand, wo eine Dame uns mit Parfum bestäubte. Bis uns ein Aufpasser verjagte, wenn wir versuchten, die Rolltreppen nicht hinaufzufahren, sondern zu Fuß Stufe um Stufe hinunter ein Stück Weg gegen die Laufrichtung zu ertrotzen.

Mutter und Großmutter suchten mit mir und später mit den kleinen Schwestern andere Warenhäuser auf. Auch jenes, das ein Glaspalast war. Der Vorzug galt einem andern, wegen der Einheitspreise und der Erfrischungsecke »drei Gipfel für zwei«. In ein anderes Warenhaus ging man, »um zu schauen«. Dieses besaß farbige Fensterscheiben, wie ich sie nur von Kirchen her kannte, und einen Lift mit einem livrierten Pagen, der bei jedem Stockwerk die Verkaufsabteilungen nicht ausrief, sondern sang. In der vierten Etage tat sich das Sperrgitter zu den Spielwaren auf. Zur Vorweihnachtszeit wurden hier mechanische Arrangements geboten: Prinzessinnen mit Glühbirnenaugen und Zwerge mit Glöckchen an den Zipfelmützen. Feuerspeiende Drachen erschreckten mich, obwohl ich wusste, dass sie aufziehbar waren. Dank der Zauberkraft von Automaten erlebte ich, dass Märchen sich bewegen und als Herz eine Batterie besitzen; ersetzte man dieses, hieß das noch nicht Transplantation.

Nur zum Ausverkauf nahmen sie mich nicht mit. Da mussten sie frühmorgens anstehen, um bei der Öffnung unter den Ersten zu sein, die bis zu den Wühltischen vorstießen. Gewöhnlich erstanden sie auch etwas für mich, vielleicht eine Mütze, die zu groß war, aber günstig; man konnte in sie hineinwachsen, wie ich in manche Hose hineingewachsen bin.

Auch der Vater hatte mich zwei- oder dreimal ans andere Ufer mitgenommen. Für den Ersten Mai. Ich sagte Umzug. Er insistierte, das sei ein Marsch, ein Aufmarsch. Die Zeiten in diesen dreißiger Jahren seien ernst, man müsse politisch werden, weshalb er der Arbeitermusik beigetreten war. Übte er auf seiner Tuba, reklamierten die Mitbewohner vom Erdgeschoss bis zu den Mansarden. Mein Vater ließ sich nicht abhalten; er blies für eine gerechtere Welt.

In diesen dreißiger Jahren führte der Erste-Mai-Marsch durch die Bahnhofstraße. Ich saß am Rinnstein, einen roten

Maibändel an den Pullover geheftet, in der Hand einen Bon für die Bratwurst. Ich sollte klatschen, wenn der Vater mit seiner Musik vorbeimarschierte; sie hatten jedoch gerade Pause eingelegt, und mein Vater reinigte das Mundstück vom Speichel. Ich klatschte bei andern Formationen, auch als einige – »Wir, die Arbeitslosen« – mit geballter Faust der Bankfassade drohten; über dem Portal zwei Kleinplastiken von nackten Frauen, von denen mein Vater behauptete, das seien Kundinnen, die die Bank ums letzte Hemd gebracht habe. Erst recht aber applaudierte ich, als die Kunstturner der proletarischen Liga auf Einrädern ihre Nummern vorführten: »Sternfahrt« und »Völker vereint«.

Was aber sah ich schon, schaute ich hinüber in die wahre Stadt? Wohnhäuser, zugegeben respektable mit Wohnungen, die mehr als drei Zimmer hatten. Oder die Stallungen der Kaserne, davor manchmal Trainsoldaten, welche Pferde striegelten. Die Bauten des Zeughauses, direkt ans Wasser gestellt. Nicht weit davon das Tierspital, dorthin sollte ich eines Tages Herkules bringen, den Kater, der an Fischgräten würgte, und erfahren, dass man »töten« auch »einschläfern« nennt.

Auf der andern Seite lag auch ein Kleinbahnhof, aber er gehörte zu uns; von hier fuhr die Bahn ins Tal, aus dem die Sihl kam. Nichts hätte vermuten lassen, dass hinter den Geleisen auf einer Anhöhe Prachtvillen lagen. Und eine Synagoge. Dort waren wir an einem Samstag hingegangen, um Juden anzuschauen. Wir hatten zwar auch einen Juden im Nachbarhaus, den Besitzer von »Occasionen aller Art«. Bei ihm hatten wir die Kaffeemühle erstanden, den Garderobenspiegel und den ersten Staubsauger, aber auch als Hochzeitsgeschenk ein Bild »Stiller See im Abendrot«, und das ausgestopfte Wiesel, dem bald die Glasaugen ausfielen.

Auf dem Parkring oben, am andern Ufer, trafen wir jedoch auf Buben, nicht viel älter als wir, die schwarze Hüte trugen, unter denen Locken hervorschauten. Die Synagoge war ein imposanter Bau, aber ohne Türmchen, wie wir es von einem Gotteshaus erwarteten. Eindrücklich der Reliefschmuck – Leuchter, von denen wir wussten, dass sie sieben Arme haben mussten, auch wenn wir keine Ahnung hatten, warum. Und ferner ein Stern, über den wir stritten, ob es solche Sterne am Himmel gab. Ahnungslos, dass zu der Zeit der Davidstern nicht an einem Himmel aufging, sondern als gelbe Markierung an der Kleidung von Juden, auch an dem Mäntelchen des Neunjährigen, der beide Arme hochstreckte, um den Soldaten und ihren Maschinenpistolen zu beweisen, dass er unbewaffnet war, und den ich, viel später, auf einer Fotografie kennenlernen sollte.

An die Fassade dieser Synagoge erinnerte ich mich, wo immer ich später auf Synagogen stoßen sollte – selbst wenn ich auf einer Bank saß neben dem, was übriggeblieben war: Mauerstümpfe, der Grundriss des einstigen Gebetshauses. Immerhin war das mehr, als was zuvor in Warschau oder in Lublin zu sehen gewesen war, wo vom Ghetto nur Boden geblieben war, um Rasen zu säen. Eine Erinnerung an Zürich stellte sich dort kaum ein. Als Jungen hatten wir von der Schule hinter der Synagoge, ohne jemand zu sehen, ein Lärmen, Kichern, Grölen und Schreien vernommen, das klang nicht anders als auf unseren Pausenplätzen. Die Gedenkstätten hingegen blieben stumm. Steine mussten zum Reden gebracht werden; als hätten die Steine, die angeschwärzt wurden, Mitleid gehabt, als man lebendigen Leibes verbrannte, was in die Synagoge an Menschen zusammengetrieben worden war.

Führte mich in der Folge der Zufall an der Zürcher Synagoge vorbei, achtete ich nicht mehr so sehr auf die siebenarmigen Leuchter oder die Davidsterne, hingegen auf die Fenster: fünf nebeneinanderliegende wollte ich zählen, nach den fünf Büchern der Thora, das hatte ich mir gemerkt im venezianischen Ghetto, das den Namen abgab für alle andern erzwungenen Judenviertel. Hier hatten die Synagogen die Zerstörung überstanden, da sie in oberen Stockwerken eingebaut und somit nicht gleich als Gotteshäuser erkannt worden waren. Auch wenn sie mit den Abtransporten in die Todeslager ihre Gläubigen verloren.

Nicht was man sah, machte das andere Ufer aus, sondern was man darüber vernommen hatte, was man sich ausmalte, erträumte oder fürchtete. Drüben, da waren die berühmteren Kirchen; auch wir hatten welche, die genauso gut läuteten. Drüben die Amtshäuser, die die Steuern verwalteten, und die teuren Hotels; wir hatten die Notschlafstellen der Heilsarmee und einen Park, wo Obdachlose die Nacht auf Bänken verbrachten. Dort die berühmten Zunftstuben und bei uns die Pferdemetzgerei. Drüben hatten die Banken ihre Mutterhäuser, bei uns Filialen. Auf unserer Seite befand sich der Güterbahnhof und das Freizolllager. Wenn sie zu uns kamen, kamen sie wegen unserer Großfriedhöfe und wegen des Krematoriums.

Seit der Kindheit war ich kaum mehr am Sihlufer gesessen, als ich eines Tages, an einem andern Fluss, ein neues Sihlufer ersann.

Mein Blick aufs andere Ufer des East River fiel auf Roosevelt Island. Nicht nur die U-Bahn, auch eine Schwebebahn führte hinüber. Doch lockten mich die Blöcke der sozialen Wohnungsbauten nicht – obwohl, müsste man nicht als Unikat drüben das älteste Bauerngut von New York gesehen haben? Und was war mit der ersten New Yorker Anstalt für Geisteskranke, von der gerade noch Mauerreste stehen. Oder musste ich mich mit den Irren gleich um die Ecke zufriedengeben, mit dem, der eine Hundeleine zum Pinkeln ausführt, ohne einen Hund daran, oder dem, der bei jeder roten Ampel aufschreit: »Herr, rette mich.« Hinter dem jenseitigen Inselufer eines, wo einem eine Leuchtschrift »Cola« zuruft, Quais hinter Quais, als könnte man Ufer verladen und in Container stapeln.

Eine Fensterfront und ein sesselbreiter *balcony.* Schiffe, die träge vorbeiziehen, Schlepper und Lotsen, tuckernde Boote, geheimnisvolle Ladungen. Eine erwartungsvolle Leere, bis erneut ein Hupen ertönt. Da fließt aufs Mal statt des East River die Sihl an Manhattan vorbei. Auf ihr, wie gewohnt, kein Boot und kein Schiff. Ich frage mich, wie es dem Holzscheit ergangen ist, das ich vor Jahrzehnten zu einem Boot geschnitzt auf Fahrt geschickt habe – tanzt es, leichtgewichtig, zwischen atlantischen Wellen, ist es an einen Strand geworfen und von keiner Flut mehr ins Wasser zurückgeholt worden, unter irgendeiner Sonne verfault? Oder hat sich mein Boot irgendwo in Mangroven verschlingert? Aber was, wenn es mein Holzscheit nicht bis zum Meer schaffte und nie die Chance hatte, von einem Ozean in den andern zu wechseln, wenn es, in einem Wehr hängengeblieben, mit Dreck und Schlamm ausgebaggert worden ist?

Was aber, wenn das andere Ufer nicht jenseits von einem Fluss oder einem See liegt.

Ein gefranstes Lederhemd, mit Klauen und Perlen verziert, Mokassins, ein gebundener Pferdeschwanz, ein Kürbisblüten-Halsband – es war kein Indianer-Look, der junge Mann war Indianer. Ich war mit ihm ins Gespräch gekommen, als er mit Akribie Holzkännel abzeichnete, die mit Tragkeilen an einer Felswand aufgehängt waren. Er sei eigens dafür ins Wallis gefahren. Wo, wenn nicht hier in der südlichen Bergwelt der Schweiz, finde er Stammesverwandtes, hier treffe er, was er aus seiner Heimat kenne, aus dem Südwesten der USA: Wasserkanäle als offene Adern. Bis zum Gletscher sei er vorgestoßen, von dem das Wasser abgeleitet werde. Er habe geplant, zu Hause Wasserleitungen in den Boden zu verlegen; das hätten sein Vater und die Ältesten nicht akzeptiert, weil man Mutter Erde nicht aufgräbt und unterhöhlt.

Da habe er sein Reservat verlassen, nur wenig habe er mitgenommen, darunter einen Fächer aus Adlerfedern. Er unterrichte seither in den Städten Indianerkinder in Sandmalerei, doch die Zeichnungen würden nicht mehr wie gewohnt nach der Vollendung zerstört, sondern auf Holzplättchen festgeleimt. Erstaunlich, was den Kindern einfalle, wenn sie Traumfänger bastelten. Er werde nie mehr, trotz der Adobebauten, dorthin zurückkehren, wo er aufgewachsen sei. Außer als Toter. Er werde dann als Grabbeigabe eine Schale holen, die er, der Überlieferung gemäß, töte, indem er sie durchbohre, und die, unbrauchbar wie er, mit ihm sterben würde. Er werde am Fluss warten, bis am Himmel ein Regenbogen erscheine.

Dann werde er den Regenbogen nehmen, um ans andere Ufer aller Jagdgründe zu gelangen.

Wenn ich seither einen Regenbogen sehe, frage ich mich, wie viele wohl nach drüben unterwegs sind und ob ich ihnen nachwinken soll. Manchmal überlege ich mir: Was, wenn ich selber den Regenbogen benutze? Ob einen jemand nach der siebenfarbigen Brücke am anderen Ufer erwartet? Sicher liegt dort Walhalla, die »Halle der erschlagenen Krieger«, ein Saal, ausgestattet mit Schilden und Rüstungen, beschützt von Wolf und Adler, mit Hunderten von Notausgängen, um sich bei einem Überfall zu retten. Walküren würden mich erwarten, vollbusig und blauäugig, nicht diejenigen, die auf der schwarzen Liste der Christen als Sünderinnen und Hexen aufgeführt werden, und auch nicht diejenigen, die auf Opernbühnen singen. Teutonen würden mich erwarten. Hatten doch auch die alten Germanen den Regenbogen als Brücke hinüber benutzt. Denkbar, dass sie mich musikalisch mit Luren begrüßen, ohne Zweifel begeistert, dass nach Jahrhundert und Jahrtausend wieder einer diesen klassischen Weg einschlägt, wenngleich vielleicht enttäuscht, dass ich kein Krieger bin und nicht auf der Walstatt zu Tode kam. Andererseits: Die Teutonen profitierten von der himmlischen Möglichkeit, Tag für Tag blutige Schlachten zu veranstalten. Wer im Kampf fällt, erhebt sich am Abend von den Toten zum Leben, um am nächtlichen Trinkgelage teilzunehmen und am andern Tag erneut in den Krieg zu ziehen – diese Auferstehung von Gefallenen, war das nicht die erste Playstation der Mythologie, in einem Paradies, das von Waffenklang und Kriegsgebrüll zur Männerlust ertönt.

Oder soll ich mich eher an Oxumare halten, den afrikanischen Gott, den die Portugiesen als Sklave nach Brasilien verschleppt hatten, nach wie vor zuständig für Süßwasser, Herr über Brunnen, Bäche, Quellen und damit auch für den Regenbogen. Zufällig war ich einmal dabei, wie ihm die Oberpriesterin Mango hinstellte, zusammen mit der Frucht auch Mönchsbohnen und Eier und Öl, seine Lieblingsspeisen. Dies, nachdem in den Flaschenhälsen die Kerzen angezündet waren, die Trommeln einsetzten und der Gott die Tänzerin in Trance zu reiten begann. Unter dem goldgelben Stoff von Oxumare verbarg sich eine Gottheit von Schlangennatur; daher die Verdächtigung, dass er ein Zwitter ist, ein Spieler, ein Transvestit, sich durchschlängelnd und in allen Farben des Regenbogens schillernd.

Ob eine solche Aufmerksamkeit nicht zu Streitigkeiten mit Noah führt, der den Regenbogen beansprucht als notarielle Beglaubigung vom Bündnis zwischen Gott und Menschen? Eines Tages sollte ich einen Noah erfinden, dem kein Gott rät, eine Arche zu bauen, sondern der dies tut, weil er überzeugt ist, dass es für die Gesellschaft, in der er lebt, nur eine Lösung gibt: die Sintflut. Regnen lassen. Er selbst will davonkommen, zur Rettung baut er eine Arche, am Ende aber erkennt er, dass auch ein anderer an seiner Stelle während der Flut die Tiere durchfüttern könnte.

Gehört der Regenbogen nicht jedem, der am Himmel einen solchen ausmacht? Gehört er damit nicht auch mir, wenn ich über das Wunder staune, das mir ein Magier von einem Wissenschaftler erklärte: Da dringt das Sonnenlicht in den Regentropfen ein und bricht; an der Innenwand des Tropfens wird ein Teil des Lichtes reflektiert; unter nochmaliger Brechung tritt das Licht aus dem Tropfen, und das weiße Licht wird in seine Farbkomponenten zerlegt.

Ob auch ein Mensch erst Farbe bekennt, wenn er mehrfach gebrochen wird?

Doch dann sah ich die Regenbogenfarben nicht an einem Himmel, an dem sie erlöschen, sondern auf einer Flagge. Die wehte von Balkonen, Straßenlaternen, Brückengeländern, Haltestellen, wurde als Kopftuch und Umhang getragen – es war die Fahne der Homosexuellen, welche mit ihr ein öffentliches Bekenntnis ablegten, stolz der Tag, stolz die Woche, stolz die Parade. Die Farbpalette stand dafür, dass unterschiedlichste Menschen sich zusammenfinden: die Roten, die Orangen, die Gelben, die Blauen, die Grünen und auch diejenigen, die lila sind.

Weder Regenbogen noch Boot und auch nicht Fähre, sondern Brücke – eine Fußgängerbrücke zum Beispiel, eher eine Passerelle.

Über sie gelangten wir zum Platzspitz, einer Landzunge, hinter der sich Limmat und Sihl trafen. Ein Park, in dem das Landesmuseum lag, gleich hinter dem Hauptbahnhof. Mehr als dieses hatte uns das Wehr interessiert, die Staumauer der Limmat: »Verboten hinüberzuklettern.« Doch anderes rief. Das Pflichtfach lautete Heimatkunde. Heimat lernten wir im Museum kennen, in der Kopie einer mittelalterlichen Trotzburg. Uns Schülern wurde vorgeführt, was man anderswo im Land und früher anhatte und dass man dies Tracht nennt. Wir vernahmen von Berufen, die zur Heimat gehörten, wie Köhler oder Korber. Was aber bleichten die Bleicher, und was walkten die Walker? Was für ein Aufschrei, als wir das Bild von dem Jungen sahen, den sie wegen seines Glaubens in einen Kessel siedenden Öls gesteckt hatten. Oder die Märtyrer, die von einem Felsen gestürzt und auf kahle Bäume aufgespießt wurden. Das war was anderes als das Kästchen, aus dem eine hölzerne Maus hochsprang. Am aufregendsten waren die Waffensäle. Armbrust neben Armbrust und die dazugehörenden Winden und Pfeile. Das kannten wir von unserem Nationalhelden: Mit einer Armbrust hatte er seinem Sohn einen Apfel vom

Kopf geschossen. Eine solche Armbrust sah imposanter aus als der Karabiner, den unsere militärdienstpflichtigen Väter als Milizsoldaten unterm Bett oder im Kleiderschrank deponierten und dessen Lauf sie gegen den Rost einfetteten. Und erst der Morgenstern, an einer Kette die Kugel mit abstehenden Zacken, für einen Kampf, bei dem man, wie der Museumsführer darlegte, einander noch in einem ehrlichen Von-Mann-zu-Mann den Schädel einschlug, so dass der Getroffene bei Sonnenlicht Morgensterne sah. Als der Lehrer meinte, dass uns angesichts der heldenhaften Vorfahren die Brust schwellen müsste, hielt auch ich einen Moment den Atem an, Trutz- und Schutzwaffen vor Augen, bereit für Hieb, Stich und Stoß. Wände voll Spieße, lange und schwere. Wir wunderten uns, wie ein Einzelner damit angreifen und vorrücken konnte. Ritter auf Pferden, beide verschalt. Wir erfuhren, wie viel Kilo wog, was ein Krieger an Armschienen, Brustharnisch, Beinröhren und Helm auf sich trug. Rüstungen, die zwischen den Beinen eine Ausbuchtung aufwiesen, dort vorn, wo Knopf und Reißverschluss alles verbargen, wo die Fußballer beim Elfmeter die Hände zum Schutz hinhalten. Hinter den Augenschlitzen des Froschmaulhelmes blinzelte es: Ob einer eingeschlossen war und uns beobachtete, oder ob einer um Hilfe bettelte und aussteigen wollte?

Für die Stadt, die richtige Stadt, standen drei Brücken zur Verfügung. Für mich gab es nur eine: sie hieß Sihlbrücke, die Brücke, über die mich Mutter und Großmutter jeweils mitnahmen, und auch der Vater. Über sie zogen wir als Buben auf Entdeckung aus. Nicht nur ins Warenhaus zum Rolltreppenfahren, sondern auch in den Botanischen Garten zum Beispiel, wo Palmen nicht wie beim Metzger in Kübeln wuchsen. Wir mühten uns ab, Fliegen zu fangen; wir hatten von fleischfressenden Pflanzen gehört, die wir zu füttern gedachten.

Über diese Sihlbrücke bin ich während Jahren mit dem Tram gefahren, als ich die Kantonsschule besuchte, das Gymnasium. Da verkehrten noch Tramwagen, die keine geschlossenen oder automatischen Türen hatten. Man konnte auf dem Trittbrett mitfahren, bei verlangsamter Fahrt aufspringen oder runterhüpfen. Und dies ohne Fahrschein.

Doch einmal wurde ich erwischt. Von einem Kondukteur, der ungewohnt jung war. Er hielt mich bis zur Endstation zurück, nicht um mich zu bestrafen, sondern um mir seine Lebenssituation zu erzählen. Er arbeite bei den Verkehrsbetrieben als Aushilfe, um seine Ausbildung zu finanzieren, er komme aus kläglichen Verhältnissen, er habe eine Lehre als Bäcker abgebrochen, er wolle studieren; um in seiner Klasse von den Mitschülern akzeptiert zu werden, müsse er immer ein Buch mehr gelesen haben. Er betätigte beim Reden die Knipszange, als ob die Luft ein Fahrschein wäre, den es zu entwerten galt. Nie hätte ich gedacht, dass ich ihm, der schlottrig in seiner Uniform vor mir stand, nie hätte ich gedacht, dass ich ihm irgendwann und irgendwo wieder begegnen würde, und dies mehr als einmal.

Die Straßenbahnlinie, die zur Schule führte, war mir bekannt, weil sie als Endstation den Zoologischen Garten bediente. Bei meinen Kinder-Zoo-Besuchen fuhren wir an den Mittel- und Hochschulen vorbei.

In einem dieser Gebäude quälte ich mich mit der griechischen Zeitform Aorist ab und kriegte für Sinuskurven schlechte Zensuren. Hörte von einem kultivierten Römer, der etwas für germanische Barbaren übrighatte. Stand in einem Laboratorium und verbrannte mir an einem Bunsenbrenner die Finger. Lernte einen eigenen Raum fürs Singen und Zeichnen kennen wie auch für die Geographie, wo wir beschrieben, was wir auf Wandbildern sahen oder was ich zu sehen vorgab. Erfuhr in den höheren Klassen in der Lebenskunde anhand eines männlichen Gipsmodels mit abnehmbaren Organen etwas über das, was uns zugemutet wurde, ein Geschlechtsleben.

Weiter oben ein Kuppelgebäude, das zwei kauernde Frauen bewachten und das ich, »Im Namen des Volkes«, wie über dem Portal zu lesen war, eines Tages mit einem Maturitätszeugnis betrat und einige Semester danach als Akademiker verließ. Die Universität, wo ich der Fachgruppe PPP beitrat, den »Philosophen, Pädagogen und Psychologen«. Wo ich Proseminare besuchte und Antrittsvorlesungen hörte, notierte, was doziert wurde, oder auch nicht, mich um Testate bemühte und mich für Klausuren einschließen ließ. Mir angewöhnte, aufs Holz zu trommeln, statt zu klatschen. In einem Lichthof zwischen antiken Gipsfiguren den Kaffee philosophierend trank. *Gaudeamus igitur* sang und mich des Lebens dank studentischer Darlehen freute.

Die Straßenbahn führte auch vorbei am Schauspielhaus, an dessen Abendkasse ich anstehen sollte in der Hoffnung auf nicht abgeholte Karten, wo ich vom Flohboden aus das erste Mal einer Spieltragödie beiwohnen sollte, bei der die Toten sich zum Applaus erheben. Und Festspielen mit Aufführungen ausländischer Truppen in Sprachen, die ich nicht verstand, dankbar für das, was nicht übersetzt werden muss, wie Kuss oder Dolchstoß. Aber nicht mehr bloß Zuschauer, sondern Statist – Räuber, Lakai oder wofür sonst Kostüme zur Verfügung standen. Im Konversationszimmer neben rauchenden Divas sitzen und erleben, wie Stars nervös sein können, bis der Vorhang hochgeht. Dem Requisiteur helfen, mit einer halben Kokosschale gegen die andere Hälfte schlagen, so dass der Held aufhorcht: »Ich vernehme Pferdegetrampel.« Von einer Beleuchterloge aus mehr Licht auf die Leiche hinten links richten und als Regieassistent in ein Rollenbuch eintragen »eventuell Lacher« und »eventuell großer Lacher«. Bei Uraufführungen fürs Programmheft Einleitungen verfassen und erleben, wie ich mit einem Stück durchfalle, ausgeliefert dem Nichtbeifall.

Bevor ich einen Hörsaal und einen Souffleurkasten kennenlernte, eine Künstlergarderobe oder eine Aula, bevor ich wusste, was eine Requisitenkammer ist, bevor ich in einem Amphitheater physikalische Experimente verfolgte, vor noch viel mehr Schulisch- und Theatralischem, erfuhr ich, was sich hinter Gittern tut. Käfige, in denen Raubtiere von der einen Wand zur andern schlurften, da gähnten und brüllten Tiger und Löwen; es war verboten, sie zu füttern. Ich stand vor einem Meer, das groß war wie ein Aquarium, als Ufer Glaswände, hinter der Scheibe schwammen leuchtende Fische. Die Giraffen sahen von weit oben auf den Bretterzaun hinunter, den sie nicht zu übersteigen vermochten. Und wenn schon, dann stammten wir nicht von den lustigen kleinen Affen ab, sondern von den großen schwanzlosen, die nachdenklich dreinschauten und ihren Jungen Läuse knackten. Ich lernte, dass man die Gefängnisse der Vögel Volieren nannte. Ich wusste sehr früh, dass

Elefanten ein formidables Gedächtnis besitzen, weswegen ich nie einen kitzeln werde. Und der Mantelpavian, der besaß einen bunten Arsch.

Den Weg zu alldem öffnete die Sihlbrücke. Die Brücke, die in mir die Liebe zu Brücken weckte. Einen gleichwertigen Jubel haben selbst berühmte Brücken nie bei mir ausgelöst, und nicht nur, weil ich sie später kennenlernte. Nicht, dass mich die Sihlbrücke daran gehindert hätte, andere Brücken zu lieben. Die Karlsbrücke in Prag etwa, die ich wegen Nepomuk mochte: Oben auf der Brücke steht er, auf dem Geländer, ein Heiliger, der Schutzpatron von Ärzten, Anwälten und anderen Geheimnishütern. Nepomuk hatte nicht verraten, was ihm bei einer Beichte anvertraut worden war; sie haben ihn in der Moldau ertränkt – ob er deswegen dem Fluss seinen Rücken zuwendet? Hier steht er und kann nicht anders, obwohl der Vatikan ihn bei der letzten Heiligen-Bereinigung von der Liste gestrichen hat. Zu seinen Füßen gestand ich, was ich bis anhin niemandem anvertraut hatte und was ich doch wenigstens einmal gern laut sagen wollte, ich vertraute ihm an, wen ich liebte, überzeugt, dass der behauene Stein nie reden würde.

Wenn man eine Brücke schon für anderes benutzt als zum Hinübergehen, dann fürs Wohnen: flussaufwärts schlafen und stromabwärts arbeiten, bei jedem Blick durchs Fenster die Bestätigung, dass einem beim Schlafen und Arbeiten unter den Füßen die Zeit davonfließt. Hören, wie sie plätschert und strömt, dieser Zeit nachschauen, wie ich einst einem Holzscheit nachgeschaut hatte, das ich auf große Fahrt schickte. Nur dass ich der Zeit nicht nachrief: Einer kommt nach.

Nein, meine Brücke würde ich nie zu einer Ladenstraße ausbauen, auch dann nicht, wenn nur Schmuckläden erlaubt wären. Zudem war ich nie ein Freund von Souvenirs. Obwohl – was sich in meinem Innern an Erinnerungen angesammelt hat, war oft nicht besser als ein geschnitzter Spazierstock, ein pausbäckiger Humpen, eine Musikdose, die das ewig gleiche Lied leiert, oder ein Hinterglas-Kölner-Dom, auf den es schneit, wenn man ihn schüttelt.

All diese Brücken haben kaum etwas mit meiner Antwort zu tun auf die Frage, was ich mache, wenn ich groß bin: Überall auf der Welt eine Sihlbrücke bauen.

Dieses Bekenntnis äußerte ich in einem katholischen Jugendlager, was mir den Spottnamen Pontifexlein eintrug, und dann bloß noch Fexlein. Das Fexlein wurde mit einer Sonderaufgabe betreut: jeden Abend die Holzbrücke von Dreckkügelchen zu reinigen, nachdem die Ziegen von ihren Weideplätzen in die Ställe zurückgekehrt waren. Die Tiere entleerten sich immer erst auf der Brücke, so kratzte und schrubbte ich zum Ave-Geläut. Kam ich zum Abendessen, rümpften sie die Nase; ich roch nach Ziege und Bock.

Jahrzehnte später las ich unter »Vermischte Nachrichten«, dass Acla, dieses Alpendorf am Lukmanierpass, in dem das Jugendlager stattgefunden hatte, von einer Lawine verschüttet worden ist. In meinem Gedächtnis ein Riesengemecker und ein verzweifeltes Bimmeln. Ich fühlte mich aufgerufen, mit Schaufel und Reisbesen bewehrt, eine Brücke, die längst eingestürzt war, von ihrer Schneelast zu befreien. Ich versuchte, mich zu erinnern, wie der Bach hieß, in den ich Ziegendreck geschüttet hatte und in dem nun ein Dorf ertränkt worden war.

Wie angetan war ich, als ich von einem Fachmann erfuhr, dass man beim Brückenbau nicht von Baugrund redet, sondern von »Gründung«. Ich habe das Wort auf meine Weise verwendet. Seither »baute« ich keine Brücken mehr, sondern ich »gründete« Brücken. Ich hielt nach Fundamenten Ausschau, auf denen ein Tragwerk errichtet werden könnte.

Wenn ich Liebe zu Brücken empfand oder entwickelte, so war das eine polygame Liebe. Auf dem Pont d'Avignon habe ich nicht zu einem Volkslied getanzt. Auch nicht auf der Nibelungenbrücke bei Worms und auch nicht auf der Kintaibrücke über den Nishiki-Fluss in Japan, wo ich nie war, und schon gar nicht auf der Brücke über den Brisbane in Australien, wo ich auch nie war. Aber der, der ein Buch mehr gelesen hat, fragte: Wie steht's mit der Steinplattenbrücke im Pyramidenfeld von Gizeh und mit der zweijochigen Steinbogenbrücke über die Verzasca, die gleich um die Ecke im Tessin zu finden wäre.

Seiner Liste und ihrem beschämenden Fleiß begegnete ich mit humanistischer Gelassenheit, indem ich aufs Lateinische zurückgriff: *pons pars viae,* und es dem Mehrwisser übersetzte, bevor er nickte: Die Brücke ist Teil des Weges.

Allerdings gibt es eine Brücke, über die ich nicht ein zweites Mal gehen möchte. Nun ist es unwahrscheinlich, dass es mich je wieder in dieses Seitental der peruanischen Anden verschlägt. Hoch über einer engen Schlucht hing die Brücke. In der Tiefe das zischende Aufbegehren eines Baches, den man zwischen den Felsen nicht sah. Eine Hängebrücke, aus Seilen verfertigt, als Brückenboden lose Bretter aneinandergeschoben, gerade so breit, dass einer bequem gehen kann, ausweichen jedoch schwierig wird. Am besten geht man in der Mitte und gleichmäßig tastenden Schrittes. Vorsichtig setzte ich den ersten Fuß drauf, die Brücke zitterte. Kaum hatte ich die Hälfte erreicht, begann sie zu schaukeln. Das konnte unmöglich der Wind sein; ich sah nach hinten. Dort torkelte ein Indio, dem sie von der Böschung aus zuriefen, was sich als Warnung anhörte. Der Indio fuchtelte mit seinem Poncho, hielt sich an dem einen Leitseil fest, plumpste dagegen, verschob damit das Gewicht, wir hingen auf die eine Seite hinunter. Ich gab Gegengewicht, kauerte mich nieder und schob mich auf dem Hintern hinüber. Dort wartete ein Lama darauf, dass ich den Hängesteg freigab, kaute und spuckte. Über mir zog ein Kondor majestätische Schleifen.

Meine Liebe zu Brücken erfuhr, wie verletzlich diese sind. Was habe ich in meinen Jahrzehnten in den Nachrichten Bilder von zerstörten und verstümmelten Brücken zur Kenntnis genommen. Nicht nur diejenige, von der einst Hadin erzählt hatte.

Angesichts des Zerbombten und Gesprengten war es, als gehe es nur noch darum, Brücken zu gründen: wo ist der Fels gewachsen und wo von Beben zerrissen, wo trägt der Grund, in welches Sediment lassen sich Pylone rammen, ist es möglich, mitten in der Strömung einen Pfeiler zu gründen, oder müsste man vorerst die bestehenden Gründungspfähle schützen.

Noch stehen die Pfeiler, verstümmelte Zeugen dessen, was einst als Brücke über die Memel führte. Noch sind Bogenansätze auszumachen. Die Straße endet bei einer Abbruchstelle, wo Beton ins Wasser bröckelt. Als die Sowjetarmee vorrückte und die deutschen Truppen sich zurückzogen, unterminierten die deutschen Besatzer die Brücke und sprengten sie, ohne ihre Leute auf der andern Seite zu warnen oder ihnen Gelegenheit zu bieten, noch überzusetzen. Ich solle am Friedensgedenktag wiederkommen, riet man mir, dann höre man Hilfeschreie über dem Wasser, es seien zu viele gewesen, als dass der Fluss sie alle bis heute hätte wegspülen können.

Das ist eine der Brückengeschichten, die ich in meine Gedächtnis-Anthologie aufnahm. Erzähle ich eine davon, warten die Gesprächspartner oft mit einer eigenen Geschichte auf. Jeder scheint eine Brückengeschichte zu haben, da jeder einmal an ein anderes Ufer gelangen wollte.

Kennen Sie die von den Urnern, die mit dem Teufel einen Pakt schlossen, um über einen abschüssigen Wildbach eine Brücke zu bauen? Als diese dank Höllenkraft nach einer einzigen Nacht stand, pochte der Teufel auf die Abmachung: Wer als Erster über die Brücke kommt, gehört ihm. Die Schweizer jagten einen Ziegenbock hinüber, dieser stürzte sich kampflustig auf den ebenfalls Gehörnten. Der Höllenmeister lernte Hinterlist von schweizerischen Sennen.

Oder: Kennen Sie Hanuman, den Stier unter den Affen, einen Elefanten unter ihnen? Was für ein kluger Himmel, wo der Gott der Grammatik gleichzeitig der Gott des Ringkampfes ist, wenn man daran denkt, was für Griffe und Verrenkungen man beim Orthographie-Streit einsetzt. Hanuman sprang, auf der Suche nach der geraubten Prinzessin Sita, von Südindien nach Ceylon hinüber mit einem einzigen Satz. Das machten dem Affengeneral die Affensoldaten nicht nach; die waren verzagt, als sie sahen, wie das Meer riesige Wellen schlug und sich mit Wassertieren bevölkerte. Doch der Meeresgott versicherte: »Die Haie werden ruhig bleiben, während das Heer mich überquert; ich werde im Dienst der Affen, der Erde gleich, mich still verhalten.« Da, so erfährt man, hoben die Affen Felsblöcke hoch, rissen Bäume aus und bauten eine Brücke über das Meer, das auch die Behausung der Wale war. Die Affen schrien beim Anblick dieser unvorstellbaren, Zittern einflößenden Wunderbrücke und erreichten zu Hunderten und zu Tausenden das gegenseitige Ufer, wo der General auf sie wartete.

Gerne hätte ich es Hanuman in dieser noch nicht olympischen Sprung-Disziplin gleichgetan. Ich war in der Leichtathletik nicht schlecht, außer beim Klettern am Tau. Aber ich hätte es nie geschafft, selbst wenn ich einen großen Anlauf in Reggio di Calabria genommen hätte, mit einem einzigen Satz vom italienischen Festland aus drüben in Sizilien zu landen. Ein solcher Sprung hätte mich schon deswegen gefreut, weil ich damit über die männerfressende Skylla und über die schiffeverschlingende Charybdis hinweggehüpft wäre, die unten in der Straße von Messina im Vis-à-vis ihr tödliches Unwesen trieben. Es brauchte einiges an Kenntnis, bis ich Mitleid mit der einen hatte. Sie verschlang Menschen, da ihr wegen ihrer Hässlichkeit ein Mensch versagt worden war.

Ich hätte schon gewusst, wo ich meine Brücke gegründet hätte. Dort stand bereits eine. Eine, die ich um ihre Lage beneidete: die Golden Gate. Auch über meine Brücke hätte ich Nebel hinwegziehen lassen, als gäbe es keine Zufahrten, nur nackter Fels, unerwartet ein Pfeiler im Sonnenlicht und der Pfeiler gegenüber im Dunst, für Augenblicke eine einbeinige Brücke, getragen von Luftgespinst, doch plötzlich im Postkartenstil das Gehänge als Totale, und gleich nur Fetzen und Schwaden. Ich fahre mit meinem Wagen in ein Grau, einzelne Drahtseile wie klare Saiten, eine Einladung an den Wind, klirrend in die Harfe zu greifen, doch stählern sind diese Lebensfäden, die eine Schicksalsgöttin schwerlich durchschneiden könnte. Grollend und zitternd der Grund. Von einer Aussichtsplattform zuschauen, was für ein sorgloses Spiel die Brücke mit Fels und Wasser treibt, wie das Licht mit ihr umgeht, wie sie auftaucht, als steige sie aus dem Wasser, als hänge sie nicht, als schwebe sie – wäre das nicht eine Brücke für einen, der ungefragt kam: eine Brücke, die stabil von einem Nichts in ein anderes führt, im Ohr der Ruf der Nebelhörner.

Eingedenk der antiken Brückenbauer hätte ich an jedem Brückenende eine Säule errichtet, nicht ein Altärchen, und auch keinem Brückenheiligen zu einer Nische verholfen. Laizistisch hätte ich die Brücke eingesegnet: »Was groß ist am Menschen, das ist, dass er eine Brücke und kein Zweck ist.« Und auf der Gegenseite: »Ich war steif und kalt, ich war eine Brücke, über einem Abgrund lag ich.«

Wo aber hätte ich die Selbstmordbrücke gebaut? Für diejenigen, die eine Brücke benutzen, ohne ans andere Ufer zu wollen. Hätte ich diese Brücke über Geleise gespannt, mit der Gewissheit, dass notfalls ein heranrasender Zug die Tat vollendet? Oder hätte der Sturz in die Tiefe auf Asphalt geendet, auf den die Polizei mit Kreide die Umrisse eines Daliegenden zeichnen würde? Oder doch eine Selbstmordbrücke über einem Gewässer, so dass die Strömung den Toten vom Tatort wegtreibt, am Geländer ein Rettungsring: »Nehmen Sie mich mit.«

Wie inspiriert fühlte sich der Brücken-Pionier in mir, als ich vernahm: Man geht jetzt daran, Brücken für Kanäle zu errichten. Warum ist, was für Kanäle möglich ist, nicht auch denkbar für einen Fluss? Für einen Fluss wie meine Sihl. Sie nicht länger unter dem Bahnhof durchschicken, sondern hoch über die Halle und hoch über die anliegenden Zufahrtsstraßen hinwegführen. Die Dampflok, die Draisinen, die Schlaf- und Postwagen, die Bummler wie die Schnellzüge, sie und alle Prellböcke und Fahrpläne, Wartesäle, Schalter und Kioske – dies alles für einmal unter der Sihl und nicht über ihr. Unter ihr auch Busse und Lastwagen, Straßenbahnen und Lieferwagen, Motorräder, Fahrräder und Fußgänger. Auf all dies könnte meine mindere Sihl hinunterblicken, wenn sie, die Überbrückte, Brücke wird.

Ich hatte als Fluss meiner Kindheit eine Sihl kennengelernt, die gezähmt und korrigiert worden war.

Ein Holzflößer-Fluss, auf dem einst das Bau- und Brennholz aus dem Sihlwald in die Stadt transportiert wurde. Ein Wildwasser, dem man beikam, indem man einen künstlichen Wasserfall anlegte. Das Wasser stürzte nicht, es floss über einen Zementbuckel. Sah ich lange genug vom Ufergelände hinein, glitzerte ein Fisch im Wasser, als sei's ein ertrunkener Stern. Sich selbst überlassen, hätte die Sihl Eisschollen bis mitten in die Stadt getrieben, wo sie sich den Weg versperrten, so dass nur eines bliebe, über die Ufer zu treten.

Wollte ich den Eigenwillen der Sihl kennenlernen, musste ich ihrem Lauf flussaufwärts nachgehen, bis zu jenem Laubwald, in dem geschützte Pflanzen wuchsen. Dort hatte ich bei einer Schulexkursion unter einer Rotbuche die verbotene Orchidee Frauenschuh gepflückt. Ich war ein Prinz, der den Mädchenfuß eines Aschenbrödels suchte, der zu diesem rotbraunen Samt-Schuh passte.

Bei der Allmend, wo der Fluss ins Stadtgebiet gelangt, öffnet sich das Sihltal zu einem Wiesengelände. Hier üben Rekruten Sturmangriff. Hier weidet im Herbst ein Hirt seine Schafe. Hier treffen sich Hundeliebhaber zur Dressur. Hierher ziehen bei Warmwetter am Sonntag Familien zum

Picknick, auch wir gelegentlich. Saßen wir bei Wurst und Kartoffelsalat, den wir aus einem Milchkesselchen schöpften, hörten wir von der Stadt her das sonntägliche Geläut und vom nahen Schießplatz das Knallen. Hier zieht die Sihl den Hügeln und Höckern des Hausberges entlang ihre Schleifen. Hier ist sie für Industriebetriebe in Kanäle umgeleitet worden.

Kanäle – ich empfand stets ein Mischgefühl ihnen gegenüber, wenn sie anstelle der Flüsse errichtet wurden, die man korrigierte und verbaute.

Daher wohl begann ich ein Landschaftsbild zu lieben, wie ich es zuerst in Frankreich provinzenweit kennenlernte. Man lässt den Flüssen ihren gewundenen, selbsterworbenen Lauf und baut daneben geradlinige Kanäle. Neben den wasserarmen Flüssen der regulierte Wasserstand. Eine Geometrie, die ihr Netz über die Natur legt. An der Seite der Flüsse, deren ungenutzte Freiheit man respektiert, Kanäle mit Schleusen. Schleusen, die oft Kriegsveteranen anvertraut waren: Neben dem Gartenzwerg aus der deutschen Besatzungszone ein Blindgänger aus Indochina oder Sandrosen aus Nordafrika – koloniale Erinnerungen im einheimischen Gärtchen.

Manchmal hätte ich mir Schleusen fürs Denken gewünscht. So viel Wissen in eine Gehirnkammer einfließen lassen, bis sie, randvoll, mich eine Stufe höher bringt; aber auch von Zeit zu Zeit den *mainstream* der Bildung verlassen, eine Kammerschleuse voll Wissensballast hinter sich lassen und auf einem niedrigeren Niveau nach der erlösenden Banalität Ausschau halten.

Solchen Gespinsten stand Erfahrung entgegen. Als Sanitätssoldat bei der Weiterbildung sich in einer Schleuse umkleiden, keimfrei die Maske und steril die Handschuhe. Assistieren, wenn der Pathologe einen Schädel aufsägt, ihm hinterher die Kopfhaut wieder überzieht und festnagelt, so dass, wird die Leiche den Hinterbliebenen übergeben, diese ergriffen feststellen: So hat der Tote immer gelächelt.

Oder für einmal als Patient, der für die Operation hergerichtet wird, umgeben von Gestalten in violetten Schürzen, auf denen man das Blut nicht so gut sieht. Aus der Schleuse kommt der, der das Formular hinhält, um die Adresse der Person einzutragen, die es »unter Umständen« zu benachrichtigen gilt, für »den Fall, dass«, doch wir hoffen, »dass nicht, wir sehen uns wieder auf der Intensivstation«.

Die Kanäle ließen mich an einem jahrhundertealten Traum teilhaben. Ein Netz ausbauen, vom Mittelmeer bis zum Schwarzen und von dort bis zur Nordsee und vom Atlantik zum Mittelmeer – fernab von Zöllen und Stapelrechten. Die niederländischen *nieuwe wegen,* das schien mir die richtige Bezeichnung für diese Wasserstraßen zu sein: vom *novo caminho* der Portugiesen bis zum *nou-nouţ drum* der Rumänen – mit Staustufe, Trassierung und Flutmulde. Die Wasserscheide zwischen Rhein und Donau aufheben: die Schiffbarmachung des Heimatkontinents, ein Europa der Durchlässe und Hebewerke, der Wehre und Schleusen.

Bis ich erfuhr, dass man sich tatsächlich mit enormen Kosten an ein solches Unternehmen gewagt hatte: Die Verwirklichung meines Traumes war eine Fehlinvestition.

Lange Zeit lag auf einem meiner Bücherregale eine venezianische Träne. Ein Gebilde aus Glas, eigentlich ein Abfallprodukt, entstanden beim Glasblasen, etwas Missratenes, das zu einem gloriosen Namen kam, nur in wenigen Läden erhältlich, sorgfältig in Seidenpapier gehüllt. Als ich meine Träne einmal einem Besucher vorführte, benahmen sich die Finger ungeschickt. Der Glastropfen zerbarst, eine Souvenir-Träne, die nicht trocknet, sondern zu Staub zerfällt. Worüber wohl einst geweint worden war? Oder gibt es auch bei Tränen das Ungefragte, werden auch sie ungefragt vergossen.

Geblieben ist mir als Souvenir an die Kanalstadt eine Rechnung. Da ich einmal längere Zeit als Amphibium lebte, hatte ich mich mit einigem Gepäck ausgerüstet, das mir ein Transporteur ins Haus brachte. Verrechnet wurden erstens die Meter der Weglänge, dann die Anzahl der Brücken, über welche die Koffer und Taschen geschafft werden mussten, und als letzter Posten das Total sämtlicher Brückenstufen.

Doch die großen Kanäle, die einen Fluss weder korrigieren noch ergänzen oder ersetzen, sondern die als Kanäle konzipiert und gebaut worden sind, die habe ich nie durchfahren.

Gerne hätte ich einmal dank eines solchen Durchstichs von einem Weltmeer ins andere gewechselt, interozeanisch, zum Beispiel vom Atlantik zum Pazifik. Nur schon, um zuzuschauen, wie ein Frachtschiff von Panamaxgröße ohne anzuecken in die enge Schleusenkammer gebracht wird, von Zahnradlokomotiven hochgehoben. Und dann den Regenwald und den größten von Menschenhand geschaffenen See durchqueren. Auf einem Kanal, wo alle drei Meter ein Gedenkstein an die Arbeiter erinnern müsste, die beim Bau an Malaria, an Gelbfieber oder an sonst was gestorben sind. Vor der Fahrt nachlesen, wo und wann man dem Ball der

Kongos, dem alten Sklaventanz beiwohnen könnte, als Entgelt, wie empfohlen, eine Flasche Rum. Und ein Teilstück der aufgegebenen Kanalarbeit als Bauruine besichtigen. Einmal mehr planen, was nie stattfindet: Unterm Sternenhimmel auf Deck den Schrei abwarten, mit dem der Nachtaffe bei Vollmond das Weibchen anlockt. Interozeanisch bin ich nicht im Schiff, sondern im Jet von der Ostküste zur Westküste gelangt, bei einigen Turbulenzen über Lokalzeiten hinweg, die Uhr viermal nachgestellt.

Wenigstens einen Blick abgewinnen den Orten, wo die Schiffe in die Kanäle einfahren oder sie verlassen. Zum Beispiel die, die bei Port Said aus Asien kommend den Weg ins Mittelmeer nehmen, oder die, welche das Mittelmeer verlassen, um das Rote Meer und den Indischen Ozean zu durchqueren. Wegen eines Missverständnisses fuhren wir nicht nach Ismailia. Somit verpasste ich, wozu man mir geraten hatte, die Stele mit einer ägyptischen, babylonischen, elamitischen und altpersischen Inschrift. Also nicht dort, wo die Schiffe in den Bittersee einfahren, der noch Gezeiten spürt, sondern in Suez auf einer Halbinsel, die mit dem Kanalaushub aufgeschüttet worden war, habe ich Bekanntschaft mit dem Kanal geschlossen. Eine geradezu gewöhnliche Wasserstraße bot sich dar, auf der zu diesem Zeitpunkt nur Lotsenschiffe verkehrten.

Wie anders der Blick in die steilen Seitenwände. Von der Brücke auf die schmale, schnurgerade Wasserrinne hinunterschauen. Meine Aufmerksamkeit galt nicht dem Dampfer, der eben dem Golf von Korinth entgegenfuhr. Ich baute in Gedanken am Diolkos weiter, von dem nicht mehr viel zu sehen war: die antike Schleppbahn, auf der im alten Griechenland Schiffe über Land gekarrt wurden, über den Isthmus hinweg, nicht nur das eine oder andere, sondern ganze Flotten.

Während ich erneut dem Anisgeschmack des Ouzo etwas abzugewinnen versuchte, sprach mich einer an, dem Kamerabehang nach ein Tourist. Erst als er zu reden begann, erkannte ich an der Stimme den Knipser aus der Straßenbahn, den, der ein Buch mehr gelesen hatte: Ich würde am falschen Ort phantasieren (und halblaut fügte er hinzu, »einmal mehr«). »Lass die Hellenen, und geh nordwärts. Richtung Wikinger. Statt Peloponnes für einmal Ostpreußen. Warum nicht anstelle eines Poseidon-Tempels und eines römischen Stadions ein gotischer Kreuzgang? Vergiss die Mutter, die sich mit ihrem Sohn ins Meer stürzte, um der Verfolgung zu entgehen, und die als Seegottheit Nothelferin wurde, lass die Quelle, die wegen ihrer Tränenflut entstand. Fahr nach Elbing, das die Polen jetzt Elbląg nennen. Das Trümmerfeld des Zweiten Weltkriegs dürfte aufgeräumt sein. Nimm das Schiff nach Ostróda, auch wenn du dort nichts zu tun hast. Du wirst live erleben, wie ein Schiff achtzig Kilometer weit über Land gezogen wird, hundert Meter hinauf, über fünf schiefe Ebenen hinweg.«

Doch es waren Kanäle anderer Art, mit denen ich mich beschäftigen sollte. Solche, die unter unseren Füßen fließen. Auf sie bin ich durch Zufall gestoßen, als Student, an der Limmat, wegen einer Baugrube. Da kamen von den vier Ecken, vom Rathaus, der Kantonspolizei, der Bibliothek und einigen billigen Lokalen rostige Rohre, und sie stanken alle gleich. Ich entdeckte eine Demokratie: Was die Produktion von Dreck betrifft, kann keiner dem andern was vormachen.

Wenn das keinen Schauplatz für ein Buch abgibt und für einen Abwasserinspektor, der ein Gutachten schreibt, indem er die Gesellschaft von unten betrachtet. Ich habe ihm den Abwasserblick zugesprochen, worauf er seinerseits mir, seinem Erzeuger, die gleiche Lastergabe weitergab: das zu sehen, was gewöhnlich zugedeckt und verborgen wird, da die Wahrheit immer größer ist als das, was jeweils als etablierte Wahrheit gilt; Fragen zu dem zu stellen, wozu man nicht gefragt worden ist.

Fast zwei Jahrzehnte später bin ich in die Kanalisation hinuntergestiegen. Dorthin, wo sich das Regenwasser mit dem Gebrauchtwasser der Haushalte und Industrien vereint. Der Abstieg zur großen Kloake, zur Fäkalienwelt, wo sich mit dem Verdauten auch Verworfenes findet, ob Fötus oder Kotflügel, ob Spritzen oder Präservative. Ein Gang in die Unterwelt, nicht ohne Warnung, weil das Abwasser bei unerwartetem Regensturz die Galeriewege mit heftiger Plötzlichkeit überschwemmt.

Eine der Sehenswürdigkeiten von Paris. Ich ging im Untergrund durch ein Kanalnetz mit Überlaufanlagen, Klärbecken und Schlammbaggern. Eine Unterstadt, die die Boulevards, Straßen und Plätze der Oberwelt wiederholt. Den Straßenschildern folgend vom Quai d'Orsay zum Boulevard Saint-Germain und zum Boul Mich, entlang den zähfließenden Abwässern der Kinos und Buchhandlungen, der Modehäuser und Cafés. Ich erkundigte mich, wie komme ich dorthin, wo Notre-Dame spült.

Doch dann ein heiseres Pfeifen und vages Huschen aus einer schimmeligen Ecke. Nacktschwänzige Ratten, pro Einwohner drei Ratten, lautete die Statistik. Sie flüsterten, ihre Vorfahren hätten *les misérables* gekannt, die ein Dichter in den Pariser Abwässern zu retten hoffte. Und die Nagetierneugierde: Ob ich neben der Wiener Kanalisation des dritten Mannes auch die Warschauer Unterwelt kenne, durch die einige Gefangene zu fliehen suchten; nachdem sie durch die Abwässer gewatet und durch Dreckröhren gekrochen waren, kletterten sie aus einem Schacht, der mitten im Kasernenhof der Besatzer lag, denen sie entkommen wollten.

Was hätte ich antworten sollen auf die Rattenfrage, wie es mit den Kindern in Bukarest steht, die im Winter in die Abwässerkanäle hinunterklettern, um die Nacht nicht in der Kälte verbringen zu müssen, die um einen Platz auf den Warmwasserrohren streiten, Entlaufene und Ausgesetzte, die in der Umgangssprache »Ratten« heißen.

Außerdem hatte ich gelernt, mit Kanälen umzugehen, durch die kein Wasser fließt, sondern elektrischer Strom. Unsichtbare Kanäle, die ohne Bett auskommen. Kanäle, auf denen ich nie mein Holzscheitboot hätte auf Fahrt schicken können. Doch sie transportieren: Bilder, Worte, Formeln. Sie benötigen keine Schleusen, obwohl sie himmelweite Höhenunterschiede überwinden, um ihre Ware durchs Weltall zu hieven und um von dort in meinem Zimmer auf einem Bildschirm anzukommen.

Für diese Kanäle brauche ich mich nicht von Stuhl und Sessel zu erheben, das Klicken einer Maus genügt, oder das Tastendrücken einer Fernbedienung. Kanäle, die mir Postboten ersetzen, sie liefern Revolution und Fußball ins Haus, die Prominentenhochzeit so gut wie den Unfall, Katastrophen und Jubiläen, das Elend wie den Glamour, Wetter und

Mord. Mein Bildschirm ein Zielhafen mit bis zu fünfzig oder gar hundert Anlegestellen, wo ich im Bruchteil einer Sekunde ohne Lotsen von einem Dock zum andern hüpfe.

Was diese Kanäle bieten, hängt von einem Stecker ab. Ein Stecker, an den ein Buchsensystem angeschlossen ist, das anderen Steckern als Anschluss dient. Neben meinem Arbeitstisch winden sich Kabel, klug wie Schlangen und kaum entwirrbar. Mein Originalstecker ist männlich, allerdings ein seltsames Männchen, da ihm zwei Stifte wachsen, aber die sind notwendig, weil deckungsgleich, da das weibliche Gegenstück, die Buchse, zwei Löcher hat. Wenn die beiden kopulieren, wird Licht, läuft das Radio, dreht sich der Mixer, wärmt der Ofen und klingelt das Telefon. Ich wundere mich, weshalb nie eine Ode auf den Stecker geschrieben wurde. Ob es an mir wäre, dies nachzuholen? Mit einem Vers auf den Nullleiter und mit einem auf den Schutzkontakt: »O du dreipolige Dose und dein zwanzigpoliger Traum.«

Ja, ich nahm meinen Machostecker mit auf Reisen. Aber er passte nicht überall in die Dosen. Überraschend, dass was für die Schweiz taugt, auch für Ruanda dienlich sein soll. Aber in Israel wird mit flachen Pins in V-Form anders kopuliert als in Neuguinea mit dem umgedrehten V für Neutral und Phase. Wäre es nicht sinnvoll, sich mit einem Bananenstecker auszurüsten, dessen Metallstift axial geschlitzt und gestaucht ist. Mein Stecker machte schlapp, obwohl er kontinuierlich erigierte. Ich musste mir Adapter als Dolmetscher zu Hilfe holen. Bis ich die Bekanntschaft mit einem weltläufigen Stecker machte, gewappnet für den Globus, der Potenz demonstrierte, indem er sechs Stiftpaare von sich streckte, das eine Paar dicker und das andere dünner, das eine nicht rund, sondern flach, für einmal horizontal und für einmal vertikal, als hätte der Stecker einen sechsarmigen Gott zum Vorbild genommen.

Was aber, wenn der Bildschirm schwarz bleibt? Wenn die Reparaturmethode, die ich nicht erklären kann, aber die ich beherrsche, nichts taugt: den Stecker herausziehen, bis zehn zählen und den Stecker wieder in die Dose tun? Was, wenn es kein *reset* gibt. Wenn bei der Kopulation kein Strom mehr fließt, kein Kabel zu berichten imstand ist, dass alle Stauseen leer, die Atommeiler ausgebrannt sind und die Relaisstationen nichts zu verteilen haben. Was, wenn meine Apokalypse ein *blackout* ist. Wenn alle Ampeln erlöschen, alle Lifte steckenbleiben und jedem Alarmruf die Elektrizität ausgeht. Wenn am Ende die vier apokalyptischen Reiter nicht Pest oder Hungersnot annoncieren, sondern eine unbezahlbare Stromrechnung präsentieren. Wenn nicht nur, wie bei Johannes in der Offenbarung zu lesen ist, das Meer die Toten hergibt, die sich in ihm befinden, sondern wenn es der Bildschirm ist, der all die Toten hergibt, von denen er berichtet und die er gespeichert hat – die aus Kriegen und Hungersnöten, von Schiffsuntergängen und Flugzeugabstürzen, auch die aus dem Leichenschauhaus und dem Krankenhaus, Seuchenopfer und Ermordete, zusätzlich die, die nie Nachricht wurden. Auf alle Fälle auch die, die wie ich ein anderes Ufer suchten. Ob, angesichts all dieser Toten, ob da ein Akku oder eine Kurbel hilft, die Batterie für meine nächste Ewigkeit zu laden?

Vorerst noch keine Apokalypse. Noch fließen die Flüsse, aber die Gegenufer ändern sich.

Meine Eltern waren nicht ans andere Ufer gezogen, sondern an den Stadtrand, in einen Außenbezirk, noch unverkennbar bäuerlich trotz erster Wohnblocks. Zwischen Baugespannen weideten Kühe.

Mein Vater, der die Stadt floh, in die er sich selbst verbannt hatte, hoffte einmal mehr, als Handwerker sein eigener Herr und Meister zu werden. Er baute zwei Garagen zu einer Schlosserwerkstatt um und erlangte für einige Jahre Selbständigkeit.

Von hier, von hinter dem Berg, wie es hieß, gelangte ich nicht über eine Brücke in die Stadt. In meinen letzten Gymnasialjahren war ich für den Schulweg auf einen Bus angewiesen; ich hatte aufs städtische Verkehrsnetz umzusteigen.

Als ich eines Tages als Student eine eigene Wohnung bezog, wurde, was einst ein Jenseits war, ein Diesseits und das Diesseits von einst ein Ort der Rückkehr.

Eine Rückkehr galt der Sportanlage Sihlhölzli, ans Sihlufer gebaut; sie war mir wohlbekannt mit dem Planschbecken für Kleinkinder und dem Sandspielplatz; über sie führt heute eine Hochstraße hinweg. Als Kind hatte mich ein Bau nebenan gelockt, der als Rückwand eine Schale besaß und vorn keine Mauer – eine Muschel. Da drin spielten an Sommerabenden Blasmusiker, und wir Kinder stampften zum Takt des Platzkonzerts. An einem Nachmittag kletterte ich übers Geländer, setzte mich ins leere Odeon, schloss die Augen und legte die Hände als Trichter an die Ohren. Ich hörte all die Musik, die hier einmal erklungen war, wie ich in einer Muschel am Ohr zum ersten Mal das Meer hatte rauschen hören.

In diese Sportanlage war ich noch vor der Volljährigkeit aufgeboten worden für die Rekrutenaushebung. Diesmal nicht für Planschbecken und Sandkasten, sondern für Aschenbahn und Turnhalle. Ich wurde im Schnelllauf, im Weitsprung und Hochsprung geprüft, auch im Klettern am Tau. Hier wurde mein Brustumfang gemessen und meine Augen auf Kurzsichtigkeit untersucht. Nachdem ich meine Zunge zur Begutachtung ausgestreckt hatte, sah ein Arzt in Uniform in meiner Turnhose nach unten, ob das Vaterland mit intakten Hoden rechnen konnte – ich wurde der Sanität zugeteilt.

So habe ich in der Folge diese Sport- und Spielanlage nicht wie einst mit Eimerchen und Schäufelchen aufgesucht, um Kuchen aus Sand zu backen und Tunnels zu graben. Ich trat mit Tornister und Sanitätstasche in Reih und Glied an, aufgeboten zur Inspektion, für Militärdienstpflichtige ein Obligatorium in den Jahren, in denen sie keinen militärischen Wiederholungskurs absolvierten. »Auslegeordnung« lautete der Befehl. Zur Prüfung breitete ich aus, was ich an Utensilien erhalten oder, wie man sagte, in einem Zeughaus »gefasst« hatte: Meine Gamelle glänzte, die Feldflasche roch nicht, an den Bergschuhen fehlte kein Nagel, die drei Nadeln im Nähzeug waren vollständig, alle Knöpfe am Kaput abgezählt, die Gläser für die Gasmaske intakt, Fiebermesser und Pinzette vorhanden, der Verbandstoff nicht aufgebraucht, kein Rost am Faschinenmesser, dem Langbajonett mit gezacktem Klingenrücken. Ich war für den Ernstfall gerüstet, für das Verwundetennest in der Kampfzone wie für das Lazarett im Hinterland. Der Feind konnte kommen.

Für diese Rückkehr zum Sihlhölzli benutzte ich eine Brücke, über die ich als Kind kaum gegangen war, obwohl sie die kunstvollste der Sihlbrücken war, mit vier Löwen auf vier Eckpfeilern. Ein Italiener hatte sie in den *ponte dei quattro leoni* umgetauft, »die Brücke der vier Löwen«. Ich behielt den Namen bei für mein privates Ortsverzeichnis, als *omaggio* an die Italiener, die nach wie vor in meinem einstigen Diesseits wohnten. Meistens Bauarbeiter, Maurer und Gipser. Italiener waren solche, die im Keller gesalzenen Stockfisch aufhängten, ihren *merluzzo;* sie waren ›Maiser‹, da sie Mais aßen. Ich hatte einen italienischen Spielgefährten gehabt, dessen Vater »gegen Mussolini war«, wie er mir anvertraute, und der in einem Lokal verkehrte, wo an der Wand ein Bild von Carlo Marx hing. Dorthin nahm er mich einmal zu Spaghetti mit, und zwar zu »richtigen«. Und ein anderer Italienerkumpan erzählte von seinem Großvater, der war bei einem Krawall vor den Zürcher Stadtbewohnern in die umliegenden Wälder geflüchtet, der war auch dabei gewesen, als einige nach einer Veranstaltung gegen die Messerstecherei aus Wut mit Messern aufeinander losgegangen waren.

Sooft ich auch Zimmer und Wohnungen im neuen Diesseits wechselte, ich wohnte nicht mehr in der Nähe des Proletenflusses, sondern im Einzugsgebiet des bürgerlichen.

Mindestens einmal im Jahr rief sich die Sihl in Erinnerung, und dies mit Sirenengeheul. Die Alarmanlagen wurden geprüft für den Fall, dass die Sihl ihre Staumauer durchbrach; dann würde der Fluss über die Ufer treten und die Innenstadt in kürzester Zeit überschwemmen. Es hätte mich nicht überrascht, wenn die Sihl sich zu diesem Racheakt hätte hinreißen lassen – bis zu acht Meter hoch wird das Wasser dann im Zentrum auf dem Bahnhofplatz stehen, höher als der Monumentalbrunnen, so dass keiner der Denkmalköpfe aus dem Wasser schauen wird.

Die Limmat, als ich sie kennenlernte, hatte Erinnerungen daran bewahrt, dass ihr Wasser einst von Industriebetrieben genutzt worden war. Noch führte ein gedecktes Holzbrücklein zu Kleinwerkstätten. Dieser Inselkomplex wurde bald abgebrochen, ebenso die beiden Stege mit den von Wasserrädern betriebenen Mühlen. Es verschwanden der Ponton und die Reuse, in der ein Comestibles-Geschäft seine Fische frisch gehalten hatte. Auch ein Gehege mit Wasservögeln, über die am Geländer Tafeln informiert hatten, wurde aufgehoben, kein Höckerschwan und kein Zwergtaucher mehr hinter Gittern. Und weg war eines Tages auch das Pissoir. Geblieben eine Badeanstalt; dort hatte ich schwimmen gelernt. Längst nicht mehr auszumachen, wo im Fluss einst der Gefängnisturm Wellenberg stand mit dem Lasterkorb, in dem man Kleinkriminelle zum Gespött und zur Belustigung der Gaffer aushängte. Nicht weit davon musste die Stelle sein, wo man Ketzer wie die Wiedertäufer ertränkt hatte. Die Limmat wurde ausgeräumt. Von Zeit zu Zeit wurde sie geputzt. Taucher holten Bürostühle und Fahrräder herauf, Koffer, Schuhe oder Radiogehäuse, mit Algenfäden behangen und mit Wandermuscheln besetzt.

Rechts und links der Limmat habe ich gewohnt, bis ich mich für die letzten Jahrzehnte am linken Ufer einmietete. Die *rive gauche,* wie ich stilisierte, die mit Luxusgeschäften und Banken zur City arrivierte. Jedenfalls kam ich wieder zu einem Gegenufer und damit zu Brücken, darunter zu der, welche zur Gewohnheitsbrücke wurde.

Sie war der einzige Übergang im Mittelalter gewesen. Bei einer Prozession stießen die Nonnen von der einen Seite mit den Chorherren von der andern auf der Brücke zusammen. Keine Gruppe gewährte Vortritt. Unter dem Gedränge stürzte die Brücke mitten in der Litanei ein, so dass Frommes Limmat-abwärts ertrank. Ich wundere mich zuweilen, weswegen ich mir solches merke. Wohl um gewappnet zu sein, falls ich dem begegne, der eine Chronik mehr studiert hat.

Zu meiner Zeit war die Brücke ausgebaut worden zu einem grobklotzigen Platz mit Zeitungskiosk, Würstchenstand und Souvenirladen. Ein Schau- und Demonstrationsplatz. Da traten an Samstagen Straßensänger auf, und zur Wahlzeit hielten Kandidaten Reden. Hier postierte sich der Prediger, der zur Umkehr mahnte und dem klargemacht wurde, dass Lautsprecher auf öffentlichen Plätzen auch für das Wort Gottes bewilligungspflichtig sind. Da wurden Unterschriften gegen die Vivisektion oder für den Schwangerschaftsabbruch gesammelt. Hier wurden Kuchen angeboten, die zugunsten von Drogenabhängigen gebacken worden waren.

Es war ein Brückenplatz, wo sich die Stadt während einiger Jahre an den Samstagen der Weltmisere erinnerte. Poster von Ausgehungerten oder von Kindern, denen Landminen die Beine abgerissen hatten. Leprazerfressene Gesichter und der vom Aussterben bedrohte Orang-Utang. Was Gemüsebrücke hieß, wurde zur Seufzerbrücke. Stille kehrte erst ein, wenn am Abend die Kirchenglocken die Woche ausläuteten und die kommende mit einem Zweitgeläute begrüßten. Dann waren die Aufnahmen von Gefolterten abgeräumt, die Bilder von Überschwemmungen und Vulkanausbrüchen verpackt. Es machten sich die Straßenwischer an die Arbeit.

Doch eines Tages kehrte die Gemüsebrücke zum Wochenendmarkt zurück. Nicht mehr Flüchtlingslager, sondern Tiroler Spezialitäten. An Stelle von Vergewaltigungen Biogemüse und statt zerbombter Dörfer Lebkuchen. Und im Sommer drehte sich ein Karussell, betrieben von der Feuerwehr. Da begegnete ich einem der Schimmel, von denen ich als Kleinkind beinahe heruntergerutscht wäre.

Meine Gewohnheitsbrücke verband kaum Gegensätzliches. Auf beiden Seiten Kirchen, hier das Fraumünster mit der vergoldeten Jahreszahl und dem Uhrengiebel, und drüben das Großmünster mit seinen Haubentürmen; drüben direkt im Wasser das Rathaus und bei uns Amtshäuser. Dort das Obergericht und hier die Sternwarte. Altstadt hier wie Altstadt dort, verwinkelte Gassen auf beiden Seiten.

Und doch. Es gab wieder ein Gegenufer. Diese andere Seite bestimmte meine Ausbildung. Nicht nur, weil dort die Bibliotheken lagen und die Buchläden, in denen ich schmökerte. Antiquariate, wo sich Bücher auf dem Boden stapelten und wo ich in Kisten wühlte.

Dort befand sich auch das Varieté, wohin mich mein Vater einst zu Damenkämpfen, Zauberkünstlern und Schlangenmenschen mitgenommen hatte. Dort besuchte ich jetzt Kabaretts. Das waren nicht Lokale mit Fotos von leichtbekleideten Frauen im Aushang. Nein, das waren Kleinbühnen, die eine in einem Hotel, ein Schlauch von einem Saal. Auf diesen kleinen Bühnen traten Figuren auf, wie ich sie von der Straße her kannte, und sie redeten auch so. Ein Marronibrater zum Beispiel, der nicht Kastanien feilbot, sondern Sprüche, desgleichen ein Glaser. Das Zigeunerleben war nicht so lustig wie im Volkslied; denn hier handelte es von ungarischen Deportationen. Mussolini und Hitler trafen sich in der Hölle und unterrichteten die kleinen Teufel. Die Hymne auf einen großen Schnurrbart galt dem Schnurrbart von Stalin. Was ich in der Zeitung las oder im Radio hörte, wurde hier Spektakel. Da vernahm ich nicht einfach, dass die USA und die Sowjetunion einen Kalten Krieg führten, der Vorhang ging hoch über dem Dilemma »Wodka oder Whisky«. Da hörte ich das Klagelied eines Kulis im Fernen Osten oder was nach dem Putsch eine WC-Frau aus Prag schreibt. Es ging nicht bloß um Swiss-Dur. Denn, wenn es in Zürich fünf Uhr schlägt, »ist es in China tiefe Nacht, und in Jamaica ist es acht, die Welt ist sonderbar und weit, verliebt, gefoltert und erregt...«

Dass es zwei politische Kabaretts gab, begriff ich erst hinterher. Im Kampf gegen Nationalsozialismus und Faschismus waren Texter, Musiker und Schauspieler sich einig gewesen. Mit dem Kriegsende aber, als diejenigen besiegt waren, gegen die sie gesungen und gedichtet hatten, stellte sich heraus, dass sie unterschiedliche Ideen von der Zukunft hatten – in der Kritik vereint, in der Erwartung zerstritten. Zum ersten Mal musste ich achtgeben, nicht an der falschen Stelle zu lachen, und mir merken, wann man rechts und wann man links applaudiert. Ich, der ich im Knabenchor mit Andacht gesungen hatte: »Der Mond ist aufgegangen, die goldnen Sternlein prangen«, erfuhr von der Bühne herab: »Wenn du meinst, der Mond geht unter, tut er nicht, er tut nur so.«

Ein Programm anderer Art bot das einzige schwule Nachtlokal. Da schlenderte nicht nur ich an der Türe vorbei, noch eine Kehrtwendung, sich vergewissernd, wer herumstand, bevor man eintrat. Es wurde geflüstert: die, die solche Lokale aufsuchen, werden von der Polizei registriert. Drinnen vernahm man Genaueres. Verschärfte Kontrolle der Pissoirs. In Paris soll verboten werden, dass Männer miteinander tanzen. Die Amerikaner glauben nicht an den Kinsey-Report, so viel Prozent können es nicht sein, die derartige Erfahrungen gestehen. An der Wand die Reproduktion von Ganymed, entführt vom Adler, und im Himmel erwartungsvoll Zeus, für »Menschen unserer Art«. Gruppenbilder von Heiligabend im Klublokal, »damit im Schein der Kerzen Weihnachten nicht ein Fest der Einsamen ist«. Einer überredet den Typen neben ihm, den Arm auf seiner Schulter: »Auch Shakespeare war so und erst Michelangelo.« Worauf einer aus einer dunklen Ecke kommentiert: »Schwul ist nicht abendfüllend. Vielleicht reicht's für eine Nacht. Es ist nicht alles schwul, was glänzt.« Ein rauchgeschwängertes Gedränge, so dass sich nicht nur von Barstuhl zu Barstuhl Schenkel an Schenkel presst.

Ja, sofern Zürich ein Nachtleben hatte, fand dies am andern Ufer statt. Dort waren die Kneipen, die ich in meinen betrunkenen Jahren frequentierte, Handwerkerbeizen, Weinstuben, Tingeltangel und die ersten Jazzlokale. Unvermeidlich, dass ich damals nach Mitternacht über die verlassene Brücke heimwärts torkelte. War die Blase zu voll, stemmte ich mich gegen das Geländer, rechts von mir der Tempelbau der Kantonspolizei, die Hauptwache. Ich urinierte in die Limmat, ein plätschernder Gruß flussabwärts, Richtung Sihl, je höher der Bogen, umso viriler die Tat. Ich habe mich wegen meines Strahls bei manchem Haubentaucher entschuldigt, dass ich ihn aufgeschreckt.

Nein, auf diesem Fluss habe ich kein Holzscheit auf große Fahrt geschickt. Aber ich habe zugeschaut, wie Schüler an einem Novemberabend auf dem Wasser Lichter ausgesetzt haben. Kerzen auf Styropor geklebt, das als Floß diente, Joghurtbecher als Windfang. Ein Schwarm von Flämmchen, der sich von der Strömung treiben ließ. Die Lichtboote drifteten auseinander, einige fanden sich wieder, manche schlugen an die Quaimauer oder gingen bald nach dem Start unter. Über den Lichtern der Schrei einer Lachmöwe. Keines dieser Lichter wird die Stadt verlassen. Weiter als bis zum Wehr schaffen sie es nie; sie werden spätestens von einem Schutzgitter abgefangen, ein Massengrab ertrunkener Kerzen.

Die Lichterprozession zündet in meiner Erinnerung andere Kerzen an. Ebenfalls November, aber eine tropische Vollmondnacht. Der Mondschein glänzte auf der schwarzen Haut des Wasserbüffels, der stumm der Zeremonie zusah. Kerzen und Räucherstäbchen auf lotusförmigen Gestecken von Blumen. Ich habe auf eines der geschmückten

Bananenblätter eine Münze gelegt, wie mir mein thailändisches Wahltöchterchen riet, ein Beitrag, um die Göttin der Wasser und Flüsse gnädig zu stimmen. Wenn dieser aride Nordosten etwas brauchte, war es Wasser. Wir hatten bereits Raketen gegen einen wolkenverhangenen Himmel gejagt, damit er regnen lasse. Und nun schickten wir unsere Bananenblätter auf den Fluss. Um der Gunst der Göttin sicher zu sein, legten wir neben die Münze noch ein Bonbon und eine Zigarette. Wer die Chance hatte, länger seinem flackernden Licht nachzusehen, durfte ein längeres Leben erwarten. Ich legte ein zweites Bonbon hinzu.

Nun kannte ich von der Limmat nur den Teil, wo sie die Stadt durchfließt, vom See bis zu der Stelle, wo sie sich mit der Sihl verbindet.

Wir hatten in unserem Jugendjargon die Limmat Jordan genannt. Die wenigsten dürften gewusst haben, auf was für einen Fluss der Name anspielte. Jedenfalls war an dieser Limmat weit und breit kein Johannes der Täufer auszumachen, mit Kamelhaar bekleidet und einem ledernen Gürtel um die Lenden, obwohl manchmal einer prophetisch auftrat, mit zerzaustem Bart und in Sandalen. Auch wenn seine Mahnung unseren Sünden galt, die Frohbotschaft verhieß Rohkost, auch moralische. Der Prediger selbst nährte sich nicht von Heuschrecken und wildem Honig. Sofern wir getauft waren, waren wir nicht mit Jordanwasser getauft worden, sondern mit solchem aus der städtisch-kantonalen Aufbereitungsanlage: Im Namen des… und im Namen der andern beiden.

Den Jordan erlebte ich nicht als Fluss, sondern als ein Quartier in Amsterdam. Ein Irrtum allerdings, der Name

Jordaan sei eine Verballhornung, wurde ich belehrt. Aber auch Irrtümer bewirken schöpferische Intensität. Bei der ersten Bekanntschaft schwang unüberhörbar ein biblischer Sound mit. Was immer ich antraf, taufte ich mit Jordanwasser: *kerk, huis, gracht, straat, brug* und *poort*. Ob es sich um die wegen ihres Glaubens verfolgten Hugenotten handelte, die hier einst Zuflucht gefunden hatten. Oder um eine klandestine katholische Kirche in einem oberen Stockwerk, weil es für einmal Katholiken waren, die ihren Gottesdienst im Verborgenen abzuhalten hatten. Oder um ein Judenmädchen wie Anne Frank, die während der Nazi-Okkupation hinter einer drehbaren Bücherwand versteckt gehalten wurde. Oder ob es um die portugiesische Synagoge ging. Ein Ort, den ich in meinem Gedächtnis mit einer Plakette versah: Hier erfuhr Baruch de Spinoza, der seinen Lebensunterhalt mit der Herstellung von Mikroskopen und Ferngläsern verdiente, eines Morgens beim Vorbeigehen aus einem Aushang, dass er wegen seiner Thesen von der jüdischen Gemeinschaft ausgeschlossen worden war. Die, welche wegen ihres Glaubens aus Portugal vertrieben worden waren, schlossen einen der ihren wegen seiner Glaubenssätze aus. Ich hatte nach einer ersten Lektüre Spinozas Gottesliebe laiziert; sein *amor dei intellectualis* habe ich auf meine private Gefühlswelt in einen *amor hominis intellectualis* umgemünzt: Ich hab dich lieb, was geht's dich an.

Bei Gelegenheit machte sich die Sihl lustig darüber, dass wir die Limmat Jordan nannten – wie es komme, dass der Jordan, »dieser mickrige Wüstenfluss«, zusehends verdrecke, man aber sein Wasser für Wunderzwecke in christliche Flaschen abfülle. Ich replizierte: Der Jordan verschmutze nicht nur wegen Abwässern jeglicher Art, sondern weil immer mehr Christen darin badeten, um sich von ihren Sünden reinzuwaschen. Ich sah mich unvermittelt in der Rolle dessen, der ein Buch mehr gelesen hat, ich verteidigte einen Fluss, den ich nicht kannte, ich beschwor das schwere Schicksal, Grenzfluss zu sein: dieser einzigartige Lauf, der in den See Genezareth mündet, den er wieder verlässt, um aufzugehen in einem toten Meer, im Toten Meer, das keinen Abfluss hat, in dem keine Pflanze und kein Tier überleben kann. Die Sihl begann gleich von einem anderen Fluss zu reden, ohne den Namen zu nennen: ein Strom, der einen der größten Stauseen füllt, der mit dem gestauten Wasser seine Kraft abgibt, so dass für ihn selber nicht viel übrigbleibt; lässt er die Staumauer hinter sich, versickert er auf dem Weg zum Meer.

Solchen Gedanken hing ich nach, als ich wieder einmal die Sihl besuchte. Verschiedene Gründe gab es, im Lauf der Zeit ins einstige Diesseits zurückzukehren. Nicht nur die italienischen Restaurants, die Gastrokarriere machten; ihre nackten Tische von einst wurden mit Tischtüchern aus Papier bedeckt und danach mit solchen aus Stoff. Das Brockenhaus mit seiner aussortierten Ware blieb ein Fundort für Kleinmöbel und Haushaltsgegenstände aus zweiter Hand. Und das Volkshaus war die Adresse für politische Großveranstaltungen ebenso wie für Konzerte. Ins Bezirksgericht allerdings, da ging ich nur auf Vorladung hin. Einen besonderen Anlass aber, Straßen, Plätze, Märkte und den Sihlfeldfriedhof aufzusuchen, lieferte die »Kranzflechterin«, eine Frauenfigur, zu der mich meine Großmutter inspiriert hatte. Sie hatte zwar mit Gemüse und nicht mit Kränzen gehandelt. In meinem Buch aber wurde sie zu einer Frau, die bekennt: »Jeder soll zu seinem Kranze kommen.« Sie flicht Totenkränze.

Eines Abends fand ich mich an der Uferböschung wieder, wo ich als Kind dem Zusammenfluss von Sihl und Limmat zugeschaut hatte. Von einem Steg aus sah ich zum stillgelegten Lokalbahnhof hinunter. Auf der Treppe ein paar Schwarzafrikaner, die die offene Szene begutachten, neben ihnen die minderjährigen Laufburschen, die die Drogenpäckchen aus den Verstecken irgendwelcher Schuppen und Keller holen. Vorbei an den blauen Kastenwagen der Polizei und dem Bus der Anlaufstelle für psychologische Betreuung. Über die Ausfahrtstraße torkelt ein Mädchen, das T-Shirt hochgezogen, den Autofahrern klägliche Brüste anbietend, die Finger im Slip. Das Quietschen von Bremsen, Zurufe aus den heruntergekurbelten Fenstern. Videos, Fotoapparate, Lederjacken, Transistoren, Fahrräder auf Wolldecken. »Billig da geklaut.« Eben binden zwei Sanitäter einen auf der Bahre fest, sein linker Arm überzogen von Abszessen, am Hals ist das Tüchlein verrutscht, mit dem er verdecken wollte, dass er in den Hals fixt. Ein anderer, die Spritze hinterm Ohr wie ein Handwerker den Bleistift, rapportiert in die Luft hinaus: »Am eigenen Erbrochenen verreckt«. Ich weiche dem Typen aus, der schlottert und gegen die erstbesten anrennt, sein zitternder Hilferuf: »Ein Kick, ein Kick.« Ich wäre fast auf den getreten, der auf dem Boden liegt, die Hose halboffen, im eigenen Kot, der Mund verschmiert. Dosen, Scherben, blutige Tupfer. Marihuana in der Luft und der Gestank von Urin. Verzweifeltes Geschrei von einem, auf den ein Dealer einprügelt. Eine Gruppe, die um einen Spritkocher herumhockt, begrüßt johlend einen, der von weitem ruft: »Laufengelassen, mangels leerer Zellen.« Er rupft mich am Ärmel: Was ich biete, er hält mich für einen Journalisten, er insistiert, er habe manchen »zu Boden gehen sehen: Jetzt wird schon geschossen. Megageil.« Er kratzt sich im Brusthaar: »Die Milben und die Läuse sind schon da.« Was mit dem war, der kollabierte? »Wir hätten ihn weiter beatmet, wenn nicht die Bullen gekommen wären. Läuft das Geschäft? Ich wohne komfortabel. Auf einem toten Gleis. Stellwerk Nummer fünf. Wie wär's mit etwas dreckigem Kleingeld?« Vorbei an einem Mädchen, das auf einem Pappkoffer kauert, den Kopf auf einem Transistor, an den es sich klammert; sie bettelt in die Luft hinaus um eine Batterie. Einer, der gerade gehen gelernt hat, die nassen Windeln auf den Knöcheln, stemmt sich an einem Bündel Flugblätter hoch: »Belohnung. Libanesenmord. Abrechnung unter Drogenhändlern.«

Nach ein paar Schritten geht mich ein junger Mann um ein Streichholz an. Ich reiche ihm ein Feuerzeug; er zieht mich hinter sich her ein Stück die Böschung hinunter. Er zündet Kerzenstummel an, die in den Löchern eines Backsteins stecken, legt über das eine Flämmchen einen Löffel: »Mein Sugar.« Er erwärmt sein weißes Pulver, schüttet etwas Wasser hinzu und irgendeine Lösung. Neben sich ein geschnürtes Bündel, eine offene Tasche mit einer verschmutzten Kordel. Darin habe er bis vor kurzem eine Gebetsmühle mitgeschleppt, als Sicherheit für ein Rückflugticket nach Kathmandu, da komme er her, er habe die Gebetsmühle und mit ihr den Rückflug verhökert, die Mühle, die hänge jetzt an der Gartenmauer einer Villa, der

Wind besorge die Litanei. Geblieben seien ihm Gebetsteppiche, er zeigt auf eine Trauerweide, zum Trocknen an einem Zweig ein Taschentuch, ein Schal, eine Unterhose und ein Stück Verbandstoff. Was könne er dafür, dass er zwischen Fünftausendern auf die Welt gekommen sei, das sei nun einmal so. Er verjagt mit einem Tritt ins Leere einen streunenden Hund, der an seinem Bündel schnuppert. Der Hund jault, obwohl er nicht getroffen wurde. Der Junge gibt mir das Feuerzeug zurück und krempelt sich den rechten Hemdsärmel hoch, ein Blick auf die Einstichstellen: »Da ist noch Platz.« Er pumpt mit der Faust Blut in die Vene. Neben der Tasche auf einem Frottiertuch ein paar Filterzigaretten und die Spritze. Im Löffel eine klare braune Flüssigkeit. Er bricht von einer Zigarette den Filter ab, führt durch diesen die Nadel und zieht hoch. Ein Stich, und er zeigt aufs Wasser: »Nun taucht eine Schildkröte auf und mit ihr die Göttin Ganga«, er liebe ihr glattes, gescheiteltes Haar. Er fährt mit der Rechten streichelnd durch die Luft: »Jetzt verlieren die Bäume ihre Blätter, statt ihrer wachsen Fiedeln und Flöten an den Ästen, mit ihnen spielen Vogelmenschen, himmlische Musikanten, jetzt höre ich die Lieder meiner Kindheit, nepalesische Hymnen.« Er horcht auf, es heult die Sirene einer Ambulanz. Wo er herkomme, entschuldige man sich bei Pflanzen und Bäumen, bevor man ihre Blätter oder Früchte pflückt. Wo er herkomme, da würden sich wie hier zwei Flüsse treffen, der eine, das sei der Mutterfluss, und der andere der Vaterfluss. Aber hier, vor Augen, wie sich Sihl und Limmat vereinen, wisse man nicht, an welchem Fluss man sich ausweint und welcher einem den Weg weist.

Ob ich mich an der Sihl ausweinte oder ob mir die Limmat den Weg wies – ich kehrte zu einem Abschnitt der Sihl zurück, an dem ich in meiner Kindheit achtlos vorbeigegangen war, sofern wir überhaupt in diesen Teil von Außersihl kamen.

Hier bildeten Druckereien und Verlagshäuser ein kleines Presseviertel. Die Genossenschaftsdruckerei, welche die sozialistische Tageszeitung *Volksrecht* herausgab, lag hier. Ebenso die Druckerei und Redaktion des *Tages-Anzeigers*, der populären Lokalzeitung. In ihr hatte ich als Gymnasiast meinen ersten Text veröffentlicht:

»Das Haus war nichts Besonderes. Doch das Haus hatte einen Hof, und darin grünte ein Holunderstrauch. Das war sein Reichtum. Alle Häuser im Umkreis besaßen einen Hof, und jeder Hof war gepflastert. Aber in keinem Hof gab es einen Holunderstrauch. Ganz in eine Ecke gedrängt wuchs er an einer Mauer hinauf, die die Höfe trennte. Während weniger Stunden nur schien die Sonne in den Hof, darum war es kein schöner Baum. Wenig Grün trug er, auch war er verkrüppelt; denn man band das Wäscheseil an seine Äste. Wenn ich aus dem Fenster in den Hof hinaussah: Immer stand der Holunderstrauch dort. Ich sah, wie die weißen Teller auf dem grünen Blätterhaufen lagen, wie sie schwärzer und schwarz wurden und wie sie die Frau von der Mansarde pflückte. Während einiger Tage kroch der süße Duft gekochter Holunderbeeren über die Stiegen und hockte sich in den Ecken fest. Der Holunderbaum blühte zum zweiten Mal, zum zweiten Mal reiften die Früchte. Aber niemand pflückte sie. Die Frau von der Mansarde hatte man aus dem Haus getragen. Auf ihrem Sarg hatte ein Strauß von Holunderblüten gelegen. Als ich ein paar Tage danach von der Schule heimkam, war der Strauch umgetan. Weiße Splitter lagen umher und hie und da gebrochene Äste.«

Es war das erste Mal, dass ich mit geschriebenen Worten einer Trauer beizukommen suchte. Mein Vater hatte beim Einrichten seiner Werkstatt den Holunderstrauch hinterm Haus abgehackt, über dem Baumstumpf stapelten sich gebrauchte Autoreifen.

Für diese Zürcher Tageszeitung, in der solches über einen Holunderstrauch zu lesen war, begann ich als Student zu arbeiten. Beiträge im Feuilleton und im Lokalteil. Jubiläen, die mich nicht interessierten, und Rezensionen von Büchern, auf die ich von allein nie gekommen wäre.

Ich hatte die Sympathie einer Redaktionssekretärin gewonnen; gab ich das Manuskript am Schalter ab, war sie bereit, die Zeilen zu zählen und mir das Zeilenhonorar als Vorschuss auszuzahlen, worüber der Buchhalter nicht sehr erfreut war. Mir aber bot dies die Möglichkeit, mich zu einem Alles-inbegriffen-Menü in einem Restaurant einzuladen, das eine Terrasse hatte, von der man auf die Sihl hinuntersah und wo ich Möwen mit Brotresten fütterte.

In diesem Viertel kam ich zu meiner ersten festen Anstellung. Die Druckerei Conzett und Huber gab eine illustrierte Familienzeitschrift heraus, die meine Mutter abonniert hatte. *In freien Stunden* las sie die Fortsetzungsromane und liebte besonders den einen, *Sag ja zu mir*, aber auch Reportagen wie »Frauen finden Heimarbeit«, Berichte über Schotten »mit Dudelsack und kurzen Röcken« oder über ein »Blindenspital im Nahen Orient«. Zur Kriegszeit hatte sie darin zum ersten Mal »Hausfrauen mit Gasmasken« gesehen. Die Illustrierte erschien mit einem farbigen Titelblatt und bot als Eröffnungsseite eine »aktuelle Beilage«. So folgten dem »Krokus als Frühlingsboten« Japaner auf dem Vormarsch in China, und auf den »Hasen als Kuscheltier« ein Flüchtlingsstrom in Frankreich, und nach deutschen Stoßtrupps waren »Schwäne auf Abwegen« zu sehen. Nun bot die Illustrierte eine besondere Rubrik an: »Erfahrungen und Hilfeaustausch unserer Abonnentinnen«, wo meine Mutter sich Ratschläge merkte über Ohrensausen, Büstenpflege, Hexenschuss oder den Weißfluss, der für alle Frauen böse Folgen haben kann. Gegen geringes Entgelt wurden Schnittmuster in allen Größen geliefert, für das Schlichte und Kleidsame wie für das Aparte. Mit dem Abonnement war eine Unfall- und Lebensversicherung verbunden. Ich hatte meine Mutter einmal überrascht, wie sie ausrechnete, was im Todesfall meines Vaters bliebe, die Auslagen fürs Krankenhaus und die Kosten für die Beerdigung abgezogen; mein Vater war nach einem seiner Kneipenbesuche mit dem Rad gestürzt und hatte im Straßengraben gelegen.

Dieser Verlag gab neben dem Familienblatt auch die kulturelle Monatsschrift *Du* heraus, eine renommierte Publikation des gehobenen Bürgertums, nicht zuletzt wegen der

Vierfarbendrucke beliebt für das gediegene Wartezimmer und den anspruchsvollen Salontisch.

Als ein Redaktor, für den ich gelegentlich arbeitete, die Chefredaktion übernahm, wurde ich, der eben sein Studium abgeschlossen hatte, als Aushilfe beigezogen. Zu meinen Aufgaben gehörte die Betreuung der Korrespondenz. Der Verlag suchte per Inserat einen zweiten Mann für die Redaktion. Jeden Morgen öffnete ich die Bewerbungsschreiben und legte sie dem Chef zur Begutachtung hin: »Ich wollte mich längst verändern« oder »Ich war in der Schule gut im Aufsatzschreiben«. Nach einigen unergiebigen Wochen fragte mich der Chef: »Und was ist mit Ihnen?« Ich nickte. Ich wurde *junior editor.*

Die Konzeption von monatlichen Themenheften bot ein Spektrum redaktioneller und journalistischer Aktivitäten:

Gab »Vater und Sohn« ein Thema ab, wurde ein Aufsatz über Isaak denkbar. Seine Geschichte interessierte mich, da er in der Bibel nicht zu Wort kommt. Warum nicht, in einer Zeit der Rebellion und Revolte, dic Geschichte für einmal vom Sohn aus erzählen, der den Vater beim Lügen ertappt, als dieser ihm auf seine Frage nach dem Opferlamm eine ausweichende Antwort gibt. Warum nicht den »stummen Isaak« zum Reden bringen, fragen, was sich in Herz und Hirn dieses Knaben abspielt vom Augenblick an, als er erkennt, was sein Vater mit ihm vorhat – nämlich ihn zu opfern. Biblische Leerstellen, die gefüllt werden könnten – vielleicht damit, dass Isaak in seiner Verzweiflung in Gelächter losbricht und damit jenes Lachen aufnimmt, das ertönte, als er verheißen wurde und wonach er seinen Namen trägt.

Oder ein Heft über Nikolaus als Anlass, sich zu erinnern, wie wir als Jugendliche Santa Claus durchs Viertel jagten, wenn er mit Sack und Fitze unterwegs war, um uns, von unseren Eltern aufgeboten und bezahlt, die Leviten zu lesen. Wir hetzten ihn in einen Hausgang, wo er sich der Kutte und des Wattebarts entledigte und, statt uns in den Sack zu stecken, um freien Abgang bettelte. Die Sondernummer bot die Chance, beim Studieren seiner Legende von einem Nikolaus zu erfahren, der bubenfreundlicher war, als wir ahnten. Er hat die Buben, die ein böser Wirt geschlachtet und eingepökelt hatte, aus den Fässern geholt und sie Fleischstück um Fleischstück zu neuem Leben zusammengesetzt. Ein Wundertäter, der manchmal beim Guttun zu rasch vorging; so hat er bei zwei enthaupteten Maultieren dem weißen den Kopf des schwarzen aufgesetzt und dem schwarzen den des weißen.

Oder ich hatte mich wegen eines Fotoheftes mit den Antillen zu beschäftigen, die »nicht nur geographisch am Rande liegen; sie sind durch ihre Geschichte auch menschlich ein Randgebiet. Was wir heute erleben, ist der Versuch, aus diesem Randgebiet ein Zentrum zu machen.« Noch konnte man das Wort »Neger« verwenden: »Die unheimlichste Folge ist aber wohl die Haltung der Antillenneger gegenüber ihrer eigenen Rasse. Das Problem der schwarzen Haut wurde in die Rassse selbst hineingetragen. Gesellschaftlich nimmt der Neger, der eine hellere Hautfarbe hat, bei seinen Mitnegern eine höhere Stellung ein. Diese Verleugnung der eigenen Natur ist die tiefste Wunde, die sich die Antillenneger schlagen ließen.«

Was hatte ich an meine Sihl gedacht, als wir eine Sondernummer über die Seine herausbrachten, ihr hätte ich gerne einen solch besessenen Fotografen gewünscht, der ihr mit der Kamera von der Quelle über Stausee, Tobel und Wald von Siedlung zu Siedlung gefolgt wäre.

Man erlaubte mir, in eigener Regie Nummern zu konzipieren. Es waren die fünfziger Jahre, in denen sich zornige junge Männer in Büchern und auf der Bühne zu Wort meldeten. Nonkonformisten, wie sie sich rühmten. Dementsprechend lautete mein Rebellen-Statement:

»In einer Zeit des Konformismus muss man die Exzentriker preisen. Wo der *common sense* herrscht, muss dem *nonsense* Platz eingeräumt werden. Exzentriker sind unerlässlich, je stärker der Glaube an den gesunden Menschenverstand dominiert. Gibt es doch nichts Anfälligeres als gerade die Gesundheit dieses Menschenverstandes; man muss auf der Hut sein, wenn der Verstand nichts anderes als gesund sein will. Die Phantasie der Freiheit ist größer, als der Verstand es sich vorstellt.«

Bei diesem Heft hatte ich mich für englische Exzentriker entschieden. Für Zier-Eremiten, die sich der Adel in seinen Parks hielt. Für den kunstvollen Bau von Ruinen. Für den Begründer des Utilitarismus, der sein Ende als Mumie in einem Schaukasten der Londoner Universität fand und dem regelmäßig die Unterwäsche gewechselt wird auf Initiative des Begründers des *basic English*. Für den Botaniker, der sich mit der Zehe am Hinterkopf kratzte, um zu beweisen, dass Barfußgehen gesund ist. Für den aus dem Sitwell-Clan, der die weißen Kühe auf seinem Landsitz mit blauen Chinamustern bedrucken lassen wollte.

Nicht zu vergessen den Engländer, der, als der Tee aufkam, ein Pamphlet gegen das Teetrinken schrieb, mit dem alle Sitten zu zerfallen drohten. Derselbe benutzte eines Tages den Schirm, mit dem man sich bis anhin vor der Sonne geschützt hatte, gegen den Regen. Eine Nation lachte über ihn. Er führte auf der Insel die liberale Waffe des Bürgertums ein, den Regenschirm. Wo er aus Konvention dachte, wurde er lächerlich. Wo er lächerlich wurde, schuf er Konvention.

Oder, so ging mein zeitgemäßes Philosophieren: In einer Gesellschaft, in der alles machbar und reparierbar ist, dem »unpopulären Schmerz« ein Heft widmen, der »unverdient ist wie die Schönheit oder das Genie«, womit ich mein Thema des Ungefragten variierte:

»Sosehr das Unverdiente, Zufällige und Unberechenbare dem Schmerz eignet, es wäre nicht richtig, ihn lediglich unter diesem Aspekt zu sehen. Je mehr sich der Schmerz vom rein Körperlichen entfernt und seelisch und geistig wird, umso mehr entsteht ein Schmerz, an dem der Mensch selbst mitarbeitet und für den er verantwortlich wird. Wenn eine Hand in der Maschine steckenbleibt, ist dies ein Unfall; der Schmerz, der dabei eintritt, wird durch einen unglücklichen, ungeschickten Umstand erzeugt. Wenn aber jemand eine Liebe nicht erwidern kann und dem Werbenden einen Schmerz zufügt, ohne weh tun zu wollen, und darunter vielleicht selber leidet, dann ist dies ein Schmerz, der nicht aus Zufälligkeit entsteht, bei dem man nicht sagen kann, eine Schutzvorrichtung hätte ihn vermeiden können. Wo der Mensch zu denken anfängt, reißt er selber Schutzvorrichtungen ein. Er nimmt die Qual der Formulierung auf sich, es gilt, sich von Namen, Büchern und Vorstellungen loszureißen, die er einst liebte; er muss Dinge in Frage stellen, die ihm Halt gaben. Das sind Schmerzen, die nur dann vermieden werden, wenn man vorgearbeitete Wege geht; wo das Denken keine Wehen kennt, ist es unfruchtbar. Der Mensch ist nicht nur zum Schmerz verurteilt, sondern er besitzt die Freiheit zum Schmerz.«

Aber in einer Kunstzeitschrift kam ich mir mit meinen literarischen Interessen und Kenntnissen unterfordert vor. Umso dankbarer war ich, als man für mich die Beilage *Das Wort* gründete – auf andersfarbigem Papier, jeden Monat acht Seiten, keiner Aktualität verpflichtet. Zum ersten Mal hatte ich eine Kolumne: Totalitarismus der Moral, Lektion im Salon, vorweggenommene Literaturkritik, Tempovorschriften für das Lesen von Belletristik. Selbst kaum älter als dreißig, schrieb ich ein »Merkblatt an einen jungen Intellektuellen«, aus privatem Anlass – eine Freundschaft war zu Ende gegangen:

»Sie sagen, du habest kein Herz. Da um dich keine Nestwärme strahlt, seist du herzlos. Du berichtigst die Meinung nicht einmal. Du scheinst ihnen sogar recht zu geben; denn du fragst, was das sei, ein Herz, und sie lachen. Aber du legst einen untrüglichen Beweis für dein Herz vor: deinen Intellekt. Die meisten meinen zwar, du habest deinen Intellekt geschärft, weil dir keine andere Gabe bleibt; das Herz habe alle Kraft an deinen Intellekt abgetreten und kümmere. Wer dich aber beobachtet, weiß, es war nicht der Mangel an Herz, der dich zum Intellekt trieb, sondern ein Herz, das unbelehrbar empfand und rücksichtslos fühlte. Du hattest keine andere Wahl, als dich mit dem Intellekt zu verbünden – nicht nur, um dein Herz zu ertragen, sondern auch, um es zu retten. Du hast auf dieses Herz eingeredet, aber es hat nicht auf dich gehört. Mit dem Intellekt aber ließ sich reden. Dein Herz erwarb nicht eine Wunde weniger, seitdem du dich mit dem Intellekt verbündet hast; aber die Wunden verheilen sauberer und rascher. Wenn du sprichst und in deiner Rede harte Stellen sind, dann ist es die Härte der Narben.«

Soweit ich dem jungen Intellektuellen riet, sich der Ironie zu verpflichten, war dies im Grunde ein Ratschlag an mich selbst:

»Denn der Witz bedeutet für mich einen Rettungsversuch. Ich setze mich kaum an einen Tisch ohne das Gefühl, er sei durchlöchert wie der Tisch im Aufnahmeraum einer Radiostation, auch wenn ein Tischtuch darüberliegt. Es verdeckt nur die Löcher, und die Löcher selbst verdecken mir den Abgrund, der zwischen zwei Tellern liegt. Kaum bin ich in Gesellschaft, sehe ich nichts als Risse um mich her, und da ich Angst habe, dass diese Risse sich weiten und ich plötzlich hinunterfalle, reiße ich sie selbst auf und springe gleichzeitig darüber – mit einem Witz. Sprächst du ernsthaft und offen von den Löchern, Rissen und Abgründen, würde das Zusammensein unerträglich. Also hüpfen und springen. Dabei musst du die andern ablenken, benutze die Pointe als Seil – wenn alle zuschauen, wie du das Seil in die Höhe wirfst, prüft dein Fuß bereits die Böschung, je breiter der Abgrund, umso mehr Kapriolen mit dem Seil, bevor du es wirfst; fällt es nieder, bist du drüben, und schauen sie zurück, sehen sie keinen Abgrund, das Loch ist mit Lachen gefüllt, und du setzt zum nächsten Sprung an.«

»Der junge Mann und die Unmöglichkeit der Gefühle«,

hatte ich zum Thema gewählt. Der junge Mann sollte in fortgeschrittenem Alter einem Protagonisten begegnen, der sich »der Immune« nannte: »Hätte er voll und ganz mitempfunden, was an einem einzigen Tag auf dieser Welt geschah, er wäre am Abend an seinen Gefühlen zerbrochen.«

Nun hätte mit meiner Anstellung dem, was man Karriere nennt, nichts im Weg gestanden.

Wir saßen im Chefbüro einander gegenüber, *senior* und *junior editor*. Einmal mehr die Frage, was planen wir mit der Dezembernummer, wegen Weihnachten bürgerlich-traditionell eine Prachtausgabe, gar mit eingeklebten Vierfarben-Bildreproduktionen. Während der Chef telefonierte, sah ich in den Hinterhof hinunter. Fahrradgestelle und Kinderwagen. Mülleimer und ein Topf mit irgendwelchem Kräutergrünzeug. Die Redaktion war in einem älteren Mietshaus untergebracht. Da meinte der Seniorchef zwischen Themen-Ideen: Kein Zweifel, ich sei als sein Nachfolger vorgesehen. Ich war Anfang dreißig, mein Leben wäre mit dieser Offerte gelaufen, ich hätte es nur noch absitzen müssen. Nach fünfzehn Jahren, wenn ich Chef geworden wäre, würde ich, auf der anderen Seite des Schreibtisches, nicht über die linke Schulter, sondern über die rechte in den Hinterhof hinunterschauen, wo sich eben zwei Jungen um einen Fußball stritten und eine Frau Wäsche aushängte.

Ich kündigte. Es musste etwas anderes geben als das, in dem ich daran war, mich einzurichten – zu viele Fragen waren zum Ungefragten noch nicht gestellt.

War nicht die Geburt ein erster Aufbruch und ein erstes Ankommen. Der Nabel die Markierung dafür, dass es mit einer Trennung begann. *Partir, c'est mourir un peu.* Wenn

Weggehen »ein bisschen Sterben« bedeutet, fing ich mit ein bisschen Sterben an, mit einem ersten Sterben wohl, um sich an all die andern zu gewöhnen, die folgten, bis zum definitiven Ankommen beim Tod. Wenn aber jeder Aufbruch ein bisschen Sterben ist, nehme ich, wenn ich mich verabschiede, auch das (ein bisschen) Sterben der andern in Kauf. War das Risiko nicht schon mit meiner ersten Ankunft gegeben – die Geburt als eine Reise, die von mir nicht gebucht worden ist.

Die Stadt, die mir mit der Geburt zugefallen war, wurde ein Ort des Aufbruchs. Und nicht erst, als ich meine erste Redaktionsstelle aufgab.

Nach der Matura hatte es für eine Reise nach Venedig gereicht. Die erste Fahrt ins Ausland. Kaum hatte ich, spätabends, in einer Etagenpension mein Zimmer bezogen, brach ich auf: Wo geht's zum Meer? Was sich nach der Kanalfahrt an Wasser auftat, war Lagune. Also nahm ich den Vaporetto zum Lido: Wo geht's zum Meer? Zu dieser späten Stunde war nichts zu erkennen. Ich entdeckte das Meer nicht übers Auge, sondern übers Ohr. Wellen, die anstürmten und sich verloren. Als ich tief einatmete, spürte ich die Adria in Mund und Lunge und einen salzigen Wind im Gesicht. In irgendeiner Ferne ein Leuchtturm. Mir, dem Binnenländer, war, als könnte man meerestrunken sein, und nicht nur, weil ich über einen Strandstuhl stolperte. Ich hatte keinen Grund, länger zu verweilen. Ich suchte den Strand anderntags noch einmal auf, um zu sehen, wie von den Schiffen am Horizont zuerst ein rauchender Kamin oder Maste auftauchten, und endlich den optischen Beweis zu erlangen, dass die Welt, auf die ich gekommen war, rund ist.

Bald danach eine zweite Reise nach Italien. Diesmal nach Rom. In der Stadt suchte ich auf, was ich von Bildern und

Filmen her kannte oder worüber ich gelesen hatte. Man fährt nicht nach Rom, um zu erfahren, wie es ist, sondern um zu schauen, ob es stimmt. Im Kolosseum zu einem Sitzplatz klettern, als würden bald Gladiatoren auftreten. In Katakomben hinuntersteigen, um bei einem Märtyrer Totenwache zu halten. Auch die Gänse begrüßen, die mit ihrem Geschnatter Rom gerettet hatten. Für die Sixtinische Kapelle anstehen, Christus trug tatsächlich einen Slip. Im Pantheon den ersten Kuppelbau der Antike bewundern, oben eine Öffnung, durch die es hineinregnete. Triumphbögen und Triumphsäulen aufsuchen. Die Stufen hinaufsteigen zu dem Ort, wo Caesar gesagt hat: Auch du, Brutus. Erfahren, dass es mehr als nur ein Forum gibt, feststellen, dass Geschichte ein Steinbruch ist, nicht bloß wegen der Säulen, die man aus heidnischen Tempeln für den Bau christlicher Kirchen holte.

Ich war bis Neapel hinuntergefahren, was sich in diesen Nachkriegsjahren abenteuerlich ausnahm. Mein Italienisch ging nicht über ein paar Brocken hinaus. Ein älterer Freund, der mir auch bei anderer Gelegenheit beibrachte, mit wenig Worten durchs Leben zu kommen, hatte mich eine Redewendung gelehrt. Ich hatte den Ausdruck in Rom gleich bei meiner Ankunft in der Stazione Termini verwendet. Kaum war ich aus dem Zug geklettert, stürzten sich einige Männer auf mich, wollten mir Koffer und Tasche entreißen und auch gleich den Regenmantel abnehmen. Als ich *»gli mortacci«* rief, zogen sie sich zurück, »eure verfluchten Toten, eure verreckten Vorfahren«. *Gli mortacci,* das hatte gewirkt. Es ging mir wie den Fremdarbeitern zu Hause, die noch nicht Gastarbeiter hießen; die, die auf dem Bau arbeiteten, schlugen sich durch dank ihrer ersten deutschen Schimpf- und Fluchwörter.

Nach dem Besuch von Ostia stieß ich erneut auf ein Ruinenfeld, aber diesmal waren bei der Zerstörung nicht Menschen am Werk gewesen, sondern die Natur: Der Vulkan bot eine unschuldig schöne Landschaftskulisse, als sei er für die Postkarte geschaffen, als hätte er nicht Pompeji unter Asche, Lapilli und Bimsstein erstickt. Zu sehen Gussleichen von solchen, die beim Ausbruch des Vesuvs überrascht worden waren, manche verkrümmt vor Schreck und andere, denen keine Zeit für Angst geblieben war – schmerzverzerrter Gips. Und auf einer Freske ein Priapos, der seinen imposanten Penis abwiegt. Der Wärter hatte mir, trotz meines jugendlichen Alters, zwinkernd die Kästchen an den Hausmauern aufgeschlossen, an denen Erektionen und Kopulationen abgebildet waren. Was, wenn einen zu Hause neben der Haustüre ein erigierter Phallus begrüßen würde? Wäre es eine Abschreckung oder eine Einladung?

Sich treiben lassen, die Küste entlang, an die einst eine tote Sirene angeschwemmt worden war, die sich aus Verzweiflung ins Meer gestürzt hatte – ob im *canzone* der Straßensänger ihr Sirenengesang aufklingt oder auf der Opernbühne von San Carlo? Vorbei an Militärbaracken, Fähren und den Pavillons im Hafen. In eine Hausmauer eingelassen ein Altärchen mit Fotos von Verstorbenen. Und in einer Devotionalienhandlung Votivplättchen: Brüste, ein Herz, eine Leber und ein Bündel Knie aus Silber. Zum Trocknen über die Straßen gespannte Wäsche. Unter den Piazzas vermutete ich Zisternen und verschüttete Theater. Das »Eierschloss« aus grauem Tuffstein. Die *galleria* einer Einkaufspassage unter einem Stahl-Glas-Himmel. Als Armenhaus ein Palazzo, auch für *vagabondi* errichtet. Die Wiederbegegnung mit dem Pantheon als Kopie. Am Neptunbrunnen zwischen Monstern ein Totenseelen-Plätschern. Eine Kerze geloben, sollte man es von der einen Straßenseite zur andern schaffen: »Santa Lucia« und »Santa Mafia«. Und im Bus vor mir eine Frau, die ein totes Kind in einer Kartonschachtel zum Friedhof fährt.

Neapel sehen und nicht sterben, sondern Hunger stillen. In der Trattoria war neben dem Holzkohleofen eine Querstange angebracht, über die der Bäcker ein Stück Teig legte, diesen nach unten verlaufen ließ, ihn auffing, bevor er auf den Boden fiel, eine Rundform zurechtschnitt, den Teigboden mit Oliven, Tomaten und Sardellen belegte, das Ganze in den Ofen schob; mir wurde eine Pizza serviert. Als ich in Mailand, vor meiner Rückkehr in die Schweiz, noch einmal eine Pizza essen wollte, rümpfte mein piemontesisches Gegenüber die Nase: Wenn Sie die Straßenbahn X nehmen und bei Y auf die Linie Z umsteigen, kommen Sie zur Piazza Soundso, dort finden Sie eines dieser Restaurants der Südländer, nicht am Platz selbst, sondern in einer Nebenstraße.

Erzähle ich dieses Erlebnis, fragen mich Junge oft: War das *1949* oder *1849*. Die Episode ist schwer zu glauben für jemanden, der den Triumph der Italianità in den fünfziger Jahren der Nachkriegszeit miterlebte: *alta moda,* Schuhe und Design, Olivetti-Stil, Ferrari-Chassis, Fiat und Alfa Romeo, Topolino und *O sole mio,* Espresso und Spaghetteria. Bis zu all den »ia«, die folgten: Sandwicheria und Condomeria.

Pizza, das war für mich die Erfahrung: Was um die Ecke

liegt, kann schon exotisch sein. Aber auch, wie rasch Exotik alltäglich wird. Um die Ecke lag nicht Exotik, sondern ein zerstörtes Europa.

Nach Kriegsende öffneten sich die Grenzen, auch wenn Reisen vorerst noch beschwerlich waren wegen Visapflichten und Devisenbestimmungen. Ich gehörte zu der Generation, die wieder hinauskonnte, wie es hieß. Das wurde in meinem Fall dadurch begünstigt, dass ich in der Studentenbewegung tätig war: Ich nahm an Tagungen und Konferenzen teil.

Wir waren an einem Spätnachmittag gelandet – für ein Jugend- und Studententreffen Anfang der fünfziger Jahre in Berlin. Kaum fuhren wir los, bemerkte einer der Begleiter nach einem Blick durchs Fenster in gut schweizerischer Tonart: »Die haben schön bombardiert.« Der Taxichauffeur meinte, er könne noch mehr Schönes bieten, und bog bereits in eine Nebenstraße ein. Wir fuhren an ausradierten Häuserblocks vorbei, mittendrin eine Hausmauer, die stehengeblieben war; durch die scheibenlosen Fensterlöcher schien die Abendsonne von hinten durch. Der Fahrer führte aus: Man denke daran, aus dem Schutt Berge und Hügel anzulegen, dann könnten sich hier auch Schweizer heimisch fühlen.

Ich wurde in einem Hotel am Kurfürstendamm untergebracht. Die vielzitierte Straße erstrahlte als Schlucht in großstädtischer Manier, als ich nachts hindurchbummelte. Am andern Morgen: Einstöckige Bauten säumten neben verschonten Gebäuden die Verkehrsbahn, auf der kaum Autos fuhren. Wo eine Straßenschlucht am Abend vorher imponiert hatte, war Luft. Auf die niedrigen Bauten und vor den Ruinen waren haushohe Stangen errichtet, die trugen Reklametafeln, deren Neon am Abend aufgeleuchtet hatte, Fassaden vorgaukelnd.

Zum ersten Mal erlebte ich Licht als Architekt, der Städten zu nächtlicher Urbanität verhilft. Was sollte ich einmal in amerikanische Wolkenkratzerstädte hineinstaunen, wenn, ob Nachtarbeit oder Putzequipe, erhellte Fenster von einem Stockwerk zum andern wechseln, wenn dank der Beleuchtung Fassaden auftauchen und im nächsten Moment untergehen. Antennen, die mit ihrem roten Warnlicht keine Sockel mehr zu haben scheinen – eine *light show* von Wolkenkratzer zu Wolkenkratzer, wobei das Firmament als oberste Etage mitspielt. Wie anders die Städte, die sich in die Ebenen hinaus erstrecken, bis zum Horizont, so dass nicht auszumachen ist, wo das Lichtermeer aufhört und das Sternenmeer beginnt.

Verglichen damit war das Nachkriegs-Berlin bescheiden. War ich in diesem Berlin nicht zum Helden geworden – anlässlich eines Jugendtreffs? Vorgesehen war, dass ich den Zug bis Frankfurt nehme, wo im Büro der Air France das Flugticket nach Berlin deponiert war. Als ich dort vorsprach, erfuhr ich, man habe für den Moment die Berlinflüge eingestellt, ein Hotelzimmer sei reserviert. Als ich gerade das Hotel bezog, kam der Anruf: Man fliege wieder, ob ich mitwolle. Weshalb sollte ich nicht. Merkwürdig waren die Journalisten, die in der Abfertigungshalle fragten, mit was für einem Gefühl gehen Sie an Bord, als ob man zum ersten Mal dieses keineswegs mehr ausgefallene Verkehrsmittel benutzte. In der Maschine vernahm ich: Die Amerikaner eskortierten uns, so dass die Russen nichts wagen würden. Ich erfragte Genaueres: Die Russen hatten an diesem Tag eine Zivilmaschine angeschossen. Eine andere Version lautete: Das Flugzeug habe den Luftkorridor verlassen und sei deswegen von russischen Flugzeugen gejagt worden. Wie auch immer, die Air France wagte es als Erste. Ich legte meine Hand auf die Herzseite des Jacketts, in dessen Brusttasche neben dem Portefeuille mein Schweizer Pass lag. Es war ein spannungsvoll ruhiger Flug. Als wir in Tempelhof landeten, erwartete uns ein Komitee mit Blumensträußen: Wir waren die Helden aus dem Freien Westen, die Mut bewiesen hatten. Mir wurde bewusst, wie wichtig es fürs Heldentum ist, nicht vollständig informiert zu sein.

Berlin war nur einer der Orte, an denen sich meine studentische Generation traf zu Konferenz und Kommission. Nach dem Putsch in der Tschechoslowakei hatte sich die Lage verschärft. Der Sitz des Dachverbands, des IUS (International Union of Students), befand sich in Prag und war unter kommunistische Kontrolle geraten. Wie sollten sich die westlichen Nationalverbände verhalten mit ihren Tagesordnungen, ob in Nancy, Edinburgh oder Kopenhagen. Eines wollte man nicht: einen Bruch vollziehen und somit die Spaltung bestätigen. Nie wieder Krieg und Europa gründen – aber welches Europa? Studentenaustausch und Charterflüge in die USA. Anerkennung von Diplomen. Verurteilung faschistischer Regime. Traktanden, um bis in die Nacht hinein zu debattieren. Dies wurde unvermeidlich, als die ersten Vertreter lateinamerikanischer Verbände auftraten und die Redezeitbeschränkung als Neokolonialismus denunzierten.

Diese Tagungen und Konferenzen waren eine Chance, nicht nur geographisch aus den eigenen Grenzen herauszukommen. Solche Reisen waren eine Einübung in späteres Unterwegssein, ob aus privaten oder professionellen Gründen, in andere Länder und in andere Kontinente, unter anderen Bedingungen und mit anderen Absichten.

Es war ein Spießrutenlaufen, auch wenn die Spieße aus Aufmerksamkeit und Lächeln gemacht waren: *Where are you going?* Es nahm sich aus, als ob alle Javaner und Balinesen, denen ich begegnete, nur an einem interessiert wären, nämlich zu erfahren, wohin ich gehe. Kaum wurde ich auf der Straße als Fremder wahrgenommen, wurde ich von der Frage bedrängt: »Wohin gehen Sie?«

Where are you going? Einfach so vor mich hin. Flanieren, diese Einsamkeit, die keine Vorwürfe macht, dieses Allein-Sein, das sich belanglosen Straßen und unbedeutenden Hausfronten öffnet, diese nervenlose Neugierde auf zwei Beinen – das Flanieren wurde in westlichen Großstädten geboren; es gehört zu ihm der Spleen der City, es erlangt in dieser asiatischen Umgebung etwas Verirrt-Verlorenes, wenn nicht gar Komisches.

Die Frage irritierte, selbst wenn ich ein Ziel hatte, und sei es nur, dass ich zum Busbahnhof wollte. Auf Schritt und Tritt gefragt *»Where are you going«*, fing ich an, mich selbst zu fragen, wohin ich unterwegs war. Eben war ich noch einer, der sich Gedanken machte, ob er wohl den richtigen Autobus finden wird, ob der Bus in einer Sprache angeschrieben ist, die er versteht; aber diese Gedanken traten zusehends in den Hintergrund, je öfter und je länger ich gefragt wurde, wohin ich unterwegs sei. *»Where are you* *going«* wurde zur dringenden und drängenden philosophischen Frage: Wohin gehe ich? Und allgemeiner: Wohin geht der Mensch? Und woher kommt dieser Mensch, von dem man wissen möchte, wohin er geht. Gehe ich am Ende nicht auf den Tod zu, und könnte dieser sich nicht in einem Busbahnhof einstellen? Der Gang zum Busbahnhof wird zu eitlem Tun.

Nun merkte ich allerdings recht bald, dass es mit der Frage *»Where are you going«* nicht so weit her war. Zunächst wollte ich mich wehren, ich ging zum Gegenangriff über, indem ich meinerseits die gleiche Frage stellte, wenn möglich, bevor der andere dies tat. Das irritierte. Besonders, wenn ich ohne Ziel unterwegs war. Das schien ungewohnt zu sein. Ein Fremder mag sich zwar nicht auskennen, aber er hat ein Programm. Falls ein Fremder bummelt, geht er gewöhnlich auf Einkaufsbummel. Aber ziellos eine Stadt wie Denpasar auf Bali oder Yogyakarta in Ostjava zu durchstreifen fällt auf, zumal wenn dieser Fremde wie ich allein ist, und dies gar beim Eindunkeln oder später, und er nicht zu roten Laternen unterwegs ist. Wenn man überhaupt jemanden fragt, wohin er geht, dann einen Fremden; für den Einheimischen gibt es diese Frage nicht, wer zu Hause ist, geht immer nach Hause, auch wenn er von zu Hause kommt. Wie sehr die Frage *»Where are you going«* eine Floskel ist, wurde klar, als ich ihr mit einer Antwort begegnete. Jede Antwort machte den Fragenden verlegen, er war darauf nicht vorbereitet. Die Antwort ist der Anfang eines möglichen Gesprächs, das nicht beabsichtigt ist; es stellt sich Vertraulichkeit ein, die über den Zuruf hinausgeht.

Es erwies sich bald, dass *»Where are you going«* für die meisten der einzige Satz war, den sie auf Englisch vorbringen konnten, so dass jede Antwort den freundlich Begrüßenden bloßstellte. Das *»Where are you going«* war nichts anderes als ein »Hallo«, eine Aufmerksamkeit, eine Zurkenntnisnahme, manchmal nicht ohne lustige Eitelkeit, etwas Englisches in den Mund zu nehmen; daher bei Schülerinnen und Schülern beliebt, ein Willkommensgruß, mit dem man dem Fremden eine Aufenthaltsbewilligung ausstellte.

Wenn wir eine Floskel zum ersten Mal hören, entdecken wir in ihr die ursprüngliche Bedeutung; ein sprachlicher Ausdruck, der in jedermanns Mund herumhurt, erhält für einen Moment die Jungfernschaft zurück. Wenn ein Araber einen andern Araber, den er lange nicht gesehen hat, mit dem Satz begrüßt: »Du hast uns einsam gemacht«, erhalten diese Worte, hört man sie zum ersten Mal, unerwartet Schönheit und unleugbar Tiefe. Ein Satz, der bei unseren Bauern eine Entsprechung hat; sie sagen von einem Bekannten, der sie nach längerer Zeit aufsucht: »Da chunnt en Frömde« – da kommt ein Fremder.

Es gibt nicht nur den Weg von der Einmaligkeit zur Routine, vom ersten Kuss zum Verdauungsbeischlaf; es gibt auch den umgekehrten Weg von der Banalität zur Einmaligkeit, vom Abgegriffenen zum Unberührten – da entsteht für einen Moment Poesie.

Das erfuhr ich, als ich zum ersten Mal in einer portugiesischen Alltagskonversation *»Quem sabe?«* hörte. Ich erkundigte mich nach dem Bahnhof. Das Mädchen, das ich nach dem Weg fragte, antwortete: »*Quem sabe?* Wer weiß?«

Das Mädchen wollte nur sagen, es habe keine Ahnung, wie man zum Bahnhof kommt. Es wählte dafür die Floskel »*Quem sabe?*«. Das ist mehr als einfach nur: »Ich weiß nicht«. »Wer weiß?« wird zu einem »Wer weiß schon?«, wird allgemeingültiger und enthebt den Sprechenden des persönlichen Nichtwissens. Gibt es überhaupt jemand, der das weiß. Man hat schon vom Bahnhof gehört, aber so sicher ist das nicht. Es ist durchaus denkbar, dass es ihn gibt, doch wer weiß. Es mag sein, dass einige es wissen, unsicher aber, ob sie es verraten. Denkbar auch, dass einige dorthin aufgebrochen sind. Verlässliches ist nicht auszumachen, wer weiß schon, ob die angekommen sind, die dorthin aufgebrochen sind.

Quem sabe? Wohin ich gehe? Wer weiß. Wohin geht einer, der einem Holzscheit einst nachgerufen hat, einer kommt nach, und der in andere Richtungen aufgebrochen ist.

Meinem Aufbruch zu fremden Ufern und zu uferlosen Orten war ein Weggehen besonderer Art vorangegangen. Dank einer Ausstellung im Zürcher Kunsthaus: »Kunstschätze der Lombardei. 500 vor Christus bis 1800.«

Zum ersten Mal nahm ich einen geographischen Raum, in dem Fall einen norditalienischen, als kulturelle Größe zur Kenntnis. Damit wurden Liebe und Interesse für Regionen geweckt, welche das Leben über Epochen hinweg in möglichst vielen Belangen abdecken. Als eine der ersten derartigen Regionen erlebte ich *live* das Burgund.

Vom *Coq au vin* bis zu den gemeißelten Erzählungen der romanischen Kapitelle. Flämische Malerei wie Rinderzucht und farbig glasierte Dächer. Herzöge, die sich rühmten, Herren über die besten Weine der Christenheit zu sein, und die Grabmäler zum *sightseeing* hinterließen. Die Idealstadt einer königlichen Salzsiederei oder der ausgediente Fallhammer, ein Denkmal an das aufgegebene Zentrum der Eisenindustrie. Haltmachen bei Wehrtürmen, gotischen Kathedralen und Spitalbetten eines *Hôtel-Dieu.* Neben Schlössern aus der Renaissance Arbeitersiedlungen aus dem Frühkapitalismus. Klöster, die ein europäisches Imperium aufbauten und deren Kirchen nach der Revolution als Stallungen dienten. Stahlwerke, die Konkurs machten, und Wandteppiche, die Kriegsbeute abgaben. *La douce France* der Waffenschmiede und der Mystik. Über Jahrhunderte hinweg zu Religiosität inspirierend, von der Prachtentfaltung der Cluny-Benediktiner und der *carta caritatis* der Zisterzienser bis zur heutigen Ökumene der Brüdergemeinschaft von Taizé. Ihr hatte meine erste Reportage gegolten, die ich mit einem Fotografen unternahm: »Sei unter Menschen ein Zeichen der Freude.«

»Sie weckten ein sterbendes Dorf zum Leben. Taizé war von seinen Bewohnern im Stich gelassen worden. Diese hatten ihre Häuser auf diesem burgundischen Hügel verlassen, um in die Städte abzuwandern; niemand kümmerte sich um die Fruchtbarkeit der umliegenden Felder. An diesem Ort, wo die Weinberge und jede Zukunft brachlagen, wurde eine Wirkungsstätte lebendiger Gegenwart errichtet. Die *drôle de guerre* war zu Ende, als ein junger Pastor aus Neuenburg 1940 das Château von Taizé erwarb. Unmittelbar hinter dem Dorf verlief die Demarkationslinie. Der neue Besitzer, der damals noch allein war, war bereit zu helfen. Juden flüchteten zu ihm, Kinder ohne Eltern und Männer, die nicht den Krieg, sondern nur eine Schlacht verloren hatten. Taizé wurde eine Durchgangsstation der Brüderlichkeit. Als die Deutschen die Demarkationslinie überschritten, flüchtete der junge Pastor in die Schweiz und kehrte nach 1945 zurück, im Gepäck der Entwurf für eine Klostergemeinschaft, die sich auf frühchristliche Vorstellungen von Zölibat, Armut und tätiger Nächstenliebe abstützte. Taizé sollte nicht ein Ort werden, wohin man sich zurückzog, um in Abgeschiedenheit ein gottgefälliges Leben zu führen. Neben den Brüdern, die hier als Landwirt, Arzt, Künstler oder Architekt tätig sind, gehen die *frères exterieurs* ihrer

Mission in Fabriken oder in Gewerkschaften nach und setzen sich für politisch Verfolgte ein. Wie die Arbeit der Brüderschaft nicht abgesondert ist von der Umgebung und der Bevölkerung, wird auch in das Gebet einbezogen, was der Fürbitte bedarf; man betet nicht nur für die zukünftige Einheit der Kirche, sondern auch um das gute Wetter, man bittet für die Familie Dupont, die in Not ist, und man bittet namentlich für die Verstorbenen. Man betet, dass man nicht schwach werde, und dankt für das, was man bisher tun durfte. Diese Bitten und Fürbitten werden von einem dunklen Chor von Männerstimmen wiederholt. Stehe ich in diesem Augenblick draußen vor der alten romanischen Kirche von Taizé, spüre ich das burgundische Land aufatmen, voll erschrockenen Stolzes, wieder fruchtbarer Boden zu sein und Menschen tragen zu dürfen.«

Völlig andere Kulturlandschaften sollten die Landkarte meiner Empfindsamkeit bestimmen.

Erst in einem gewissen Alter besuchte ich die Felder Flanderns. Es blieb nicht bei den Städten, bei ihren Zunfthäusern und Museen. Beiseite die Bilder der Pietà, wo der gekreuzigte Sohn, auf den Schoß einer Mutter gebettet, beweint wird. Eine andere Lamentatio drängte sich auf, eine Wehklage für die, von denen lediglich ein Name blieb, da ihr Leichnam nie gefunden wurde und kein Gefallener entsprechend identifiziert. In Ypern, das einem tödlichen Gas zum Namen Yperit verhalf, das Missing Memorial Monument: 54896 Vermisste. Ein Commonwealth der Toten-Regimenter aus Indien, Südafrika oder Australien – die Welt-Toten eines Welt-Kriegs. An jedem Abend noch der Zapfenstreich, der *last post*, doch die, die er aufruft, haben sich längst zur Ruhe begeben – wandern in Flandern, von einem Grab zum andern. Von den Franzosen, über deren Reihengräbern im *ossuaire* der gallische Hahn kräht, zum deutschen Massengrab, wo ein Skulpturen-Elternpaar um den verlorenen Sohn trauert. Zwar wächst der rote Mohn auch auf nicht von Blut getränkten Feldern. Hier in Flandern kam er zu seinem Vers. Ein Kanadier hat ihn bedichtet. Diesen Klatschmohn sollte ich eines Tages in Kanada als Ansteckknopf treffen, aus Papier und Plastik, am Revers von Jacken und Mänteln, auf Pullovern und Blusen. Am elften November, am Jahrestag des Waffenstillstandes von 1918, gedenken die Kanadier der Gefallenen des Ersten Weltkriegs. Auf meiner Reise war dem milden November ein warmer Oktober vorangegangen, so dass kein Kälteschock die Ahornblätter in jenes Blutrot verwandelte, das an die *poppies* von *flanders fields* erinnert.

Spät erst hatte ich von einer Region toter Städte gehört, rote Erde und blauer Kalkstein, im Nordwesten Syriens: aufgegebene Städte und verlassene Dörfer, mehr als tausend Ruinen von Kirchen und Kapellen; Klöster und Pilgerherbergen, die zerfielen, noch seien Baptisterien und Basiliken auszumachen, Marktplätze erkennbar, Pflasterstraßen zu begehen, die frühchristliche Ortschaften verbinden. Noch sollen Oliven wachsen, doch ungenutzt, was an Olivenpressen erhalten blieb. Ich hätte mir vom Schafhirten den Weg zu den Mühlen und Sarkophagen weisen lassen. Ein träumerisches Planen, als ich mir längst angewöhnt hatte, mit den Jahren zu rechnen, die noch blieben.

Vorerst galt die Erfahrung einem andern Land. Zwar hatte mich in Tunesien in erster Linie Karthago interessiert, von dem ich, *ceterum censeo,* im Lateinunterricht gelernt hatte, dass es zerstört werden müsse, und bildungbeflissen gleicher Meinung gewesen war. Doch eine andere historische Erinnerung wies den Weg. Eine Friedhoflandschaft mit Epochen-Variationen. Urnen mit der Asche von phönizischen Kindern, die einem punischen Gott geopfert worden waren. Auf einem römischen Thermenareal gehen die Stelen der Punier und die der Römer ineinander über, Sieger neben Besiegten, auf den ersten Blick kaum zu unterscheiden. Dann sind gleich die Höhlengräber jener Juden zu nennen, die nach der Zerstörung Jerusalems hierher geflüchtet sind. Karthago, selbst dem Erdboden gleichgemacht und wieder aufgebaut, bot jenen Zuflucht, die aus einer zerstörten Stadt kamen. Und danach die Katakomben der Christen, Märtyrergräber. Doch auch ein »Friedhof der Märtyrer«, wo die Araber liegen, die im siebten Kreuzzug fielen, als sie gegen die christlichen Eindringlinge ihr Leben opferten. Auf den Gräbern der Muslime gibt kein Name Auskunft über den Toten, nur die Geschlechter werden unterschieden. Nach den Friedhöfen der vergangenen zweitausend Jahre Gottesäcker aus unserem Jahrhundert. Auch der verwahrloste der »Weißen Väter«, die hier missionieren. Auf dem amerikanischen Soldatenfriedhof neben den weißen Holzkreuzen zuweilen ein Davidstern. Die Franzosen wählten für ihre Soldaten ein Belvedere, von wo aus man einen weiten Blick auf Tunis hat, terrassiert, auf jedem Grab ein Stahlhelm. Auf dem deutschen Soldatenfriedhof zwischen Gräbern ein Panzer, die Totenstätte dort errichtet, wo die Kapitulation unterzeichnet wurde – auch die Kapitulation vor dem Leben.

Damit war ich weit weg von jener Lombardei, der ich in einer Ausstellung zum ersten Mal begegnet bin.

Unter den Gemälden, die für die Lombardei-Ausstellung zusammengetragen worden waren, fand sich neben Madonnen mit Kind und Heiligen auch Sebastian. Dieser Anführer der kaiserlichen Leibwache, der seinen Glaubensgenossen in den Gefängnissen beistand, erlitt einen zweifachen Märtyrertod. Von den Pfeilen numidischer Bogenschützen durchbohrt, wurde er für tot liegen gelassen; gesund gepflegt trat er Kaiser Diokletian, dem Christenverfolger, öffentlich entgegen. Mit Knütteln zu Tode geprügelt, wurde seine Leiche in die *cloaca maxima* geworfen. Gewöhnlich dargestellt als junger Mann, an einen Pfahl oder einen Baum gebunden. Nur mit einem Lendenschurz bekleidet, diente er Malern als Vorlage für einen Jungmänner-Akt. Sebastian sollte im schwulen Pantheon des zwanzigsten Jahrhunderts den Posten eines Märtyrers einnehmen, nicht durchbohrt von Pfeilen, welche Soldaten abschossen, sondern von denen anständiger Bürger. Ich durfte erleben, wie Rio de Janeiro seinen Schutzpatron feierte. Sein Schicksal wurde an seinem Gedenktag nachgespielt. Ein tropischer Januar. Sebastião diesmal ein Schwarzer, der von den Elendshügeln der *favelas* herabgestiegen war, um in einem Park an der Guanabara-Bucht einen Samba von Märtyrertod zu erleiden.

Nicht nur Gemälde waren in dieser Ausstellung zu sehen gewesen, sondern auch Skulpturen und Reliefs, Urnen und Sarkophage. Darunter Toilettengegenstände aus der Eisenzeit, ein Ohrenreiniger und ein Nasenputzer. Ich dachte an meine Zahnbürste: ob die in einem nächsten Jahrtausend ausstellungswürdig wäre und was sich daraus ableiten ließe.

Doch am meisten irritierte mich, was an Zeugnissen der Völkerwanderung zu sehen war. Eine Zeit, von der wir im Unterricht kaum mehr gehört hatten, als dass Völker wanderten. Und dies über Jahrhunderte. Auch ich ließ sie wandern. Es hörte sich an, als seien es historische Wandervögel, die, wimpelbewehrt, zum Gitarrenklang der Klampfen von Eroberung zu Eroberung zogen.

Was denn sonst. Es waren Barbaren. Schließlich besuchte ich ein humanistisches Gymnasium. Im Treppenaufgang hing ein Gipsrelief von Minerva, der Göttin der Weisheit, und im Geographiezimmer stand im Wandschrank ihr ausgestopfter Vogel, die Eule; jemand hatte dem Vogel der Weisheit eines seiner scharfsinnigen Glasaugen ausgerupft. Weise, wir fragten uns, ob der Mensch auch weise wäre, wenn er statt sieben Halswirbeln sich vierzehn zugelegt hätte, so dass er den Kopf um 270 Grad drehen könnte.

Es wirkte wie ein kleiner Schock, als eine Aushilfe in der Geschichtsstunde auf die Wandtafel die Namen all der Völker schrieb, die gewandert waren, brandschatzend und plündernd, vom Norden quer durch Europa bis nach Afrika und in den Orient. Völker, die Reiche zerstörten, eigene gründeten und wieder verloren – sollten wir die auswendig lernen müssen? Alanen, Bastarner, Daker, Franken, Gepiden, Goten, Hunnen, Kelten, Kimbern, Markomannen, Massageten, Roxolanen, Sarmaten, Sueben, Treverer. Zum Glück hatte der Hilfslehrer auch die Vandalen aufgeführt, die kannten wir. Wir waren als Vandalen abgekanzelt worden, weil wir den Briefkasten des Pedells gefüllt hatten, der uns verbot, die Fahrräder in den Kellergang zu stellen.

Als der Hilfslehrer die Liste beendet hatte, nässte er den

Schwamm und wischte damit über die Völker. Von dem, was weiß auf schwarz an der Tafel gestanden hatte, zeugten nur noch ein paar Schlieren, übriggeblieben war Schmiererei. Der Hilfslehrer hielt den Schwamm in die Höhe: »Das ist der Verlauf der Geschichte.« Er presste den Schwamm über dem Waschbecken aus, ein weißlich gefärbtes Wasser ergoss sich in den Ablauf.

Auf eines dieser Völker sollte ich Jahrzehnte danach stoßen. An einem Ort, wo ich anderes erwartet hatte. In Toledo. Hier in Iberien war ein Wandervolk, die Visigoten, ansässig geworden. Es waren die einstigen Barbaren, die das römische Spanien christianisierten. Diese Westgoten hielten Konzile ab für die Rechtgläubigkeit und dies mit aller Konsequenz zur Intoleranz. Es war, als würden aus einem Abfluss Erinnerungsstücke hochgeschwemmt, Fresken, auch Kranzleisten, ein paar Säulen, Friese und Ornamente, wenig für dreihundert Jahre Geschichte.

Vieles war im Zürcher Kunsthaus angesprochen worden, was später Thema wurde.

Ich hatte noch nie ein Museum besucht, vom Pflichtgang ins Landesmuseum zu patriotischen Waffen und Trachten abgesehen. Von zu Hause hatte ich keine Erfahrung im Umgang damit mitgekriegt. Künstler, das waren Steinmetze, ihre Arbeitsplätze und Ateliers lagen vor Friedhofseingängen. Bildhauer, die meißelten Grabsteinplatten und schufen Figuren: die Büste auf einer Stele oder eine Trauernde, die am Fuß eines Kreuzes kniet und ihr Gesicht verbirgt. Kunst, das war eine gebrochene Säule und eine gesenkte Fackel, ein geknickter Baum, eine Uhr ohne Zeiger oder die untergehende Sonne. Dieser erste Eindruck von Kunst hielt im Geheimen an. Hatte die Kunst, wie ich sie später kennenlernte, nicht auch ein Verhältnis zum Tod, als Erinnerung nicht an verlorene, sondern an gerettete Zeit.

Wenn meine Eltern von Ausstellungen redeten, waren Fachmessen gemeint. Wie die Mustermesse in Basel. Ihretwegen hatte mein Vater seine wenigen Bahnfahrten unternommen, auch kurz vor Kriegsausbruch. Er brachte das Neueste mit vom Luftschutz. Nein, eine Alarmanlage brauchten wir nicht in unserem Mietshaus, wo mein Vater Hauswart war. Fliegeralarm, dafür sorgte die Sirene auf dem nahen Schulhaus. Aber der Panzertür, der gehörte die Zukunft. Stützbalken mussten im Keller installiert werden und Sandsäcke bereitgestellt. Die Dachböden waren bereits entrümpelt worden, wie das hieß, weg mit allem, was der Löscharbeit den Weg versperrte. Aus unserem Estrich hatte die Mutter die Schachtel mit den Straußenfedern, die sie einst günstig ersteigert hatte, in die gute Stube heruntergeholt. Die schwarze Schneiderpuppe hingegen wartete neben den Mülltonnen vor dem Haus auf die Abfuhr. In sie hatte ich mich als kleiner Junge verliebt; meine erste Liebe hatte keinen Kopf und keine Arme und statt eines Unterleibs ein gedrechseltes Holzbein mit drei Füßen. Ich hatte meine Liebe mit Mäusen zu teilen; meine Puppe war angeknabbert.

Erwartungsgemäß fuhr mein Vater mit Frau und Kind an die OLMA nach St. Gallen, als diese Messe für Landwirtschaft und Ernährung während des Krieges zum ersten Mal abgehalten wurde, »trotz der sich näher unseren Grenzen bewegenden militärischen Ereignisse«, wie er uns vorlas. »Landesversorgung aus eigener Scholle.« Es waren die

Kriegsjahre der »Anbauschlacht: mehr anbauen oder hungern«. Auch wir hatten im Vorgarten Stechpalmen durch Kartoffeln ersetzt. Dennoch war mir nicht klar, weshalb ich das Neueste an Mähmaschinen oder Futtertrögen begutachten sollte. Meinen Vater erinnerte nicht nur die Viehvorführung an seine Jugend; er machte an Schauobjekten wie Sense und Sichel vor, wie er, frühmorgens, noch vor Schulbeginn, geholfen hatte, Frischfutter zu mähen. So ein Kuhstall war etwas anderes als der Bau der Kaninchen, die wir in unserem Schrebergarten fütterten. Er belohnte seinen Sohn fürs Zuhören mit einer großen Fest-Bratwurst. Aber mehr als das, was er erzählte, hatten mich die Film-Wochenschauen interessiert, »Belgien begrüßt die Befreier«, mehr noch aber die »Flammenwerfer« und der Beitrag über die deutsche Geheimwaffe »Besetzte Abschussrampe V1«.

Mit dem Kunsthaus verhielt sich das anders. Vor dem Bau stand die Plastik eines Denkers. Möglich, dass dieser, den Kopf in die Hand gestützt, darüber nachdachte, ob man einen Gymnasiasten wie mich hereinlassen sollte.

Ich betrat das Kunsthaus, als wären es heilige Hallen, mich schon genierend, dass ich den eigenen Tritt hörte. »Heilige Hallen«. Den Ausdruck sollte ich drei Jahrzehnte später genau in diesem Museum prominent vorgetragen hören. Ich saß auf dem Podium und präsidierte eine Sitzung der »Freunde des Kunsthauses«. Da um einen teuren Ankauf gestritten wurde, hatte man sich einen neutralen Vorsitz gewünscht. Noch nie hatte ich auf so viel Millionen hinuntergeschaut, da saßen die Vertreter der Geldaristokratie, unter ihnen die Freunde der Anlage-Kunst. Als darüber diskutiert wurde, ob nicht die Eintrittspreise verbilligt werden sollten, stand ein Seidenfabrikant auf: Wer unsere heiligen Hallen besuchen will, soll sich das was kosten lassen. Er hatte in den USA mit ansehen müssen, wie sich in den Museen Familien mit Rucksack und Kinderwagen tummelten: »Wehret den Anfängen.«

Doch damals besaß ich noch nicht genug Museumserfahrung, um das Hohelied der Museen anzustimmen, ein Lob all der Einsicht und des Weitblicks, zu denen mir Museen im Lauf eines Lebens verhalfen – und sei's nur dank einer Scherbe.

Was veritable Knochen sind, hat mir ein Dinosaurier demonstriert: aufrecht das Skelett, Drähte von den Schwanz- bis zu den Halswirbeln, Eisenklammern, die das Schulterblatt und die Rippen befestigten. Ich musste den Lift drei Etagen hoch nehmen, um den Unterkiefer des Reptils zu bewundern und dem Pflanzenfresser ins Maul zu schauen. Um mich herum begannen Schachtelhalme zu wuchern.

Ganz zu schweigen von dem, was Gerichten und Inquisitionen für die Wahrheitsfindung diente, wie die Eiserne Jungfrau mit Spießen nach innen. Mundbirne, Fußschelle, Daumenschraube, jedes Organ schien seinen Originalschmerz zu vermitteln. Zudem die seelische Folter mit Ketzermütze und Schandmasken. Im Dienste der Gerechtigkeit die Zange, um Zunge und Nägel auszureißen. Das Richtrad mit Eisenschneide und Marterklötzchen. Als Unikat der Blasebalg, mit dem einst der Teufel einem Vater ins Ohr geblasen hat, er soll seinen Sohn zerhacken. Nachgestellt die »Fragstatt« mit Stachelstuhl und Streckband. Aus unserer Zeit die Papageienschaukel, an der man Befragte kopfüber aufhängt. Zu sehen auch das Porträt des Arztes, der jene, die unter der Tortur das Bewusstsein verlieren, ins Leben zurückholt und in die Schmerzfähigkeit; sein Bildnis hängt neben den Apparaten für die Elektroschocks mit der Gebrauchsanweisung, wie man Strom an Hoden anschließt. Im »Museum der Wahrheitssuche« sind auch Beispiele für die fortgeschrittenen Verhörtechniken von heute zu sehen: permanente Augenbinden, Kapuzen oder Ohrenpfropfen, um den Häftling blind und taub zu machen, Drogen- und Hypnosebluff praktizieren, Wahrheitsserum injizieren und die Isolationszelle mit überlauter Musik und Stroboskopblitzen erfüllen, oder die Fußsohlen prügeln, oder stundenlanges Verharren in schmerzhaften Körperstellungen. Da wäre durchaus Platz gewesen für die Verhörvideos der amerikanischen Geheimdienste, wären die nicht vernichtet worden. So konnte man nichts Genaueres darüber erfahren, wie bei Angeklagten der Ertrinkungstod simuliert wird.

Nein, nicht nur, was aus Wunderkammern und Raritätenkabinetten hervorgegangen ist. Nicht nur Museen, in denen Kunstwerke übereinanderhingen, so dass man die einzelnen Bilder kaum betrachten konnte, und anderswo Gemälde allein hinter Lichtschranken.

Auch ein Museum, wo Flugzeuge an Drähten schwebten und der Astronaut an einem Seil baumelte. Wo das Totenschiff der Ägypter aufgebockt war, als sei es auf seiner Fahrt ins untergegangene Leben aufgehalten worden. Oder die thailändische Königsbarke mit den Rudern in der Luft, ohne dass Ruderlieder zu hören waren. Begehbar auch das Forschungsschiff, so konstruiert, dass das Packeis es bei seiner Expedition nicht zerdrückt, sondern nach oben Richtung Nordpol hievt.

Es boten sich Museen an, die einem Bergsturz oder der Feuerwehr gewidmet waren, in denen ich erfahren hätte, dass man einst Prothesen aus Bronze herstellte, wo Nachttöpfe aus allen Epochen zu bewundern gewesen wären und Bügeleisen seit der Zeit, als man anfing zu bügeln.

Die überging oder verpasste ich, ebenso wie manch anderes. Hingegen ließ ich es mir nicht nehmen, in einem Zollmuseum unterrichtet zu werden, wie man Zigaretten schmuggelt. Koffer mit doppeltem Boden, das kannte ich, nicht aber Strohhüte mit doppeltem Boden.

Gratis der Eintritt, um den Kopf eines Räubers und den seiner Geliebten in Spiritus zur Kenntnis zu nehmen, zusammen mit seinem Lederhut und dem Patronengürtel. Andererseits die Leibesvisitation, bevor man durch eine Tresortür in die nationale Schatzkammer gelangt, Kunstwerke als Goldwährung eines Landes: Amulette, Pektorale, Jaguare.

Mein Babylon lag nicht am Euphrat, sondern an der Spree, auf einer Insel. Ich lernte Babylon nicht als Hure kennen, sondern als gottesfürchtigen Ort, wo ich, glasierten Backsteinen entlang, flankiert von Drachen und Löwen, die Prozessionsstraße ablief; sie führte mich nicht zum Tempel des Stadtgottes und zu seinen geheiligten Stieren, sondern zur Toilette hinter einem Feuerlöscher.

Museen nicht hinter Tür und Angel, sondern im Freien, geländeweit. Ganze Epochen zur Schau gestellt, wie die der Industrialisierung. Hammerbären und Lochmäuse sind so wenig Fabeltiere wie Hebekatze oder Scherenstorch; das sind Maschinen einer ehemaligen Gesenkschmiede. Noch stehen die Hochöfen da, aber sie sind ausgeblasen und die

Papiermühlen zum Verstummen gebracht. Die Eisenhütte, zum Abbruchobjekt verurteilt, wurde Baudenkmal.

Meine eigene große Liebe aber hebe ich mir auf für ein Museum, in dem ich mühelos von Epoche zu Kontinenten wechsle:

Ein paar Stufen, und ich steige vom Pazifik und seinen gemästeten Hunden zweitausend Meter hinauf in den Altiplano, wo man mit Kakaobohnen bezahlte und mit Menschenherzen den Hunger der Sonne stillte. Durch die Türe rechts ein paar Jahrhunderte zum Golf hinunter, zu den Bewohnern des Kautschuklands, wo einem enthaupteten Ballspieler aus dem Hals sieben Schlangen entspringen. Vom Gott des Feuers, der eine Feuerschale buckelt, und den Masken, die man Verstorbenen aufs Gesicht legte, um ihnen beim Gang ins Jenseits Schutz zu gewähren, hin zu den Frauen aller Rassen und Epochen, die gemeinsam auf einer Mauer zu gemaltem Leben erstanden. Und im nächsten Saal begrüße ich den Erfinder des Kalenders und den, der sein Volk anhielt, die eigenen Städte zu verbrennen und weiterzuziehen, daneben die Göttin der Erde und der Fledermausgott, ein Kreis von Figuren, die sich vorher nie begegnet sind.

Es war aber in einem technischen Museum, als ich das Bedürfnis verspürte, das Lob der Museen anzustimmen. Ich beobachtete mit Neid, was es heißt, Vater zu sein. Die beiden waren mir bei den »taumelnden Ringen« aufgefallen. Ich hatte zugeschaut, wie sie vierhändig das Regentropfen-Schlagzeug bedienten, mit jedem Knopfdruck fiel ein Tropfen Wasser in einen bereitgestellten Kessel und erzeugte einen besonderen Ton. Ich folgte ihnen zwischen Pendelwellen, Tretgeneratoren und Drehtischen zu dem Bildschirm, vor dem sie Faxen machten und über ihre Schatten lachten, die sich vielfarbig abzeichneten. Bei der nächsten Station erklärte der Vater seinem Sohn, worüber er sich gerade selbst informiert hatte – da war von Konstanten und Variablen die Rede, Wortfetzen drangen an mein Ohr: »Drehmoment«, »Mathematik des Unvorhersehbaren«. Nachdem die beiden das Volumen eines Würfels berechnet hatten, beugten sie sich, der Vater und der Junge, über eine Orientierungstafel, die mir eben selbst ein Experiment erklärt hatte:

Eine Kugel wird auf eine Fallbahn geschickt, um zu prüfen, nach welcher Gesetzlichkeit sie fällt. Wo wohl meine Fallbahn endet, einmal durch den Geburtstrichter geworfen? Es ist nicht die erste Kugel, die in diese Vitrine fällt. Vor mir haben unzählige diesen Sturz zurückgelegt und bilden in der Mitte bereits eine respektable Pyramide; gegen den Rand und an den Rändern selbst nimmt die Zahl ab. Und nun meine Kugel: welcher Zufall spielt mit, ob es sie bei den jeweiligen Etappen nach rechts oder nach links verschlägt? Gibt es auch für meine ungefragte Existenz statistische Gewissheiten beim Fallen, so etwas wie Wahrscheinlichkeit? Hatte ich nicht eben zur Kenntnis genommen, dass bei der Erklärung der Chaostheorie das französische Wort *hasard* im Englischen mit *chance* wiedergegeben wird. Sollte für mein Chaos der Zufall eine Chance sein?

»Warum« – ein Zauberwort, das man mir als Kind beigebracht hatte. Mit ihm verwandelte ich alles in Fragezeichen – zur Verzweiflung meiner Eltern und einer Kindergärtnerin. Warum haben Enten Flügel? Damit sie fliegen können. Warum wollen Enten fliegen?

In den Schulen hat man mich mehr Antworten gelehrt als Fragen – von der Volksschule bis zur Hochschule.

Nach einem Semester Deutsche Literatur und einem der Geschichte an der Universität Zürich entschloss ich mich für Paris – die Germanisten waren mir zu brillant und die Historiker zu langweilig.

Ich kam am Morgen in der Gare de l'Est an. Ich wollte einen Schweizer Schulkameraden anrufen. Dass man für den Automaten einen Jeton brauchte, darauf kam ich nach einigen Versuchen, aber nicht darauf, dass man ihn einklickt, vernimmt man am andern Ende eine Stimme: »Ist jemand da? Antworten Sie bitte. Hallo, hallo«, und schon wird aufgehängt.

Wenn schon Paris, wollte ich an der Seine wohnen. Ich schleppte meinen Koffer boulevardlang bis zu Notre-Dame. Ein Blick nach oben: Dort musste ein wasserspeiender Teufel hocken; er zwinkerte mir zu.

Gleich nach der Brücke ein Hotel namens Notre-Dame. Blickte ich aus dem Fenster, sah ich auf den Fluss. Die Seine war brückenverwöhnt, nie hatte der Sihl ein Zar eine girlanden- und kandelabergeschmückte Brücke geschenkt. Aber mit ihrer Vier-Löwen-Brücke hatte sie der Brücke mit den vier Soldaten Ebenbürtiges zu bieten, auch wenn an ihnen nie der Wasserstand gemessen wird wie hier an einem Zouaven.

Wieder ein gegenüberliegendes Ufer. War das der Quai des Orfèvres? Den kannte ich von einem Kriminalfilm her; ein Leinwand-Detektiv hatte mich in die Welt der Musichalls eingeführt.

Nicht weit vom Hotel eine Buchhandlung. In der Auslage ein Roman, *Un paysan à Paris.* Noch immer irritiert, dass ich nicht telefonieren konnte, erstand ich das Buch. Ich begann gleich zu lesen, um zu erfahren, wie es dem anderen Bauern in Paris ergangen ist.

Vorerst ausgiebig das Wörterbuch konsultiert. Nur schon bei der Zeitungslektüre musste ich stets nachschlagen. Für Philosophisches reichte das Schulfranzösisch mehr oder weniger; doch kaum für das, wovon beim Essen gesprochen wurde und worüber im Schlafzimmer gestritten. *Ontologie,* das war die »Lehre vom Sein«, aber wie sagt man »einen Knopf annähen«.

Was hatte ich nicht alles an Vorgefasstem und an Klischees mitgebracht.

Zu unserem verwegenen Pubertätswortschatz gehörte das Kondom, das »Pariser« hieß. In der Tat, schon nach zwei Tagen sprach mich eine junge Frau an, die auf der Straße rauchte, *»jeune homme«.* Ich war als »junger Mann« verlegen, als sie ihren Mantel öffnete: ein Korsett und Netzstrümpfe. Ganz in diesem Sinn beherzigte ich den Tipp für eine andere Straße, wo »es nur so und noch ärger« zugehe. Zum ersten Mal in einem Transvestitenlokal; da trat einer auf, der als Spionin Mata Hari den Säbel des Exekutionsoffiziers als Spiegel benutzte, um vor der Hinrichtung noch etwas Rouge aufzulegen. Bald danach der verruchte Besuch des »Casino«. Tänzerinnen mit Federn auf dem Kopf, um die Lenden eine Kette und vorn eine Münze, und dies treppauf und treppab. Über ihnen der Flitterhimmel, und eine Göttin in Glitzerhöschen schaukelte auf einer Mondsichel. Im Auslauf der billigen Stehplätze ein Tuscheln, Fummeln und ein Sich-in-die-Ecke-Verdrücken.

Ich wusste zudem, dass es Clochards gibt und dass die unter Brücken schlafen. Dergleichen hatten meine Sihlbrücken nie erlebt. Als ich von der Quaibrüstung auf die Seine hinunterschaute und sah, wie einige um ein Feuer hockten und irgendwas abkochten, nahm sich die Runde gemütlich aus. Dann begegnete ich den ersten hautnah in einer Metrostation, einer rief mir etwas zu, was komisch sein musste, die andern grinsten, ein geiferndes Lachen. Sie richteten sich auf den Bänken ein, die einen mit zerschlissenen Decken, neben sich Dosen und Flaschen und das geschnürte Bündel ihrer Habe. Der eine trug über dem Veston einen zweiten und darüber einen Mantel und hatte sich mehr als ein Halstuch umgewickelt. Einem andern hing aus einem Hosenbein ein vereiterter Verband. Der, der im Abfalleimer wühlte, war nicht viel älter als ich; er steckte in einer zu großen Uniformjacke, an seinem Gürtel baumelte ein Kleintransistor. Für sich allein eine Frau, in ihrem schütteren Haar ein Schmuckkamm; ihr Rock war vorn genässt, zwischen den aufgedunsenen Beinen eine Tüte, vollgestopft und mit einer Zeitung zugedeckt; erwartungslos sah sie den einfahrenden Zügen entgegen und blickte ihnen mit stumpfen Augen nach, bis das Schlusslicht im Tunneldunkel verschwand.

Und im Ohr Chansons. Nicht nur das Lied vom Deserteur, der den Einrückungsbefehl an den Präsidenten zurückschickt, weil er nicht in den Krieg will. Auch das Lob der Bank in einem Park, die so vielen so viele Liebesdienste ermöglichte. So verhält er sich eben, der Gigolo. Doch die Blumen, sind sie nicht Worte der Liebe. Wie viel *tristesse* aus einem Akkordeon herauszuholen war. Deine Augen blauer als jeder blaue Himmel, auch wenn's auf unser Rendezvous regnet. Ich bin sechzehn und du bist sechzehn, das macht zweiunddreißig, mit zweiunddreißig ist man kein Kind mehr. Oh ja, ich bin, wie ich bin.

Anfang dieser fünfziger Jahre bestimmte Paris die europäische Diskussion. Demnach konnte die Stadt die Lehrmeisterin meiner intellektuellen Sensibilität werden, was sich auf Deutsch albern anhörte. Auf Französisch dagegen schmeckte das wie Soufflé: *Paris était la maîtresse de ma sensibilité intellectuelle.* Nur schon das Wort *maîtresse* im Zusammenhang mit Lektüre, *quel parfum;* da entkleidete ich ein Buch seiner Bauchbinde, es war, als lernte ich Thesen im Negligé kennen.

Ich las nicht einfach Romane, sondern den *nouveau roman.* Standpunkt demonstrierend, trank ich den Pernod im Café de Flore und nicht im Deux Magots und schaute verächtlich zur bourgeoisen Brasserie Lipp auf der andern Straßenseite hinüber. Unvorstellbar, dass ich dort eines Tages einkehren sollte, und sei es nur, um von einer ausgesuchten Speisekarte, *très chic,* eine proletarische Cervelatwurst mit Remoulade zu bestellen, was den Kellnern mehr imponiert, als wenn Amerikaner Champagner zu *choucroute* verlangen.

Engagement und *absurdité,* das waren die epochalen Stichworte von Zeitgenossenschaft. Da geisterte der *Fremde* durch das *Sein und das Nichts* und traf auf eine *Kahle Sängerin.* Sisyphos schob den Stein, der stets herunterkollerte, von neuem den Berg hinauf und war dabei glücklich. Ihm schauten zwei zu, die Abend für Abend auf Godot warteten. Hatte am Anfang nicht auch der *Ekel* gestanden? Doch dann kam die *Pest,* und im *Balkon*-Bordell konnte ich meine Träume als Freier ausleben – als Kardinal so gut bedient wie als General.

Absurdität, das war nicht bloßer *nonsense,* nicht nur eine Attacke auf die etablierte Vernunft. Zur Debatte stand nach den Ungeheuerlichkeiten des Zweiten Weltkriegs die Sinnfrage. Unausweichlich, wenn weder Religion noch Partei-Ideologie einem das Fragen und Antworten abnahmen. Was aber, wenn ich den Glauben hinter mir gelassen hatte, der einst festen Grund gewährte? Wenn kein vorgegebener Sinn auszumachen ist, so argumentierten wir, muss der Mensch ihn selbst erfinden; resultierte daraus nicht, was als *engagement* verstanden werden kann, als Eigenverantwortlichkeit? Ich entwickelte mich zum Philosophie-Prätendenten:

»Zu einem, der wohl anstrebt, sich im philosophischen Bereich etwas umsehen zu können, und der, weil er sieht, dass ihn vieles von einer Philosophie trennt, die Bescheid weiß, ein ewiger Philosophie-Prätendent bleibt, ohne die Ambition zu haben, je den Thron der Philosophie besteigen zu wollen oder gar zu können, dankbar, sich an den unteren Stufen des Thrones aufhalten zu dürfen und sogar dabei sein zu können, wenn die Philosophie Kirche und Welt zu Audienzen empfängt. Wenn auch der Verwalter der Bibliothek und der Chef des Protokolls den Eindringling nicht mögen, so erlaubt dieser sich dennoch, ohne vorlaut zu werden, manchmal eine Frage zu stellen, die immer mit der Entschuldigung anfangen würde: Gemäß den Möglichkeiten, die mir gegeben sind, entsprechend einem lückenhaften Wissen und einem fragmentarischen Leben, in vielen Augenblicken beinahe verzweifelt, und in andern auf die Wärme einer Hand vertrauend und dabei nicht immer enttäuscht, passioniert vom Intellekt und gequält vom Herzen, die Ordnung schätzend, wenn auch von ihr nicht alles erwartend, angewiesen auf etwas Nähe, ohne dem Leben hörig zu sein, erlaube ich mir die Frage...«

In der Rolle eines solchen Anwärters setzte ich mich in einer Untersuchung, die man Dissertation nennt, mit der Politischen Philosophie auseinander und wählte dafür diejenige Frankreichs nach dem Zweiten Weltkrieg. Ein Frankreich, wo ich, »verurteilt zur Freiheit«, wie man damals sagte, über den Existentialismus las, auch über die katholische Variante, von der ich vernahm, dass es besser war, »zu sein« als »zu haben«. Humanismus nicht als Bildung verstanden, sondern als ein Denken, in dessen Zentrum der Mensch steht. Ich hörte Marxisten, orthodoxe und Abweichler, da stand zur Auswahl der Personalismus ebenso wie die traditionelle Scholastik.

Ich hatte den klassischen Vorwurf an den Philosophen hinzunehmen: Einführung fremder Götter und Verführung der Jugend. So jedenfalls hatte die Anklage gegen Sokrates gelautet. Nun dürfte der eine Vorwurf gar nicht ohne den anderen zu denken sein. Neue Götter und die Zukunft der Jugend, da greift das eine ins andere. Im Grunde waren die Vorwürfe gerechtfertigt, nur stellten sie keine Vorwürfe dar. Dass Sokrates die alten Götter hinter sich ließ, zeichnete ihn als Philosophen aus. Angeklagt war er nicht zuletzt deswegen, weil er die Philosophie in die Öffentlichkeit trug. Der Giftbecher ist denn auch das Emblem geblieben für das Philosophieren auf dem Marktplatz. Es gibt verschiedene Formen des Giftbechers. Er fängt beim Spott an, bei der Verachtung, dem wirtschaftlichen Boykott, und geht bis zur Verfolgung und zur Hinrichtung. Beim Prozess gegen Sokrates war es zum Mehrheitsbeschluss dank der Gerbermeister gekommen. Wäre es da nicht tunlich, überlegte ich, den Gerbermeistern Verständnis fürs Philosophieren beizubringen, was nicht ausschließt, ihre Söhne zu verführen – gibt es doch dafür reizvollere als rein philosophische Beweggründe.

Unerlässlich also, übernommene Positionen bloßzulegen und bloßzustellen – woraus ich schloss, es sei geboten:

»Den Menschen in seiner Unvollkommenheit und Widersprüchlichkeit zu akzeptieren, den Bereich des Vorläufigen als seine eigentliche Domäne anzuerkennen, ohne dass man ihn mit der Hoffnung auf irgendwelche Erlösung lockt. Eine Vorstellung, die nicht hektisch und nicht schwarzgläubig ist, aber auch nicht johlend und rosagläubig, sondern der Versuch, im Bereich des Möglichen das Menschen-Mögliche aufzuspüren...«

Als die schweizerische Bundesverfassung überarbeitet

und aktualisiert wurde, wurde auch die Präambel neu formuliert. Es machte sich ein Dichterkollege an die Neufassung. Sie begann nach wie vor mit »Im Namen Gottes«. Für meine Version hätte ich vorgeschlagen: »Im Namen der Revision«.

Nicht dass mir, was an Artikeln und Paragraphen festgelegt worden war, unbrauchbar schien. Doch was als Gesetz, Rat und Empfehlung festgehalten wird, kann nur vorläufig sein. Im Moment, da Definitives niedergeschrieben wird, ist die Realität, die angesprochen wird, bereits daran, sich zu verändern. Unausweichlich hinkt alles Recht und alles Gesetz der Welt hinterher.

Von solchen Gedankengängen versprach ich mir Einübung in ein Verhalten, das dringlich und aktuell werden sollte, als es galt, sich in den kommenden Jahrzehnten gegen absolute Wahrheiten jeglicher Couleur zu wehren, gegen Ideologien, Orthodoxien und Fundamentalismen. Unvermeidlich, dass aus mir, dem Philosophie-Prätendenten, wurde, was man einen Intellektuellen nennt. Ich entwickelte mich zu einem Mann des »insofern«, des »andererseits«, des »außerdem«, des »übrigens« und des »hinwiederum«.

Was brachte ich, der ich einst in einer Pfarrbibliothek den Umgang mit Büchern geübt hatte, nicht alles an Philosophischem in Zettelkästen unter: heroische Leidenschaften, seltsame Niederlagen und das Zusammenfallen aller Gegensätze. Den Schatten des Schriftstellers und die Überzeugung: Wer denkt, der ist. Staunen am Anfang und Staunen am Schluss. Die Wunden, die der Verstand schlägt, und die Poesie, die zu heilen versucht. Ein unglückliches Bewusstsein und ein glücklicher Verstand. Das Unnennbare und die

Bemühung um den Begriff. Opium für Intellektuelle und das Prinzip Hoffnung. Neben Bildern und Gleichnissen unabdingbar die Ironie als Akt der Befreiung. Eine Philosophie, die Heimweh hat, Heimweh nach der Zukunft.

Ohne die anderen ging es nicht. Nicht ohne den, der darlegte, weshalb er so weise ist. Daneben der Byzantiner, der versichert, dass in seinem Buch kein einziger persönlicher Gedanke zu finden ist. Der, welcher in der dritten Person über sich schrieb, da jedes Ich unanständig ist. Der, der bekennt, er sei vielleicht nicht besser als die anderen, er selbst aber sei ein anderer. Der, welcher sein Zimmer nicht verlässt, weil damit das Unglück beginnt, und der, der unterwegs zur Sprache ist und dafür einen Holzweg wählt. Neben der Philosophie, die lacht, die Einsichten einer belesenen Ignoranz. Da suchte einer Trost bei der Philosophie und wählte dafür Verse. So hatte ich mir unter anderem zu eigen gemacht: »Nichts auf der Welt kann uns daran hindern, luzid zu sein.«

Konfrontiert aber sah ich mich mit Dubiosem, Dunklem und Unfassbarem – je größer die Welt wurde, umso mehr nahm der tägliche Wahnsinn zu. Manchmal war mir, als winke die Irrenanstalt als Refugium, der Irrenzwinger, wie es einst in meiner Stadt hieß. Ob es da nicht besser war, sich auf und davon zu machen wie das Wasser der Sihl – wohin auch immer.

In weiter Zukunft noch lagen die Reisen in die uferlose Zeit; was als Ziel erreicht wurde, erwies sich als Etappe.

Da traf man in Paris die Wolof aus Senegal. Umschwärmt von Studentinnen. Die hochgewachsenen Schwarzen schienen sich nicht nur für die staatliche Ehrengarde zu eignen. Ich erfuhr, dass nicht nur Afrika schwarze Herkunft bietet. Auch eine Antilleninsel wie Martinique wurde als schwarzes »Geburtsland« gefeiert; einer dichtete über seine Rückkehr dorthin. Dies in einem Französisch, das kreolisch getrimmt war. *Présence africaine,* vorerst als Zeitschrift kennengelernt, danach als Verlagsbuchhandlung ausfindig gemacht. In Regalen und Katalogen geschmökert und von Namen und Werken Listen angelegt. Ein schwarzer Freund nahm mich in einen Jazzkeller mit: »Der Saxophonist aus Mauritius, der hat, unheilbar, Synkopen im Blut, und die schwarze Rose von Mali, die eben strippt, siehst du ihre langen Beine? Es ist aus mit eurem griechischen Edelmaß. Jetzt liegt der Nabel der Welt woanders.«

Und daneben die asiatische Präsenz. Was wir in der Schule respektlos als Hinterindien bezeichneten, hieß *Indochine.* Der Abschied von einem Freund, der nach Phnom Penh geschickt wurde, in einen Kolonialkrieg, an den er als Kommunist nicht glaubte und in dem er, in einen Hinterhalt geraten, in den ersten Wochen fiel, erschossen von einem von denen, für die er demonstriert hatte. Wir hatten ihm zum Abschied einen Reiseführer geschenkt: *Indochine. Verpassen Sie nicht …* Ich hatte ihm versprochen, seiner Freundin nichts zu verraten, als er mir seine heimliche Verlobte im Musée Guimet zeigte: eine Apsara, geboren, als das Milchmeer aufgewühlt wurde, eine kambodschanische Nymphe, die in allen Tempeln tanzt, gerühmt für ihre himmlischen Liebesdienste. Als ich ihr Jahrzehnte danach in Banteay Kdei wiederbegegnete, in einem Tempel, der ein Stück weit von Tretminen gesäubert war, da wies die Apsara einen Halsschuss auf, und die eine Schulter war abgesprengt. In einem andern Tempel, wo ich ihr Grüße von meinem toten Freund überbrachte, tanzte sie ohne Kopf; nicht im Krieg war sie verstümmelt worden, ein Grabräuber hatte ihr den Kopf abgesägt.

Unter den neuen Pariser Freunden waren Araber. Nicht einfach aus Nordafrika, sondern aus dem Maghreb, wie sie insistierten. Sie, die aus dem »Land der untergehenden Sonne« kamen, lachten darüber, dass sie in der Schule gelernt hatten: »unsere Vorfahren die Gallier«. Das erste Couscous, und zwar *royal:* »Hirse, das hat man gegessen, bevor man *frites* gekannt hat.« Das erste Hamam, zwischen schwitzenden Mauern die heiß-feuchte Erregung im Dampfbad.

Paris – eine Stadt, die über sich hinauswies. Was auch für spätere Aufenthalte galt. Ob zur Zeit des Algerienkriegs Polizisten frühmorgens bei einer Razzia ins Hotelzimmer hereinpolterten, unter dem Bett und im Kleiderschank nachsahen und gleich wieder, Türe schlagend, verschwanden.

Oder ob ich später das *Institut Arabe* aufsuchte und bei einem Pfefferminztee in den eben erworbenen Broschüren oder Büchern blätterte. Ich ließ mich einweihen in die Geheimnisse, die Blumen kundtun, lauschte den Vogelgesprächen, indem ich mich auf eine Pilgerfahrt nach innen begab. Ich wollte wissen, worüber ein Kadi und eine Fliege vor Gericht stritten. Nicht nur in Europa stimmte man das Lob der Torheit an, auch auf Arabisch sind Sottisen ein Ausweis von Intelligenz. Bei einem weitschweifenden Blick von der Institutsterrasse aus über die Dächer von Paris vernahm ich im »Duft der Unterhaltung« von wunderbaren Verwandlungen und davon, was man macht, wenn Herzen rosten wie Eisen.

Neugierde weckte die polnische Buchhandlung am Boulevard Saint-Germain; sie bot die Chance, mich über das Polen der Dissidenten zu orientieren. Über der Kasse ein Bild: eine schwarze Madonna. Unvorstellbar, dass ich ihr eines Tages von Angesicht zu Angesicht gegenüberstehen würde – auch wenn sie von einem Gitter geschützt war –, mich durch junge Pilger durchzwängend, die hier Fürbitte erflehten für die bevorstehenden Examen. Hilfe von einer Madonna, die mitmarschierte, die auf Seiten der Arbeiter an Protest und Rebellion teilnahm, eine Madonna der Straßenschlachten mit Gummigeschoss und Barrikade, eine Madonna, die wegen des Tränengases weinte. Unter den Weihgaben Transparente, auf denen Freiheit gefordert wurde: *Solidarność.*

Soweit dank Kultura Übersetzungen auf Französisch vorlagen, ergab sich ein Blick hinter den Eisernen Vorhang. Der erste wichtige polnische Autor, den ich hier kennenlernte, lebte weder in Polen noch in Frankreich, sondern in Argentinien; er hatte einen Helden erfunden, der nicht erwachsen werden wollte. Und ich merkte mir von einem andern Polen: »Jetzt bist du mit dem Kopf durch die Wand, was machst du in der Nachbarzelle.«

Nicht weit von der *Librairie Polonaise* gab es eine Buchhandlung mit Fotos vom bombardierten Guernica und von einem Spanienkämpfer, der sein Gewehr wegwirft, nachdem er tödlich getroffen wurde. Vor Lorcas Porträt eine verblichene Blume und seine Verse über das Grün seiner andalusischen Herkunft, *verde, verde,* und über den Nachmittag, als um halb vier der Stierkämpfer in der Arena den Tod fand. Über den Bücherstapeln schwebte neben der Deckenlampe eine Friedenstaube.

Bei Paris-Besuchen stelle ich bis heute jedes Mal zerknirscht fest, was ich an Lektüre nachholen müsste. Zusätzlich konfrontiert mit *»vient de paraître«* in den Auslagen der Buchhandlungen, »eben erschienen«, Ohrenzupfer, die mir klarmachen, was ich daran bin, erneut zu verpassen.

Zu den Städten, die über sich hinauswiesen, gehörte auch die, die ich als erste Großstadt kennenlernte. In den Jahren, da ich in Zürich in fester Stellung war, pflegte ich den Weihnachtsurlaub in Rom zu verbringen. Dann, wenn in den Straßen die Hirten aus den Abruzzen mit ihrem Dudelsack zu hören waren. Wenn in den Kirchen Krippen aufgebaut waren. Wenn in Ara Coeli eine Rostra hergerichtet wurde, eine Rednerbühne, auf der Buben predigten, sich in Rhetorik versuchten, von Müttern und Tanten angespornt. In der Silvesternacht durch die Straßen laufen, achtgebend, nicht von dem getroffen zu werden, was aus den Fenstern geworfen wurde, Geschirr, Matratzen und Apparate, manchmal ganze Bettgestelle. Altlasten, die man loswerden wollte; durchzukommen verhieß Glück. Den Jahrmarkt auf der Piazza Navona durchstreifen; ich wäre nicht überrascht gewesen, wenn die Hexe Befana aufgetaucht wäre oder einer der drei Könige mir etwas zum 6. Januar geschenkt hätte. Unverzichtbar aber die Mitternachtsmesse, ob in Maria Maggiore oder in einer andern Kirche. Nicht aus Frömmigkeit wohnte ich dem Gottesdienst bei. Ich war längst nicht mehr praktizierender Katholik. Was ich aus der Religion herübergerettet hatte, war ein Weltgefühl, *kat'holos,* das »den Erdball Umfassende«. In einem Gottesdienst vereint mit dem schwarzen Priester aus Afrika und dem amerikanischen Matrosen, der Hausfrau aus dem Allgäu und der Nonne aus Indochina, mit einem französischen Intellektuellen und einem argentinischen Gewerkschafter genauso wie mit einem belgischen Pfadfinder.

Aber Rom lag nicht nur am Tiber. Ich stieß auf dieses Rom in jedem *Little Italy.* »Klein-Italien« konnte in Manhattan hinter der Lower East Side beginnen, wo an den warmen Abenden Boccia gespielt wird und die meisten Osterias inzwischen Chinesen gehören. *Little Italy* konnte ebenso gut am Lake Ontario liegen oder am Lake Michigan. Nicht nur Pasta, sondern auch Kellner, welche das Menü vorsingen. Im *ristorante* ein Foto, vermutlich das vom heimatlichen Fußballclub. Wahrscheinlich auch ein Poster als Wandschmuck, der segnende *papa* oder die Katzen von der Piazza Argentina. Sicher ein ewiges Licht, elektrisch gespeist, vor einem Heiligen oder einer Heiligen, und im vergoldeten Gipsrahmen des Spiegels Ansichtskarten mit Grüßen aus *bella Italia.*

Wie viele *littles* sind im Lauf der Zeit zusammen gekommen.

In einem *Little Tokyo* habe ich zum ersten Mal einen japanischen Garten aufgesucht. Dankbar für den Prospekt, der mich darüber informierte, was die Steinsetzungen und Steinlaternen bedeuten, die Teichgärten, die zur Meditation einladen, zur Harmonie von Fels und Wasser, alles inbegriffen. Für die Speisekarte die Mahlzeiten als Farbfotos abgebildet, so dass ich mich optisch orientieren konnte, was ich beabsichtigte zu bestellen: Sashimi, Soba oder Domburi. Die Wahl, sich westlich an den Tisch zu setzen oder unter lackierten Holzmasken auf Reisstrohmatten niederzukauern. Mit Hilfe der Serviererin für den Empfang des Essens *»itadakimasu«* geübt und *»gochisō sama deshita«* als Dank, denn »es war ein Festessen«. Gegen geringen Zuschlag wurde die Teilnahme an einer Teezeremonie offeriert, und es gab ein Sonderangebot fürs Fechten mit dem Bambusschwert.

Wenn schon asiatisch, warum nicht *Little Korea.* Hin ging ich wegen einer Batterie, flanierte an Transistoren, Handys, Taschenrechnern vorbei und stellte Preisvergleiche an, obwohl ich weder an einem Fotoapparat noch an einem Computer interessiert war. Eine Wand flimmerte voller Bildschirme, die gleichzeitig liefen: Von null auf hundert. Limousine oder Geländewagen? Diesel schlägt Top-Benziner. Variable Ventilsteuerung, verchromter Kühlergriff und Dreispeichenlenkrad. Ein Amerikaner aus Korea und ein Koreaner für Europa. Im Restaurant Kimchi probiert, Kohl aus der Salzlake, was mich ans einheimische Sauerkraut erinnerte, auch wenn es wegen des Ingwers anders schmeckte. Neugierig geworden auf das Pauschalarrangement für die Insel Jindo: »Das Moses-Wunder in Asien. Wegen der Gezeitendifferenz teilt sich das Meer zweimal am Tag.« Hingegen keine Rede von dem Berg Kaya, auf den ich eines Tages steigen sollte, um dort im Haeinsa-Tempel einige der über achtzigtausend Holzplatten zu bewundern, auf denen die drei Körbe von Buddhas Lehre geschnitzt waren, eine Bibliothek, in der ich zwischen Büchern wanderte und mich im Schatten eines Buches ausruhte.

Hätte es *Little India* gegeben, ich hätte es in London kennengelernt, aber es gab kein *Little India,* sondern ein *Little Gujarat* zum Beispiel, oder wie die Provinzen sonst heißen mochten. Aufgesucht hatte ich das East End, weil man mir den Wochenendmarkt empfohlen hatte, ich benötigte einen Regenmantel. Bei diesem Besuch hatte ich den Wortschatz zu erweitern: Sari für die Kleider, die die Frauen trugen, und *chuples* für ihre Schlappen. Aber was für eine Religion pflegten die Sikhs mit ihren Turbanen, die das Haar nie schnitten? Was tat sich in den Gurdwara, wo sie sich zum Gebet trafen? Und was war eine Halal-Metzgerei? Einmal mehr die Kenntnisnahme des Ungewohnten über die Küche: das Curry-Haus. Zum ersten Mal das Maul wegen Chili verbrannt. Zum ersten Mal einen Hindutempel besucht und gestaunt, mit welcher Direktheit an frommer Stätte Figuren kopulieren.

Vom Reich der Mitte hatte ich dank der *Chinatowns* Kenntnis genommen. Viertel, in denen ich am chinesischen Neujahr Millionen in Papiergeld verbrannte in Erwartung von Millionen in konvertibler Währung. Wo ich in Geschäften herumstand und als Grabbeilagen Autos und kleine Wohnhäuser aus Papiermaché hätte kaufen können, mich aber auf Notizblöcke beschränkte. Wo in den Restaurants Hahnenkämme und Hühnerpfoten serviert wurden. Viertel, die sich mit einem stolzen Straßenbogen annoncierten, an dem Lampions hingen. Aber auch Viertel, wo aus Angst vor Krawallen kaum chinesische Schriftzeichen auszumachen waren. Tempel, in denen nicht eine Karte von China angebracht war, sondern die der Herkunftsprovinz.

Außerhalb Chinas hatte ich Erfahrungen gemacht, welche China selbst nicht mehr bot. Als einziger Zuschauer bei einer Theateraufführung, bis mir klar wurde, dass dieses Spiel nicht für ein Publikum gedacht war, sondern für einen Toten; das erinnerte mich an die katholische Heimat, wo man für Tote Messen lesen lässt, bei denen auch kein Publikum zugegen zu sein braucht. Als ich meinem Betreuer und Übersetzer in Beijing davon erzählte, staunte er; er hatte mir als Attraktion Drachentänze offeriert. Ich hatte in der Diaspora Traditionen miterlebt, die in China von der Kulturrevolution zerstört worden waren.

Die Geschichte hatte die Geographie durcheinandergebracht.

Jiddisch hörte ich zum ersten Mal nicht in Osteuropa, sondern in Kanada, in Montreal. Ich hatte einen Zufallsbekannten im Bagel-Café nach dem *shtetl* gefragt, der antwortete mir: Seine Vorfahren seien nicht aus einem *shtetl* hierher geflüchtet, die seien aus Spanien vertrieben worden, er sei kein Ostjude, sondern ein Sepharde. Er lachte auf, seinem Vater sei noch in diesem Jerusalem des Nordens nicht erlaubt worden, als Jude am Saint-Laurent-Strom, am Strand, zu picknicken. Das machte mich verlegen, so dass ich nicht weiterfragte, was der Unterschied sei zwischen *kosher* und *glatt kosher,* wie ich dies eben gelesen hatte. Aber das schloss nicht aus, *muzik bei yidn* auf der *yiddishe bine* zu hören: »Musik von Juden« auf einer »jüdischen Bühne«. Nicht nur, so war zu hören, dass ein Blinder mehr sieht, je länger er lebt, auch ein Tauber, je länger er lebt, hört mehr. »Solang du jung bist, kannst du sorglos schlafen«, dieses Lied wurde an einer Wiege gesungen, die einst woanders stand, »eilululu«, du kannst über alles lachen: *lachn fun alzding.* Anderswo, in einem Lager, hat das Wiegenlied gemahnt, nicht zu weinen: Wenn der Posten weinen hört, kommt er und schießt.

Little-weise habe ich erfahren, wie die Welt ausschauen kann, auf die ich mich mit meiner Geburt eingelassen habe. Wie aber sieht bei so viel *little*s das Ganze aus? Und wie viele *littles* gibt es noch, von denen ich nicht einmal eine Ahnung habe? Was, wenn die Welt selbst eine *»a little world«* ist, eine »ein-bisschen-Welt«?

Und in der »ein-bisschen-Welt« meine Stadt, eine Stadt des Aufbruchs, die eine Stadt der Rückkehr wurde: Rückkehr in eine Herkunft, die nicht mehr die gleiche war.

Als meine Mutter ein Mädchen war, kurz vor dem Ersten Weltkrieg, sprach sich in Außersihl herum: »An der Bahnhofstraße ist ein Neger gesichtet worden.« Alle waren entschlossen, sich die Gelegenheit nicht entgehen zu lassen: »Neger, Neger, Schornsteinfeger«. Sie verpassten den Schwarzen; denn fürs Stadtzentrum zieht man sich um; sie hatten sich sonntäglich hergerichtet, bevor sie sich aufmachten, den Neger zu sichten. Sie entschädigten sich, als sie Jahre später durch ein »Negerdorf« spazierten dank einer Völkerschau. Von weitem waren die Trommeln zu vernehmen. Am Stadtrand, hinterm Schlachthof, bei einer Fuhrhalterei, in der Nähe einer Kiesgrube, wo sonst Schausteller und Karussellbesitzer Attraktionen boten und wo meine Mutter zum ersten Mal dressierte Affen gesehen hatte. Dort waren strohbedeckte Rundhütten aufgebaut worden, dort konnte man Handwerkern beim Schmieden und Schnitzen zuschauen, da waren Schwarze zu bestaunen, die auf dem Boden schliefen, mit den Händen aßen und barfuß gingen, schwarze Mütter, die keine Kinderwagen kannten; sie tanzten im Bastrock mit ihren Männern, die den Speer nicht aus der Hand gaben. Nach der Darbietung warf man ihnen Bonbons zu.

Als wir nach dem Tod der Mutter ihre Papiere ordneten, fanden wir neben dem abgelaufenen Pass, unter nicht mehr benutzten Bahnabonnements, ungültigen Ausweisen, Rabattmarken und Einzahlungsscheinen, das Bild eines schwarzen Jungen. Diop dankte ihr, dass er die Schule besuchen durfte, und dafür, dass sie jetzt einen Sodbrunnen mitten im Dorf hatten, so dass seine Schwestern das Wasser nicht mehr am Fluss holen musste. Als wir Diop mitteilten, seine Patenmutter sei gestorben, aber wir würden uns an ihrer Stelle um ihn kümmern, schickte er ein Polaroid von seiner Schulklasse mit einem Pfeil, der ihn mitten im Gruppenbild markierte. Auf der Rückseite war hingekritzelt: Auch sein kleiner Bruder möchte in die Schule.

Sie, die als Mädchen einen Schwarzen an der Bahnhofstraße verpasst hatte, brauchte in ihrem letzten Jahrzehnt von ihrem Wohnhaus nur ein paar Straßenzüge weiter zu gehen, um auf Schwarze zu treffen. Da hatte ein Laden aufgemacht, der sich auf afrikanische Artikel spezialisierte; sie wunderte sich, was dies oder jenes in der Auslage sollte. Hier hätte sie kaufen können, was Diop geschmeckt hätte, falls sie einmal die Gelegenheit gehabt hätte, ihm, wie einem richtigen Sohn, etwas aufzutischen: Maniok und Kochbananen, auch das Kurkuma-Gewürz und natürlich die Kokosmilch für einen Kokospudding.

Dass nicht weit weg davon in einem Mietshaus schwarze Frauen mit nackten Brüsten in den Fenstern hingen und mit Pfiffen und Gesten Kunden von der Straße anlockten, hatte sie nicht mehr gesehen. Sie war auch nie mehr in das Lokal gegangen, wohin ihr Mann sie am Zahltag oft zu einem tellergroßen Wienerschnitzel mit Pommes frites eingeladen hatte. Es spielten nicht mehr das »Echo vom Bachtel« oder die »Schrammel Buabn«. Und im Quellenhof, wo sie manchen lustigen Silvester mit Tischbomben, Tombola und Zauberkünstlern erlebt hatte, traten Tänzerinnen auf, deren sternchenüberklebte Nacktfotos neben der Speisekarte mit dem Tagesangebot hingen, und es hieß, sie würden sogar auf den Tischen tanzen.

Nun fand auch ich mich selbst kaum mehr in der Straße zurecht, in der ich einst gespielt hatte, wo ich den Glaser gesehen hatte, der auf dem Rücken Fensterscheiben buckelte und »Gla-ser, Gla-ser« ausrief; wo in der Frühe der Milchmann die Milch ins Haus brachte, der vor seinen Karren einen Bernhardiner gespannt hatte; wo wir dem Scherenschleifer zuschauten, wie er den Schleifstein mit einem Pedal zum Rollen brachte. Er sei auch Kesselflicker, sagte er, aber wir sahen ihn nie einen Kessel flicken. Vage die Ahnung, was für ein Geschäft einst in dem Ladenlokal war, wo jetzt eine Wechselstube ihre Dienste anbot und Geldsendungen ins Ausland betreute, und wo auch die zu günstigen Tarifen telefonierten, die in ihren Wohnungen und Zimmern keinen Anschluss besaßen. Da vermittelte nun ein Reisebüro Busarrangements in die Türkei und Billigflüge nach Asien. Das Kino, eine »Revolverküche«, in dem ich meine ersten Wildwestfilme sah, hatte auf Porno umgestellt, mit Großleinwand und Kabinen: *Spritziger Kundendienst* und *Versaute Zimmermädchen.*

Auf den Straßen Frauen mit Kopftüchern und Schleiern. Ganz anders als bei denen, die nach dem Prager Kommunisten-Putsch in die Schweiz flüchteten und hier Aufnahme fanden. Die fielen so wenig auf wie die, welche nach dem Ungarn-Aufstand Zuflucht suchten. Doch die Zuzügler und Asylanten aus Afrika und Asien veränderten das Straßenbild. Der tibetanische Mönch jedoch erregt kaum mehr Aufsehen, und das Safrangelb der buddhistischen Mönche erinnert daran, dass es in der Stadt eine thailändische Tempelgemeinschaft gibt, auch ein Studio fürs Thai-Boxen, Massagesalons, und Restaurants wie den ›Blauen Affen‹ oder den ›Weißen Elefanten‹.

Ein Schwarzer an der Bahnhofstraße – das war jetzt vielleicht einer, der im Nadelstreifenanzug eines der Bankhäuser aufsuchte. Oder ein Tourist, wenn kamerabewehrt. Vielleicht der Stürmer von einem Fußballclub. Die Besucherin irgendwelcher Kurse oder eine Afrikanerin, die einen Schweizer geheiratet hat. Ein Asylant ebenso gut wie ein Stipendiat oder ein Dealer. Oder gar ein Brasilianer, der richtigstellt: Er sei nicht aus Afrika, sondern aus Lateinamerika.

Das Straßenbild war eingedunkelt, nicht nur wegen der Schwarzen. Die Tamilen waren aus Sri Lanka geflohen, vor Bürgerkrieg und Verfolgung, manche hatten als Asylanten die Niederlassung erlangt und waren in Hotels, Restaurants, Krankenhäusern oder Lagern tätig. Der Tamile, der in unserer Straße für die Müllabfuhr arbeitete, feierte Neujahr im Frühling und hatte Schuldispens für seine Tochter erhalten, als diese ihre erste Periode erlebte. Er, der die Nacht des Gottes Shiva feierte, trug eine Kette mit einem Kreuz und einer Krishnafigur: Am Donnerstag gehe er mit Frau und Kindern in die Kirche und am Freitag in den Hindutempel; er glaube nur an einen Gott, habe aber auch die andern 40 000 Götter gern.

Es war die Rückkehr in eine Stadt, in der über den Bau einer Moschee gestritten wurde: »Moschee schon, aber kein Minarett«. Das erinnerte mich an die Hochzeit meiner Schwester. Als Katholikin nahm sie einen Protestanten zum Mann. Eine einzige katholische Kirche in der Stadt willigte ein, eine solche Mischehe zu trauen. Wir standen vor der Kirche. Ich drängte. Meine Schwester beruhigte mich: »Bis es läutet«. Die Kirche selbst läutete nicht. Beim Bau der Kirche war ein Turm gestattet worden, aber keine Glocken. Hingegen war die benachbarte protestantische Kirche bereit, bei katholischen Feierlichkeiten zu läuten. Auf dieses christnachbarschaftliche Geläut warteten wir.

Hadin, mit dem ich mich angefreundet hatte, orientierte mich genauer über den Minarett-Streit. Ein muslimisches Zentrum liege in einem Einfamilienhaus, ein großzügiges Geschenk der Emirate, aber zu klein; an den Feiertagen, zum Fastenbrechen oder zum Opferfest, werde zusätzlich eine Sporthalle gemietet. Er selbst bete nicht mit den Habaschis. Auch nicht mit denen, die sich hinter der Kaserne in einem heruntergekommenen Gebäude treffen, überall für das Freitagsgebet Teppiche ausgelegt, auf den Gängen, auf der Treppe, auch vor dem Haus, und dort außerdem ein Parkplatz für Schuhe. Natürlich kenne er einige von denen, die sich im Hinterhof, in einer umgebauten Fabrik, versammeln, oder im vierten Stockwerk eines Bürogebäudes: »Die Türken beten nicht mit uns Bosniaken.«

Und was war mit den Bestattungen? Die Muslime mit ihrem meist geringen Einkommen hatten nicht die finanziellen Mittel aufgebracht für ein eigenes Friedhofsgelände. Damit die Toten nicht in ihre Ursprungsländer überführt werden mussten, um nach vorgeschriebenem Ritus bestattet zu werden, wurde in einem herkömmlichen Friedhof eine Abteilung eröffnet, wo die Verstorbenen, in mit Weihrauch parfümierte Tücher gewickelt, seitlich in die Erde gebettet wurden, den Kopf Richtung Mekka.

Für die erste Teilnahme an einer muslimischen Bestattung in meiner Geburtsstadt würde ich mich erkundigen. Ich möchte mich nicht erneut blamieren, wie bei meiner ersten jüdischen Bestattung, als ich nicht wusste, dass man keine Blumen mitbringt. Ich hatte das Bouquet nicht in das Grab geworfen, sondern auf den Haufen, wo die Blumengebinde derjenigen lagen, die ebenso wenig informiert waren. Drei Schaufeln Erde auf den Holzsarg, eine schwere klebrige Tonerde. Mein Beitrag, damit nach dem Auffüllen des Grablochs die Seele sich vom toten Leib befreit. Und dann aufs Grab einen Stein gelegt – ob das wirklich eine Erinnerung an die Wüste ist, damit Hyänen die Toten nicht ausbuddeln? Ich verabschiedete mich von den Trauernden mit *»Simches«:* auf ein nächstes Mal bei einem freudigeren Anlass.

Als Altardiener machte ich meine frühesten Friedhofserfahrungen, indem ich Trauernden den Weihwasserwedel hinhielt und das Schäufelchen, um dem Sarg in der Grube Erde nachzuwerfen. Mit dem Geld, das uns die Trauernden gaben, erstanden wir in der Bäckerei gegenüber dem Friedhofsportal Bruchwaffeln: Lasst die Toten die Toten begraben.

Als Schüler verkaufte ich während einiger Jahre an Allerseelen und Allerheiligen vor der Friedhofsmauer Stechpalmen, die ich im Vorgarten unseres Mietshauses geschnitten hatte: »Immergrün. Winterhart.«

Meine Stadt und ich, wir lernten, wie verschieden die Trauer Abschied nimmt – womit sich nicht erledigte, mit der eigenen Trauer auf eigene Art zurechtzukommen.

Rückkehr in eine Stadt, die immer weniger diejenige war, aus der ich aufbrach. Nun kehrte mit mir auch nicht derjenige zurück, als der ich aufgebrochen war.

Die Garagen und Tankstellen, die Fabriken und Lagerhallen, die Bürohochhäuser und Werkstätten, dieses zusammengewürfelte Vorort-Ensemble mit seinen Reklameflächen und Firmenschildern unterschied sich bei der Fahrt vom Flughafen nach Zürich hinein nicht groß von dem, was ich zu sehen bekommen hatte bei der Fahrt zum Flughafen der Stadt, aus der ich eben zurückkam. Baugruben, Gerüste und Krane dort wie hier, als seien die Bagger, die Betonmischmaschinen und Schubkarren mitgeflogen.

Wie auch immer, es war längst nicht mehr wie einst die Rückkehr in die Studentenbude in einer Mansarde, zu der ich beim Monatswechsel an der Wohnungstür der Vermieterin vorbei hinaufschlich, was wenig nützte, da die Witwe die Mahnung bereits unter dem Türspalt durchgeschoben hatte.

Längst nicht mehr die Rückkehr in Apartmenthäuser und in möblierte Wohnungen, wo die Brandlöcher auf den Kommoden nicht von meinen Zigaretten waren und wo für den Hausrat eine Liste unterschrieben wurde: Von den acht Gläsern hat eines einen Sprung.

Ich kam nun zurück in Wohnungen, die ich selber eingerichtet hatte, einmal auch dem Trend entsprechend mit englischen Schiffsmöbeln. Zurück zu Haushaltware, die ich von Umzug zu Umzug mitnahm, noch lange das Büchergestell, das zu zimmern ich mitgeholfen hatte.

In späteren Zeiten eine Rückkehr, bei der ich hinter der Haustür den Koffer zum Teil auspackte, damit das Gepäckstück fürs Treppensteigen leichter wurde.

Nicht mehr angewiesen auf Plastik-Schlüssel-Cards mit unsichtbaren Zimmernummern und einprogrammiertem Verfallsdatum. Nicht vor dem Betreten eines Hauses in der Agenda nachschauen, welche Zahlen es für die Türöffnung einzutippen gilt. Sondern wieder ein abgegriffenes Lederetui, ein Bund, der klirrt, der große Schlüssel für die Haustür, ein Sicherheitsschloss, der zweite große für die Wohnung und der kleine für den Briefkasten.

Rückkehr in eine Altstadtgasse. Wo einst eine Fischhandlung war, feierte jetzt eine Bijouterie *opening*. Der nächste Schmuckladen in einem Vorbau, der früher als Lager einem Delikatessengeschäft diente und wo an den Wochenenden, wenn das Abfallgemüse nicht abgeholt wurde, Limmatratten herumhuschten. Keine Bäckerei mehr, die Brot und Backware in einer Durchreiche anbot, und geschlossen der Käseladen, dessen Besitzer wir vom Bier wegholten, wollten wir etwas kaufen. Handwerker, die ihre Werkstätten aufgaben – nach dem Kunstschlosser löste auch der Polsterer sein Geschäft auf, und damit keine Fauteuils und Kanapees mehr auf dem Trottoir. Dafür Shops, wo man mit Kaschmirpullovern oder Krokodiltaschen Konkurs machen konnte. Statt eines Tante-Emma-Ladens der exquisite Duft, »zu jeder Tagesstunde das richtige Parfum«. Wozu ein Hutgeschäft, wenn kein Mann mehr einen Borsalino trägt, vom Zylinder ganz zu schweigen; wenn schon, setzen sie eine Baseballmütze auf.

Es war die Rückkehr in ein Paradies des Boutiquismus.

Verblieben ein paar Altstadtbauten und ein nicht renoviertes Haus, in dem ich mich für die letzten Jahrzehnte eingemietet habe. Ein steiles Treppenhaus hinauf zu den beiden Stockwerken, die ich nach Gusto und finanziellen Möglichkeiten herrichtete. Mit einer Küchenterrasse, auf der nicht jeder Oleander oder Lorbeer den Winter übersteht und manche Kräuter ein Opfer der Abgase werden. In Töpfen Samen, die dank eines Zufallswindes mitten in der Stadt ein Stück Erde gefunden haben, um wachsen zu können, und dies bei mir. Unter diesen Asylanten ein Erdbeerpflänzchen, das Ableger bildete, und eine Saison lang eine kleinwüchsige Sonnenblume. Und ich, ein Ungefragter, gebe Zugeflogenem Wasser.

Zurück von dort, wo die Berge den Himmel stützen und wo man weiß, welche Wolken glücklich sind und welche nicht.

Da ließ ich Tropennächte hinter mir, die übergangslos die Tage abbrechen. Erlebte erneut Dämmerung. Vernahm nicht mehr mit dem Einfall der Nacht das Zirpen, Zischeln und Brüllen der Tiere, die mit der Nacht erwachen, stattdessen das vertraute Verstummen des Tages und die dunkle Stille der Nacht.

Rückkehr aus einem Land, wo man niemandem übers Haar streichen sollte, weil dort die Seele sitzt, zurück an einen Ort, wo man jedermann über den Kopf streichen dürfte, sofern jemand da war zum Streicheln.

Zurück von dort, wo die Uhren nicht die Stunden messen, sondern die Ewigkeit, und wo nur Zeit ist, wenn die Sonne scheint, doch zeitlos gilt: Jede Stunde verwundet, doch die letzte tötet.

Ich, der ich Städte liebte, die über sich hinauswiesen, erlebte, wie die Stadt meiner Herkunft zusehends über sich hinauswies.

Es gibt aber auch die »Rückkehr«, über der ein Geruch von Verwesendem lastet, wenn Rückkehr zum Ursprung Tod bedeutet.

Wir waren zu dem Punkt hochgefahren, von wo aus man einen Weitblick auf die Insellandschaft erlangt, zwar lagen herbstliche Nebelstreifen über der Stelle, wo der Gold River ins Meer mündet und die Lachse dorthin zurückkehren, von wo sie Jahre zuvor aufgebrochen sind. Und danach der Flussabschnitt mit dem Begattungsfriedhof. Das Wasser nicht tief. Im Schaum und in der Gischt das zuckende Rot der Lachse, die sich flussaufwärts durchkämpfen. An einer Stromschnelle werde ich Zeuge, wie die Fische hochspringen, zurückfallen und erneut zum Sprung ansetzen, wobei unzählige hinplumpsen und liegen bleiben. Steine, die eine Sperre bilden, nicht sehr hoch, aber in Stufen, so dass der Lachs nach dem ersten Sprung über einen Stein wiederum vor einem Stein landet, hinter diesem weitere Steine als Hindernisse. Und endlich der Ort, wo die Fische hinwollen. Männchen wie Weibchen. Die Leichen von denen, die es geschafft haben, vom Kampf gegen die Strömung erschöpft und vom Liebesakt um die letzte Kraft gebracht. Gestorben bei der Heimkehr, aber erst, nachdem die Weibchen die befruchteten Eier im Sand und unterm Geschiebe vergraben haben. Die Möwen kommen nicht nach mit all dem, was zum Fraß vorliegt. Auch nicht die Geier, die auf den kahlen Ästen lauern, während die Lachse sich hochkämpfen und über dem Goldriver noch kein Gestank von faulendem Fisch liegt. Fischleiber angeknabbert, die Gräten saubergenagt, abstehend die Kiemen, durch die wie durch die offenen Mäuler Kolonnen von Ameisen ziehen, am Gestrüpp Flossen, die im Wind zucken. Und Augen, die ins Freie starren, als hätte sie das Licht und nicht der Tod geblendet.

Nicht nur die Rückkehr von anderen Flüssen, von Ufern, die ich aufgesucht hatte, und von solchen, die ich nie vermutet hätte – auch die Rückkehr vom Uferlosen und von einem ganz anderen Rand.

Als wir von der Hauptstraße abzweigten, fielen uns die Burschen auf mit ihren bunten Drachen. Sie lassen diese steigen, sollte ein Polizeiwagen oder ein Militärjeep abbiegen. Dann sind die Bosse oben gewarnt. Es ist die einzige asphaltierte Straße, die den Hügel hinaufführt. Mir fällt ein Karnevalslied ein: »Maria wäscht hier oben Wäsche / kämpft Tag für Tag ums Brot / sie träumt vom Asphaltleben, das aufhört / wo der Hügel beginnt.« Seit den neunziger Jahren werden begleitete Touren in diese Favela von Rio angeboten. Rocinha, mit fünfzigtausend Bewohnern eine der bevölkerungsreichsten. Allein wagte man sich nie so weit hinein und hinauf. Wir fahren an einem Friedhof vorbei, der als klandestin gilt; hier werden die Opfer Favela-interner Abrechnungen verscharrt. Mit Fahrten wie der unseren soll der Ruf der Favelas als kriminelle Viertel korrigiert werden. Hier leben die, welche es sich nicht leisten können, woanders zu wohnen, in improvisierten Hütten, in halbfertigen Bauten, übereinandergeschachtelt, gewöhnlich auf Pfählen, die bei Unwetter mit den Erdrutschen einbrechen. Auch Häuser oder Hausteile aus Backstein. Alle illegal, ohne Anspruch auf Terrain, daher können die Bewohner jederzeit umgesiedelt oder verjagt werden. Statt einer solchen Säuberungspolitik ist es nun die Absicht, die Favelas als eigene Stadtviertel zu integrieren. Das heißt Kataster und somit Klärung der Besitzverhältnisse, Erschließung und somit Elektrizität, die nicht länger unrechtmäßig abgezapft werden soll, Wasserleitungen legen und Abwässer kanalisieren, Schulen einrichten und für medizinische Betreuung sorgen. Wir parken oben, im Zentrum, an einer Stelle, wo die Straße eben geteert wird und eine Bushaltestelle vorgesehen ist. Ich denke an ein anderes Karnevalslied: »Keine Straße gibt's, es kommt kein Auto herauf und kein Arzt. Und kein Telefon, ihn zu rufen. Die Leute sterben und wollen gar nicht.« Von hier geht der Blick atlantikwärts. Zur Hauptstraße hinunter. An der Avenida, zu Füßen der Favelas Luxus-Kondominien, hinter Mauern und Eisengittern, rund um die Uhr bewacht von Sicherheitspatrouillen, die Portale geschützt mit Lichtsignalen und Sirenen. Man sieht auf die palmenbestückten Dachterrassen mit ihren Swimmingpools. Und hier oben schauen wir zu, wie ein Mulattenjunge, dreizehn-, vierzehnjährig, auf eine Sperrholzplatte neben einer Tür eine Zahl pinselt, fensterlos die Wand aus Pappkarton und flachgehämmerten Kanistern, eine Wellblechbehausung. Der Junge dreht sich zu uns. Vom Namen seines Fußballclubs fehlt ein Buchstabe auf dem zerschlissenen T-Shirt; er zeigt auf das eben errichtete Straßenschild neben der Teerpfanne und dann auf die Sechs, die

Hausnummer, die er eben hingepinselt hat: »Ich bin einer, der eine Adresse hat.«

In diesem Moment bin ich zu dem gekommen, was ich schon immer besaß, zu einer Adresse.

Zu unzähligen Adressen bin ich gekommen, meistens korrekt angemeldet für die städtische Einwohnerkontrolle, nicht immer. In den schwierigen Jahren Unterschlupf gefunden beim Schwager oder bei Freunden, bis zu den etabliert-vernetzten Jahrzehnten mit Telefonnummer, Fax und E-Mail.

Meine erste Adresse lag jenseits der Sihl in einer Nebenstraße. Im dritten Stock eines Mietshauses in einer Dreizimmerwohnung bin ich auf die Welt gekommen. Es hätte durchaus Adressen gegeben, die vielleicht attraktiver gewesen wären.

Mein Vater wanderte aus der Innerschweiz nach Zürich aus. Weg aus einer ländlichen Gesellschaft in eine städtische. Fort aus einer katholischen Region in die Stadt des Reformators Zwingli. Mit saurem Most und Bier und Schnaps versuchte er, über die Jahre zu kommen. Zurückgelassen hatte er in seinem Heimatdorf eine Schmiede. Er schlug sich zur Zeit der Arbeitslosigkeit als Fabrikarbeiter durch, war zwischendurch mit einer eigenen Werkstatt selbständig. Gegen Ende seines Lebens hatte er die Möglichkeit, ein Bauernhaus mit einer Schmiede zu erwerben, mit Amboss, Esse und einem Unterstand, um Pferde zu beschlagen, auch wenn es kaum noch Pferde gab. Ein Schindelbau im Zürcher Oberland, abseits vom Großverkehr. Ich habe spät erkannt, dass er heimkehrte, in die alpine Landschaft seiner Herkunft. Ganz heim mochte er nicht.

Ich bin der Sohn eines Zugewanderten.

Die Kinder der in den letzten Jahrzehnten zugewanderten Arbeiter nannte man *secondos:* Zweitlinge. Der zweiten Generation, die wie ich hier ungefragt auf die Welt kam, diesen *secondos* verwehrte man das automatische Bürgerrecht; sie mussten damit rechnen, dass man sie eines Tages ausweist und in eine Heimat zurückschickt, die sie nicht kennen und deren Sprache sie unter Umständen nur mangelhaft beherrschen.

Meine Vorfahren waren früher eingewandert als die ihren. Dennoch – war nicht auch ich ein *secondo*?

Das Erste, was man mir bei einem Besuch in der Gemeinde, aus der mein Vater stammte, gezeigt hatte, war das Haus, in dem Waisen und der Dorftrottel untergebracht waren, auch Alte ohne Angehörige. Sollte ich je armengenössig werden, das heißt, dem Staat als Sozialfall zur Last fallen, gab es einen Ort, der mich aufnehmen musste, ob sie mich mochten oder nicht, das Armenhaus stand mir zu. Eben sah hinter Geranien eine alte Frau mit glanzlosen Augen aus dem Fenster, als warte sie auf jemand, und dies schon lange; unter der Tür stand einer mit einem Wasserkopf und winkte, eine Ordensschwester bugsierte ihn ins Haus zurück.

Bei uns in Zürich lebte die Mutter meiner Mutter. Sie stammte aus Schwaben. Von dieser Großmutter erfuhr ich bei einem Spaziergang entlang der Sihl, dass es neben der Sihl Flüsse wie den Neckar gibt. In Oberndorf am Neckar mit seinen Mauser-Gewehrfabriken hatte sie als junge Frau

Patronen geputzt. Sie lachte, wenn sie von den Neckar-Eseln erzählte: das waren Kettenschlepper, welche die Dampfschiffe flussaufwärts zogen. Auch die schwäbische Großmutter hatte eine Herkunft: »Wir habe au Berge. Aber bei uns sind die Berge obe ebe.« Es irritierte mich, dass es Berge gab, die oben eben sind. In der Schule musste ich Berge zeichnen, die einen Spitz hatten; perfekt waren die Berge, wenn ich auf die Spitze eine Schweizer-Fahne setzte. Eines Tages habe ich mit der Hochebene der Schwäbischen Alb Berge kennengelernt, die oben eben sind.

Wie mich die ebenen Berge meiner schwäbischen Großmutter irritierten, irritierte mich etwas anderes bei der Herkunft meines Vaters. Er sang nur wenige Lieder, von einem blieb mir der Anfang im Ohr: »Dort tief im Böhmerwald, wo meine Wiege stand.« Ich wusste, dass mein Vater in einem Dorf der Innerschweiz geboren worden war, wie kam es da, dass seine Wiege tief im Böhmerwald stand; das musste für meine Großmutter umständlich gewesen sein.

Ich wusste damals noch nicht, dass man, was einer singt, nicht wörtlich zu nehmen hat, was ja nicht nur für die Kunst gilt, sondern auch für die Politik.

Meinen vaterländischen Herkunftsort lernte ich im Kriegsjahr 1940 kennen, als man ins Reduit schickte, was rettungswürdig war, somit auch mich. Reduit, so nannte man die »reduzierte Schweiz«, die zentrale Alpenregion, die man im Falle einer militärischen Aggression zu verteidigen und zu halten beabsichtigte, während man das nicht-alpine Mittelland mit seinen Dörfern und Städten der Besatzungsmacht zu überlassen gedachte.

Damals wurden im Tal der Väter noch nicht Lamas gehalten, aus deren Fleisch man Salami verfertigt, und auch keine Wasserbüffel, deren Milch man für die Produktion von Käse verwendet. Auf den Alpwiesen weideten noch einheimische Rinder und nicht irische, die, zierlich und klein, ohne Kraftfutter »ins Fleisch wachsen«. Allgemein gesprochen lag mein Heimatort, wie gespottet wurde, trotz Eisenbahnstation am Arsch der Welt.

Ich lernte einen neuen Schulbetrieb kennen: verschiedene Klassen im selben Raum. Beim ersten Schulgebet wurde für einen gebetet, der aus einem Sündenbabel dazugestoßen ist. Beim Amen betete nur noch ich. Alle Mitschülerinnen und Mitschüler sahen mich an. Mich, der ich mit meinen elf Jahren nicht wusste, was das ist, ein Sündenbabel.

Im Reduit war ich nicht nur physisch gerettet, sondern auch seelisch. Ich turnte katholisch; es gab neben einem weltlich-liberalen Turnverein einen kirchlichen; dort war der Hochsprung vatikanisch himmelgerecht. Meine Heimatgemeinde liegt an einer Kulturscheide, schrieb ich auf die Schiefertafel. Nur einige Kilometer weiter, und man gelangt in einen protestantischen Kanton. Das erkenne man nicht nur an den Kirchtürmen, sondern auch an den Miststöcken, die auf unserer Seite katholisch barock und verzettelt sind.

Ich hatte gemeint, ich sei in diesem Sommer ins Land der Väter gekommen, dorthin, woher mein Vater und damit auch ich stammte. Doch ich machte die Erfahrung, dass ich noch eine andere Herkunft hatte, meine eigene Geburtsstadt, Zürich selbst. Alle Buben wollten wissen, wie das ist, woher ich komme, nur schon, was das Sündenbabel betraf. Es hieß, dort bringen sie einander um, doch das machte keinen Eindruck, hier brachten sie sich selbst um wie der Bauer, der sich an einem Kirschbaum aufgehängt hatte. Dort streichen sich die Weiber die Nägel rot an, so hatte mir der Lehrer den Sündenpfuhl veranschaulicht, etwas, was meine Mutter nicht machte. Ich kam nicht einmal aus einem richtigen Sündenbabel.

Eine Erinnerung habe ich mitgenommen von diesem Kriegssommer 1940, nämlich dass es zum Frühstück statt Brot Rösti gab, fein geraspelte Bratkartoffeln. Das blieb für mich ein Markenzeichen. Dort, wo ich herkam, aß man am Morgen gebratene Kartoffeln; das schien mir außergewöhnlich – einmalig – heimatlich zu sein.

Diese Vorstellung wurde erschüttert – nicht, weil man auch an andern Schweizer Orten mit Rösti den Tag begann, das passte noch durchaus ins Bild der Heimatkunde. Doch als Student in Chicago fragte man mich, ob ich zum Frühstück *hash browns* möchte. Das war nichts anderes als geraspelte Bratkartoffeln, nicht ganz richtige Rösti, die gab es nur im Entlebuch meiner Herkunft, aber immerhin etwas, das der Rösti sehr nahe kam. Was hatten die Cowboys mit unseren Kuhhirten gemein? Sollte es eine geheime Mistgabelverbindung geben von Jodel und Lasso? Von den Alpenrosen zu den Kakteen des Mittleren Westens?

Diese Kartoffeln, die waren aus Südamerika importiert worden. Ich teile mit der Kartoffel ein Schicksal: Wir wachsen nicht dort auf, wo wir herkommen. So liebt mein *secondo*-Ich die *secondo*-Kartoffel.

Was aber hatten meine Vorvorfahren davor gegessen? Was, wenn meine Großmutter mir Hirsebrei vorgesetzt hätte? Hätte dieser auch geschmeckt? Oder Haferbrei?

Direkt meiner Vorfahren gedachte ich, wenn sich der Familienclan in der Heimatgemeinde traf:

Als die Großmutter achtzig wurde, ließ sie ihre Söhne und Töchter und deren Kinder herkommen. Vor einem der prominenten Gasthäuser war ein dreistufiges Gerüst errichtet, auf dem sich ihre Nachkommen für den Fotografen zum Gruppenbild aufstellten. Sie selbst fuhr mit langsamem Blick die drei Reihen ab, zählte, was aus ihrem Bauch hervorgegangen war als Kind und Kindeskind, darunter auch ich, und sie nickte. Wir hätten gleich wieder nach Hause fahren können, ohne uns noch mit Schinken und Kartoffelsalat zu verpflegen.

Und eines Tages hatte ein Vetter den Einfall, ein Cousinen- und Cousins-Treffen zu organisieren. Man traf sich auf dem Friedhof der Heimatgemeinde beim Grab von Vetter Fritz. Davor waren wir durch die Reihen gegangen, um zu schauen, was es sonst an familiären Gräbern gab – verblichene Fotos und angerostete Eisenkränze: »Marie-Louise. Hast du eine Marie-Louise gekannt?«

Meine persönlichen Gräber befanden sich woanders. Das Grab meines Vaters lag in einem kleinen Kirchhof, unweit von seiner letzten Schmiede, oben auf einem Hügel mit Weitblick in die Alpen, ähnlich der Sicht, die er als Junge liebte, wenn er auf die Berge hinaufkletterte und sich ausdachte, was jenseits der Gipfel lag. Am Ende wieder der Blick in die Berge. Mit in den Tod nahm er die Erfahrung von dem, was ihn hinter den Bergen erwartet und was er dort nicht vermutet hatte.

Das Grab meiner Mutter war ein Reihengrab, in einem Großfriedhof: »Keine Hunde. Nicht laufen, sondern gehen.

Leise sprechen und Kinder nicht herumtummeln lassen.« Nahe beim Krematorium. Aber weder Urnennische noch Urnengrab, sondern Erdbestattung. Hinterm Grabstein die Nummer der Parzelle, Sektion 4a. Zwischen »unvergessen«, »auf bald« und andern Grabsteinsprüchen wie »Ruhe sanft in Frieden«. Nicht weit davon ein Fliederbusch, darin zwitschernde Vögel, möglicherweise auch Spatzen, welche die Mutter gefüttert hatte. Daneben ein Familiengrab mit einer Bank, die zum Verweilen einlädt, als könnte man sich einüben in die große Ruhe.

Beide Gräber wurden nach zwanzig Jahren aufgehoben; ihr Platz wurde benötigt. Gräber sind sterblich. Die Ruhefrist kann nicht verlängert werden, das stand in der Vereinbarung.

Diese Gräber habe ich kaum aufgesucht.

Mein schlechtes Gewissen wurde wachgerüttelt, als ich eines Tages sah, wie ein junger Chinese vom Moped stieg, den Helm abnahm und sich im Tempel vor die Ahnentafel stellte. Da er sich beobachtet fühlte, sprach er mich hinterher an, ein Räucherstäbchen noch in der Hand: woher ich käme. Er hatte den Ahnen mitgeteilt, dass er heiraten werde, und hatte ein Foto seiner Braut vorgezeigt. Die Ahnen seien mit seiner Wahl einverstanden.

Und ich selbst – habe ich nicht Friedhöfe in mein Auskundschaften aufgenommen? Und nicht nur Soldatenfriedhöfe.

In Los Angeles Forest Lawn aufsuchen, den friedlich ausgedehnten Totenrasen, wo sich nach Schließung der Portale die Stars, die hier liegen, zur Mitternachtsparty erheben, zu einem von Hollywood nicht gedrehten Stummfilm, eine

Geisterstunde, für die meine Phantasie versuchte, ein Drehbuch zu schreiben. Von der Kapelle, in der ein Trauermarsch der Verstorbenen gedenkt, hinüberwechseln zur Kapelle, wo Hochzeitsglocken ertönen und wo auch getauft wird – ein einziger Longseller: Die einen gehen, die andern kommen.

Und die italienischen Monumentalfriedhöfe, wo in einem Grabmal noch einmal der Familienrat tagen könnte, eine marmorne Opernbühne, als Komparserie ein Aufgebot von Engeln und Allegorien, die Sterblichkeit in Stein gemeißelt, und als Arien abgebrochene Lebensläufe und ein Chor von Trauerweiden.

Und habe ich nicht, eingeladen von mexikanischen Freunden, an einem Allerseelentag vor dem Grabmal am Picknicktisch die Tortilla mit ihren Verstorbenen geteilt und aufs zukünftige Wohl ein Glas Agavenschnaps auf den Boden geschüttet, um Mutter Erde nicht verdursten zu lassen.

Und was wäre St. Petersburg ohne Friedhofserinnerung. Neunhundert Tage hatte die Bevölkerung den deutschen Invasoren erbitterten Widerstand geleistet. 500 000 von denen, die während der Blockade erfroren oder verhungerten, fanden ihre letzte Ruhestätte im Piskarjowskoje-Friedhof. Keine Namen, Einzelbestattungen waren angesichts des Massensterbens kaum möglich; angegeben ist bei den 186 wiesenbedeckten Gräberfeldern lediglich die Jahreszahl: 1942, 1943, 1944. Und in einem andern Friedhof das Grab von Tschaikowsky, den sie wegen seiner Homosexualität in den Tod trieben, dessen Ballette aber, in denen das Schicksal zugleich den weißen und den schwarzen Schwan tanzt, allabendlich in ihren Opernhäusern beklascht werden.

Vielleicht zeichnet sich eine friedhoflose Zeit ab, wenn ich an die denke, die es vorziehen, nicht in einem Sarg oder in einer Urne in einem Friedhof bestattet zu werden (und die auch nicht den Regenbogen nehmen), sondern die wünschen, dass man ihre Asche in die eine oder andere Windrichtung streut. Wäre das nicht eine Möglichkeit, in den Himmel zu kommen, wenn auch eine nur flüchtige.

Und meine eigene Asche? Warum nicht dem Holzscheit, das ich einst der Sihl anvertraute, warum nicht diesem selbstgebastelten Schiffchen folgen, das annoncierte: Einer kommt nach. Warum nicht der sein, der nachkommt, indem er für die große Fahrt seine Asche nachstreut.

Ich, kinderlos, werde nie Vorfahre sein. Rührt mein Interesse für Vorfahren gerade daher? Schließlich bin ich gezeugt worden, auch wenn ich nicht genau weiß, wann, und schon gar nicht, wo. War's im Bett, auf dem Boden, in der Küche oder mit Leidenschaft zwischen Tür und Angel.

Ich meine nicht nur die Vorfahren, die ich persönlich kennengelernt habe. Im Land der Väter den Großvater, der auf der Ofenbank saß und sein Pfeifchen schmauchte. Von Zeit zu Zeit sahen wir nach; stieg aus dem Pfeifenkopf Rauch, sog er daran, also lebte er noch. Sondern auch die Urgroßmutter, die aus dem Französischen kam und von der nur eines überliefert wurde, nämlich, dass sie im Deutschen Schwierigkeiten hatte mit zusammengesetzten Wörtern; so schimpfte sie: »Bringt mir nicht Dreckkuh in die Stube«, wenn sie meinte: »Bringt mir nicht Kuhdreck an den Schuhen ins Haus.«

Doch was mit den Vorfahren der Vorfahren? Auf den ersten Blick boten die nichts Vergleichbares zu denen des Australiers, der auf einem Flug nach Südostasien neben mir saß. Er sprach vom Känguruhüpfen, als das Flugzeug Luftsprünge machte. Er erzählte von Buschfeuer und Bumerang; er empfahl mir bei einem eventuellen Besuch seines Kontinents den Frogfish, den Anglerfisch, der seine Brustflossen in Hinterfüße umwandelt und der die Farben wechselnd sich der Umgebung anpasst, womit mein Nachbar auf seine Vorfahren anspielte. Im Sträflingstrupp seien die ersten angekommen. Der eine habe, sobald sich eine Gelegenheit bot, wieder Leute ausgeraubt wie in London, von wo sie ihn in die Strafkolonie verschickt hatten. Ein anderer habe sich bekehrt; als Kinderschänder zu lebenslanger Haft verurteilt, sei er Prediger geworden und habe andere wegen ihrer Sünden für die Ewigkeit in die Hölle verbannt. Nicht ohne Stolz führte der junge Australier, der an einem Tennisellenbogen litt, weitere Vorfahren an: Für ihre Zuckerplantagen fingen sie auf den Nachbarinseln Kanaken ein, die sie zurückverfrachteten, als das Geschäft mit dem Zucker nicht mehr lief.

Nein, damit konnten meine Vorfahren kaum konkurrieren, soweit wir von ihnen Kenntnis hatten. Aber andererseits, wurde nicht von einem Ururgroßvater überliefert, er sei ein begnadeter Wilderer gewesen? Die Jagd war damals den gnädigen Herren der Stadt vorbehalten. Warum sollte nicht auch der Bauer seinen Bock und seinen Hasen schießen – gehörten die Wälder nicht allen? Der Wilderer war ein Rebell, ein Held, der dafür sorgte, dass auch ein Bauer für den Winter in die Marinade Rehfleisch tat und nicht nur Schweiniges. Ob der Hirsch, dessen Kopf an die Stubenwand genagelt war, von unserem Jäger stammte, stand nicht fest; das ausgestopfte Tier schwieg, in seinem Fell hatten sich Motten wohnlich eingerichtet.

Unbestritten jedenfalls war, dass einer unserer Altvordern, wie sie im Geschichtsbuch hießen, mit einer Sichel ausgerüstet, in den Krieg gegen die Soldateska des städtischen Patriziats gezogen war und unzählige Leiber um einen Kopf verkürzt hatte. Unter der Folter hatte er nichts verraten. Aufs Rad geflochten, wurde er in der Stadt vor Kirche und Rathaus zur Schau gestellt. Unter denen, die ihn aufsuchten, waren nicht nur solche, die höhnten.

Warum sollte unter meinen Vorfahren nicht auch ein Wegelagerer auszumachen sein, und wenn ein Wirt darunter war, warum nicht einer, der panschte.

Schön, wenn unter diesen Frühen einer gewesen wäre, der Mammuts jagte. Oder gar einer, der das Mammut auf eine Felswand ritzte. Aber vielleicht war es einer, der weder jagte noch zeichnete, sondern zuschaute?

Vorfahren, von denen ich jedenfalls gerne mehr gewusst hätte, als was ein Taufregister berichtete, nämlich dass sie von einem Bauernhof wie dem Chuchimoos in einen mit separatem Stall umzogen, und von dort in ein Heim mit einer Schmiede und einer Kolonialwarenhandlung wechselten, in ein Haus, das längst abgerissen ist, durch die einstige Stube mit ihrem Kachelofen, auf deren Bank mein Großvater sein Pfeifchen schmauchte und an deren Wand ein Hirschkopf genagelt war, rollt nun der Fernverkehr.

Von irgendwoher müssen die Vorfahren gekommen sein. Vielleicht sind sie von ganz oben zugewandert, aus dem hohen Norden; bevor sie Gemsen nachjagten, hatten sie gegen Eisbären gekämpft, mit Fellen bekleidet, um den Hals Ketten aus Fischknochen. Vielleicht Svitenses, wie die Römer sie nannten, so dass man in Zukunft die Schweizer mit den Schweden verwechselte. Jedenfalls stellte sich heraus, dass unser Nationalheld, der vom Kopf seines Jungen einen Apfel schoss, diese Armbrust-Nummer schon vorher im skandinavischen Norden geboten hatte.

Oder waren die Vorfahren aus der Steppe zugewandert? Aus irgendeinem Osten. Vielleicht solche, denen man nachsagte, sie hätten ihr Fleisch unterm Sattel weich geritten, schwarze Hunnen, unter ihnen einer von denen, die den Steigbügel und die Pocken nach Europa brachten, einer, der in einem Seitental einen Bauch schwängerte, bevor er weiter westwärts ritt.

Belehrt wurde ich, dass das erste Menschenpaar aus dem Paradies vertrieben worden ist: Eva und Adam. Ich habe die untadelige Schönheit der einstigen Paradiesbewohner auf Bildern bewundert. Sie hatten weder Mandel- noch Schlitzaugen und keine abstehenden Backenknochen; man konnte an ihnen nichts Asiatisches feststellen und schon gar nichts Afrikanisches. Obwohl Zeugnisse von Knochenfunden in Kenia, Java oder Peking vorlagen. Aber nach unserer Buchweisheit waren die ersten Sünder weiß, nicht schwarz und nicht gelb.

Doch vor den Paradiesbewohnern muss es andere gegeben haben, solche mit Wülsten über den Augenbrauen und am Hinterkopf, mit einem fliehenden Kinn, von behaarter Nacktheit. Vorfahren, die werkzeugkundig den Faustkeil erfanden und auch den Schaber, der mir noch immer nützlich ist.

Mit den Vorfahren der Vorfahren und deren Vorfahren visierte ich mehr an als den Dialog mit der Deformation einer prähistorischen Schädeldecke oder die Analyse von Hackspuren an einem ausgegrabenen Schulterblatt. Es ging um Genaueres als um die fossile Auskunft von Knochen, gar von solchen, die lange Zeit mit denen eines Höhlenbärs verwechselt wurden.

Eines stand fest: Sie wanderten – von wo wohin? An verheißene Orte? Auf der Suche nach einem verlorenen oder verheißenen Paradies, nach dem, was sie eine Neue Welt nannten. Haben sie schon von anderen Ufern geträumt? Warum sollte nicht auch meine Sihl Vorfahren haben, Flüsse, die neue Wege auftaten, indem sie ihren Lauf änderten, die andere Ufer suchten, indem sie die bisherigen wegschwemmten.

Nicht alle meiner Vorfahren hatten es in ihrem rauhen heimatlichen Klima ausgehalten, wo die Vegetation dem Frühling um Monate nachhinkt. Trotz Kühen und Weiden und Feldern kein Auskommen. Die jungen Männer verkauften sich als Söldner und kämpften in Kriegen, die nicht die ihren waren. Wenige kehrten zurück, und darunter manche verkrüppelt.

Ja, ich bin auch ein Nachfahre von Narben.

Nun waren die Vorfahren dieser Vorfahren schon immer unterwegs gewesen, wenn auch nicht immer freiwillig.

Sie überlebten, als Gletscher ins Mittelland vorstießen, als die Erdkugel sich in einen Schneeball zu verwandeln schien, als der Staub von Meteoren die Sonne verdunkelte, und es dauerte, bis Wälder mit Birken und Lärchen zurückkehrten. Was wir als Schüler nicht alles an Anschauungsunterricht vorgeführt kriegten für diese Eiszeit: Schotter und Schutthügel von Moränen, in Gletschergärten bewunderten wir, in welcher Tiefe Wasser Töpfe ausgewaschen hatte. Wir suchten Findlinge auf, Felsbrocken, welche ein Gletscher transportiert hatte und die als erratische Blöcke liegengeblieben waren, als das Eis unter ihnen wegschmolz. Sowenig ich von Schmuck halte, ich habe einmal von einem

Fingerring geträumt, nicht mit einem Halb- oder Ganzedelstein geschmückt, sondern mit einem polierten Stück Findlingsstein; als könnte ich einem, der verloren war, in einer Fassung an meiner Hand Unterkunft bieten.

Ich bin ein Nachfahre von Geretteten und Gejagten. Von irgendwoher muss meine Fähigkeit kommen, den Alltag zu überstehen, mich zu verkriechen und andere zu jagen.

Wenn ich durch die Welt zigeunere, ziehen da die Nomaden von einst mit mir herum? Auch wenn sie am Morgen kein Zelt abbrechen, sondern mit mir an einem Hotelempfang auschecken.

Doch melden sich bei dieser Assoziation gleich die, denen das Herumziehen verleidet war. Die sesshaft wurden und Ackerbau betrieben und damit den Pflanzer und Gärtner ermöglichten. Auch den, der mit der Botanisierbüchse und dem Schmetterlingsnetz durch Feld und Wald streifte, eine Lieblingsidee von mir. Warum sollte es unter meinen Vorfahren nicht einen geben, der die Natur nicht bloß ansah, sondern untersuchte, der dem Apollofalter, dem Mauerfuchs und dem Landkärtchen zu ewigem Leben verhalf, indem er diese Schmetterlinge für die Nachwelt aufspießte.

Vorfahr um Vorfahr – was geschwängert und geboren werden musste, so dass einer wie ich auf die Welt kam, ein Nachfahre von Geilheit und Lust, von Liebe und Zärtlichkeit, bei einer Begattung in die Zukunft geküsst.

Was für ein Aufwand nur schon die Hunderttausende von Jahren, um die Kaumuskulatur zu entwickeln, die für meine Existenz lebenswichtig ist, auch wenn ich ohne Kaugummi auskomme.

Bei allem Respekt für die, die sich abmühten, im Schädel

hinter der fliehenden Stirn mehr Platz fürs Hirn zu schaffen, auch wenn wir den Großteil dieses Hirns nicht zu nutzen verstehen. Dieses graue Ödland des Großhirns, ein schlabbriger Urgrund, wo zu finden ist, was man auf der Landkarte nicht mehr antrifft, *terra incognita.*

In diesem meinem Hirn hat sich der eingerichtet, der nie in die Schule ging, neben dem, der Bücher kopierte, auch der, der Bücher verbot, und der, der Bücher rettete, indem er sie verschlang, und der, der vor weißen Seiten saß und daran dachte, aus ihnen beschriebene zu machen.

Wenn ~~ich~~ mich zuweilen versucht sah, vor irgendetwas Vorgesetztem zu kuschen, meldete sich gleich einer, der auf allen vieren durchs Leben gekrochen war, als müsste er mir das Kriechen beibringen, obwohl mich keine abgeknickte Halswirbelsäule am Aufrechtgehen hinderte.

Und wenn ich voller Wut ein Gegenüber am liebsten umgebracht hätte und meine Hände drauf drängten, einen Hals zu würgen, meldete sich gleich einer in mir, der zur Keule riet, mit der er sich manchen Weg durch die Savanne freigehauen hatte. Es melden sich all die, welche probierten, nach der Entdeckung des Feuers mit ihm umzugehen, der, der brandschatzte, der Ernten und Dörfer niederbrannte, genau wie der, der bei der Auferstehungsfeier das Kerzenlicht weiterreichte, auch der, der Ungläubige auf den Scheiterhaufen band. Der, der das Fleisch nicht länger roh aß, sondern es röstete, und der, der mit dem Feuer heizte, auch der, der Wunden ausbrannte. Ein Pyromane genauso wie ein Feuerwehrmann, unter Umständen ein und derselbe, und auch der, der sich lediglich die Finger verbrannte und dies als Anlass nahm, um nachzudenken.

Wer fand in diesem Hirn nicht alles Unterkunft und Unterschlupf. Was hat sich in meinen grauen Zellen angesammelt. Mein Hirn ein Mega-Friedhof, mit einer Gespensterstunde, die nicht nur um Mitternacht schlägt. Sie kommen zu jeder Tages- und Nachtzeit hoch, aus Gräbern und Büchern, aus Kellern und Höhlen, aus der Luft und aus dem Abgrund, unerwartet und ungerufen, spuken herum. Dieses Hirn dient als Gefängnis, als Altersheim wie als Bordell, ist Herberge, Theater und alles zugleich – ein Karneval, Masken ohne Gesichter dahinter, nachdem sie dem Fleisch, *»carne vale«*, für immer Lebwohl gesagt haben.

Ich habe eine ganze Menschheit in mir, verständlich, dass ich regelmäßig Kopfweh kriege.

Der Stoff, aus dem all diese Mitbewohner gemacht sind, baumelt mir zwischen den Schenkeln, zwei Hoden, verpackt in einen faltigen Sack, abrufbar für die Massenproduktion von Samenfäden, zu Hundertmillionen ejakuliert, ein Fortpflanzungsbeutel, nachkommenschwer – wie leicht trägt sich das und wie unbesonnen.

Ich weiß nicht, wer ausgerechnet hat, was für Gene und wie viele wir Zeitgenossen in unseren Stammzellen haben: Fünfzigtausend sollen es sein. Die Kalkulation lief darauf hinaus, dass wir praktisch nur Sammler- und Jäger-Gene haben. Ein paar weniger davon täten es auch, da ich mich als Nichtjäger arbeitsteilig mit der Tierzucht anderer Leute und mit dem Schlachthaus zufriedengebe und als Sammler statt in die Wälder in den Laden um die Ecke oder in den Supermarkt gehe, das Notwendige nicht von Strauch und Baum pflücke, sondern Regalen und Tiefkühltruhen entnehme. Bräuchte ich nicht ganz andere Gene, um meine

Zeitgenossenschaft auszuhalten, um etwas von der Welt zu begreifen, auf die ich mich eingelassen habe?

Man kann Gene von außen beeinflussen, so dass sie mutieren, jedenfalls habe ich das gelesen. Ich hörte auch von »springenden Genen«,die sich aus ihrem angestammten Ort im Erbgut selbst ausschneiden und sich an einer andern beliebigen Stelle wieder einfügen. Warum nicht einem springenden Gen nachspringen. Am Erbgut manipulieren, damit ich mehr hinterlasse, als was ich mitgebracht habe. Zeugungsfähige Ideen – wäre das die Chance, nicht vom Blut, sondern vom Kopf aus Vorfahre zu werden?

Wäre es da nicht an mir, im Labor des Nachdenkens an einem Gen mitzuwirken, das von nun an als kurzer DNS-Abschnitt im Zellkern erscheint und weitervererbt wird. Ein Gen, damit einer wie ich, der ungefragt auf die Welt kommt, mit Wehmut von ihr geht, weil es ihm gelingt, aus Ungefragtem Gefragtes zu machen.

So ungefragt ich zu dieser Welt gekommen bin, ich war erwartet worden – mit Aufregung, wie ich hinterher erfuhr. Schon mit dem Warmwasserboiler schien etwas nicht zu klappen. Aber nicht, weil das Reparieren misslang, war er, der Vater werden sollte, aufgeregt; die Hebamme konnte sich mit dem Wasserkessel behelfen. Als er hörte, dass die Wehen einsetzten, ließ er die Hand seiner Frau und stürzte aus dem Schlafzimmer: Er ertrage kein Blut. Ihm wurde übel, noch ehe er welches sah. Er griff zur Schnapsflasche: Er sehe bereits alles doppelt. Worauf sich die Hebamme erzürnte: Es kämen nicht Zwillinge, sondern nur einer – und der war ich.

Dass man Vater werden kann, ohne ein Kind gezeugt zu haben, das widerfuhr mir. Ich nahm mich des Mädchens an, das, noch schupflichtig, von seiner älteren Schwester in die Schweiz geholt worden war und mit dem niemand etwas anzufangen wusste. Kümmerte mich darum, dass es zur Schule gehen konnte, und nicht nur in Zürich, sondern auch nach seiner Rückkehr nach Thailand. Ein Mädchen, das mich Daddy nannte: »Ich habe einen Vater, der mir das Leben schenkte, und einen, der mir half, dieses Leben zu meistern.« Ich selbst sprach von einer Wahltochter. So kam ich zu einer Familie im thailändischen Nordosten.

Meine nicht-leibliche Tochter schenkte mir einen nichtleiblichen Enkel. Über ihn erfuhr ich, dass er mit vielen Pfunden auf die Welt gekommen war und dass er prächtig heranwuchs. Dann hörte ich erst wieder aus einem längeren Brief, dass er nicht gerne in den Kindergarten ging und dass er sehr früh seinen Namen schreiben konnte. Aber auch, dass er sich um den Wasserbüffel kümmerte. Gerne hatte ich zu dessen Erwerb beigetragen. Es war mir in Erinnerung geblieben, wie Kinder an einem solchen Büffel hochklettern und an ihm heruntergleiten. So habe ich meinem Enkel nicht ein Arbeitstier zum Ziehen und Pflügen geschenkt, sondern eine Rutschbahn.

Auf Familie musste Verlass sein, das erlebte ich, als aus Deutschland ein Verwandter zu uns flüchtete, ein noch junger Mann. Als Kind erfuhr ich nur, dass der Schwabe »etwas Böses« gemacht hatte. Man musste ihm helfen. Helfen tat man, indem man ihm eine Schiffspassage nach Amerika besorgte, eine einfache, ohne Rückfahrt, und zwar nach Cincinnati, wo viele andere Deutsche lebten. Ich hätte gerne gewusst, was die alles Böses gemacht hatten. Familie bedeutete jedenfalls, dass diese einem, was immer man gemacht haben mochte, zu einem Einfachticket nach Amerika verhalf. Wenn ich eine Tasse zerbrach oder eine Schallplatte kaputtmachte, überlegte ich, ob dies der Moment sei, mich nach Cincinnati abzusetzen – auf einem der Überseedampfer, die ich von Briefmarken her kannte.

Zur Familie gehörte auch die Erfahrung von Tod. Die Großmutter, die beim Kirschenentsteinen in der Küche stürzte und nicht mehr aufstand; ihre Finger waren vom Fruchtsaft verfärbt, so dass die Mutter ihr für den Sarg weiße Handschuhe anzog. Die kleine Schwester, deren Herz das venöse Blut nicht erneuerte, so dass ihr Gesicht bei der geringsten Anstrengung blau anlief; sie starb nach einer Operation, von der man sich versprochen hatte, dass das Kind nicht weiter ausgelacht würde.

Zur Familie gehörte nicht nur das Vertrauen auf Zusammenhalt. »Kaputtmachen«, damit zielte der Vater auf sein eigenes Leben und auf das seiner Familie, und er suchte in den Schubladen nach dem Revolver, mit dem er Kaninchen tötete. Kam er an Zahltagen betrunken nach Hause, torkelte er im Streit und gab erst nach, wenn er Frau und Kinder aus der Wohnung gejagt hatte. Wenn wir annehmen durften, er habe sich zur Ruhe gelegt, schlichen wir aus einem der Kellerverstecke zurück. Da saß er manchmal in der Küche, den Kopf in den verschränkten Armen auf dem Tisch, schluchzend, über sein Gesicht liefen Tränen. Er hat das heulende Elend, beschwichtigte die Mutter. Ich hatte gemeint, jedes Elend heule. Wenn es verschiedene Elende gibt, wieso hat meinen Vater nicht das fröhliche Elend gepackt. Er war ein Mann, den ich gerne gern gehabt hätte.

Es gab einen Moment, da standen wir uns nahe. Ich benötigte ein Bücherregal, ich hatte mir Bretter besorgt und machte mich mit Säge, Nägel und Hammer an die Arbeit. Mein Vater sah eine Weile zu, mit verbissenem Grinsen, so dass ich trotzig erst recht ungeschickt hantierte. Dann nahm er mir das Werkzeug aus der Hand. Als das Gestell fertig war, stand er davor, schürzte die Lippen, kratzte sich im Haar. Als ich das erste Buch hineinstellte, zuckte er mit den Achseln: Da könnte man Sägeblätter unterbringen, Schrauben, das Set mit den Bohrern. Wir spürten, wie fremd wir einander waren, und waren uns nie so nah gewesen.

Es war die Mutter, die alles daransetzte, dass die Familie zusammenhielt. Nur nicht groß reden, lieber in einer Ecke sich ausweinen. Warum nicht eine gerichtliche Trennung, aber nicht gleich die Scheidung, weswegen es nicht noch einmal versuchen und ein weiteres und ein drittes Mal. Was helfen konnte, war Beten. Oder dem Briefkastenonkel schreiben, dem Mann, der in der Illustrierten eine Rubrik hatte und an den sich auch andere wandten.

Helfen taten auch Baldriantropfen. Und wenn sie nicht wusste, wie es weitergehen sollte, befragte sie die Wahrsagekarten. Auf einem Blatt der Reiter, der bringt eine Nachricht ins Haus, was so viel wie Tod bedeuten konnte. Doch dann deckte sie den Klee auf, die kleine Glückskarte, die auch Genesung versprach, obwohl im Moment keiner krank war. Was aber soll eine Sense, die Veränderung annonciert, etwas, das plötzlich passiert, ob das heißt, dass sie den Auftrag kriegt für das Putzen von Neubauten? Es kommt darauf an, wo die Karte liegt. Die Blume, das könnte ein freudiges Ereignis verheißen. Doch bereits ist die Schlange aufgedeckt. Aber was liegt sonst noch mit dem Rücken nach oben zu ihr auf dem Tisch? Wenn sie die Karten mischte, mischte sie Wolken und ein Schiff mit und ein Kind, das mit einem Reifen spielt.

Als ich meine Prüfung fürs Gymnasium abgelegt und noch keinen Bescheid erhalten hatte, machte ich mich an die verbotene Schublade. Mindestens so sehr wie die Bilder interessierten mich an den Karten die Sprüche: Was verhieß das große rote Herz über einem Paar, das seine Nacktheit versteckte? Klebrig und abgegriffen waren die Karten. Noch bevor ich mischte, überraschte mich die Mutter. Ohne zu schimpfen, nahm sie die Karten an sich und begann zu mischen. Sie deckte auf, dachte nach, deckte eine weitere Karte auf, danach eine dritte, nickte und sah mich an: Du wirst was Besseres.

Was Besseres, das war ein Aperitifservice aus farbigem Glas, das befand sich in der guten Stube hinter den Scheiben des Buffetaufsatzes, für den Fall, dass jemand kam, aber es kam nie jemand. Das Service hatte sie auf einer Versteigerung erstanden, wie die Uhr mit dem *»momento«* auf dem bronzenen Efeukranz, wie die Schachtel mit den Straußenfedern, solche trugen in den Filmen die Stars, die nach oben heirateten. Nie hatte sie sich eine davon aufgesteckt. Aber für den »Fall, dass« waren welche da. Wenn jemand kein Verständnis dafür aufbrachte, war es ihr Mann, für den sie sich, wenn schon, schön gemacht hätte.

Dass ich für Besseres auserwählt war, sollten alle zur Kenntnis nehmen. Meine Mutter strickte Pullover. Die trug ich auch, wenn das Wetter nicht danach verlangte. Die Pullover waren nicht einfach ein Kleidungsstück, sondern der Ausweis, dass ihr Sohn mit bestem und teuerstem Garn ausstaffiert war. Dafür konsultierte sie in ihrer Illustrierten die Strickmusterseite. So kam ich zu Pullovern mit V-Ausschnitt und mit Rollkragen. Auch zu einem mit Raglanschnitt, was nicht leicht zu stricken war. Wenn ich von der Schule heimkam, konnte ich hören: Zwei Maschen rechts, zwei Maschen links, zwei Maschen rechts, zwei Maschen links. Die Mutter zeigte, woran sie strickte: Für einmal keine Noppen, keine Rhomben und keine Zöpfe, mein nächster Pullover werde ein Rippenmuster haben, da müsse die Maschenzahl durch vier teilbar sein. Sie nahm mich auch in den Wollladen mit: Das ist der, der aufs Gymnasium geht. Sie hielt mir einen Knäuel an die Brust, um zu prüfen, ob die Farbe zum Gesicht und zu den Haaren passte. In dem Geschäft hatten wir uns gestritten. Es hatte mir nichts ausgemacht, wegen des Pullovermusters als Norweger in die Schule geschickt zu werden. Aber nicht auch noch als irischer Fischer mit den Initialen vorne drauf. Das ergebe Sinn, erklärte die Verkäuferin: die Männer werden leichter identifiziert, wenn es sie nach einem Schiffsunglück an Land spült. Ich nahm nicht das Schiff zur Schule, sondern die Straßenbahn. Unserem Streit hatten von der Wand herab eine Mohairziege und ein schottisches Bergschaf zugehört, ohne zu blöken und ohne zu meckern. Auch die Beutelratte verhielt sich still; die war beschäftigt mit der Handtasche, die aus ihrer Haut verfertigt werden sollte.

Auch mein Vater hatte einen Beitrag zum »Besseren« geboten. Er hatte mich gelehrt, eine Krawatte zu binden. Er selbst hatte nach seiner Hochzeit nie mehr eine Krawatte gekauft. Wenn er zu etwelchen kam, dann nur, weil Firmen sie gerne an Jubiläumstagen verschenken oder weil unter den Weihnachtsgaben, mit denen er auch sonst nichts anzufangen wusste, eine Krawatte war. Das verhielt sich bei mir anders. Eines Tages war es an mir, einem jüngeren Freund beizubringen, wie man eine Krawatte knüpft, der tat, als müsste er sich gegens Erwürgen wehren.

Jedenfalls sammelten sich mit den Jahren Krawatten an. Die eine musste zum Hemd und die andere sollte zum Anzug passen. Einmal eher sportlich und einmal eher gediegen. Sie hingen an der Innenseite der Schranktüre, auf Repräsentation bedacht – uni und mit Streifen, gemustert und gestrickt, Baumwolle so gut wie Seide und Kaschmir. Als es wieder einmal so weit war, Altkleider für eine Sammelaktion bereitzustellen, legte ich drei Krawatten für den gesellschaftlichen Notfall beiseite und stopfte alle andern zu den Hemden und Hosen, die zu klein geworden waren. Doch dann: War das nicht zynisch, Krawatten zu spenden für ein Flüchtlingslager. Ich holte sie wieder hervor und steckte sie in einen Müllsack.

Etwas Besseres, das waren Väter, die Anwälte oder Ärzte waren, oder was Mitschüler bei der Frage nach unseren Familien sonst anführten: Apotheker, Bankdirektor, Redaktor, oder sie hatten zumindest ein Geschäft. Da konnte ich nicht damit auftrumpfen, dass der Vater, als er arbeitslos war, sich mit erstaunlichen Gelegenheitsarbeiten durchgeschlagen hatte. Angesichts von so viel Besserem musste ich nachbessern: Mein Vater war nicht Arbeiter, sondern Vorarbeiter. Als ich Polier sagte, wusste keiner, was für ein Beruf das ist; ich führte aus: Der bestimmt, wo es auf dem Bau mit Gerüst und Kran langgeht. Aus einem Schlosser machte ich einen Kunstschlosser; hatte mein Vater nicht wunderschöne Balkongitter geschmiedet, eines mit einem Enzianmuster?

Als in der Deutschstunde vom ersten Theatererlebnis erzählt werden sollte, wartete auch ich mit einem auf. Ich erwähnte den größten Kinosaal in unserem Viertel, von weitem sehe man die Reklame am Haupteingang: in Übergröße ein Menschenaffe, in seinen Armen die junge Frau, die er raubte, und auf der Gegenseite schaut hinter einem Kaktus ein Cowboy hervor, statt zwei Augen zwei Colts. Einige lächelten über ein solches Schauspielhaus, sie hatten bereits

Bekanntschaft mit einem Hamlet und einem Don Juan gemacht. Aber alle wurden aufmerksam, als ich erwähnte, ich würde mit meinem Vater regelmäßig im Niederdorf ein Varieté besuchen. Besonders aufmerksam war der, der eben versucht hatte, anschaulich von seinem Stadttheaterbesuch zu erzählen: wie die Walküren den Wal darbringen und dass Wehwalt ein Held ist und nicht ein Schwert, das heiße Notung. In seiner Oper war trotz Donner und Blitz kein Entfesselungskünstler vorgekommen oder einer, der aus dem Ärmel Kaninchen zaubert. Keine Walküre hatte wie in meiner Oper einen Spitzer vorgeführt, der Männchen machte und um Zucker bettelte, und keine hatte in Flitterhöschen einen Handstand geboten und sich dabei mit geknickten Beinen einen Hut aufgesetzt. Auf seiner Bühne hatten die Frauen gesungen und dies vier Akte lang.

Nicht dass ich mich ausgeschlossen gefühlt hätte, aber dennoch. Da brachte ich für ein Winterferienlager statt teurer Skischuhe genagelte Bergschuhe mit, die in den Bindungen nicht hielten und ausschnappten, so dass die Skier ohne Fahrer pistenabwärts davonglitten. Also sah ich den Rest der Ferien den andern bei ihren täglichen Abfahrten zu. Die schönsten gestrickten Socken mit Edelweißmuster jedoch hatte ich.

Eher komisch kam es mir vor, wenn Mitschüler, deren Väter Mitglieder in einer der bürgerlichen Zünfte waren, an ihrem lokalen Frühlingsfest, dem Sechseläuten, im Kostüm auftraten, einem Fest, an dem man einen Schneemann aus Watte verbrannte. Ein ganz feiner Mitschüler präsentierte sich als Beduine, der durfte am Leitseil helfen, das Kamel zu ziehen, das für diesen Festumzug vom Zoo geliehen wurde. Ein anderer mit Rokokoperücke und Schnabelschuhen schwärmte vom Kinder- und Jugendball. Als ich fragte, ob man beim Umzug mitmarschieren könnte, meinten sie: »Es braucht immer einen, der die Pferdeäpfel einsammelt.«

Erstaunlich der, der sich bei diesem Anlass als Schmied präsentierte. Mein Vater war Schmied, wenn er an einem Aufmarsch teilnahm, zog er einen bürgerlichen Rock an; mein Schmiedkamerad hingegen staffierte sich für den Umzug mit einem Hammer aus und einem Blumenstrauß; er trug einen Lederschurz, wie ich nie einen bei meinem Vater gesehen hatte. Diejenigen, die sich, ob Gesell oder Meister, als Schmiede, Hutmacher, Kesselflicker, Gerber, Schiffsleute oder Bäcker verkleideten, konnten mit dem Handwerkerkostüm eines nicht anziehen: das waren die Arbeiterhände, wie sie mein Vater hatte.

Hinwiederum verhielt es sich so, dass einige im Lateinunterricht einen Dictionnaire vorzeigten, der schon ihren Vätern gedient hatte. Ich dagegen erklärte meinem Vater, was ein Wörterbuch ist: da schlägt man die Wörter nach, die man nicht kennt. Worauf mein Vater meinte: »Lern du die Wörter, dann brauchst du ein solches Buch nicht.«

Ich musste etwas bieten, das die andern nicht hatten. Ich dachte an den jungen Kontrolleur, der mich beim Schwarzfahren erwischt hatte. In irgendeiner Weise voraus sein – zum Beispiel ein Buch mehr gelesen haben: aus Mitschülern, die nicht wollten, dass ich dazugehöre, solche machen, die ihrerseits nicht dazugehören.

Ich fragte vor versammelter Klasse den Deutschlehrer, ob er den Roman *Der Spiele-Erfinder* kenne. Der Lehrer schaute verdutzt drein. Ich fuhr fort: Ein junger Held, der das Billardspiel erfindet, obgleich das längst erfunden ist, aber bei ihm benutzt man als Queues Besenstiele, so dass beim Eröffnungsspiel Hexen zuschauen. Oder er denkt sich ein Kartenspiel aus, bei dem der Spieler nur die Rückseite der Karten kennt und erst, wenn er ausgespielt hat, erfährt, was für Trümpfe und Nieten er in der Hand hatte. Das war noch spannender als die Szene, da der Held merkt, dass alle mit dem Zehnersystem rechnen, auf das er eben anhand von zehn Fingern gekommen ist. Zählen hatte der Frühvollendete vor dem Spiegel gelernt, als er wissen wollte, wie viele Sommersprossen er im Gesicht hatte, und lesen lernte er, weil es zu Hause regelmäßig Buchstabensuppe gab. Bei der aber fehlte das »Q«; deswegen heißt der Untertitel auch: »Meine Enten *qu*aken nicht.«

Dem Wunsch des Lehrers, für die nächste Unterrichtsstunde das Buch mitzubringen, konnte ich nicht entsprechen; nur ich wusste, dass der unbekannte Autor nach meinem zweiten Vornamen Johann und nach dem Mädchennamen meiner Mutter »Schuler« hieß und dass das Buch einem jungen Tramschaffner gewidmet war, »der in die Zeit Löcher knipste«. Ich bedauerte, ich hatte das Buch verliehen, und der, der es nach mir las, hatte es, voller Begeisterung, bereits weitergegeben, ich wusste nicht einmal an wen. Eines stand fest, das Buch zirkulierte. Das imponierte allen. Ich war akzeptiert. Nicht dank irgendwelcher Herkunft; ich war was Besseres kraft dessen, was ich mir ausgedacht hatte.

Was aber, wenn schon damals das Buch kein Gütezeichen gewesen wäre und einer sich eher dafür entschuldigt hätte, ein Buch gelesen zu haben oder gar eines mehr. Müsste ich mich nicht umstellen und ein *gameboy* werden, wenn sich alle ihrer *playstation* rühmen und auf ein *point and click adventure* aus sind. Sicher, es gibt immer noch Spiele wie die *Bookstories:* einer jungen Bibliothekarin all die Bücher zurückgeben, die sie während des Aufräumens verloren hat. Oder die Herausforderung an meine Wörterbaufähigkeit: Nach wie vor will ein Bücherwurm gefüttert werden, und dies am liebsten mit langen Wörtern, ansonsten speit er brennende Buchstaben. Nicht blättern, sondern clicken. Dank einer Maus unterwegs ins Universum und in die Urzeit, selbst wenn diese einen Grünstich hat. Immer noch Titanen wie zu griechisch-humanistischen Zeiten. Aber nicht bloß vernehmen, wie dieses Göttergeschlecht von einem andern Göttergeschlecht besiegt und in einem Unterweltgefängnis eingekerkert wird. Nicht einfach im Märchen lesen, wie eine Hexe Kinder mästet, eine Stiefmutter in ein Fass mit siedendem Öl und giftigen Schlangen gesteckt wird, oder wie Helfershelfer in einem durchlöcherten Schiff ins Meer hinausgetrieben werden. Nein, zeitgemäßere Grausamkeiten, modernere Gutenachtgeschichten. Sich nicht begnügen mit Lumpengesindel, das Streiche spielt. Täter werden. Und sei's vorerst nur bei einer Schießbudenballerei, Pappkameraden abknallen, die sich durchs Bild schieben. Nichts würde meine Mordgelüste besser kompensieren, als auf Animationen einzuschlagen statt auf echte Menschen. Also, nicht bloß eine *Puzzle Party,* wir sind schließlich keine Knobelsteinchen-Fans. Nicht auf dem Rücken eines Drachen durchs Elfenland ziehen und sich gegen Wegelagerer behaupten, während ein nuklearer Feuerball explodiert. Wachsam sein, wenn Horden von Außerirdischen den Bildschirm herunterwandeln und umso schneller gehen, je mehr abgeschossen werden. Sollte es an mir sein, Europa gegen die Chimäre zu verteidigen? Sicher würde ich heute bei meinen Schulkameraden nicht damit auftrumpfen, ein Buch mehr gelesen, sondern ein Spiel mehr gespielt zu haben, zum Beispiel: als Erster in einem einzigen *shot* dem Sohn des Teufels den Hintern versohlt und die Apokalypse verhindert zu haben.

Aber damals war es immer noch ums Buch gegangen.

Wir besaßen zu Hause drei Bücher: eine Art Bibelexzerpt mit farbigen Illustrationen vom Kalvarienberg oder der Himmelfahrt. Zudem *Das fleißige Hausmütterchen,* ein Hochzeitsgeschenk an meine Mutter. Und ein Doktorbuch. Das konsultierte meine Mutter für *do-it-yourself*-Heilungen. Sie schwor auf »Schmieren und Salben hilft allenthalben«. Ich konsultierte das Doktorbuch ab einem gewissen Alter unter G; wir hatten damals keinen Sex, sondern ein Geschlechtsleben. Diesen drei Büchern verdanke ich meine ersten Leseerfahrungen. Ich gewann eine häusliche Vorstellung von Literatur, die abgesteckt wurde durch Bibel, Doktorbuch und *Fleißiges Hausmütterchen;* manchmal hege ich den Verdacht, es sei bei dieser Trinität geblieben.

Die erste Bücherei, die ich kennenlernte, war eine Pfarreibibliothek; sie befand sich gleich neben der Kirche, in einem Gebäude, in dem kirchliche Vereine ihre Versammlungen abhielten. Pfarrmäßig war die Öffnungszeit auf Sonntag festgelegt, am Vormittag nach dem Gottesdienst. Ich brachte nicht nur das Gesangbuch mit in die Kirche, sondern auch die ausgeliehenen Bücher. Ich verstaute sie gewöhnlich unter der Kniebank, damit der Liebgott, der hinterm Altar von einem Wandgemälde heruntersah, nicht gleich erblickte, was ich gelesen hatte; denn es gab Bücher, die mich auf das brachten, was man sündige Gedanken nannte; von denen befreite ich mich im Beichtstuhl. Das Ganze spielte innerhalb eines religiösen Recyclings: man gab das Sündige, zu dem einen eine katholische Bibliothek animierte, in einem katholischen Beichtstuhl wieder ab.

Das Angebot der Pfarreibibliothek war Katechismuskompatibel; kein Buch, das es je auf den Index gebracht hätte. Das war noch nicht die Zeit, als ich Bücher las, die auf dem päpstlichen Index standen. Hier wachte die Ausleihdame, die im Caecilienchor sang, nicht nur darüber, ob man beim Lesen Flecken gemacht hatte; sie kümmerte sich darum, dass mir nichts Falsches in die Hände kam. Es gab Titel, die einem erst ausgeliehen wurden, wenn man vierzehn war. Ich zerbrach mir den Kopf, was einem Zwölfjährigen vorenthalten wurde, und war festen Willens, vierzehn zu werden.

Ich hatte schon in der Volksschule den Entschluss gefasst, Schriftsteller zu werden, oder besser noch: Dichter. Ich hatte vernommen, dass berühmte Künstler verhungert sind und in Massengräber verscharrt wurden. Weder das eine noch das andere wollte ich. Ich musste daran denken, mir das Brot sonstwie zu verdienen.

Ich war überzeugt, um Dichter zu werden, müsse man vorher alles lesen, was je geschrieben worden ist. So würde ich erfahren, worüber und auf welche Art noch nicht gedichtet wurde, ich würde mir meinen Platz erlesen. Diese Total-Lektüre war eine sublime Form der Bücherverbrennung. Ich schaffte die andern lesenderweise beiseite, um für mich Freiraum zu erlangen.

Doch dann der Schock. In der Bibliothek, die nach unserem Volkspädagogen Pestalozzi hieß, Zettelkästen, einer neben dem andern, eine ganze Wand entlang, mehr Schränke als Buchstaben. Der erste begann mit »Aa« und ging bis »Am«; es folgte »An« bis Av«; erst dann begann der Kasten mit »B«. Mir war schlagartig klar: Du kommst nie durch. Selbst im hohen Greisenalter würde ich mich noch nicht an mein Jugendwerk machen, ich würde irgendwo zwischen »Me« und »No« das Zeitliche segnen. Ich dachte einen Moment daran, auch von »Zz« aus vorzustoßen, so wie man beim Tunnelbau zur Beschleunigung des Durchbruchs von beiden Seiten her bohrt.

Die Pestalozzibibliothek unterhielt auch einen Lesesaal. Mich faszinierten nur schon die Hängevorrichtungen für Zeitungen; solche kannte ich von den Restaurants, in denen mein Vater verkehrte; aber dort gab es nie so viele Zeitungen wie hier. Was nicht ausschloss, dass um diese gestritten wurde, wenn einmal mehr das Mütterchen einen ganzen Stoß mit Beschlag belegte; sie fuhr beim Lesen mit dem Zeigefinger langsam die Zeilen ab; sie las Todesanzeigen, aber die vollständig, und verbrachte mit den Verstorbenen ihre Nachmittage.

Dieser Lesesaal war auch Wärmestube und Wartesaal für solche, die auf nichts mehr warteten. Da trafen sich Rentner und Rentnerinnen, um sich die Zeit zu vertreiben. Penner richteten sich ein. Manch einer den Kopf auf den verschränkten Armen, dösend und schlafend am Tisch; wenn er schnarchte, pufften sie auf ihn ein. Manche blätterten in der einen oder anderen Illustrierten. Sie packten aus einem Fettpapier Essbares aus, tranken aus Bierflaschen. Die Aufsicht beschwerte sich erst, wenn Tische verschmiert wurden. In einer Ecke immer ein paar, die jassten. Nicht ungern verweilten sie beim Mühlespiel oder schoben sie Dominosteine. Eine Alte mit einem koketten Hütchen beugte sich über Rätselhefte und flüsterte vor sich hin, was ihr als Lösungswörter in den Sinn kamen, sie lachte auf, wenn sie ein passendes gefunden hatte. Mich wunderte, dass alte Männer würfelten, um auf einem Spielfeld ihre Figuren ein paar Positionen vorrücken zu lassen; ich hatte gemeint, solches spielten nur Kinder: »Eile mit Weile«, »Hut ab« oder »Hüpf in den Himmel« war alterslos.

So las ich einmal in Zeitungen und sah zu den Schachspielern hinüber, wo ein Streit aufbrauste. Einer von denen, die um das Brett herumhockten, hatte dazwischengerufen: »Wozu den Läufer opfern.« Der eine Spieler drohte: »Noch ein Wort, und ich haue dich ungespitzt in den Boden.« Ich erkannte den, der sich eingemischt hatte, erst, als er mich ansprach und gleich erwähnte, er komme aus einfachen Verhältnissen. Natürlich, das war der Hilfsschaffner, der mich beim Schwarzfahren erwischt hatte: »Ja, ein Buch mehr«, erinnerte ich mich. Ich hatte mir die Devise längst zu eigen gemacht. Er korrigierte: »Nein. Nicht ein Buch mehr, eine Bibliothek mehr.«

Eine Bibliothek mehr? Nicht die, welche um die Ecke lag, die Universitäts- und Kantonsbibliothek. Nein, er redete von einer in einem Land, das bisher im Geographieunterricht nicht vorgekommen war. Dort sei die Weisheit von Buddha auf Marmorplatten festgehalten. Auf Stein, wunderte ich mich? Natürlich keine Leihbibliothek, wurde ich belehrt. Da wandle man zwischen dem, was bei uns Seiten heiße. Marmorplatten in einer Art Tempelchen untergebracht, an die achthundert, als Abschluss oben ein Edelstein. Natürlich sei der gestohlen und einige Platten von Kolonialsoldaten zerschlagen worden. Ob ich mit ihm eine Partie spiele? Leider beherrsche ich die Regeln des Schachspiels nicht, wandte ich ein. Er werde sie mir erklären. Noch war ein Brett frei; allerdings waren die Figuren nicht komplett, so setzten wir einen Bleistiftspitzer als Turm ein und ein Dosendeckelchen als Dame. Kaum hatte er mir beigebracht, dass ein Bauer ein oder zwei Felder vorrücken darf, fuhr er fort: Trotz allem, Stein ist stabiler, auch wenn zwischendurch die Goldtinte ersetzt werden muss. Stein, das ist besser für die kleine Ewigkeit geschaffen als Palmblätter wie davor, die man in Körben transportiert, so hat man die Weisheit auf Körbe aufgeteilt. Stell dir vor, unsere Weisheiten wären auf, sagen wir, Kastanienblätter geritzt, und wir gingen mit einem Einkaufskorb in die Bibliothek.

Ich war damals noch nicht in der Lage, mit einer eigenen Bibliotheksgeschichte aufzuwarten. Die Fahrt nach La Brède war als Abstecher gedacht. So einfach war es nicht, von Bordeaux dorthin zu gelangen; es ließ sich arrangieren. Mich lockte, den Ort aufzusuchen, wo einer, der ein Klassiker werden sollte, nicht nur über den Geist der Gesetze nachgedacht hatte. Der hatte mich zur Nachahmung verführt, indem er sich als Perser verkleidete und als solcher in Briefen mit unbefangeneren Augen über die Gesellschaft seiner Zeit urteilte.

Ein Wasserschlösschen, eine gotische Befestigung auf einem Inselchen. In der oberen Etage eine Bibliothek. Jedoch in einem Raum, der kaum für Bücher vorgesehen war, nicht nur wegen der Spieße oder wegen der Rüstungen an den Wänden. Bis ich erfuhr: Der einstige Waffensaal war in eine Bibliothek umgewandelt worden.

Was, wenn man die Waffensäle meiner Zeit in Büchereien umwandeln würde? Eine Abrüstung, wie man sie bisher nie diskutiert hat. Statt der Bunker und Arsenale, wie sie sich einst entlang der Grenze zwischen West- und Osteuropa hinzogen, an ihrer Stelle lauter Bibliotheken, eine nach der andern, hier wie drüben. Weg mit dem Stacheldraht. Die militärischen Sperrzonen entmint, geöffnet für all die, welche sich ein Buch besorgen möchten.

Damals hätte ich mir nicht vorstellen können, dass ich einmal Bibliotheken aufsuchen würde nicht um der Bücher willen, sondern um zu bewundern, was sich Architekten einfallen ließen, um Bücher unterzubringen – nicht einfach Bücher, sondern Handschriften, Inkunabeln, Rollen.

Nun sind Bibliotheken längst nicht mehr Räume, in denen einer aus Regalen Bücher herausnimmt. Bücher sind elektronisch geworden und bieten Volltext. Es gibt nicht mehr nur einen Giftschrank und im Keller eine verriegelte Hölle, sondern auch eine Metaphernmaschine und ein Schriftlabyrinth. Was ich betreibe, wurde in die Abteilung e-Learning verwiesen.

Eines Tages sollte ich einer Stadt einen Abstecher widmen, die für mich identisch war mit einer Bibliothek: Alexandria. Als ob es hier nicht auch ein Fort, Katakomben und Moscheen zu bewundern gäbe oder ein Osmanenviertel. Mich interessierte an der Corniche die Bibliotheca Alexandrina, im Gedenken an die größte Bibliothek der Antike errichtet. Mir fiel an erster Stelle nicht Buch ein, sondern Feuer. Eine Bibliothek als Opfer einer (zufälligen?) Feuersbrunst. Es kam danach an Schriften erneut genügend zusammen, dass Christen Bücher verbrennen konnten, die sie als heidnisch und als Zauberei bezeichneten. Und dann blieben genügend christliche Bücher übrig, welche die Muslime verbrannten, da sie nicht Koran-konform waren. Geblieben im Kopf die Anekdote (wenn vielleicht auch nicht beglaubigt): Mit den christlichen Büchern sollen während Wochen die öffentlichen Bäder beheizt worden sein. Hatten Araber nicht auch die Bücher von Persern verbrannt und Indianer die anderer Stämme, bevor Christen den Indios die Schriftrollen verbrannten.

Brennende Bücher, war das nicht ein Thema für eine meiner ungeschriebenen Oden, in diesem Fall für den negativen Gesang: »Ich übergebe der Flamme«. Ob ein deutscher Student undeutsche Bücher dem Feuer überantwortet, ob ein chinesischer Kaiser den Befehl dazu erteilt oder ob dies ein Scharfrichter tut, zu dessen Schuldspruch Kirchenglocken läuten. Bücher verbrennen ist Bücher hinrichten: Waggonladungen voller Talmudschriften oder die achtzehn Tonnen, die der amerikanischen Gesellschaft zur Bekämpfung des Lasters missfielen, oder die 250 000 Laufmeter eines Orientalischen Instituts. Ode an das Feuer, wie belesen muss das Feuer sein, wenn man bedenkt, was es alles an Versen und Geschichten fraß, an Dramen und Sentenzen, was es an Thesen und Glaubenssätzen verschlang – eine lodernde Belesenheit.

Über das Auslöschen von Erinnerung nachsinnend, saß

ich draußen unter der Marmormauer, auf der Lettern aus allen Weltsprachen eingeritzt sind. Da stieg der Alexandriner in mir hoch: Er fühle sich in meinen Jahrzehnten ganz wohl, die erinnerten ihn an die Moden seiner antiken Epoche. Als die großen Stoffe abgehandelt waren, hätten sie sich für das Interessante interessiert, für entlegene Themen und Lokalsagen, sie hätten das Kleine und Ausgefeilte geliebt.

Ich, der einst voll Stolz seine ersten paar Bücher auf einem Nachttisch gestapelt hatte, mit einem Steinadler als Buchstütze, wohnte eines Tages zwischen Bücherwänden, in einem Festungsgürtel aus bedrucktem Papier, als müsste ich mich gegen die Unbill der Zeit behaupten.

Haben Sie das alles gelesen? Nein, das Ungelesene hier steht für das Ungelesene anderswo. Ich bemühe mich, eine Ahnung zu erlangen von all dem, was noch hätte gelesen werden müssen – ich bin ein Mann des Disponiblen. Das Gelesene und Ungelesene ist auf den Regalen zur Ruhe gebettet. Die Lektüre erweckt die Bücher zum Leben, ein Wachrütteln wie ein Fanfarenstoß. Und manchmal wie Ostern: Kerzen anzünden und ein Opferlamm braten.

Und was, wenn es brennt? Dann rette ich die Versicherungspolice.

Und wenn Sie umziehen? Was habe ich von Adresse zu Adresse das Gestell transportiert, das ich mit meinem Vater gezimmert hatte, und neue Regale angefertigt, mit mehr oder weniger Geschick, anhand von Anleitungen, deren *do-it-yourself*-Deutsch nicht immer leicht verständlich war.

Ich habe einmal eine Bücherkiste in einem Museum gesehen, eine lebensgroße Kiste: einer, der wegen Ketzerei lebenslänglich zum Kerker verurteilt war, hatte das Recht, sich Bücher in die Zelle kommen zu lassen. Das geschah in einer eisenbeschlagenen Kiste. In dieser wurde er aus dem Kerker und außer Landes geschmuggelt. Unter Büchern liegend, die so viel Luft lassen, dass ich atmen kann – so stelle ich mir eine mögliche Flucht in die Freiheit und ins Exil vor.

Und dann die Frage, die niemand stellt, außer mir selbst: Was geschieht mit den Büchern nach meinem Ableben. Sie, denen ich einen Platz zugeordnet habe, alphabetisch oder thematisch. Sie alle sterben mit mir. Ich kenne niemanden, der genügend Wände hätte. Ich geniere mich, jemandem zuzumuten, all diese Bücher zu transportieren, und wenn, wohin? Möglich, dass ein Antiquar an dem einen oder andern interessiert wäre. Aber sonst? Es gibt kein Waisenhaus für Bücher. Keine Erdbestattung und auch kein würdevolles Krematorium.

Was, wenn man meiner Asche ein Buch mitgibt. Besser vielleicht mehrere. Wörterbücher, deren Wörter mit meiner Leiche mitverbrennen. Hatten die alten Ägypter den Verstorbenen nicht einen Übersetzer mit ins Grab gegeben, im Hinblick auf die möglichen Fremdsprachen im Jenseits? So wäre auch ich gewappnet. Für den Fall, dass einer mich drüben fragt: »Woher kommen Sie?«, könnte ich in der Asche nachschlagen: »Vom blauen Planeten«.

Das nie ganz Dazugehören schärfte wohl den Blick für das, was sonstwo und sonstwie nicht dazugehörte.

So viel sah ich ein, dass die Wahrheit immer umfassender ist, als was im Augenblick jeweils als Wahrheit gilt, und dass diese zu komplettieren ist. Sei es nur schon mit dem Aufdecken von dem, was wir unter den Boden verbannen, wie die Kanalisation. Mein Buch »Abwässer« sollte eine saubere Gesellschaft daran erinnern, dass wir keine reinen Wesen sind.

Oder von dem reden, worüber wir lieber schweigen, vom Tod. Daher erfand ich eine Frauenfigur, die, mit ungebrochener Lebensfreude, die Totenkränze ihrer Zeit flicht, da jeder zu seinem Kranz kommen soll.

Einsichten, die meine Neugier lenkten und auch das journalistische Interesse bestimmten.

Núcleo Bandeirante, ein Name, der Sarkasmus verrät: ›Pionierkern‹ heißt die Satellitenstadt, und dies angesichts Brasilias, einer wirklichen Pioniertat. Núcleo Bandeirante ist eine Wildweststadt, parallel zu Brasilia entstanden, aber nicht auf dem Reißbrett, eine ungeplante Schwester, das Produkt migratorischer Promiskuität. Rasch hingezimmert, zweistöckige Bretterhäuser. Dahinter die nächste Abfallgrube. Läden aus Pappe und Wellblech. Halbnackte Kinder und streunende Hunde. Ein Hotelschild, das schief am

Nagel hängt. Ein Kino mit einem vom Regen aufgeweichten Filmposter. Ein scheppernder Lautsprecher. Ein Schuppen von Kirche, am Holzkreuz eine Neongirlande, die auch am Tag leuchtet. Neben der Busstation ein Freilicht-Friseur. Vor der Bar zwei Mädchen, barfüßig, sie kokettieren mit den Männern, die von einem Lastwagen Gasflaschen abladen. An der Tankstelle ein streitender Haufen. Ein Motorrad fährt quer durch das Abwassergerinnsel. Rostende Fässer, um das Regenwasser aufzufangen. Auf den Dächern Reservoirs und Fernsehantennen. Tief hängen die elektrischen Kabel über den Straßen, sie sind kaum oder nur stückweise asphaltiert. Zwei Militärpolizisten, mit vorgehaltener Waffe, patrouillieren an Marktbuden vorbei. Unter der Palme einer, der alle viere von sich streckt. In einiger Entfernung kreisen am Himmel Aasgeier, dort muss der Schlachthof sein.

Diese Wildweststadt ist die Gegenstadt zu Brasilia, der »Hauptstadt der Hoffnung«, gebaut in die Einöde einer Hochebene hinein. Inmitten einer Steppe eine urbane Landschaft aus Zement, Stahl und Glas. Als die Stadt ihren zehnten Geburtstag feierte, war das Anlass genug, um den »Platz der drei Gewalten« mit seiner Plastik aufzusuchen, die vielfotografierten Schalendächer des Kongressgebäudes zu bewundern, die Kelchform der Kathedrale und die Pyramide des Nationaltheaters. In einer Kapelle staunte ich, wie Beton Frömmigkeit ermöglicht. Gleichzeitig erfuhr ich, wie großzügige Räumlichkeit Leere vermittelt. Tote Grünflächen, zwischen den Quaderblöcken der Ministerien und Wohnbauten ein Vakuum, die Straßen und Plätze menschenleer.

Das verhält sich in Núcleo Bandeirante anders, in den Slums von Brasilia, die nicht wie in Rio *favelas* heißen, sondern *invasões.* In diesen »Invasionen« pulsiert das Leben, ungeplant und unbekümmert, ordinär, laut und brutal, sich behauptend und erwartungsvoll. Also dorthin, zu denen gehen, die Brasilia gebaut haben, zu ihren Barackensiedlungen, in denen sie während der Bauarbeiten lebten und wo sie nach der Einweihung blieben. Für sie war auf keinem Reißbrett geplant worden, sie waren für die Zukunft nicht vorgesehen. Ihnen sind andere nachgefolgt, auf die kein Haus wartete; sie brachten zwei Hände mit, um aus Zusammengesuchtem Wände und ein Dach zu zimmern.

Nichtvorgesehenen bin ich unter allen Himmelsstrichen begegnet, auch dort, wo ich mich per Mimik und Gestik verständlich machte.

Die Krokodile in den Sümpfen und in den Farmen hinter mich lassen. Auch die weißen Strände oder die Koralleninseln, obgleich die von der Sonne gebleichten Erosionsfelsen sich einprägen werden wie die Kreideklippen, die jäh und bizarr aus dem Wasser aufsteigen. Nicht in den Touristenorten bei ihren Hotelkästen, Pools, Tennisplätzen und Massagesalons verweilen. Hingegen haltmachen in einem der Fischerdörfer, die buntbemalten Boote bewundern, Bug und Reling geschnitzt, und vielleicht dabei sein, wenn ein Fischer eine Schnur von Knallfröschen zündet, was Glück verheißt. Den Isthmus weiter hinunter, zu den Kokoshainen, dorthin, wo Gummiplantagen die Reisfelder ablösen, dorthin, wo die süßesten Ananas herkommen und wo die Mangrovenwälder noch nicht Straßen und Dämmen geopfert wurden. Da tragen viele Bauern ein weißes Käppi, den Kepiah, und die meisten Frauen Kopftücher oder den Schleier, den Hijab. In den Dörfern und Städtchen Moscheen und kaum mehr Tempel, auch wenn auf einem Hügel einsam ein Monumental-Buddha thront und über einer Zentralmoschee das Zwiebeldach sich wie eine Lotusblüte öffnet, ein typisch buddhistisches Symbol. Man wähnt sich bereits im Nachbarland, in Malaysia, wären nicht die Ausschilderungen auf Thai.

Wir befinden uns in den Muslimprovinzen im Süden Thailands. Es redet ein junger Mann. Er hat als Knabe in Flüssen nach Zinn getaucht; er bietet mir eine Kette aus versteinerten Muscheln an. Er kennt den Dschungel, das gebirgige, schwer zugängliche Grenzgebiet mit seinen wolkenbedeckten Gipfeln; hier hätten schon immer Rebellen Unterschlupf gefunden. Auch die, welche heute gegen die Zentralregierung kämpfen. Er spricht Malaiisch, aber auch Thai. Für die Lektüre des Korans hat er Arabisch gelernt: »Die Thaiisierung, das ist Vergewaltigung. Der Buddhismus, das ist Götzendienst. Alle Grotten bei uns sind voll von Statuen. Hier gedeiht mehr als Schmuggel und Prostitution. Sicher, es ist nicht mehr so schlimm wie damals, als sie uns Muslimkleidung verboten, als die Muslime ihre Namen in thailändische hätten umwandeln sollen, selbst das Kauen von Betel war untersagt. Sie haben jetzt eine Universität finanziert, also müssen unsere Studenten nicht mehr nach Kairo gehen. Aber wir gehören trotz allem nicht dazu. Wissen Sie, dass es in Bangkok hundertfünfzig Moscheen gibt? Stattdessen haben Sie bestimmt erfahren, dass bei uns im Süden Männer Felsen hochklettern wegen der Schwalbennester, einer Spezialität. Oder dass wir Affen dressieren, damit sie Kokosnüsse von den Palmen herunterholen.«

Er weist nach oben, neben der Fernsehantenne baumelt an einer hohen Bambusstange ein Käfig, der jeden Morgen aus dem Haus getragen und aufgehängt wird, ein Singvogel, einer der Begabten, wie ich erfahre; er nimmt alljährlich an einem Wettbewerb teil.

Und dann weiter Richtung Isthmus südwärts, nach Malaysia. Malakka, nicht am Golf von Thailand, sondern an der Straße von Sumatra. Diesmal spricht ein junger Chinese. Wir hatten uns neben dem Lastwagen kennengelernt, der, beladen mit Kränzen, als Leichenwagen diente, das Porträt des Verstorbenen auf dem Kühler. Die Beerdigungsprozession machte Pause, für einen Moment schwiegen die Trommeln. Er sei nicht von hier, obwohl hier geboren, seine Familie lebe seit drei Generationen in Malakka. Er stamme aus Yunnan. Das sei seine Herkunftsprovinz, im Südwesten Chinas; von dort seien die Vorfahren hierher emigriert, um auf den Gummiplantagen zu arbeiten. Doch nun, mit den Kommunisten in Peking, sei es nicht mehr wie einst. Früher seien aus China regelmäßig Schiffe gekommen, beladen mit Steinen, Keramik und Nippes, wegen des Seegangs pure Lastfracht; sie hätten an der malaiischen Küste von Hafen zu Hafen Särge geladen, um die Toten heim zu den Ahnen zu bringen. Jetzt gebe es keine Warteräume für Tote. Jetzt hätten die Ahnen hier Unterkunft gefunden. Er lud mich zu einem Spaziergang ein, zum Bukit China, mit 12 500 Gräbern der größte chinesische Friedhof außerhalb Chinas, wie er ausführte, und einer der ältesten. An seinem Fuß finden sich nicht mehr bloß malaiische Wohnhäuser oder ein verlassener Hindutempel. Nein, längst Tankstellen, kleine Hotels, Schulen und die ersten Hochhäuser. Die Stadt hat sich entwickelt und den Friedhofshügel eingekreist. Wir stehen auf einem Parkplatz. Der Blick geht auf die Hufeisenformen der Gräber im verbrannten Gelb eines fast baumlosen Hügels, sie liegen weit auseinander. Hinter uns Bulldozer und Carterpillar. Der junge Chinese streicht über ein Raupenrad, als müsste er die Baumaschine mit ihren gefräßigen Schaufeln beschwichtigen. Sie wollen den Hügel abtragen. Planieren. Die Erde, die gewonnen wird, soll am Meer aufgeschüttet werden. So neu ist das Verfahren nicht. Unsere Ahnen aber würden damit um ihr Totenreich und ihren Frieden gebracht und wir um die Heimat, die wir als Emigranten erworben haben. Was vermögen wir schon. Wir sind Chinesen, die andern sind Malakken, Muslime. Wir sind eine Minderheit.

Ein persönlicher Anschauungsunterricht, wie aus Unterdrückten Unterdrücker werden. Unter solchen Nachhilfestunden auch eine in Sachen Verlierer.

Als es schon ein diplomatischer Erfolg war, dass Pingpong-Mannschaften direkte Kontakte zwischen zwei Großmächten herstellten, als ein amerikanischer Präsident zum ersten Mal das kommunistische China besuchte, fuhren die Medienleute nach Peking. Ich hingegen suchte die Verlierer auf: auf der Insel Taiwan, einst *»a formosa«* geheißen, die Schöne.

Die Nationalchinesen, die den Krieg gegen die Kommunisten verloren und nach Taiwan flüchteten, waren Verlierer, die zu Siegern wurden. In den internationalen Organisationen waren sie es mit ihren dreizehn Millionen Chinesen, die China vertraten, und nicht das Festland mit seinen sechshundert Millionen. Das änderte sich in den Siebzigern. Doch aus den politischen Verlierern in Taiwan wurden wirtschaftliche Gewinner. Und kulturelle Sieger; sie bewahrten chinesische Tradition, die auf dem Festland einer Kulturrevolution zum Opfer fiel, kamen in den Besitz von Kunstschätzen, nicht nur aus dem einstigen Palastmuseum von Peking, nun Beijing. Gerettet, wie die einen sagen, Raubgut, wie die andern anprangern. Konfuzius, auf dem revolutionären Festland eine Unperson, wird hier als Ikone verehrt: »Einen Fehler begangen zu haben und ihn nicht zu korrigieren – erst dies ist der Fehler.«

Zu den heimlichen Verlierern zählen andere. Die Nachkommen der Urbevölkerung, Aborigines, wie sie genannt werden. Die Ersten, die in die Berge abgedrängt wurden, waren Unberührbare, denen Landbesitz verboten war. Die sie verdrängten, pflanzten Zucker an und machten aus der Insel eine Reiskammer. Bis ein neues chinesisches Volk einwanderte. Und nun die, die andere verdrängt hatten, selbst in die Berge abdrängte.

Eine gute Stunde von der Hauptstadt entfernt stoße ich auf eingeborene Mädchen in Trachten, aufgereiht vor einem Wasserfall. Für einen halben Dollar hören sie auf zu kauen und lächeln fuji- und kodak-color-gerecht. Die amerikanische Witwe neben mir fühlt sich wie zu Hause in einem Indianerreservat. In einer Halle werden Stammestänze geboten, wie sie vor der Schlacht oder vor der Ernte getanzt wurden. Einen besonderen Applaus erntet das Paar, das eine Hochzeitszeremonie vorführt. Der Bräutigam muss einen Hirsch erlegen, bevor er seine Braut auf einen Tragstuhl packt und sie nach Hause buckelt. Die Handhabung der Scheinwerfer und die Choreographie veraten den Einfluss von Kanal drei des Taiwan-Fernsehens.

Von dieser Reise »in Sachen Verlierer« nahm ich im Gedächtnis mit: einen Mond, der sich in einer Vollmondnacht im größten Stausee des Fernen Ostens spiegelt. Wobei ich an den Dichter dachte, der den gespiegelten Mondschein umarmen wollte und dabei ertrank. Zudem einen Puma, den ich auf dem Markt von Taipeh stundenweise hätte mieten können; hinterm Gitter sah er mich zähnebleckend an mit Augen, die mir in die eigenen Augen gingen.

Was »Besiegten« bleibt, ist der Tanz. Vorspielen, was verlorenging, ein Laufsteg von Trachten, Festival um Festival; ein weltweites Programm: die Umwandlung von Kultur in Folklore.

Verlieren als Variation von Gefragt und Ungefragt.

Eines Tages auch Chicago. Ich ließ mich nicht davon abhalten, im Süden, im schwarzen Stadtteil, eine Kirche aufzusuchen. Fast peinlich, wie unauffällig ich mich durchs Portal zwängte und im Schutz eines Türflügels Stellung bezog. *»I'm somebody«*, so lautete die Litanei des Gottesdienstes, »ich bin jemand«. Die Schwarze mit dem gebärfreudigen Becken, in Hosen, die fast platzten, sie war jemand, genauso wie die mit der Bibel in der Hand, bis unters Kinn zugeknöpft, ein lauernder Blick hinter dicken Brillengläsern. Er, der mit einer Salbe aus Kraushaar Strähnen machen wollte, war jemand, ebenso wie die Alte, die eine violette Perücke trug. Jemand war auch der Vorsänger im Talar und der Junge mit dem Baseballschläger zwischen den Schenkeln. Der im Zweireiher mit Pochette und der im Kaftan. Der, der dirigierte, und der, der eingenickt war; der mit dem T-Shirt »Ihr könnt mir« und der Schüler, der seine Bücher mit einem Gurt festgebunden hatte. Der am Banjo genauso wie der, der einen Kaugummi vor dem Mund platzen ließ. Sie alle waren jemand. Bankreihe um Bankreihe, die Luft verschwitzt, parfümiert und zigarrengeschwängert. *»I'm somebody«*, ertönte in ungebrochener Knabenstimme und zugleich besoffen und verraucht, kam aus wulstigen Lippen und aus mulattisierten Mündern, begleitet von einer Trommel und hochgetrieben von einem Verstärker. Zuhinterst, nicht weit von meinem Türflügel, hockte ein Drei- oder Vierjähriger auf dem Boden, mit dem Rücken gegen Prediger und Chor. Er wischte sich den Rotz mit dem Ärmel aus dem Gesicht, zwischen den ausgestreckten Beinen probierte er mit Büroklammern Figuren aus – einer, der einmal *somebody* sein wird.

Ohne nach Worten zu suchen, stimmte ich ein. Auch ich bin einer, der jemand sein will. Und ich bin jemand, wenn auch die andern *somebody* sind.

Was aber, wenn das Ufer, von dem ich komme, nicht das jenseitige Ufer der Sihl ist, wenn es eine andere Art Ufer ist, eines, das jenseits der gängigen Moralität liegt – was, wenn ich nicht liebe, wie dies die Majorität tut.

Ich war zu unzähligen Ufern unterwegs, die anders sind. Dabei hat mich gelegentlich ein Reiseführer begleitet, der Auskunft gab: In welchem Land steht auf Homosexualität die Todesstrafe, und in welchem kann man »wegen Zuwiderhandlung gegen den Anstand« zu Zwangsarbeit verurteilt werden. Wo wurde die Gesetzgebung liberalisiert und wo ist Diskriminierung strafbar – ja, und wie hoch ist das Schutzalter, nicht unwichtig, ob dabei Geld mit im Spiel ist.

Einschlägige Tipps für diesen Ort oder jene Stadt, nicht nur für Hotels oder *guesthouses.* Adressen von Bars und Clubs, in denen sich eher Ältere und Bärtige treffen, wo Studenten und Pornostars zusammenkommen oder wo Stricher ihre Dienste offerieren. Aufgelistet, was empfohlen wird an Diskothek und Darkroom, was den Lederfetischisten oder den Liebhaber von *gogo boys* erwartet. Ob Strip oder Tabledance. Was an Dresscode respektiert werden muss: Leder, *blue jeans* oder *military look.* Hat das Kino eine Großleinwand oder nur Kabinen. Welche Sauna wartet mit »bösen Buben« auf, die Sado bieten, oder massieren einfach Männer Männer, und werden mit der Eintrittskarte auch Kondome abgegeben? Hinweise auf Spezialevents wie Transvestiten-Show oder Unterwäsche-Partys. Welcher *escort service* ist europa- und weltweit zu empfehlen, und weshalb gilt diese Bahnhofs- oder jene Parkbekanntschaft nach Eindunkeln als gefährlich. Und natürlich die Nummer für das Überfalltelefon oder die Aidshilfe.

Wo aber war ich nicht überall dabei, ohne anwesend zu sein. Zum Beispiel als einer, weil er einem Mann beigewohnt hatte, rücklings von einem Felsen gestürzt wurde, worauf einer im Namen Jahwes den ersten Stein warf und ein zweiter den zweiten, bis die ganze Gemeinde steinigte.

Stand ich nicht oben an einer andern Grube. Beide, *in flagranti* ertappt, waren eingegraben bis zur Hüfte. Am lautesten johlte der neben mir, als er, Allah ist groß, mit seinem Wurf den Kopf des einen traf; er hielt den nächsten Stein zur Kontrolle hin, der durfte nicht größer als seine Hand sein. Das war vorgeschrieben, um den Tod hinauszuzögern.

Und was für ein Auflauf an Schaulustigen, als ein Sodomit vom Gerichtsdiener aufs Rad geflochten und auf den brennenden Holzstoß geschoben wurde. Der Schrei des Verurteilten ging unter in der Litanei, die die Gerechtigkeit der Heiligen pries: ein christliches *ora pro nobis.*

Hätte ich nicht auch angestanden, um den amerikanischen Ex-Kombattanten im Gefängnis zu besuchen, auch wenn nur ein kurzes Gespräch durch eine Trennscheibe hindurch toleriert worden wäre? Hinter dem Glas der Sergeant, der vor seinen Richtern bekannte: »Ich habe im Vietnamkrieg einen Mann getötet und wurde dafür ausgezeichnet; ich habe in den USA einen Mann geküsst, dafür kam ich ins Gefängnis.«

Haben die Eier und Tomaten nicht auch mich getroffen, obwohl ich nicht mitmarschierte bei den Pride-Paraden – ob in Moskau oder Bukarest oder sonstwo. Auch mir haben sie ein Transparent entrissen. Auch auf mich, der ich vor dem Bildschirm saß, haben bekennende Patrioten und militante Christen eingeschlagen, für einmal war ich froh um die Wasserspeier der Polizei.

Zu einem Drink aber habe ich *live* eingeladen (frag auch den Jungen in der Ecke, was er mag, den mit den zerschlissenen Jeans und der Schirmmütze im Gesicht). Im Stonewall an der Christopher Street im New Yorker Greenwich Village. Hier, in diesem Szenetreff, trank ich auf die *gays,* die eines Nachts die Polizei nicht mehr hinnahmen. Die Polizisten verhafteten schon wegen eines Kusses oder wegen Händchenhaltens und nahmen sich mit höhnender Vorliebe Transvestiten vor. Die Gays schlugen zurück, nicht mehr nur Schwarze und Hispanics. Ein paar tausend gegen ein paar hundert Polizisten. Flaschen und Steine gegen Gummigeschosse und Knüppel. Nicht bloß Handgemenge, sondern Tumult und Aufruhr. Drei Tage Rebellion – *gay power.*

Das war etwas anderes als die Razzien im Nachkriegs-Zürich mit seinem Schwulenregister. Wegen der Homosexuellen würden sich Geschlechtskrankheiten ausbreiten. Daher Verhaftungen und Zwangsuntersuchungen. Ein lokales Kapitel der Brunnenvergiftung, das sich wiederholte, als Aids als Schwulenepidemie diffamiert wurde. Bis die Immunschwäche international auf die Hetero-Agenda kam und afrikanische Heime sich mit Aids-Waisen füllten.

Ob dies nicht der Moment ist für eine Gedenk-Ode: dem Schwulen im Konzentrationslager gewidmet.

»Zu einem Winkel bist du gekommen, nicht zu einem Stern, der blieb andern Todgeweihten vorbehalten – dein Winkel war rosa.

Du hast einen gekannt, der trug einen violetten Winkel, ein Bibelforscher, mit keinem hast du so viele Worte gewechselt. Du hast ihn zum letzten Mal gesehen, als er in seinem Zebraanzug am Sammelgalgen baumelte – er half einem zur Flucht, die am Stacheldraht endete.

Doch zu einer Nummer, zu einer Nummer bist du gekommen wie die andern Häftlinge, sechsstellig wurde sie eingebrannt. Du hast an einen Matrosen gedacht, an seine Tätowierung am Oberarm, farbig war sein Seemannsgrab, wenn sich der Muskel spannte.

Immerhin eine Nummer. Nicht wie die, die nach Ankunft und Selektion ohne Registrierung vom unterirdischen Auskleideraum in die Kammer kamen, wo nicht Wasser sprühte, sondern Gas.

Du hattest Glück. Von der Eisenbahnrampe weg kamst du in die Strafkompanie, obwohl du keine Gelegenheit gehabt, Unrechtes zu tun. Mit einem Winkel wie deinem beginnt man in der Strafexpedition.

Dir wurde nicht nach einem Schnitt in die Leiste ein Hormonpressling eingepflanzt als künstliche Drüse für die hormonelle Umpolung. An dir haben sie auch kein Experiment mit Fleckfieber vorgenommen, verursacht nicht von Ratten und Flöhen, sondern von Ärzten. Und du wurdest auch nicht kastriert, um Nachkommen wie dich zu verhindern.

Nein, du bist ganz normal krepiert. Selbstverständlich hast du den Stacheldrahtkäfig von innen kennengelernt und hast unter Schlägen ins Lied eingestimmt, um als »singendes Pferd« den Lastenkarren zu ziehen. Wotan hieß der Schäfer, den sie abgerichtet und der dich ansprang.

Du bist um halb vier aufgestanden, jung wie du warst, ohne dass sie dich wach prügeln mussten. Wenn du von der Arbeit zurückkamst, hat dir das Lagerorchester aufgespielt wie den andern, und manchmal hast du einen auf dem Rücken gebuckelt, der während des Steinklopfens verendet war. Oder ihr habt die, die sonstwie draufgingen, auf dem Schubkarren zurück ins Lager gebracht. Auch die Toten hatten anzutreten für den abendlichen Zählappell.

Nützlich warst du durch und durch. Dein Haar war brauchbar wie das der andern, jedenfalls hat die Firma, die aus euren Haaren Gewebe verfertigte, wegen keiner Lieferung reklamiert. Und die IG Farben haben sich nie beschwert über deinen Einsatz auf ihrem Fabrikgelände.

Noch zusammengebrochen warst du zu verwerten. Allerdings, dein Gebiss war ungeflickt, so profitierten sie von keinem Goldzahn. Und nackt deine Finger; deinen Ring hast du einem Küchenburschen zugesteckt, bevor sie dich in den plombierten und verdrahteten Güterwagen verfrachtet haben. Deinen Koffer hast du nicht mehr benötigt, der lag auf einem Haufen zusammen mit Gebetstüchern, Brillen und Prothesen.

Ob Scheiterhaufen oder Ofen, schwules Fleisch, versengt und verbrannt, riecht hetero.

Mit deiner Asche war etwas anzufangen, um den Sumpfteich aufzufüllen, oder als Dünger.

Auf deinem Aktenbündel wurde das Hakenkreuz ersetzt durch einen Bonner Bundesstempel. Noch nach Kriegsende und Befreiung bliebst du über zwei Jahrzehnte kriminell, wegen einer Liebe, die eine verbotene war.

Deiner eingedenk küsse ich den Freund – von Mann zu Mann.«

Erinnerungsmomente persönlicher Art: Da erkundigt sich einer, wie es mir geht, und dies mit zwinkernder Anteilnahme. Wundere ich mich über ein derartiges Mitgefühl, erhalte ich zur Erklärung: Ist es nicht schrecklich, erpresst zu werden? – Warum sollte ich erpresst werden? – Leute wie Sie werden doch erpresst.

Der Erinnerungsmoment, da ich mir anhören musste: Ist es nicht tragisch, wie Diskriminierung den Menschen verkrüppelt, dieses Sichversteckenmüssen, das Verheimlichen und Verleugnen, schrecklich, dieser Zwang zur Verlogenheit. Ein Moment, die Heteros um ihre Wahrheitsliebe zu beneiden, um zu begreifen, dass die Anwendung des Penis nicht eine Frage von Fortpflanzung und Lust ist, sondern mit Wahrheit zu tun hat.

In diese Atmosphäre passte der Auftritt von Schwuli Uli nicht. Er hatte einem prominenten Politiker mit bewegter Karriere geantwortet: Er habe zwar Ärsche geküsst, aber im Gegensatz zu ihm, dem christlichen Volksvertreter, sei er nie einem Mächtigen vollumfänglich in den Arsch gekrochen. »Ich bin der Schwuli Uli, ich wurde im Heustock verführt, und das Simmentaler Vieh hat ohne zu muhen zugeschaut. Ich habe den Melker überm Butterfass geküsst und habe den Geruch des Salmiakgeistes geliebt, wenn er die Käselaiber abgerieben hat, und wir haben hinterher gejodelt: ›Nirgendwo wie im Ämmital, ob oral, ob anal‹.« Er kultivierte die *one-man*-Parade. Er lief als unbewilligter Demonstrant durch die Straßen mit einem Plakat für die legalisierte Partnerschaft: »Endlich können wir Schwule wie Heteros uns scheiden lassen und wie sie um die Trennung von Bett und Tisch streiten, und wenn uns erst noch die Adoption erlaubt ist, können wir wie Heteros Scheidungskinder auf die Straße schicken. Aber sonst ...« Berühmt wurde sein Slogan: »Ich möchte stinknormal sein, ganz normal stinken.«

Erinnerungsmomente, die haftenbleiben und die einer jüngeren Generation seltsam vorkommen mögen.

Zum Beispiel die Erfahrung, dass sich Abenteuer in der Grauzone abspielten, in der geraubt und dreingeschlagen wurde – da lockt dich einer in das Ufergebüsch, bückt sich nach Steinen, jagt dich Wurf um Wurf, und du flüchtest ins Wasser. Was für einen Unfall du dir ausdenken musstest, um im Hotel dein geschundenes Gesicht zu erklären.

Wie anders das bürgerliche Ambiente. Da wurde nicht geraubt, sondern frisiert. Da liest du Erinnerungen und staunst, in welchem Ausmaß der Schreibende, mit dem du intime Beziehungen hattest, als *homme à femmes* dich nicht gekannt hat und dass er sich von dir wegen deiner »sogenannten Neigungen« distanziert. In diesen Kreisen steinigt man unblutig, am wirkungsvollsten mit Worten, wenn dienlich hinter vorgehaltener Hand.

Du hast dich geärgert und am Ende nur noch amüsiert. Du merktest, du lebst in dem weiter, der von dir nichts mehr wissen will. Mit seinem Leugnen band er sich an dich; so hast du ungewollt an seiner Karriere teilgenommen; er stand sich trotz aller Erfolge mit seinem Frisieren ein Leben lang im Weg und hat sich daran gehindert, das zu werden, was er hätte werden können. Aus einem Tausendsassa wurde ein Neunhundertneunundneunzigsassa, und du warst in seinem Leben ein Tausendstel.

Aber eben: Eine gespannte Hose im Schritt. Ein schlaksiger Gang. Der Ansatz einer Brust im Hemdenausschnitt. Ein Auflachen. Wie einer ins Brot beißt oder durchs Haar fährt. Und schon erigiert die Phantasie. Diese Unbelehrbarkeit meiner Arme, die umarmen möchten. Verlegen die Hand, wenn sie an die Hand genommen wird. Ich weiß nicht, von wem ich hörte, dass es die Liebe gibt; ich hab es geglaubt.

»Ich liebe dich«, das heißt für mich: »Ich will, dass es dich gibt.« Aus zwei Ungefragten wird Notwendigkeit. Jeder will, dass es den andern gibt. Du machst aus mir und ich mache aus dir eine unerlässliche Existenz. Der Jüngere, der wissen will, was die Welt kostet, und der Ältere, der die Preise kennt. Erfahrung nicht als Besserwissen, sondern als Information darüber, wie ich an die Sache ging und was dabei herauskam, im Guten wie im Bösen. Jeder verrät dem andern, was seine Augen gesehen, und jeder horcht an der Brust des andern, um zu vernehmen, was er nicht kennt. Und was für ein Wiedersehen, selbst als die Arbeitsorte atlantikweit getrennt waren und über Zeitzonen hinweg der eine »gute Nacht« und der andere »guten Tag« wünschte. Ein erneutes Zusammensein. Das Eingeständnis beim Abschied: »Die acht Tage waren acht Wochen.« Ich lebte kraft des Freundes über die abgezählte Zeit hinaus.

Weltweit gibt es kein Jünglingspaar, das bewundert und

beklagt wird wie Romeo und Julia. Wenn ich schon in Verona bin, suche ich ihren Schauplatz auf und schicke einen Liebesgruß nach Hause.

»Ich schicke euch Küsse und Seufzer. Die Küsse sind weiß und die Seufzer schwarz. Die Küsse sind von Romeo und die Seufzer von Julia. Möglich, dass die Küsse altbacken sind, obwohl sie von einem Jungverliebten stammen. Julias Seufzer hingegen sind schokoladiger; es sind Seufzer mit einer Füllung. Das Gebäck habe ich in der *pasticceria* gekauft, gleich neben dem Torgang, durch den man zum Haus der Capuleti gelangt, der Familie Julias. Man könnte auch das Haus der Montecchi aufsuchen, wo Romeo gewohnt haben soll: ein gedrungener Bau gotischen Auftritts mit einer Ziegelfassade. Aber das Haus besitzt keinen Innenhof, keinen Tatort wie den Balkon, von dem Julia zu Romeo gesprochen hat, in Versen, wenn man Shakespeare glauben darf. Noch immer ist der Balkon beliebt für eine Inszenierung, nur dass der Auftritt jetzt im Souvenirbild festgehalten wird: Bitte lächeln. In Zukunft kann Erinnerung zeitgemäßer verewigt werden dank einer Videokamera, gegen geringes Entgelt: eine Minute Balkon, sei's für einen Kuss oder dafür, dass eine oder einer was vorträgt, ob Zitat oder Eigenpoesie. Doch der Balkon ist nicht das einzige Fotomotiv. Im Innenhof steht Julias Statue. Da stellt sich Kurzhosiges und Dickbäuchiges neben Julia, mit T-Shirt-Aufdruck und Baseballmütze, wer da nicht alles um sie den Arm legt, von hinten umklammert, ihr an den Busen greift, ihr mit zwei ausgestreckten Fingern Hörner aufsetzt, ihr die Hände streichelt, in die Knie geht oder ihr eine Tasche umhängt. Kein Wunder, dass Julia die kalte Bronzeschulter zeigt. All diese Anbiederer sind Wiedergänger jenes Mannes, dem sie von ihrem Vater zur Frau versprochen worden war und dessentwegen sie einen Trank nahm, der todesschlafähnlich wirkte. Nur – auf der andern Seite des Tordurchgangs befindet sich eine Bar. In der Vitrine wird ›Grappa di Giulietta‹ angeboten. Ich kann dem Kauf nicht widerstehen. Sollte das Mittel, das Julia für ihren Scheintod trank, Grappa gewesen sein? Nahm sie in ihrer Verzweiflung einen allzugroßen Schluck? So betrunken, dass sie sich von Romeo nicht wachrütteln ließ, worauf dieser sich entleibte. Wie Julia beim Erwachen den toten Romeo sieht, begeht sie Selbstmord. Sie hatte ihn in einem Brief wissen lassen, dass sie einen fiktiven Tod durchzumachen gedenkt; doch dieser Brief hat Romeo nicht erreicht. Wäre die Nachricht beim Adressaten zur rechten Stunde eingetroffen, wäre es nicht zum Doppelselbstmord gekommen. Aber eben die Post – die italienische Post. Hätte die Post zuverlässig funktioniert, Verona hätte kein totes Liebespaar zu beklagen, und ich könnt' euch keine weißen Küsse und keine schwarzen Seufzer schicken. Hätte die Post reibungslos funktioniert wie die schweizerische, wäre das Unglück vermieden worden. So einfach, rein organisatorisch, lassen sich Tragödien vermeiden.«

Doch dann bin ich den beiden im Theater begegnet: sie auf dem Balkon und er unten. Sie, oben, hebt den Rock und greift sich in den leuchtend weißen Slip; er, unten, möchte hinaufklettern, kann aber nicht, schon deswegen nicht, weil er die eine Hand in der Hosentasche hat und onaniert. Man sieht, der junge Schauspieler musste dafür nicht lange üben. Ich rettete mich vor den Schauspielern und ihrem Regisseur, indem ich die Augen schloss. Ich rettete Verse: »Wer zeigte dir den Weg zu diesem Ort«, fragt Julia, und Romeo: »Die Liebe, die zuerst mich forschen hieß. Sie lieh mir Rat, ich lieh ihr meine Augen.«

Hätte ich nicht gerne einmal auf der Bühne auch ein Freundespaar gesehen, selbst wenn am Schluss zwei Leichen auf der Bühne liegen? Natürlich fällt mir ein, was der sagte, der nicht nur ein Buch mehr gelesen hat, sondern auch einmal mehr ins Theater gegangen ist: Halte dich an Eduard II., den englischen König. Nicht an das, was man bisher über ihn und seine Männerliebschaften auf die Bühne brachte. Mach modernes Theater, zeig sein Schicksal eins zu eins: der König im Gefängnis, zum Tod verurteilt, durch ein aufgesägtes Kuhhorn wird ihm ein glühendes Eisen durch, sagen wir, durch die natürliche Öffnung in die Gedärme gestoßen, vielleicht ist es wirkungsvoll, wenn man das Eisenstück vorher in einen Wasserkessel taucht und zischen lässt.

Nein – wie wär's mit David und Jonathan? Warum sollte ich nicht bei einer Männerliebschaft auch auf biblische Gedanken kommen.

Rechts und links ein Podium und im Hintergrund des Bühnenbilds, erhöht, eine Mauer, an ihr der Chor der Orthodoxen: der jüdische, der islamische und der christliche Gelehrte, jeder mit einem schweren Buch ausgestattet. Neben ihnen ein Jüngling, den die drei am liebsten verscheuchen würden, er klettert herum und drängt sich immer wieder vor. Sie alle kommentieren das Geschehen und berichten von dem, was hinter der Mauer geschieht.

Eröffnet wird auf dem Podium links. König Saul irrt verloren und verworren herum, so dass der Jüngling fragt:

»Was ist mit dem los?« Einer der Orthodoxen seufzt: »Es hat ihn wieder der böse Geist gepackt.« Saul setzt sich auf den Thron, als David mit der Harfe erscheint und sein Lied anstimmt: »Die Saiten meiner Harfe haben die Töne gelehrt, / durch Ohren einzudringen / bis zu den düstern Gedanken, / auf dass das Trübe erschrickt / und alle Schwermut Leichtmut wird.« Dieser Szene hat der Königssohn Jonathan im Versteckten beigewohnt. Wie der Sänger abgeht, begegnen sich die Blicke von David und Jonathan, beide messen einander langsam, als wollten sie sich etwas sagen. Was den Jüngling von der Mauer zur Bemerkung veranlasst: »Zwischen den beiden bahnt sich was an.«

Erneut eine Schlacht zwischen den Israeliten und den Philistern. Die Gottesgelehrten verfolgen die Kampfhandlungen hinter der Mauer und rufen Gott an, er möge der gerechten Sache zum Sieg verhelfen. Da entdeckt der Jüngling den Harfenspieler auf dem Schlachtfeld. Ein Gottesgelehrter: »Er bringt zur Verpflegung den Kriegern geröstete Körner, Brote und Käselaibe.« Sie lachen auf. Und einer bemerkt: »Das Kerlchen steht mit Esswaren vor einem Riesen, der Israel verhöhnt.« Die beiden andern Gottesgelehrten: »Achtung. Es ist Goliath.«

»Ich will mitkämpfen.« Mit diesen Worten tritt David auf. Den Einwand, er sei zu jung und zu unerfahren, pariert er: Als Hirtenjunge habe er die Herde verteidigt, Bären gejagt und den Löwen erlegt, der ein Schaf riss. David wird als Soldat eingekleidet. Die Rüstung ist viel zu groß, die Karrikatur eines Kriegers. Er entledigt sich der Rüstung. Wie er in seiner Bauernkleidung dasteht, überreicht ihm Jonathan den Hirtenbeutel. David schaut nach: Die Steinschleuder ist drin. Die beiden umarmen sich innig. Und der kommentierende Jüngling: »Ich hab's ja gesagt.« Die drei Orthodoxen drohen ihm mit ihren Büchern.

Die Gelehrten und der Jüngling berichten erneut vom Kriegsgeschehen, wie sie es von der Mauer aus beobachten. Der Jüngling staunt: »Der sammelt Steine.« Und die Gelehrten: »Damit will der... oh, wer hätt's gedacht. Ein einziger Steinwurf, und Goliath ist tot. Die Unbeschnittenen fliehen. David verfolgt sie. David der Kriegsheld.« Danach ein Geschrei, und die drei Gelehrten übersetzen: »Saul schlug tausend, David zehntausend.«

Es begegnen sich Saul und David. Saul, der schwermütig auf seinem Thron sitzt, erhebt sich und tritt gegen die Harfe. Er greift zum Speer und schleudert ihn gegen David. Dieser weicht aus. Jonathan stellt sich vor ihn und drängt Saul, den Vater, beiseite und weg. Jonathan zieht seinen Mantel aus und gibt ihn zusammen mit seinem Gürtel David. Darauf schenkt er ihm auch seine Rüstung; wie er Schwert und Bogen überreicht, erinnert er an die glorreichen Kämpfe, die er mit diesen Waffen gefochten hat: »Mehr kann ich nicht geben, nur noch mich selbst.« David geht in die Knie, er verneigt sich dreimal. Sie küssen sich, sie weinen zusammen, David am allermeisten.

»Zwei Liebende«, ruft der Jüngling. Da geht der erste Gottesgelehrte auf ihn zu und schlägt ihm mit dem Alten Testament auf den Kopf. Der Jüngling wehrt sich: »Hat Jonathan nicht selbst gesagt: ›Ich schloss David in mein Herz, ich liebte ihn wie mein eigenes Leben.‹ Da haut der zweite Gottesgelehrte mit dem Koran auf den Kopf des Jünglings. Der dritte Gottesgelehrte, im Neuen Testament blätternd, stellt fest: »Ein erlesener Tod. Ein Sühnetod. Erschlagen vom heiligen Buch.«

Der nächste Auftritt findet auf dem Podium rechts statt. David erfährt, dass Jonathan im Krieg gefallen ist. Was inzwischen geschah, wird übersprungen: Davids Fluchten in die Wüste und in Höhlen, sein Überlaufen zum Gegner und seine nachherigen Siege. David, der zweimal Saul schont, der ihm nach dem Leben trachtet. David, der sich wahnsinnig stellt und mit dem Schwert Goliaths ausgerüstet wird.

Für das Verhältnis Jonathan–David ist dies nicht von Belang. Einzig die Nachricht vom Tod des Freundes zählt. David greift einmal mehr in die Saiten seiner Harfe: »Es ist mir leid um dich, Bruder Jonathan / ich habe große Freude und Wonne an dir gehabt / deine Liebe ist mir wundersamer gewesen, als Frauenliebe ist.«

Zwei Lieder würden das Geschehen einklammern: das Lied, das David vor Saul singt, um dessen Depression zu lindern, und am Ende das Klagelied, das er anstimmt, um sich selbst Trost zu spenden.

Ja, ich bin der Liebe nachgefahren.

Bewirtschaftete Felder, darin, verloren, die weißen Nomadenzelte der Landarbeiter. Eine pfeilgerade Autostraße durch die anatolische Steppe. Plötzlich Büsche gelber Bergblumen und das silbrige Laub der Ölweiden. Die Stadt am Fuß des Taurusgebirges, in vollem Grün, inmitten von Obstgärten. Konya, wo einst die Karawanen Rast machten.

Das türkische Wort für Grabstätte habe ich mir gemerkt: *türbe.* Also heißt das Ziel Mevlana Türbesi. In einer Moschee, die nun als Museum dient. Unter den grünen Fayencekacheln der Kuppel, hinter einem Silbergitter, der

Sarkophag von Rumi. Die Stützpfeiler tragen rautenförmige Kapitelle. Kalligraphisch geschmückte Friese, mit Blattwerk verzierte Ranken. Die Sargdecke aus schwarzem Satin. Am Kopfende der turbanumwundene Derwischhut. Schriftzeichen verkünden: »Ich bin Rausch. Der Liebeswein mein Ursprung.«

Als Religion verstand Rumi, genannt Mevlana, die Liebe. So wurde der Sterbenstag als Hochzeit gefeiert. In einer solchen Brautnacht geht der Tote die Verbindung mit Gott ein. Diese mystische Gottesliebe aber hatte irdische Gesichter.

Die zufällige Begegnung mit einem Wanderderwisch. Noch immer zeigt man die Straßenecke, wo sich »die beiden Ozeane begegnet sind«. Rumi, der in einer der Medressen Theologie doziert, ein hochgeschätzter Mann, fasst eine Zuneigung zu Schams, so dass er die Lehrtätigkeit vernachlässigt und den Kontakt mit der eigenen Familie kaum mehr pflegt. Dies in einem Ausmaß, dass die Familienmitglieder Schams zwingen, die Stadt zu verlassen. Die Trennung von seinem Freund stürzt Rumi in Depressionen. Um scin Leiden zu lindern, macht sich einer seiner Söhne auf die Suche nach Schams, findet ihn in Damaskus und kann ihn zur Rückkehr bewegen. Rumis Verhalten ändert sich kaum, außer dass er sich erneut ausschließlich seinem Freund widmet: »Niemand wusste, wer der Liebende und wer der Geliebte war.« Da wird Schams eines Nachts aus dem Haus gelockt, erstochen und in einen Brunnen geworfen. Rumi wird mitgeteilt, Schams habe die Stadt verlassen. Ihm bleiben Trauer und Vers. Ich hatte mir von seiner Dichtung gemerkt: »Ich bin er und er ist ich, o Suchender.« Zudem: »Ich passe nicht mehr in mich / er füllt ganz das Herz mir aus.«

Die Sonne war untergegangen mit Schams, sie ist wieder aufgegangen im Goldschmied Selaheddin. Erneut ein Skandal, da dieser junge Mann aus dem Volk nicht einmal die Gebete fehlerfrei spricht. Auf einem Gang durch die Stadt vernimmt Rumi das Hämmern des Goldschmieds; die Hammerschläge rhythmisieren seinen Körper. Er beginnt zu tanzen, und der junge Goldschmied tanzt mit. Seitdem begleitet der Tanz Leben und Lehre. Als sein zweiter Sohn geboren wird, tanzt Rumi sieben Tage lang. Er gründet den Orden der tanzenden Derwische, die sich in der Trance eines Wirbels Gott hingeben.

Bevor ich Rumis Sarkophag Reverenz erwies, hatte ich die Küche aufgesucht; dort machen die Novizen mit niedrigsten Diensten die erste Phase ihrer Askese durch; sie werden, wie es heißt, geknetet und aufgekocht. Ich las nach, was Rumi dichtete, als der Goldschmied, sein junger Gefährte, starb: »Wahrhaft, du warst hundert Welten / und nicht ein einzelner Mensch / Gestern sah ich: das Jenseits / hat diese Welten beweint.«

Ihn, der in die Sufi-Mystik einführt, der gesuchte Ratgeber für Rechtsgutachten, der Interpret des Korans, ein Philosoph und Dichter – während der letzten fünfzehn Jahre begleitet ihn Hüsameddin. Dieser hatte als Jüngling den Meister angesprochen und ihm angeboten, aufzuschreiben, was bis anhin nicht schriftlich festgehalten wurde. Der junge Mann soll Rumi überallhin gefolgt sein, in die Moschee wie ins Bad, in den Basar und in den Garten, in die Koranschule wie zu den Reigentänzen, auch auf den wenigen Reisen, die dieser unternahm – um keinen Moment der Inspiration zu verpassen. Rumi hat ihm, dem »Wahrheitslicht«, wie er ihn feierte, die sechs Bücher des Mesnevi diktiert, an die 60 000 Verse macht seine Hinterlassenschaft aus. Hymnen, Oden und Lehrgedichte, Zeugnisse von Liebesexstase und zärtlicher Zuneigung: »Der Intellekt hat keine Erklärung für die Liebe, die Liebe selbst erklärt ihre Hingabe«, las ich bei ihm, und auch: »Ich bin der Wind und du bist das Feuer / und ich habe dich entfacht.«

Verse, die mich tanzen ließen.

Ja, ich bin der Liebe nachgefahren. Nicht nur in Büchern blätternd, sondern per Omnibus. Ich habe ein Ticket nach Tordesillas gelöst. Ein Ort, von dem ich nur wusste, dass hier, nach der Entdeckung Amerikas, in einem Vertrag die Welt zwischen Portugal und Spanien aufgeteilt worden war. Das war nicht der Grund für den Abstecher. Auch nicht, dass Tordesillas eine einladende Stadt ist, inmitten der Kastilischen Ebene auf einem Hügel, zu Füßen der Duero. Mich hat das Kloster Santa Clara gelockt, ein einstiger königlicher Palast. Nicht wegen seiner berühmten Mudéjar-Architektur, die mit den Arkaden ihrer Hufeisenbogen an islamische Vergangenheit erinnert, ebenso wie die arabischen Bäder. Ich suchte Santa Clara auf wegen der Zelle, in der Johanna die Wahnsinnige gefangen gehalten wurde, bewacht von Klarissinen, den Nonnen vom Orden der armen Frauen.

Als die siebzehnjährige Juana ihren zukünftigen Gatten, Philipp den Schönen, zum ersten Mal sah, forderten die beiden gleich den priesterlichen Segen, um augenblicklich die Ehe zu konsumieren. Die Leidenschaft und die Eifersucht von Juana waren so groß, dass sie zeitweilig jegliche weibliche Person aus der Umgebung von Philipp verbannte. Sie, die Erbin der kastilischen Königswürde, gebar ihm sechs

Kinder, darunter zwei nachmalige Kaiser, die über ein Spanien herrschten, in dem die Sonne nie unterging. In die Zelle, in der sie über fünfzig Jahre lebte, drang diese Sonne kaum ein. Ob wahnsinnig oder in den Wahnsinn getrieben, an ihrer Stelle regierten ihre Söhne. Als ihr Mann gestorben war, hatte sie sich geweigert, den Sarg herzugeben. Dem Verstorbenen wurde das Herz entnommen und in seiner Geburtsstadt Brügge deponiert. Mit den sterblichen Resten im Sarg reiste Juana durch Spanien, bis man sie, Juana *la loca,* im Kloster Santa Clara einsperrte, wo sie ein halbes Jahrhundert in der Versenkung verbrachte. Sie hat am Ende die Kleider nicht mehr gewechselt, schlief am Boden und verlauste.

Aber es war nicht ein spanischer, sondern ein portugiesischer Schauplatz, den ich mir für mein Schubladentheater als Bühne auserwählte. Eine Geschichte vom Wahn-Sinn und Wahn-Witz der Liebe, entsprungen nicht der Phantasie eines Dichters, ihr aber eine Vorlage bietend. Welcher junge Portugiese hat nicht in einem schmachtenden Moment dieser Liebe gedacht.

Was sich als Drama von Liebc und Mord, von Erniedrigung und Inthronisation abspielte, mit verzweifelter Zärtlichkeit und gnadenloser Rachsucht, voll Verrat und Treue, steht historisch fest. Aber auch wenn die Historie mit dem Portugal des vierzehnten Jahrhunderts den Schauplatz bot, das Ereignis fand in den nicht archivierbaren Gründen der menschlichen Seele statt.

Ein portugiesischer Prinz, Pedro, liebt eine spanische Hofdame, Ines, und zeugt mit ihr Kinder. Der Adel Portugals, das eben unabhängig geworden ist, fürchtet den spanischen Einfluss. Mit Einwilligung des Vaters wird Ines zum Tod verurteilt und in Coimbra umgebracht, in dem später danach benannten »Park der Tränen«. So weit spiegelt diese gemordete Liebe als politisches Drama den klassischen, tödlichen Konflikt von Neigung und Pflicht, wie er von Historikern auch bei andern Gelegenheiten diskutiert wird und über die Jahrhunderte von Dichtern besungen.

Mein Drama beginnt nach der Ermordung. Als Pedro König wird, buddelt er die tote Ines aus, bringt sie an den Hof und verlangt, dass man ihr königliche Ehre erweist. Nicht mehr die Liebe zwischen einem Mann und einer Frau, sondern zwischen einem Lebenden und einer Toten. Ich lasse Pedro sich nicht nur an den Mördern rächen, sondern mit denen abrechnen, die hinter dem Mord stehen und ihn abgesegnet haben. Ich mute dem König zu, dass er die Beteiligten um den Sarg von Ines, der toten Königin, vereint. Wie alle großen Liebenden überzeugt, dass er der Erste und der Einzige ist, der weiß, was Liebe bedeutet. Er inszeniert die Geschichte seiner Liebe als Hochzeit und Prozess, als Ermordung und Inthronisation. Dabei muss er zur Kenntnis nehmen, dass all die, denen er seine Liebe vorführt, ebenfalls eine Liebesgeschichte haben. Sei es die sexuelle Ekstase und die Mutterliebe des Mädchens, mit dem er sich nach Ines' Ermordung verlustierte; sei es die Liebe seines Erziehers zu seiner Frau, die sich als Treue manifestiert, mit ihr alt zu werden; oder die Liebe als Verzicht, wie sie der Vertreter der Kirche übt. Demnach die Bilanz von Pedro: »Jeder von uns hat geliebt, und wir stehen alle um den gleichen Sarg.«

Um diesen Sarg steht auch Pedros Jugendfreund, ein

Flottenkommandant, willens, nie befahrene Meere zu befahren: »Soll ich laut sagen, was alle im Stillen wissen? Von meiner Liebe reden? Von meiner Liebe zu dir, Pedro. Dann schicken sie mich auf große Fahrt. Aber auf eine, wie sie Richter und Henker ausdenken. Nicht auf einer Caravelle, sondern in einem Fass. In die Wände des Fasses sind Nägel geschlagen, die Spitzen nach innen. Darin würde ich den Tejo hinunter ins offene Meer rollen. Ich beneide dich, Pedro. Ich beneide dich um deine Trauer. Du darfst deinen Sarg zeigen.«

Verleitet zu diesem Spiel hatten mich zwei Sarkophage, der von Pedro und der von Ines, wie sie von Pedro in Auftrag gegeben wurden und wie sie heute in der Klosterkirche von Alcobaça stehen. Weil die Sarkophage nicht die vermuteten Schätze bargen, haben napoleonische Soldaten die Reliefengel geköpft und Ines die Nase abgeschlagen. Noch verstümmelt ist Ines' Gesicht schön.

Die beiden liegen nicht nebeneinander, wie sonst ein Ehepaar im Bett liegt und auch im Totenbett ruht, sondern Fuß gegen Fuß, so der Entscheid von Pedro: Stützt er sich am Jüngsten Tag bei der Erweckung der Toten hoch, erblickt er als Erstes die Geliebte.

Diese Sarkophage haben mir den Blick für andere Sarkophage geschärft. Nicht zuletzt für zweistöckige Königsgräber. Oben das Herrscherpaar im Ornat, gekrönte Häupter in Marmor gehauen, in der unteren Etage beide vom Tod arrangiert als Gerippe. Was überdauert, ist der Schmuck, die Edelsteine leuchten im Ring und an der Kette ungetrübt. Daher wohl meine Aufmerksamkeit für solche Grabmäler; sie bieten zur Schau, was bei Menschen aus dem Volk nie augenfällig wird, die Vergänglichkeit der Macht: ein Zepter zwischen Knochenfingern.

Von Dauer auch die Reliefs an den Sarkophagen; sie erzählen gewöhnlich die Triumphe derer, über die am Ende der Tod triumphierte. Auf den Seitenwänden die Weinenden, die *pleurants,* die einen gebückt vor Schmerz und andere mit verzweifelten Gebärden ihre Trauer ausdrückend, die einen für sich allein in einer Kummernische und andere, die sich ins Grabgeleit eingliedern – Stein, dem ein Meißelhammer zum Klagen verhilft.

Für mein Gedenken aber habe ich nicht einen Sarkophag aus Marmor und Alabaster auserwählt. Sondern einen, auf den ich hinter einem Pinienhügel stieß und von dem niemand wusste, weshalb er zwischen einem Geräteschuppen und einem Hühnerstall steht. Schwer vorstellbar, dass dieses Bauerngelände einst als Friedhof diente, naheliegend die Vermutung, dass hier einmal ein Steinmetz gearbeitet hat, denn der Sarkophag ist unbehauen. Er ist mit Erde angefüllt. Über den Rand wuchern die lilafarbenen Lippenblüten des Salbeis, verholzt der gemeine Rosmarin mit seinen nadelartigen Blättern, wachsen die blassgelben Dolden des Liebstöckels, neben dem großblättrigen Basilikum eine Minzenstaude.

Diesen Sarkophag wählte ich als Mahnmal. In die nackte Stirnseite lasse ich das *memento mori* hauen: Dem unbekannten Freundespaar. Auf der Rückseite oben zwei Männer, die sich umarmen, darunter zwei Skelette, ohne das Fleisch, das sie liebkosten. Die beiden Flanken vorbehalten den *pleurants,* sofern sich Trauernde einstellen – und über dem Memorialsarg der Duft von Lavendel.

Eine Zugehörigkeit wurde attestiert, schon mit dem ersten Schrei, bestätigt mit einer Geburtsurkunde: als Stempel ein Schweizerkreuz, als Siegel drei Märtyrer, die enthaupteten Stadtheiligen – ob gefragt oder nicht, ich war vom ersten Atemzug an ein Staatsbürger, wenn auch noch einer in Windeln.

Wann ich zum ersten Mal als Schweizer angesprochen wurde, weiß ich nicht. Aber ich glaube mich zu erinnern, unter welchen Umständen: ausgestattet mit einem Papierfähnchen und einem Lampion, den ich wegen der brennenden Kerze nicht schwenken sollte, sonst wäre das weiße Kreuz im roten Feld in Flammen aufgegangen. Der Auftritt fand sicher an einem Ersten August statt, am Nationalfeiertag, im Kindergarten.

Aus dem, der zum ersten Mal im Kindergarten einer vaterländischen Ermahnung zuhörte, wurde Jahrzehnte später einer, der selbst eine Erster-August-Rede entwarf:

»Ich weiß nicht, wer sich mehr wundert: das Vaterland, dass es zu einer Person wie mir kam, oder ich, dass ich zu einem Vaterland wie der Schweiz kam – wir sind beide Opfer der Umstände. Es ist mir klar, dass dies ein ungleiches Verhältnis ist. Das Vaterland kann mit größerer Unbekümmertheit auf mich verzichten, zumal Vaterländer dazu ausersehen sind, Söhne zu opfern. Noch nie hat man von einem

Vaterland gehört, dass es den Heldentod für einen seiner Söhne starb. Ich aber, ich kann nicht auf das Vaterland verzichten. Denn ohne Vaterland gäbe es mich nicht. Es hat mir Papiere ausgestellt: einen Geburtsschein, eine Bestätigung dafür, dass dieser bei der Einwohnerkontrolle deponiert wurde, eine Bescheinigung für die Niederlassung und vor allem einen Pass. Nun hat man als Schriftsteller eine professionelle Vorliebe für Bilder und Symbole; man weiß aber auch, dass Symbole alt werden. Und ich frage mich, ob unsere Merkantil-Demokratie nicht neue Fahnen braucht. Ich könnte mir denken, dass sich an unseren Masten Banknoten vorzüglich ausnähmen, ich bin überzeugt, die Noten ließen sich so imprägnieren, dass sie wie echte Fahnen im Wind knistern. Aber man ist ja nicht nur Schriftsteller, sondern auch Intellektueller. Nun hat es mir nie eingeleuchtet, weshalb Denken der Heimat schadet, aber das muss wohl damit zusammenhängen, dass es sehr schwierig ist, mit der Majorität von einundfünfzig Prozent zu denken. Aber warum zum Teufel und zur Helvetia, warum hat das Vaterland ein solches Schulsystem ausgebaut, wenn es einem übel nimmt, dass man lernt. Da wird vorgeführt, was Demokratie sein könnte, und wenn man sich daran hält, verargen sie es einem. Ja – man wird sich arrangieren müssen mit diesem Vaterland. Und zwar so, dass wir seine Probleme so rasch wie möglich lösen, damit Zeit bleibt für die Probleme, welche über dieses Vaterland hinausgehen. Das würde ich an diesem Vaterland loben, dass man es mit gutem Gewissen in den Hintergrund treten lassen darf.«

Auf solche Überlegungen war bald danach zurückzukommen: *»Switzerland – but«,* die »Schweiz – ja, aber«. So lautete das Konzept, um das Land 1970 an der Weltausstellung in Osaka zu präsentieren. Entworfen worden war von einem befreundeten Graphiker- und Architektenteam eine »strahlende Struktur«, eine Assoziation an den Mythos einer integer- perfekt-leuchtenden Schweiz. Als Kontrastprogramm ein Fragenkatalog, der mir überantwortet worden war: die Errungenschaften des Landes festhalten und auflisten, was wir uns als Probleme eingehandelt haben. Zum Beispiel den Föderalismus loben und gleichzeitig zeigen, wie dieser mit über zwanzig verschiedenen Schulsystemen der Zukunft im Weg steht.

Nicht Probleme wurden an die strahlende Struktur gehängt, sondern Uhren – *Switzerland but without a but.* Die Stunde hatte noch nicht geschlagen. Kein »aber«, sondern friedliches Kuhgeläut.

Das passte zu dem, wie gesungen wurde. Denn nirgends ist es schön und lustig wie bei uns – durch das Oberland hinauf und durchs Oberland hinunter. Und von Luzern nach Weggis zu braucht es weder Strümpf noch Schuh. Doch wer die weiße Geiß melken will, da drüben am Bergli, der muss achtgeben, dass sie ihm nicht eins haut. Aber sonst – da hat einer dem Mädchen ein Bäumchen geschenkt, sie hat's gepflanzt und sie hat's getränkt. Das Bäbeli, die mit den blonden Zöpfen, die ist im Gärtlein hinterm Haus bei ihrem Schatz, aber wenn man nur wüsste, wo das Vogel-Lisi ist? Da gibt es Jungferen, die einen Bauernburschen nicht mögen, auch wenn er von altem Schrot und Korn ist: blind in der Liebe, tief im Hass und langsam im Verzeihen. Aber mit der Liebe, das ist so eine Sach, denkt man ans Vreneli vom Guggisberg: da gab's unten im Tal eine Mühle, die mahlte nichts als die Liebe, aber eines Tags war das Mühlerad zerbrochen. Jodeln und Schunkeln schließen nicht aus, eine Strophe lang nachdenklich zu sein, denn unser Leben gleicht der Reise eines Wanderers in der Nacht, doch nach dem Regen, so weiß das Volkslied, nach jedem Regen scheint die Sonne. Freut euch des Lebens: fridalallala und hallihallo.

Das Schokoladen- und Käsebild entsprach nicht den Erfahrungen und Erkenntnissen, die das Land durchmachte, das im Zweiten Weltkrieg verschont geblieben war. Es waren die Jahre, in denen nationale Mythen hinterfragt wurden, nicht nur in der Schweiz.

Die humanitäre Schweiz, sie hatte zwar Flüchtlingen Asyl gewährt, aber viele auch in den KZ-Tod nach Nazi-Deutschland zurückgeschickt. Die neutrale Schweiz, sie hatte sich nicht ohne das Arrangieren mit dem Faschismus behaupten können. Ein Land von vier Kulturen entwickelte Fremdenfeindlichkeit. Ein Wirtschaftsboom, doch welche internationalen Verpflichtungen ergaben sich daraus?

Unsere Mutter Helvetia sah sich mit Herausforderungen konfrontiert, an die sie mit ihrem Speer in der Hand und dem Schild zu Füßen nie gedacht hätte. Die Matrone nahm nach wie vor ihren Platz auf Denkmalsockeln ein oder auf Münzen, vollbusig, als gälte es, Regimenter zu säugen, gebärfreudig wie alle Schutzmütter, ob Bavaria oder Germania. Sie musste erleben, wie rebellierende Söhne und Töchter die Frage aufwarfen: Was ist an diesem Land verteidigungswürdig?

Eine Frage, die sich unsere Väter nie gestellt hätten, die während des Zweiten Weltkriegs Grenzdienst leisteten, Aktivdienst, wie das hieß. Soldaten, für die die Mädchen Socken und Pullover strickten und denen wir Buben an Weihnachten Karten und Zeichnungen »an die Front« schickten. Mein Vater hätte im Ernstfall als Motorradfahrer das Land verteidigt, im Seitenwagen ein hoher Offizier. Darauf war ich stolz. Im Kopf stets das deutsche Kriegslied: »Die Schweiz, die Schweiz, das Stachelschwein / das nehmen wir auf dem Rückweg ein.«

Daran musste ich denken, wenn ich später über Land betonierten Tanksperren begegnete, die sich durch Wiesen und Felder zogen, bemoost, von Sprayern für Sprüche und Graffiti genutzt. Im Gelände zufällig der Zugang zu einem Bunker, das Vorhängeschloss verrostet, Warnung und Verbot kaum mehr zu entziffern. Bunker, die nicht als solche zu erkennen waren, Attrappen. Verkleidet als Chalets und Scheunen, auch als Hühnerställe und Bootshäuser. Die Fenster oft aufgemalt, erst beim Näherkommen waren die Schießscharten erkennbar. Militäranlagen stillgelegt oder verkauft, vielleicht an eine Datenbankfirma, als Jugendherberge genutzt oder als Unterkunft für Asylanten.

Zur Verteidigung des Vaterlands lernte ich als Rekrut, im Laufschritt Vorgesetzte zu grüßen. Als Sanitätssoldat exerzierte ich, wie man eine Halbbahre als Gewehr schultert und wie man diese mit einer anderen Halbbahre zu einer ganzen zusammensetzt, für den Abtransport von Verletzten ins Verwundetennest oder ins Feldspital.

Verteidigt hätte ich ohne zu zögern das Schulhaus, in dem ich lesen, schreiben und rechnen gelernt habe, an einer Schiefertafel noch und mit Hilfe eines Setzkastens, Buchstabe um Buchstabe. Ein mehrstöckiges Gebäude, in dem wir Kinder ohne Schulgeld Unterricht genossen, eine Volksschule, wie das hieß. Ich hätte die Holzpulte verteidigt, die wir im Frühling für die Examen mit Stahlwatte von unseren Tintenklecksen säuberten. Verteidigt hätte ich die Wiese hinter dem Schulhaus, die im Winter bei Minusgraden bespritzt wurde und als Eisfeld diente, auf dem ich Schlittschuh lief.

Verteidigt hätte ich auch den Kiosk um die Ecke, an dem ich mich mit Zigaretten eindeckte. Ein Kiosk, in dessen Gestellen und Ständern Zeitungen und Zeitschriften aus der ganzen Schweiz und ausländische jeglicher Sprachen angeboten wurden, wo man auch zur Zeit des Kalten Krieges gegen Bestellung sowjetische Blätter hätte kaufen können, ein Kiosk mit Illustrierten und Frauenmagazinen, mit Rätselheften und der *Sportrundschau.* Ich hätte auch den *Kirchenboten* verteidigt, den ich nie las, und selbst die *Tierwelt,* in der mein Vater die Kleinanzeige für die Kaninchen fand, die ich füttern musste.

Der Nationaltag fiel gewöhnlich in die Schulferien. So nahm ich oft in Jugendlagern an Feiern teil. Holz zusammentragen, einen Stoß stapeln. Wenn wir beim Einfall der Nacht unser Feuer anzündeten, brannten von Berg zu Berg die Höhenfeuer. Sie erinnerten daran, wie einst unsere Vorfahren die Nachricht weitergaben: Vertrieben die Tyrannen. Wir sangen die Hymne, wir hatten die erste Strophe bis zum Schlussvers geübt: »Eure fromme Seele ahnt / Gott im hehren Vaterland.« Wir feierten mit Rakete und Knallfrosch und kriegten hinterher einen alkoholfreien Punsch. Wir gedachten der Innerschweizer Sennen, die sich eines Nachts, vor siebenhundert Jahren, auf beschwerlichen Wegen auf einer Wiese zu einer Verschwörung trafen und einen Eid leisteten, wodurch auch ich als Nachfahre ein »Eidgenosse« wurde.

Wie und wo auch immer das Vaterland gefeiert wurde, es geschah beflaggt: eine Fahne mit einem weißen Kreuz im roten Feld. Nicht irgendeine Trikolore, die üblichen drei Farben, einmal horizontal und einmal vertikal in unterschiedlichen Reihenfolgen. Nein, ein Kreuz, das war symbolisch wie eine aufgehende Sonne, wie Sterne, ob einzeln oder als Banner, bedeutungsvoll wie Halbmond oder Ahornblatt, wenn auch nicht so militant wie Hammer und Sichel.

Diese unsere Fahne flatterte nicht nur an Gedenktagen. Sie trotzte das ganze Jahr hindurch Wind und Wetter. An Masten und vor Fenstern, auf Hügeln und Dächern, vor einem Einfamilienhaus oder einer Gaststätte, vor Schulhaus, Bahnhof oder Post. Das Emblem traf ich auf einem Taschenmesser so gut an wie auf einem T-Shirt, auf Tüte, Mütze und Flugzeugheckflosse, sogar auf einer Packung Kondome, ohne dass angegeben worden wäre, was es vaterländisch zu verhüten galt.

Dem Bekenntnis und dem Schmuck dienten auch Ansteckflaggen *en miniature* auf Käseportionen, wie sie mir an offiziellen »*wine and cheese*-Empfängen« serviert wurden, ob akademisch der Anlass oder literarisch die Veranstaltung: patriotisch der Tilsiter trotz seines fremdländischen Namens und helvetisch der Appenzeller, das Vaterland einmal mild und einmal rezent, am berühmtesten mit den heimatlichen Löchern.

Dass man jeden Morgen die Fahne hisst, vor Regierungsgebäuden, in Schulen, auf irgendwelchen repräsentativen Plätzen, dass dazu die Nationalhymne gespielt oder gesungen wird, das erlebte ich in anderen Ländern. Verglichen damit kam mir das einheimische Flaggenbekenntnis im Nachhinein idyllisch-harmlos vor.

Zudem – was, wenn in der Nationalmannschaft Fußballer aus der Türkei, Brasilien oder Togo mitspielten? Mitspielen hieß mitsingen. Einstimmen in die Hymne einer fremden Nation, bei der sie unter Vertrag stehen, beim Absingen die Lippen bewegen oder am Kaugummi weiterkauen, oder die Hand aufs Herz legen, was bei uns nicht Usanz ist.

Ich jedenfalls habe nie fürs Vaterland gedribbelt oder gar ein Tor geschossen, aber auch nie ein Foul begangen. Und wenn ich mir zuweilen im Abseits vorkam, lag dieses *offside* weit außerhalb eines Spielfelds.

Die Flagge stiftete allenthalben Verwirrung. Wenn das Kreuz nicht weiß, sondern rot war, das Feld nicht rot, sondern weiß, wurde die nationale Flagge zu derjenigen vom Roten Kreuz. Als wäre sie einem Verbandstoff abgeschaut, durch den an einer Stelle Blut gesickert ist. Oft sah ich, wie meine Nationalflagge eine Sanitätsstelle markierte.

Für dieses Rote Kreuz habe ich Blut gespendet. Als ich in den Apfel biss, den ich als Entgelt gekriegt hatte, malte ich mir aus, in welchen Bahnen wohl mein Blut fließen wird: Was für ein Kopf wird dankbar sein, ein glattgeschorener oder einer mit Zopf, Blondschopf oder Kraushaar? Was für Augen werden sich öffnen, blaue oder schwarze, weitsichtige oder stumpfe, Schlitz oder Mandel?

Blut, das war ein besonderer Saft, auch Schweizer Blut.

Selbst wenn ich mit zunehmendem Alter einen Blutverdünner nehmen musste, um Blutgerinnseln vorzubeugen. Was herausfloss, wenn ich mich schnitt, was gerann, wenn ich mich aufschürfte, was ich beim Zahnarzt spülte, was bei einer Operation abgesaugt und weggetupft wurde, das war rot und Schweizer Blut. Rot aber war das Schweizer Blut genau wie das nichtschweizerische, und zwar wegen roten Körperchen, die sich nach vier Monaten abbauten.

Rot war auch der Pass.

Einer unserer Mitschüler hatte einen Pass, als keiner von uns noch einen solchen besaß. Er zeigte ihn herum: ein Nansen-Pass. Wollten wir wissen, wo Nansen liege, erwähnte er, obwohl er mit seinem braunen Kraushaar kein Eskimo war, Grönland. Dort gebe es größere Gletscher als bei uns; er sagte »Schneeschuhe« und nicht »Skier«. Er erzählte von Schlittenhunden, von Walross-und Eisbärenfleisch. Auch von Hungersnöten und Flüchtlingsströmen wusste er zu berichten. Er wollte Pfadfinder werden; er durfte beim Zeltbauen und an Orientierungsläufen mitmachen; aber er kriegte keine Uniform.

Einmal saß ich mit ihm an der Sihl, wir sahen ans gegenüberliegende Ufer. Er habe nie ein gegenüberliegendes Ufer gekannt. Er kriegte feuchte Augen: der Norweger, nach dem sein Pass heiße, sei mit einem Seehundfänger auf Entdeckungsfahrt gegangen, aber da habe es längst keine unbekannten Ufer mehr gegeben. Als ich mehr wissen wollte, wies er mit seinem Pass, den er stets auf sich trug, in die Wolken. Da träumte ich von einem Pass, der mir den Eintritt in den Himmel ermöglicht.

Mein Pass war für irdische Eintritte gedacht.

Sosehr der Pass Wege öffnete, er benötigte oft als Krücke ein Visum. Solche sammelte ich im Nachkriegseuropa. Später begegneten mir überraschende Forderungen: Wenn ein Land wie Libyen nur Arabisch als Kommunikationssprache akzeptierte, galt es, alle Rubriken des Passes in arabischer Schrift auf eine Passseite zu übertragen.

Ganz ohne Schummeln ging es nicht. Als die USA zur Zeit des Kalten Krieges auf ihrem Antragsformular wissen wollten, ob man jemals ein kommunistisches Land besucht habe, konnte ein Ja das Visum gefährden. So schrieb man »Nein«. Zumal man nicht wusste, ob das sozialistische Tito-Jugoslawien, das man bereist hatte, als kommunistisch taxiert wurde. Eine Mogelei, die als Meineid eingestuft worden wäre: lebenslange Einreisesperre.

Bei Gelegenheit war es dienlich, den Pass zu verlieren. Wegen Kuba zum Beispiel. Vor dem Abflug nach Havanna waren wir in der mexikanischen Abfertigungshalle ausführlich fotografiert worden. Bei der Rückkehr nach Mexiko-Ciudad wurde in den Pass seitengroß gestempelt: »Kommt aus Kuba«. Ein ideologisches Kainsmal, das die Weiterreise in lateinamerikanische Länder nicht erleichterte. Also verlor ich vor der Reise den Pass, den ich nach der Rückkehr, welch glücklicher Zufall, wiederfand, so dass ich ihn auf dem Schweizer Konsulat in Mexiko-City, wo ich ihn deponiert hatte, gegen den neu erworbenen eintauschte.

Im Falle Israels wurde das Einreisedatum nicht auf eine Passseite gestempelt, sondern auf eine Extraseite, die für die Aufenthaltsdauer in den Pass geheftet wurde. So standen kein Davidstern und kein siebenarmiger Leuchter der Einreise in ein arabisches Land im Weg.

Nicht nur eine Geburtsurkunde wurde auf mich ausgestellt. Eines Tages wird ein Totenschein unerlässlich sein, den ich selbst nie in den Händen halten werde, da ich mich nicht persönlich abmelde und nicht selbst die Stempelgebühr begleiche.

Jedenfalls ging es mir nicht wie dem Jungen, dessen Eltern zwar verpflichtet waren, das Neugeborene auf einem Amt eintragen zu lassen, denen aber das Geld für die Gebühren fehlte. »So ist mit mir einer auf die Welt gekommen, der nicht stirbt, da nur stirbt, wer registriert ist« – das erfuhr ich von einem Schwarzafrikaner, der bei uns um Asyl nachsuchte. Im Unterschied zu ihm war ich sterblich, da amtlich erfasst.

Ich hatte meinen Wortschatz zu erweitern, ich hatte mir *sans papiers* zu merken. Menschen ohne Papiere, die nur aus Fleisch und Knochen bestanden. Zwar besaßen manche durchaus Papiere, aber es waren nicht die richtigen; es fehlte die Bescheinigung, die ihnen eine Niederlassung erlaubte. Von manchen durfte man annehmen oder wusste man gar, dass sie ihre Papiere vernichteten. Als Papierlose, als Undokumentierte, als Herkunftslose konnte man sie nicht in ein Herkunftsland zurückschicken, aber durchaus in ein Land abschieben, aus dem sie nicht stammten. Auf jeden Fall Rechtlose, »Illegale«, wie sie auch hießen, trotz des Solidaritätsaufrufs »Kein Mensch ist illegal«.

Zu diesen Illegalen gehörten unzählige, die untertauchten, aber auch Kinder, die Gastarbeiter ohne Bewilligung nachkommen ließen und die sie in ihren Wohnungen versteckt hielten.

Ungefragte, die bleiben wollten.

Einen einzigen Papierlosen habe ich näher kennengelernt. Bei einer Bekannten anlässlich eines Abendessens. Sie unterrichtete in einer improvisierten Schule Asylanten, deren Gesuche noch hängig waren. Ihrer Deutschklasse waren erwachsene Analphabeten genauso wie Jugendliche zugeteilt, die in ihren Herkunftsländern höhere Schulen besucht hatten. Frauen, die Strickzeug in die Lektion mitbrachten, und solche, die während der Unterrichtsstunde aufstanden und hinausgingen. Halbwüchsige, die sich in ihren Disputen nicht durch eine Lehrerin stören ließen. Achtzehn Schüler und elf verschiedene Sprachen. Meine Bekannte war verzweifelt; wenn sie wenigstens wüsste, was in den jeweiligen Sprachen »Ruhe« heißt.

Hadin, ihr Freund, erzählte, wie er mit den Seinen auf der Flucht in einen Hinterhalt gelockt wurde und wie Maskierte mit Maschinenpistolen ihnen wegnahmen, was sie auf sich trugen, vor ihren Augen ihre Papiere verbrannten. Was sie mit seiner Schwester anstellten, erwähnte er bei der Befragung nicht. Als die Beamten der Einwanderung Papiere sehen wollten, hielt er die Händflächen hin, die seinen Peinigern als Aschenbecher gedient hatten; er öffnete das Hemd und zeigte seine Brust. Narben galten nicht als Ausweis. Ein Beisitzer meinte, Wunden könne man sich selbst beibringen. Aber sich eine wie die auf dem Rücken zuzufügen, sei schwierig. Hadin war verhaftet worden, weil er als Hilfskellner gejobbt hatte. Das war Schwarzarbeit, und arbeiten war Asylbewerbern untersagt. Das Letzte, was er in der Ausschaffungshaft von dem vernahm, was einst ein Zuhause war: Die Wiese hinter dem zusammengeschossenen Haus sei durchsetzt von Tretminen. Ein Cousin, dem ein Bein weggerissen worden war, bettelte, Hadin möge aus der »reichen Schweiz« ein Kunstbein mitbringen. Andererseits versprach Hadin, man brauche ihm keine Handschellen anzulegen: Er werde nicht schreien, es erübrige sich, ihm ein Kissen vor den Mund zu binden, wie beim Letzten, den sie abgeschoben hatten.

Ich hingegen bin mit Papieren groß geworden. Ich brachte es zu einem respektierten Pass. Doch eines Tages die Entwertung.

Ich verbrachte als *writer in residence* der University of Southern California ein Semester in Los Angeles. Das machte einen Gang auf die Bank erforderlich, wo ich etwas tat, was europäische Herkunft verriet: Ich hob einen größeren Barbetrag ab. Eine solche Transaktion benötigte eine Legitimation. Unbestritten ein hoher Moment des Passes. Die Dame hinterm Schalter blätterte darin: »Was ist das?« Ich antwortete: »Ein Pass«, und fügte mit indigniertem Stolz bei, »ein Schweizer Pass«. Ob ich nicht einen anderen Ausweis hätte? Ich wies auf das Schweizerkreuz.

Nun steckte der Pass in einem schwarzen Lederetui. Als die Schalterdame erneut blätterte, fand sie in einem der Fächer meinen Führerschein; der war ziemlich neu, ich hatte ihn in den USA erworben. Befriedigt notierte sie Nummer und Ausstellungsdatum. Da es sich um einen hohen Betrag handelte, war ein zweiter Ausweis erwünscht, der den ersten bestätigen sollte. Wenn schon nicht an erster Stelle, dann wenigstens an zweiter. Ich hielt, schon fast um Nachsicht bittend, erneut meinen Pass hin. Die Schalterdame sah gleich in den Fächern nach und wurde fündig: eine *credit card.* Sie notierte Nummer und Verfallsdatum.

Das erinnerte mich an meine Fahrprüfung in Los Angeles. Der Experte sagte nicht: »Sie haben bestanden«, sondern *»Now you are welcome in America«*. Ich war ein vollgültiger Staatsbürger geworden. Ich war als Mensch anerkannt, dank einer Kreditkarte und eines Führerscheins.

Nicht nur Papier bestätigte meine Existenz, sondern auch Plastik. Der Pass wurde weitgehend durch eine Identitätskarte ersetzt, die aus Kunststoff bestand. Aus diesem Material wurden auch Ausweise für Versicherungen, Mitgliedschaften, Bibliotheken oder Clubs verfertigt. Als zuverlässiger jedoch sollte sich ein Chip erweisen. Der verriet mehr, als wenn ich mich nackt ausgezogen hätte.

Mein Pass war nützlich an unterschiedlichsten Grenzen, ob die auf dem Reißbrett entworfen worden waren, ob irgendein Krieg sie festlegte oder ob die Natur mit einem Bergkamm oder einem Fluss nachhalf. Andererseits hatte dieser Pass von vielen Grenzen keine Ahnung. Zum Beispiel von den grünen Grenzen, an denen es keinen offiziellen Übergang gibt, weder Gatter noch Schranke, wenngleich vielleicht einen Grenzstein. Stattdessen ein Waldweg, ein Schmuggelpfad oder das offene Feld. Grenzen, über denen Drohnen kreisen, unbemannte Flugzeuge, die jede Bewegung am Boden an den nächsten Grenzposten melden. Und schon gar nicht kannte mein Pass die eisigen Grenzen der Alpen, über deren Gletscher einst Flüchtlinge einen Weg in die Schweiz suchten.

Grenze war längst nicht mehr bloß, was als Landesgrenze historisch festgelegt worden war. Grenzen verliefen nun mitten durchs Land. In einem Flughafen zum Beispiel. Bei der Immigration.

Sicherheitskontrolle beim Abflug. »Legen Sie den Gurt zum Laptop in die Schachtel. Noch Münzen in den Taschen?« Das Brillengestell, wer hätte gedacht, dass es metallene Teile hat. »Ziehen Sie die Schuhe aus.« Ich könnte im Absatz irgendwelchen Explosivstoff verborgen haben. »Nein, ich führe keine Flüssigkeit mit im Handgepäck.« Keine Gefahr, dass ich in der Luft etwas mische, mit dem ich die Maschine sprengen könnte. »Was das Fläschchen ist? Augentropfen.« Beim Gang durchs Portal reagiert der Metalldetektor nicht.

Sicherheitskontrolle bei der Ankunft. »Legen Sie den linken Zeigefinger aufs Stempelkissen und dann den rechten Zeigefinger. Beide Male ein Abdruck. Danach ein Blick in die Kamera: Geradeaus schauen.«

Wie das spielt, wenn der im Pass gespeicherte Datensatz mit dem in der Zutrittskontrolle erfassten *live scan* verglichen wird, darüber würde ich gerne Genaueres erfahren, das hat, soviel ich höre, mit *template* und *matching* zu tun.

Stehe ich vor dem Spiegel, erkenne ich problemlos mein Gesicht, selbst wenn es geschwollen ist oder unrasiert. Erkenne ich es? Oder weiß ich einfach, dass das, was zurückschaut, mein Gesicht ist? Um zu wissen, dass es mein Gesicht ist, brauche ich nicht ein Gitternetz darüberzulegen und mich aufgrund markanter Punkte zu identifizieren. Nun hat mich an meinem Gesicht nie so sehr das Erkennen interessiert, sondern vielmehr, was hinter dieser Stirn liegt.

Hätte ich Fingerabdrücke zu begutachten, ich würde nie bestimmen können, welche Wirbel und welche Bögen unabdingbar zu mir gehören, welche Rillen die meinen sind und welche Linien samt deren Unterbrechungen mich verraten.

Ich habe auch nie, um Gewissheit über mich zu erlangen, mir in die Augen gesehen; es sei denn, sie waren gerötet oder tränten. Schon gar nicht habe ich in meine Iris geschaut. Ich wüsste auch nicht, wie man das macht. So bin ich nie dazu gekommen, die über zweihundertfünfzig unverwechselbaren kamm- und bandförmigen Merkmale zwischen Hornhaut und Regenbogenhaut zu zählen, die nur ich aufweise und die mir niemand streitig macht.

Nicht nur vom Fernsehen her weiß ich, die größte Sicherheit, um jemandes behauptete und tatsächliche Identität festzustellen, ist sein Speichel. Da lässt sich keine Vaterschaft leugnen. Warum nicht bei der Ankunft in einem Land, das nach wie vor auf Grenzen beharrt, zunächst einmal mit einem Spachtel eine Speichelprobe abgeben, sich jedes Lächeln verbietend.

Zur Erkennntnis meiner Person ist Lächeln ohnehin nicht erwünscht. Auf dem Foto des elektronischen Passes darf, selbst wenn es gut ausgeleuchtet ist, nicht gelächelt werden. Ich hatte immer gemeint, mein Lächeln sei charakteristisch, wenn nicht gar verräterisch, nicht zu reden von meinem Lachen, geschweige denn vom Lachen über mich selbst.

Was, wenn die Iris und die Fingerkuppen meine Memoiren schreiben, deren Endfassung die Spucke redigiert.

Deckungsgleich – aber keine Decke groß genug.

Da spottete ich umsonst: Identität sei etwas für den Friedhof. Dort seien alle identisch mit sich selbst, da keine Herausforderung mehr an sie herankommt und keine Veränderung mehr möglich ist.

Nationale Identität – in meinem Fall Schweizer-Sein. Das ist das eine. Das deckt nicht ab, was ich sonst bin. Was bin ich sonst noch?

Ich bin zugehörig zu einem Land, das viersprachig ist. Das prägte insofern, als mir immer klar war, dass es neben meiner eigenen Sprache noch andere gibt, die meine Identität ausmachen, ob ich sie beherrsche oder nicht. Entscheidend, dass keine Hierarchie gilt, auch keine der Sprache, sondern ein Nebeneinander.

Eine Herkunft, auf die ich stolz sein kann. Ein Stolz, der sich nicht verlor, der aber gedämpft wurde, als ich in Bombay zur Kenntnis nahm, dass Marathi, die Sprache des Bundesstaates Maharashtra, zur vierzehnten Nationalsprache Indiens erklärt worden war.

Natürlich ärgerte ich mich, als wieder einmal der, der behauptet, ein Buch mehr konsultiert zu haben, mir für den Fall, dass ich »im Südpazifik vorbeikomme«, den Inselstaat Palau empfahl: Die zwanzigtausend Einwohner reden Palauisch, Angaur, Tobi und Sonsorolesisch, und sollte ich mit keiner dieser Sprachen durchkommen, riet er mir zu Japanisch und sonst in Gottes Namen zu Englisch.

Sollte ich ihm meine Marotte entgegenhalten, Wörterbücher und Grammatiken zu erstehen von Sprachen, die ich nie im Sinn hatte zu lernen? Um wenigstens einen Einblick zu gewinnen in das, was sonst noch an Sprache möglich ist.

So habe ich bei einem Aufenthalt in Schwarzafrika ein *Manuel pour Ouolof* (oder Wolof) erstanden, in dem ich zum Beispiel die Spruchweisheit kennenlernte, dass der Krebs das Wasser liebt, aber nicht das siedende. Zudem deckte ich mich mit einem Lehrbuch für Susu und einem für Nkonya ein, wobei ich vorerst einmal nachschlug, wo diese Sprachen gesprochen werden, ohne die Absicht zu haben, nach Guinea zu reisen: »Beobachten Sie, wie das Krokodil allmählich an die Oberfläche kommt«, so etwas hätte ich mir schon wegen der Sihl und ihrer Möwen gemerkt. Oder in Ghana, wo jedes Kind weiß, weshalb die Spinne acht Beine hat: Sie wurde beim Diebstahl erwischt, und man hat so lange auf sie eingeprügelt, bis alle Knochen von innen nach außen kamen. Mit einem *Lehrbuch des Bambara* wäre ich auch für Mali gerüstet gewesen, wo man nicht sagt, »ich bin krank«, sondern »eine Krankheit ist in mir«, und wo die Märchen wie bei uns beginnen: »Es war einmal ein König, und der hatte eine wunderschöne Tochter.«

Ich stellte diese Lehrbücher zu den übrigen Wörterbüchern, nur schon, um von Zeit zu Zeit vor Augen zu haben, wovon ich keine Kenntnis besitze. Dort findet sich auch ein Lexikon mit einem fast kompletten Verzeichnis der Indiosprachen, zusammengetragen von einer Missionsgesellschaft, die auflistete, in welche lateinamerikanischen Sprachen die Bibel oder Passagen daraus übersetzt sind. Es gibt kaum ein anderes Kompendium, das in gleichem Umfang über Sprachen informiert, die in der Hemisphäre demnächst aussterben werden. So ist mein Wörterbuchregal ein Kolumbarium, ein Taubenschlag von Urnen. Zugleich eine Vorratskammer, als gälte es für Zeiten vorzusehen, in denen das eine oder andere Wort noch zu gebrauchen wäre – sei es der Ausdruck für eine besondere Art von Grün, sofern es noch Grünes gibt, oder für die Stimme eines Vogels, dessen Gattung längst nicht mehr singt.

Ich entpuppe mich als geheimer Kämpfer gegen den Turmbau von Babel und dessen sprachliche Folgen. Nur schon, weil die Sprache der Zukunft die Übersetzung ist. Nicht zufällig betrachte ich, im christlichen Bereich, Pfingsten als das wichtigste religiöse Fest. Wie schön, wenn es ein säkularisiertes Pfingstfest gäbe, wie gerne würde ich mich an den Tisch setzen und erleben, wie ein flammendes Zünglein sich auf meinem Kopf niederlässt und mir zu Fremdsprachenkenntnissen verhilft, ohne dass ich je ein Übungsbuch aufschlagen müsste.

Meine Vorlieben mögen auch erklären, dass ich an Sprachen Ausdrücke liebe, die sich in meiner nicht finden. Im Deutschen gibt es für »ich« nur ein einziges Wort und nur eines für »wir«. Ich habe stets bedauert, dass wir nicht wie im Griechischen oder im Russischen einen Dual haben, ein eigenes »wir« für die private und kleinere Gemeinschaft. Ich bin für die sprachliche Kollektivierung des »ich«. Was, wenn eine Sprache zehn »wir« unterschiede, weil das familiäre »wir« nicht das gleiche ist wie das der Arbeitsgruppe, das »wir« der Intimität nicht das des Massenaufmarsches, das der Verschwörung nicht das der Solidarität – wie wohl das globalisierte »wir« lautet?

In einem mehrsprachigen Land gab es selbstverständlich Unterricht in Fremdsprachen.

Das Französische, das wir in der Schule büffelten, wurde Voraussetzung für Einsichten und Erfahrungen, die ich beim Nachbarn Frankreich gewann. Dort wurde ich eingeladen zu einer Reise um die Welt in achtzig Tagen, aber ich zog es vor, auf den Mond zu gehen, nur schon wegen der Bewohner, die ihre lange Nase als Sonnenuhr gebrauchten. Soweit ich in der besten aller Welten unterwegs war, machte ich die Erfahrung, dass es mit der guten Welt nicht weit her ist, und ich kehrte verkrüppelt zurück. Ohne Zweifel große Begegnungen. Ich lernte nicht nur einen Messerstecher kennen, der zwischendurch am Galgen baumelte und der gleich zwei Testamente hinterließ, ein kleines und ein großes. Sondern natürlich auch einen Totschläger. Verschiedene Typen von Geizhälsen begrüßte ich, neben einem eingebildeten Kranken auch einen Kleinen Prinzen, der mich bat, ein Schaf zu zeichnen. Ganz zu schweigen von all dem, was eine menschliche Komödie bot, nicht nur Glanz und Elend von Kurtisanen. Da traf ich außerdem einen Herrn, dessen Stärke nicht die Dummheit ist; und eine Apothekersgattin, die in der Provinz Ehebruch begeht, zog mich ins Vertrauen. Da war einer, der mordete aus purer Zufälligkeit. Ich zögerte vor einem Krankenhaus, wo auf dem Seziertisch ein Regenschirm und eine Nähmaschine lagen. Doch welche Erleuchtung boten Asyle. Wie schöpferisch waren Irre. Von einem unschuldigen Mädchen erfuhr ich, wie es ihr und ihrer Tugend sexuell ergangen ist, und dies in lustvoller Ausführlichkeit. Erkenntnisse, die mir das Suchen nach einer Zeit erlaubten, die ein anderer verloren hatte. Erstaunlich, was mir widerfuhr: Da folgte ich Seemarken, landete auf einem Balkon im Wald und durchquerte Seelenlandschaften. Ich bewegte mich zwischen Falschmünzern und merkte mir, wie abwechslungsreich Charaktere sind. Nachdem ich alle Bücher gelesen hatte, begab ich mich auf einem trunkenen Boot auf große Fahrt; vorher hatte ich noch den Blumen des Bösen Wasser gegeben.

Meine erste Fremdsprache aber war eine tote Sprache; die lernten wir nicht, die lernten wir auswendig. Ich fühlte mich an unseren Lateinunterricht erinnert, als ich in einer Medresse sah, wie junge Muslime, am Boden sitzend, über den Koran gebeugt, im Chor singsangen, was sie sich einzuprägen hatten; malayische Schüler, die des Arabischen des Korans nicht mächtig waren.

Wir unsererseits lernten Latein für den katholischen Gottesdienst. Was wir genau beteten, verstanden wir nicht wörtlich. Aber *gloria* war klar, die Ehre gehörte Gott. Ebenso klar war das Ich-Bekenntnis des *confiteor*. Zu bekennen gab es immer etwas, und sei es nur im Dunkel eines Beichtstuhls: »Ich habe Unkeuschheit begangen.« So dass der Beichtvater zur Läuterung das Onanieren in Ave Marias umrechnete.

Das verhielt sich mit dem Schullatein anders. Über keinen Krieg waren wir so im Detail orientiert wie über den Gallischen.

Ich sollte Jahrzehnte nach Schulabschluss erneut den Galliern begegnen. In einem Comic, als Asterix und Obelix Helvetien aufsuchten. Sie kletterten in die Berge, um Edelweiß zu pflücken für einen Gesundheitstee; sie lernten geschmolzenen Käse essen und erlebten das Käsefondue als helvetische Orgie. Eindeutig die Antwort auf die Frage, welchen Eindruck das Bergland auf sie gemacht habe: »Flach.«

Über den Landbau wurden wir in Versen unterrichtet, von denen unsere einheimischen Bauern und Knechte keine Ahnung hatten. Was sich sonst unter Hirten tat, übergingen wir, »denn da entbrannte Corydon für den jungen schönen Alexis«. Hingegen »Spätzlein du, meines Mädchens süßer Liebling«, das lag drin. Wir machten uns vertraut mit den Grammatikregeln der *consecutio temporis,* der zeitlichen Folgerichtigkeit in einem Satzgebilde. Wir überstanden syntaktische Stürme und lernten, uns in den Worträtseln der Großredner zurechtzufinden: Wo steckt das Subjekt und wo das Prädikat, und was hat das Tätigkeitswort vor, was aber soll dieses Findelkind von einem Kasus, der Ablativ.

Ich wurde römischer Doppelbürger. Dank der katholischen Erziehung erhielt ich ein Niederlassungsrecht vom Vatikan, auch wenn die Niederlassung selbst in ein Jenseits verschoben wurde, für das ich einige Gebote und Sakramente zu respektieren hatte. Dank meiner schulischen Ausbildung aber war ich zugleich ein *civis romanus,* der in den Thermen nach dem Bad philosophierte: Ist Selbstmord eine Lösung, sollen wir das Leben genießen, oder wäre es nicht besser, gegen den *status quo* zu rebellieren? Ich zitterte mit den Märtyrern und betete, als die Löwen im Kolosseum auf Christen losgelassen wurden. Gleichzeitig applaudierte ich mit den Konsuln und verlangte im Programm mehr Löwen und Gladiatoren.

Dank des Griechisch-Unterrichts lernte ich ein Land kennen, ohne je dort gewesen zu sein, aber es gab ja schon in Athen die Metöken, wie man die ansässigen Fremden nannte. Ich war ein solcher Mitbewohner, als Zertifikat für die Niederlassung diente mir eine Grammatik, und als Referenzen gab ich Homer und Sophokles an. Den einen kannte ich von einer Irrfahrt her, noch immer hatte ich den Sirenengesang im Ohr, und den andern vom Theater, wo eine junge Frau trotz des Bestattungsverbots dem toten Bruder zu einem Begräbnis verhalf, da sie »mitzulieben und nicht mitzuhassen da war«. Ich lernte eine unbekannte Natur lieben. Da flüsterte mit jeder Quelle eine Nymphe. Die Narzisse und die Hyazinthe, die hier blühten, waren einst Knaben gewesen, der eine hatte sich in sein Spiegelbild verliebt, und der andere wurde beim Diskuswerfen von einem eifersüchtigen Wind getötet. An heißen Nachmittagen hörte ich, wie hinter einem Busch ein bocksbeiniger und gehörnter Faun die Flöte blies. Und lange machte es mich verlegen, wenn ich in einer Sauce ein Lorbeerblatt entdeckte; ich dachte an Daphne, die dem Gott, der ihr nachstellte, nur entkam, indem sie in Erfüllung eines Bittgebets in einen Lorbeerbaum verwandelt wurde – war meine Lorbeerküche mythologischer Kannibalismus?

Selbst der Himmel hatte diesen antiken Göttern Platz eingeräumt. Da hatte der höchste Gott einen eigenen Planeten, Jupiter, seine Gattin allerdings nicht; so hat man einen familiären Sternenkrach vermieden. In der Hinsicht war es Mars und Venus besser ergangen, der Gott des Krieges und die Göttin der Liebe, beide in himmlischer Distanz. Uranus sah nun vom Firmament auf die Erde hinunter, mit der er einst verheiratet war; als er erneut mit ihr kopulieren wollte, schnitten ihm böswillige Titanen die Genitalien ab, aus seinen Blutstropfen entstanden Rachegöttinnen und Giganten.

Dass mein Land mit seinen Sprachen über sich hinausweist, gilt erst recht für meine Muttersprache, das Deutsche. Soweit Sprache Heimat bedeutet, zählen zu meinen Heimaten all die Gegenden, wo deutsch gesprochen und geschrieben wurde. Also nicht nur Deutschland und Österreich, sondern auch die Orte, wo einer in der Emigration deutsch schrieb. Transitorische Heimaten auch, wenn ich an Prag denke, selbst wenn der Golem nicht des Redens mächtig ist. Kronstadt oder Lemberg, die heute Braşov und Lwiw heißen. Das Deutsche klang am Neckar der einen Großmutter anders als an der Kleinen Emme meiner anderen Großmutter, und erst recht unterschied es sich von der Umgangssprache, in der ich mich als Kind mit der Sihl unterhalten habe.

Mundart und Standardsprache – zweisprachig innerhalb der eigenen Sprache: nicht Deckung, sondern Spannung.

Erst recht faszinierte mich an dieser Herkunft, in welchem Maß sie über sich hinausweist, wie ich ja an Städten gern habe, wenn diese über sich hinausweisen, und wie ich eines Tages auch davon profitierte, dass mein Heimatkontinent über sich hinauswies.

Nein, nicht nur Doppelbürger wurde ich, sondern Dreifach- und Vielfachbürger, an vielen und unterschiedlichen Orten bin ich heimgekommen.

Zu den Dingen, die ich gern erfunden hätte, gehört der polyphone Pass: Klappt man ihn auf, ertönt eine Melodie wie bei gewissen Glückwunschkarten, ein vielfaches Willkommen in der jeweiligen Landessprache.

Ich nahm dieses Vaterland als Ausgangspunkt. Als Basislager für Aufbruch und Rückkehr. Um es logisch zu formulieren: Notwendig, aber nicht hinreichend. Ein portables Vaterland. Tragbar nicht im Gepäck, sondern in Empfindung und Gedanke. Wie es nicht nur den leiblichen Vater gibt, sondern auch die geistigen, so gibt es nicht nur ein Vaterland der Zeugung, sondern auch ein intellektuelles Vaterland und eines der Illusionen. Heimat, nicht ein für alle Mal gegeben, sondern um daraus etwas zu machen. Somit nicht reduziert auf das Land, in dem ich geboren wurde, sondern etwas, das ich fortlaufend erwarb, das ich vergrößerte und dessen Grenzen ich stets verschob: Heimat im Plural. Um auf einer Welt heimisch zu werden, auf die ich ungefragt gekommen bin – was, wenn die Welt als Ganzes erst Heimat wäre.

Hatte es nicht mit Alpen begonnen? Die Gründerväter der Alpenrepublik waren Bergbauern. Wir hatten vor ihnen Respekt; sie nahmen im Schulbuch und im Festkalender einen hohen Platz ein.

Sie hatten nichts gemein mit Bergbewohnern, wie ich sie später kennenlernte, vor allem in Asien. Bergstämme, die gewöhnlich mit dem Volk wenig zu tun hatten, deren Nation sie zugeteilt worden waren, und die oft nicht oder kaum die Landessprache beherrschten. Die von andern Völkern in die Berge getrieben wurden und ihre Felder und Äcker an sie verloren. Bergstämme, wie ich mit ihnen im Norden Thailands Bekanntschaft machte, denen man die Mohnfelder zerstörte und denen der Anbau von Kaffee kein Glück brachte. Oder der Stamm in den Philippinen, der auf jedem Sightseeing-Programm stand, bis sich herausstellte, dass es sich nicht um Menschen handelt, die in der Steinzeit leben, sondern um solche, die für ihre prähistorischen Höhlenauftritte die Bluejeans mit Fellen tauschen.

Unsere Bergbauer waren keine Verlierer. Sie hatten die Fremdherrschaft besiegt. Sie hatten als Waffen zunächst nichts anderes gehabt als Felsbrocken, die sie die Berge hinunterkollern ließen. Bärtige Sennen mit Kapuzenblusen, die waren fürs Heuschultern praktisch. Sie bearbeiteten die steilen Hänge und Matten, pflegten ihr Vieh und stellten

Käse her. Doch sie lernten hinzu: dass man Wiesen und Gipfel an Touristen vermitteln, dass man mit Unwegsamem Geld machen kann, indem man Felsen zum Klettern anbietet, und dass selbst Schnee sich verwerten lässt; fällt der Schnee nicht vom Himmel, spucken ihn Kanonen aus.

Die Erinnerungen an die Frühzeit begleitet ein Instrument, das Alphorn. Dafür taugt am besten eine am Hang verkrüppelte Tanne, vorn gebogen; ihr Handicap gereicht ihr zu Vorteil und Ruhm. Das Alphorn ist in diesen Bergen dreimal so lang wie das der Nepalesen, wie ich mir sagen ließ.

Als Schüler beeindruckte mich bei meiner ersten Bahnfahrt in den Bergen eine neue Art von Brücken. Die gingen nicht von einem Ufer zu einem andern wie die Sihlbrücken, sondern von Talseite zu Talseite, sie überspannten auf Pfeilern und Bögen Senken und Schluchten. Diese Brücken hießen Viadukte. Nun hatte es in der Nähe der Sihl auch eine Brücke gegeben, die nicht über einem Fluss errichtet worden war, sondern über Bahngleisen, ein Wohnviertel mit Industrie verbindend, mit Zahnrad- und Maschinenfabriken. Sie führte an einer stinkenden Seifenfabrik vorbei. Mut bewies unter uns Jungen der, der langsam am Gestank vorbeischlenderte, ohne die Nase zuzuhalten, und womöglich noch stehenblieb. Bei den Mädchen galt die als tapfer, die es auf der Brücke am längsten aushielt, wenn unten eine Lokomotive durchfuhr, so dass ihr der heiße Dampf unter die Röcke stieß. Sosehr diese Brücke mit ihren ausholenden Bogen lockte und mit dem Blick auf Weichengewirr und Schienenschlangen, sie entsprach nicht dem, was wir unter einer Brücke verstanden.

Die Viadukte waren bei diesen Bergfahrten nicht das Einzige, das abenteuerlich ungewohnt war. Mich faszinierten die Tunnel.

Wir hatten als Buben einen Tunnel benutzt, wenn wir die Badeanstalt am See aufsuchten. Darin brüllten wir, um im Tunneldunkel mit Grölen den Autolärm zu übertönen, und ließen am Fußgängergeländer einen Stecken von Gitterstab zu Gitterstab hüpfen. Ein Tunnel, bei dem man am andern Ende Licht sah. Das verhielt sich mit den Bergtunneln anders. Da konnte die Einfahrt im Norden und die Ausfahrt im Süden liegen. Die Züge machten im Berginnern eine Kehre und kamen weiter oben wieder an den Tag.

Was, wenn der Zug immer tiefer in den Berg hineinfährt. Bis dorthin, wo die Zwerge, nahe den Erzadern, ihre Werkstatt haben. Ob diese beim Schweißen auch Schutzbrillen tragen? Ob ihre Schmiede derjenigen meines Vaters gleicht? Gebannt schaute ich ihm jeweils zu, wenn er den glühenden Stahl auf dem Amboss zurechthämmerte, so dass Funken sprühten, und wenn er ihn kühlte, so dass das Wasser zischend aufschreckte. Ich hegte lange den Verdacht, mein Vater sei bei einem Vulkan in die Lehre gegangen.

Im Tunnel die Augen schließen, hinhorchen und erdichten, wovon er träumt. Von dem, was über ihm liegt, wovon der Tunnel Ahnung hat, aber keine Anschauung gewinnt, abgesehen von dem Gestein, das er abstützt. Selbst ein Weg, möchte er die Straßen kennenlernen, die über ihn hinwegführen, auch Schmuggelpfad und Saumweg. Selbst im Dunkeln, denkt er an die Höhenzüge, von denen morgens, beim Erwachen des Tages, die Sonne ins Tal hinuntersteigt.

Sollte ich den Tunnels von Pässen erzählen? Von Römerstraßen, von denen einige Stufen blieben und Steine mit Radspuren. Von Kurven und der Raserei von Motorradfahrern. Von den Pässen, die nur Maultiere benutzen, und von dem Pass, den einst Elephanten überquerten. Von Zollstationen oder dem Hospiz, wo sie Bernhardinerhunde züchten.

Ich hatte schon in der ersten Klasse vernommen, dass unsere Nachbarn, die Österreicher, uns die Berge wegnehmen wollten, was ich nicht in Ordnung fand; empört war ich aber, als ich bei einer Schulreise an der schweizerisch-österreichischen Grenze feststellte, dass die, welche uns um die Berge bringen wollten, selbst welche hatten.

Es gab nicht nur schweizerische und österreichische Alpen, sondern auch französische und italienische. Sie äußerten sich von Alm zu Alm auf eine Weise, die sie Jodeln nannten: ein Gesang aus Silbenketten ohne Wortbedeutung, in großen Intervallen und Akkordbrechungen, bei stetigem Wechsel zwischen Kopf- und Bruststimme. Überall, so war ihren Liedern zu entnehmen, war der Blick ins Tal wunderschön wie sonst nirgends. Und alle fuhren sie Ski.

Auch anderswo Edelweiß und Enzian, Steinbock und Schneehuhn.

Ich war über sechzig, als ich die Karpaten kennenlernte, fasziniert vom Wechselspiel, als wollten die Bergkämme sich verbergen, um sich darauf unerwartet als kaum erklimmbare Felsen in den Weg zu stellen. Steilflanken und weiß strahlende Kalkwände. Doch dann, nach einem Engpass, eine Kurve, wir stoppten, auch die mit dem Kleinlaster hielten an, auf der Ladefläche ein Bär, den sie eben erlegt hatten. Einer, auf den Schultern ein Lammfell, empfiehlt uns seine Hirtenhütte; er streckt uns einen Prospekt entgegen: »ein Waldparadies für Luchse und Wölfe, eine Region einmaliger Schächte und Höhlen«. Er ist enttäuscht, dass wir keine Höhlenforscher sind; zum Abschied drückt er uns eine Glockenblume in die Hand.

Die Alpen haben mich überallhin begleitet, auch wenn sie unter anderen Namen in die Erinnerung traten. Vielleicht als Gebirgszug in der Ferne, bläulich weiß, hinter der Ebene der lombardischen Felder und ihrem bitteren Reis; oder als die Vulkansilhouette des Altiplanos.

Bei einem Rückflug nach Europa, in den Heimatkontinent, begrüßte mich von weitem ein Schneeberg, nicht ein einheimischer Gipfel, sondern die Sierra Nevada, ein heimatlicher Gruß auf Spanisch.

Bei einem Flug über die Kordilleren lagen die Gebirgszüge nicht so weit unten, wie es beim Überfliegen der Alpen den Eindruck erweckt, aber der Fall wäre noch immer tödlich-tief gewesen. Ich suchte die Stelle ab, wo kurz zuvor ein Flugzeug abgestürzt war und wo die Überlebenden die tiefgefrorenen Mitpassagiere zu verspeisen begonnen hatten, ein Kannibalismus, dem der Vatikan hinterher Absolution erteilte.

Nicht nur, dass es anderswo und auf allen Kontinenten Alpen gab, auch wenn sie anders hießen. Die Berge meiner Herkunft wurden mit zunehmender Information kleiner. Es gab Berge, die waren doppelt so hoch wie unsere Viertausender. Sie zu erklimmen war lange nur mit Sauerstoffmasken möglich. Ich folgte den Bergsteigern vom Basislager hinauf in die Todeszone, wo neben der Route diejenigen lagen, die beim Aufstieg vom Tod ereilt worden waren, unversehrte Leichen, deren Abtransport zu riskant gewesen wäre. Ohne Lasten zu buckeln wie ein Sherpa, sah ich zu, wie sie Überhänge meisterten, manche an der Steilwand ohne Haken – und ich, ohne Abseilgerät und ohne Karabiner, im Fauteuil vor dem Bildschirm, ein Extrembeobachter.

Die Alpen, die die meinen waren, hatte ich in Ferienlagern entdeckt. Wir richteten uns in Scheunen und Ställen ein, auf dem Stroh eine Wolldecke und darüber der Schlafsack. Tagwacht mit einem Trompenstoß, danach Frühgottesdienst und Fahnenaufzug. Wir sammelten auf den Alpwiesen Frauenmäntelchen und Schafgarben, trockneten sie und brachten diese »heilsamen Kräuter« nach Hause. Sie waren gut für die Gesundheit, wenn auch die Krankheit, die sie heilen sollten, selbst nicht klar war.

Dennoch, in diesen Erinnerungen ertönt als Erstes ein Todesschrei.

Wir waren gewarnt vor Schneerutsch und Steinschlag, doch bei einer Gletscherwanderung fiel einer meiner Gespanen in eine Spalte. Als der Scharführer ihn an einem Strick hochzog, riss dieser; mein Kumpan, schon fast am Tageslicht, stürzte zurück, durchschlug einen Absatz, der seinen Füßen noch Halt geboten hatte. Er fiel in eisiges Dunkel. Noch Nächte später schreckte ich aus der Tiefe eines Schlafes auf, weil ich seinen Schrei vernahm.

Wir zogen aus zu Bergtouren, manchmal in aller Herrgottsfrühe. Bis über die Waldgrenze. Einer von uns behauptete, es gebe nicht nur Waldgrenzen in die Höhe hinauf, sondern auch in die Ebene hinaus. Gegen den Polarkreis zu. Der Scharführer bestätigte, dass es dort eine Zone gebe, wo das Nadelgehölz das Laubgehölz ablöse, dass danach nur Flechten und Moose wüchsen, bloß noch Heidekraut und Zwergsträucher. Dort pfiffen keine Murmeltiere. Was, wenn jetzt bei uns statt einer Gemse und eines Steinbocks ein Elch auftauchte und über eine Gletscherzunge Hunde einen Schlitten zögen. Wir sahen in den Morgenhimmel, ob der Steinadler bereits dem Fischadler Platz gemacht hatte.

Auf den Gipfeln, die wir erkletterten, schichteten wir Stein auf Stein zu einem Gebilde, das wir Steinmännchen nannten, auch wenn wir Mühe hatten, dem Haufen etwas Menschenähnliches abzugewinnen – ein zurechtgebrochener Ast vielleicht als Nase? Ich steckte ein benutztes Trambillet in einen Spalt. Als der Vikar, der uns begleitete, mit einem Panoramablick Gottes erhabene Gebirgswelt pries und nicht hinsah, hob einer das Bein und pinkelte um das Steinmännchen – das habe er Hunden abgeguckt.

Eines Tages sollte ich einem Steinmännchen woanders begegnen, nämlich in der libyschen Wüste. Durch diese zogen kaum noch Kamelkarawanen, hingegen Hochspannungsmasten, die sich tief durchhängende Kabel weiterreichten, quer durch nach Westen, damit auch dort, nach dem Untergang der Sonne, Licht ist. Wir fuhren auf der Asphaltstraße in kerzengerader Linie dem Horizont zu. Zwischen verwitterten Felsbrocken zeichnete sich in Pyramidenform ein Steinhaufen ab, den nicht die Erosion, sondern Hände geformt hatten. Im Menschenleeren ein Zeichen: Andere sind vor uns da gewesen. Die Spur von etwas, das uns vorangegangen ist.

Steinmännchen ganz anderer Gestalt traf ich im Hof des Lissabonner Militärmuseums an. *Padrões,* mannshohe Stelen, in Stein gehauen die fünf Wundmale Christi und die sieben maurischen Burgen, die bei der Vertreibung der arabischen Besatzungsmacht erobert worden waren. Marksteine, die portugiesische Seefahrer errichteten, wo immer sie an Land gingen, auch wenn sie gleich weitersegelten, von Küste zu Küste und von Kap zu Kap. *Padrões,* die Land beanspruchten, das inzwischen andern gehört. Ausgediente Triumphe, zuhauf gestapelt, an verlorenes Terrain erinnernd, in einem Museumshof Exponat geworden.

Das letzte Steinmännchen werde nicht ich setzen, sondern andere. Sofern ich nicht meine Asche verstreuen lasse. Es wäre eine Art Stele, Grabstein oder Grabplatte, darauf Jahreszahlen, die über den informieren, der für die Dauer seiner Verwesung ungefragt auf einem Friedhof Platz beansprucht: *»Hugo was here.«*

Meine Alpen blieben sagenumwoben.

In ihnen hatte sich schon immer vieles getan – mit Donnern, Dröhnen und Krachen, es braust, heult, schellt und hornt. Wer weiß schon, in welchem Hochwald das Totenvolk umgeht und unter welchem Berg ein Echo wohnt, das erlöst werden möchte.

Im Goldenen Zeitalter der Sennen waren die Kühe so groß und die Euter so voll, dass man sie nicht in Eimer melkte, sondern in Teiche, auf denen die Sennen am andern Tag zum Entrahmen mit Booten fuhren. Später aber schaute der Hunger aus Herdloch, Milchkrug und Suppenschüssel. Nein, das war kein Schleck, wenn auf den sonnigen Halden giftgeschwollene Schlangen herumschlichen. Da lebten in den Höhlen Untiere wie das mit dem Schuppenschwanz und den messerscharfen Krallen. Ein weißer Stier hat einmal so eines erledigt und das mit dem Tod bezahlt; an dem Ort, wo er starb, entspringt seither der Stierenbach, und der Stier kam auf ein Wappen. Nach wie vor ist beim Anschwellen der Schmelzwasser der Stiefelreiter unterwegs mit seinem nach hinten gedrehten Kopf, und es spielen in stürmischen Lenznächten die Berggeister Fangmich, werfen aus Laune Steine und Felsen ins Tal und stoßen haushohe Lawinen hinunter. Da sind die Nebelfrauen milder gestimmt, auch wenn auf dunklen Wegen der nächste

Schritt ins Verderben führen kann. Und dennoch Jauchzer, wenn der Föhnbesen die Weiden putzt und wenn Steinbrech und Arnika blühen. Da mag es ertönen, als hätte das Vieh güldene Schellen um. Das ist der Moment, den Kuhreihen zu singen. Am Abend der Alpsegen, nicht nur, um denen im Tal mitzuteilen, dass hier oben alles zum Besten steht: So weit der Schall des Alpsegens reicht, hat das Böse keine Gewalt.

Da fahren wir mit der steilsten Bergbahn der Welt auf den Gipfel des berühmten Pilatus. Oben wird die Stelle mit dem dreifachen Echo empfohlen. Man hatte den toten Pilatus vorerst im Tiber versenkt. Doch die Leiche stieg Nacht für Nacht an Land und geisterte, ein ewiges Gespenst, durch die ewige Stadt. Daher hat man den Leichnam weit oben, mitten in den schweizerischen Alpen, in ein Seelein verbannt. Auf einen Berggipfel, der seither nach ihm heißt. Doch am Karfreitag färbt sich der Bach rot, wenn Pilatus die Hände in Unschuld wäscht, da steigt der Landpfleger von Judäa aus dem Bergsee. Jeder, der ihm begegnet, sackt tot zusammen, falls er keine Antwort auf die Frage weiß: »Was ist Wahrheit.«

Für diese Alpen hatte sich die Sihl interessiert, und nicht nur, weil ihr Wasser sich über Zwischenträgerinnen in einen berühmteren Alpenfluss ergießt. Und so vernahm sie:

Im Alpenzentrum bilden die Gipfel ein Wasserschloss, in dem eine Gletschermutter wohnt, inmitten von Felswänden, die in eisiger Höhe mit versteinerten Korallen, Schnecken und Muscheln an ein Meer vor Millionen Jahren erinnern. Die Gletschermutter hatte drei Söhne und eine Tochter. Keines der Kinder blieb ihr. Bei heiterem

Wetter sahen sie den Wolken nach und weit in die Täler hinunter bis dorthin, wo es noch immer Korallen und Muscheln gibt, und sie verfielen dem Meertraum der Berge. Nachdem der Älteste in einer Vollmondnacht auf und davon gegangen war, folgte ihm bald der Mittlere, schlug jedoch einen andern Weg ein, und in eine noch andere Richtung schlich der Jüngste fort, auch er ohne Abschied. Der Rhein ging nach Norden, der Mittlere, der Inn, ostwärts, und der Ticino brach nach dem Süden auf. Die Mutter hoffte, dass ihr zumindest Rhone bliebe. Aber als sie eines Morgens nach ihrer Tochter rief, tönte ihr aus den Steilwänden als Echo deren Abschiedsgruß entgegen: »Die Berge haben ihren Standort, aber nicht wir Flüsse.« Auch der Tochter weint die Gletschermutter nach. Sie verströmt ihre Tränen in vier Himmelsrichtungen. Jeden Frühling schmilzt mit dem Schnee von neuem ihre Hoffnung; es ist dieses Hoffnungswasser, das Ländereien fruchtbar macht, das Kraftwerke antreibt, das Boote, Schaluppen, Kähne und Schiffe befahren und auf dem auch mein Holzscheit dahinschwimmt.

Neben diesen vier Flüssen nimmt sich der Lauf meiner Sihl bescheiden aus, auch wenn zwei von ihnen, wie sie, auf dem Weg zum Meer ihren Namen verlieren. Der Inn und der Ticino werden ebenfalls Fremdlingsflüsse. Auf verschiedenste Weise.

Wild und frech der Ticino, doch schon bald wieder eingedämmt, damit er nicht die Ebene versumpft und Fieber verbreitet. Der Po, der ihn aufnimmt, wird, bevor er das Meer erreicht, umgeleitet, um zu verhindern, dass er eine Amphibienstadt versandet: Venedig, wo das Lagunenwasser unermüdlich an die Portale klopft, die Häuser aber, die ihm Einlass gewähren, unterhöhlt und zum Einsturz bringt.

Da trumpft der Inn anders auf, mit dem Stolz eines Auslandschweizers: Ich hab was anderes erlebt als ihr oben im Hochtal in euren Sgraffiti-geschmückten Häusern. Was ich alles erzählen könnte. Von Fasnachtstreiben und Ritterspielen, von Quastenhüten und einem letzten Einsiedler. Kaum gelangt der Inn nach Kufstein, stimmt er ein ins Lied, lässt sich von der Perle Tirols als grüner Inn besingen. Bis er am Dreiflüsseeck geschluckt wird. Von der Donau. Kein anderer Fluss durchfließt so viele Hauptstädte und wechselt so oft den Namen – und der Inn, der als Wiesenbach begann, mit ihm. Er wird zum Zuträger eines Flusses, der, begradigt und ausgebaggert für die Schifffahrt, nach Auen und Hügeln, nach Kirchen und Klöstern, nach Kettenbrücke und Freundschaftsbrücke sich einen Weg durch ein Eisernes Tor gräbt. Um sich schließlich in drei Arme aufzuteilen, Jahr für Jahr Schwemmstoff ins Schwarze Meer hinausschiebend. Im Walzer einst als »blau« besungen und am Ende verseucht und verschmutzt, von einer Kunstdünger- oder Schwermetallfabrik oder einer Ölraffinerie.

Ein junger Freund bestürmte mich: Lass uns ins Donau-Delta fahren, im Mai, wenn kein sibirischer Ostwind bläst und die Mücken noch nicht plagen. Zum Schilfmeer und zu den schwimmenden Inseln. Zur größten Pelikankolonie Europas. Ich nehme ein Bestimmungsbuch mit, ich lese dir vor, damit wir Silber- und Purpurreiher von Löffel- und Graureiher unterscheiden. Lass uns ein Hausboot mieten. Hast du schon einmal einen Schrätzer oder einen Böbel in der Fischsuppe gehabt? Was ist eigentlich eine Nehrung und was ein Hauff? Verkrautet – kennst du den Ausdruck: ein verkrauteter Kanal?

Schon sind wir mittendrin im Delta-Disput der Flüsse, die am Ende ihres Laufs ihre Schleppkraft verlieren. Unvermeidlich, dass sich jetzt die Rhone einschaltet. Sie, die sich nach allen Begradigungen an der Mündung ebenfalls verzweigt, in die Kleine Rhone und in die Große. Dazwischen die Camargue mit den weißen Wildpferden, von denen es heißt, sie seien den Schaumkronen des Meeres entstiegen.

Ihr Moment, um mitzureden und sich zu vergleichen. Nicht wegen der Salinen und Kraftwerke, der Obstgärten und Reisfelder oder der Entsalzung des Deltas – übrigens wurden bei einzelnen Staustufen Fischtreppen für die Salme und Lachse errichtet.

Durch meine Erinnerungen stelzen rosarote Flamingos. Ich sehe vor mir eine kleine private Arena, in der ich mit ein paar Burschen einen jungen Kampfstier frotzle, und wie wir uns an den Geländern hochziehen, um unsere Hintern vor seiner schnaubenden Gegenwehr und seinen Hörnern zu retten. Beim Küssen erfuhr ich: »Hier schmeckt das Französische nach Knoblauch.«

Sicher, Vergleichbares kennt die Sihl nicht. Doch so bescheiden braucht sie hinwiederum nicht zu tun. Auch sie kommt schließlich, dank eines anderen Flusses, ans Meer. An die Nordsee. Und die kann es aufnehmen mit dem Schwarzen Meer zum Beispiel. Die Sihl ist stolz, Zuträgerin des Rheins zu sein.

Von der engen Höllenschlucht und den Hochwasserdämmen ihrer Anfänge weiß sie so wenig Genaues wie vom oft fotografierten Wasserfall. Für Kiesabbau und Schwimmbagger hat sie sich nie interessiert. Doch mit dem Rhein lernt sie einen Flusshafen kennen, einen Binnenhafen, an einem Dreiländereck. Zum ersten Mal begegnet sie Lastkähnen und Kreuzfahrtschiffen. Hier riecht es nach Meer, behauptet sie. Doch um zum großen Meerhafen zu gelangen, fließt sie mit dem Rhein, flankiert von einer Eisenbahnlinie, an Rebgelände vorbei, auch an dem Felsen mit der Loreley, die Schiffer und Fischer in den Tod lockt. Längst gewohnt, nicht nur Fluss zu sein, sondern auch Kanal. Der Rhein, der sich mehr als nur einer Quelle rühmt, teilt sich am Ende in drei Flüsse auf, Waal, Lek und Issel. Die Sihl findet es lustig: der einstige Alpen-Rhein heißt nun *Oude Rijn,* »alter Rhein«.

Und sie erzählte von Seemöwen, dicken, großen, die flögen weit ins Landesinnere und gäben mit jedem Flügelschlag Meergeschichten von sich, fetzen- und flatterweise. So habe sie von ihnen erfahren: Im großen Hafen gebe es Halden von Rost und Eisengerümpel, dort würden Schiffe verschrottet. Aber es gebe keinen Schrottplatz für ein zurechtgebasteltes Holzscheit.

Die Sihl nahm es hin: Ich hätte mein Holzscheit für die große Fahrt auch einem andern Fluss anvertrauen können.

Ob Strasse, Schiene oder Wasser – ob ich meinem Holzscheit folgte oder nicht, ich kam nach Europa, in dem ich mich schon immer befand.

Dass einer mit seiner Potenz protzt, leuchtete uns ein, und wenn einer schon Göttervater ist, weshalb sollte er die Vormachtstellung nicht nutzen. Wenn wir Gymnasiasten verführen wollten, waren wir auf uns selbst angewiesen. Wir konnten uns keinem Mädchen als Stier nähern und schon gar nicht als Schwan – uns imponierte dennoch, was der griechische Göttervater Zeus bei seinen Liebschaften mit Erfolg vormachte.

Also gut, Zeus hatte als Stier die Königstochter Europa entführt. Nach Kreta, und dort hatte er, in einen Mann zurückverwandelt, mit ihr drei Kinder gezeugt. Namen, die wir uns nicht merken mussten, außer vielleicht Minos, der König und Totenrichter wurde. Über Europa selbst gab es nicht viel zu erzählen. Vom Festland, vom Kontinent, der nach ihr hieß, hatte Europa keine Ahnung.

Und der Stier? War der zur Verehrung nicht besser in Ägypten untergebracht, als violettes Tier mit einer Mond- oder Sonnenscheibe zwischen den Hörnern?

Oder ließ der Stier sich taufen, so dass er als Ochse im Stall von Bethlehem der Geburt Christi beiwohnte und das Markenzeichen für einen Evangelisten abgab.

Oder dient er nun weltlichen Zielen, als Zuchtstier. Der nicht mehr Kühe bespringt, sondern sich den Samen abzapfen und einfrieren lässt, um nach dem Tod noch Vater zu werden.

War einer seiner Nachfahren der Stier, den ich in einer spanischen Arena erlebte, wie er, im blutenden Rücken Banderillas, von einem Triumphator zu Tode gestochen wurde.

Oder der, den in einer portugiesischen Arena zipfelbewehrte Bauernburschen als Kuh verhöhnten: *vaca, vaca.*

Warum sollte der Götterstier als Nachkommen nicht einen herrlichen Jungstier haben, der, die Hörner bekränzt, beim alpinen Kampfspiel zweier Kühe den Preis abgibt.

Weswegen sollte dieser Macho nicht mit den Hoden der Küche dienen, als Delikatesse Potenz verheißen?

Oder steht am Anfang unseres Kontinents ein Ungeheuer, der Vater ein Stier und die Mutter eine Frau: Minotaurus. Ein Mensch mit dem Kopf eines Bullen, der das Animalische zur Schau stellt, nicht verharmlosend wie die Nixe mit ihrem Fischschwanz oder der Kentaur mit seinem Pferdekörper. Sie verstecken das Tier im Unterleib. Minotaurus hingegen trägt es auf dem Hals. War das der Grund, ihn aus dem Gesichtsfeld zu verbannen und in ein Labyrinth zu sperren?

Was, wenn Theseus, der berühmte Minotaurus-Bezwinger, gar kein Ungeheuer vorfand und er sich für eine Tat feiern ließ, die er nicht beging? Was, wenn Minotaurus dem Labyrinth entkommen war, wenn er in der Brust eines Menschen Unterschlupf fand, im Labyrinth einer Seele. Auch in meiner Brust? Ich nahm ihn, der mit dem Kopf eines

Stiers sein Inneres preisgab, als Asylanten auf. Manchmal ist mir, als sei das Brüllen in mir das Weinen eines Zugewanderten.

In meiner Minotaurus-Version kommt auch eine Maus vor, die Theseus nicht nachlief, sondern voranging und einen Ausgang nagte. Ich hege den Verdacht, dass diese Labyrinth-Maus die Urmutter all jener Mäuse ist, die nur entfernt nach einer Maus aussehen, aber dank ihrer Erfahrungen mit Irrbauten Wege ins Computerlabyrinth eröffnen.

Mit der Maus hatte Minotaurus die Einsamkeit im Irrbau geteilt. So zeigte sie sich erkenntlich, als jemand dem Minotaurus an die Existenz wollte. Immer wieder versuchen Heiler, die sich so gerne der Seele bemächtigen, in mein Inneres vorzudringen auf der Suche nach meinem Minotaurusgeheimnis. Sie sichern sich mit einem Lehrbuch ab, mit dem sie, nach Theseus-Manier, ein Faden verbindet, an dem sie sich nach getanem Aufspüren hinauszuspulen gedenken. Bei mir beißt die Labyrinthmaus den Leitfaden durch, so dass die Heiler nicht mehr hinausfinden. Es nährt sich mein Minotaurus von Propheten, Priestern, Predigern und Pastoren, von Missionaren und Medizinmännern, von Psychologen und Psychiatern, beiderlei Geschlechts und aller Hautfarben, auch wenn Heiler nicht als besonders schmackhaft gelten.

Noch mehr antike Relikte trage ich in mir. Da melden sich Stimmen wie die des Sängers, der von den Preisliedern lebte, die er auf Sieger bei den Olympischen Spielen anstimmte. Oder die Stimme desjenigen, der die Waffe wegwarf und dafür nach dem Weinbecher griff. Es tauchen Gesichter mit einem marmornen Lächeln auf, das Wissen verrät, aber dieses nicht preisgibt, und im Hintergrund Köpfe mit Schlangenhaar.

Außerdem war mir diese Antike mit ihrer Tempelarchitektur überallhin vorangegangen. Ich fand ihre Vorhallen in Villen in Neuengland wieder und ihren Architrav auf einem Bahnhof in Indien, ihre Säulen in einer philippinischen Kirche oder in irgendeiner lateinamerikanischen. Und ihren Fries um die Ecke, in meiner Heimatstadt beim Hauptsitz der Kantonspolizei. Der griechische Bärenklau der Kapitelle gedieh im hohen Norden wie in den Tropen.

Allerdings lebte ich in den Jahrzehnten, als die Epoche der Säulen zu Ende ging, als Spannbeton, Stahl und Glas die Bauweise bestimmten, als statt Giebeln Lüftungskanäle, Fahrstuhltürme, Solarzellen oder Leuchtschriftbänder an den Gebäuden zu sehen waren und Bauten ihre Skelette und Eingeweide nach außen kehrten.

Es gibt keinen Ort, der mir so eindrücklich den Abschied von der Welt der Säulen vorführte, wie die University City in Songjiang vor den Toren Shanghais. Ein Territorium, auf dem sich sieben Universitäten einrichteten. Die Wiederbegegnung mit antiken Säulen in jeglicher Variation. Säulen, die genauso gut zu einem Tempel wie zu einer Fakultät führen könnten. Als Arkaden eine Parklandschaft bestimmend. Als Bauelemente stabile Kraft demonstrierend, auch als Pilaster. Aber auch Blendsäulen, die Tragwerk vorspiegelten, oder nur noch als Zitat an einer Mauerwand. Und wiederum als triumphaler Dachabschluss einen Pavillon stützend oder die Kuppel der Bibliothek, die sich als Kapitol präsentiert. Säulen mit glattem Schaft oder kanneliert oder Trommel auf Trommel geschichtet. Einige als Stelen für sich, manche gebündelt und andere nicht auf einem Sockel, sondern in einer steinernen Vase, als hätten sich marmorne Topfpflanzen nach oben verjüngt.

Ein Abschied als Reminiszenz, hier, am ostchinesischen Meer Erinnerungen an den mediterranen Geburtsort der Säulen, der weit weg im europäischen Westen liegt, an einem Meer, das schlicht und einfach Mittelmeer heißt, als ob es nicht auch ein amerikanisches und arktisches Mittelmeer gäbe. Antikisierende Bauten neben solchen, die mit ihrem Hufeisenportal an den arabischen Stil gemahnen oder mit gestaffelten Dächern und Gärten an Japan. Als Wächter chinesische Monster und Drachen. Konfrontiert mit imponierendem Beton und Stahl, wie bei den asketischen Quaderbauten der Studentenheime. Im Hintergrund der hohe Glaskegel der Stadtverwaltung.

Säulen-Erinnerungen an Griechenland, an ein Wunder der Geschichte, wie uns Pädagogen lehrten. Die Nicht-Griechen waren Barbaren. Wären wir unter den ersten Europäern gewesen, die vom Kaiserlichen Hof in Peking empfangen wurden, hätte man uns wegen unserer hellen Haare als blonde Barbaren begrüßt, und vielleicht hätte mir ein Mandarin ins Gesicht geguckt, nicht nur, um meine lange Nase zu begutachten. Er hätte gefragt: Kann man mit blauen Augen sehen? Habe ich mich nicht auch eines Tages gefragt, was habe ich mit meinen barbarisch grün-blauen Augen gesehen.

Nur, die Barbaren erwiesen sich als nützlich. Die Griechen verdankten den Lydern die Buchstaben von Alpha bis Omega. Auch das Geld als Zahlungsmittel übernahmen sie von ihnen. Und wie hätten die Mathematiker ohne die Null im Zehnersystem rechnen sollen, auf die nicht sie selbst, sondern Inder gekommen waren.

Ob auch in unseren Jahrzehnten von den Rändern her Barbaren eindringen, oder ob sie schon unter uns sind? Gefragt als Gastarbeiter und ungefragt als Asylanten und Flüchtlinge. Oder kommen die Barbaren womöglich aus den eigenen Reihen, von unten, als Proletarier mit dürftiger Schulbildung. Der, der stets ein Buch mehr gelesen hat, vernahm von einem klassischen Griechen, dass die Philosophie ihren Ursprung Barbaren verdankt, und zitierte einen modernen Griechen, der in »Erwartung der Barbaren« ihr Nichtkommen bedauerte: »Und jetzt – was ohne Barbaren aus uns wird. Diese Menschen waren eine Art Lösung.«

Einen Abschied von der Antike teilte ich mit Hadrian. Der römische Kaiser hatte mit seiner Villa außerhalb Roms im ersten nachchristlichen Jahrhundert eine kulturelle Summa seiner Zeit gezogen. Der Ort erinnerte auch an den Geliebten, der mit zwanzig Jahren ertrank. Hadrian evozierte, was ihm als Antike vorangegangen war. Mit einer Bibliothek für die lateinischen und einer für die griechischen Bücher. Die philosophische Wandelhalle Athens baute er nach und ließ Gelände ausheben, um in Nachbildung des Tempe-Tals eine hellenische Landschaftsidylle zu gewinnen. Ferner ein Stadion, für die Nymphen ein Teich und ein Inselchen zum Meditieren. In seinem Göttertempel der Skulpturen fand sich die Römerin so gut wie die Ägypterin, Venus wie Isis, die Göttin der Liebe wie die des Todes, der stierköpfige Apis und der trunkene Faun. Einleuchtend, dass es Hadrian war, der in Rom das Pantheon, das Heiligtum aller Götter, wieder aufbaute.

Diese Villa wurde für mich eine europäische Adresse. Was an Beiwörtern für die Person Hadrians geprägt wurde, galt auch für die Kaiservilla. *Varius multiplex multiformis. Varius?* Heißt das »schillernd« oder gar »wankelmütig«? Kaum, wenn man die Folgerichtigkeit vor Augen hat, mit der Hadrian seine Stabilisierungspolitik verfolgte. Er, der den Philosophenbart in Mode brachte, war ein Mann der Organisation, ein Reformer der Kinder- und Sklavengesetzgebung. Wenn schon *varius,* dann eher »mannigfaltig« oder »ein sich Unterscheidender«, und *multiplex* und *multiformis* verstanden als »vielseitig, vielfältig, vielschichtig«. Was den damaligen Linientreuen missfiel. Er gehört zu denen, die ich als Multis zu Zeitgenossen wählte.

Eine Erfahrung, die nicht nur für Hadrian galt: Bestätigen und zugleich aufheben. Das Kommende mit Melancholie begrüßen, ein Abschied, der den Dingen treu bleibt, von denen er weggeht.

Griechenland – das war mein erstes Europa. Als ich allerdings die Küste bereiste, wo Griechenland zu dichten und denken begann, wo jedes Element seinen Philosophen hatte, das Wasser wie das Feuer und die Luft, gehörte dieses Ionien zu Kleinasien; darüber war ich aus Büchern von Griechen informiert, deren Familien von den Türken vertrieben worden waren.

Zu den griechischen Inseln meiner Zeit gehörten nicht nur solche, auf denen ein Gott geboren wurde oder wo eine Dichterin die süßen Brüste von Mädchen besang (»ich aber schlafe allein«). Aktuelle Bekanntheit erlangte Gyaros, ein von Ratten verseuchter Felsen im Ägäischen Meer, baumlos und ohne Wasser, in der Antike selbst als Verbannungsort zu unwirtlich, nun aber von Obristen für politische Gefangene benutzt. Oder Leros, hier wurden nach dem Zweiten Weltkrieg Kinder von ermordeten, inhaftierten oder geflüchteten Kommunisten umerzogen. Und die politischen Gegner mussten in einer Kapelle Fresken malen; ihre Heiligen sind heute dem Verfall preisgegeben

Auf meine Europakarte kamen unerwartete Orte. Peniche, wo ich vom Hafen hinübersah auf die Berlenga-Inseln, bietet dem Badegast und dem Häftling nicht das Gleiche.

»Von Foz do Arelho an wird die Küste bis zum Cabo Carvoeiro ziemlich schrundig, aber der zwischen den Felsen gelegene Badeort Peniche, einst eine wichtige Seefestungsstadt, ist als Ferienaufenthalt zu empfehlen. Der Strand ist von Klippen umsäumt, und man findet sich in einer, wie man sagt, ›romantischen Umgebung‹«, informiert der Prospekt. Nicht zu empfehlen ist der Ort, kommt man als Häftling nach Peniche. Hier hat die Staatspolizei (PIDE) eine Festung in ein Gefängnis für Politische umgewandelt. Eine andere Festung hingegen wurde in eine *pousada,* in ein Staatshotel umfunktioniert, von dem es heißt: »Die unerschütterlichen Mauern, geschaffen nicht nur, um den Feinden standzuhalten, sondern auch um dem wütenden Angriff des Atlantiks zu trotzen. Die *pousada* ist unvergleichlich mit ihren Terrassen auf den Schutzwällen.« Unvergleichlich auch die Vorschriften im Gefängnis: Es ist den Inhaftierten strengstens verboten, sich untertags auf den Pritschen auszuruhen. »Kommen Sie nach Portugal. Portugal heißt Sie willkommen.« Wer als Häftling nach Peniche kommt, wird zunächst einmal in Einzelhaft gesetzt, die Beobachtung kann zwei bis sechs Monate dauern. Eine Stunde pro Tag darf sich der Häftling bewegen. Im Essraum muss er mit dem Gesicht zur Wand und mit dem Rücken zu seinen Mitgefangenen essen. Es ist nicht erlaubt zu reden. »Nicht zu vergessen: Das Staatshotel ist nur von Juni bis Oktober geöffnet.« Das Staatsgefängnis ist das ganze Jahr offen.

Ich sah mich genötigt, eine eigene Europakarte anzulegen.

Unübersehbar ihre Kuppeln. Ihr machen weder die Türme anderer Kirchen noch die neuen Wolkenkratzer Konkurrenz, weder das Hochhaus in Montparnasse noch die Türme der Défense. Gut, der Eiffelturm mag dem Himmel näher sein, dafür besitzt er kein frommes Inneres mit Marmor und Mosaiken in romanisch-byzantinischer Manier. Kaum eine andere Kirche wurde und wird so oft gemalt und fotografiert. Die Monumentaltreppe, die zu ihr hinaufführt, ist geschaffen fürs Souvenirbild. Die Kirche krönt die Butte de Montmartre, den Hügel als Kanzel benutzend.

Auf der Terrasse informiert eine Plakette über Bau und Bedeutung der Basilika. Sie verdankt ihre Existenz einem Gelübde nach der Niederlage von 1871. Das katholische Frankreich wollte zur Sühne ein Gotteshaus errichten. Nach fünfzig Jahren Bauzeit wurde die Kirche dem Herzen Jesu geweiht: Sacré-Cœur. Eine Seitenkapelle ist der Marine vorbehalten und eine dem Heer; der Luftwaffe wurde nicht gedacht, da diese an dem verlorenen Krieg noch nicht beteiligt war.

Ich aber, ich verweise auf einen kleinen Park am Fuß

von Sacré-Cœur. Hier erinnert eine Plakette an den Chevalier de La Barre: »Als der Chevalier de La Barre schuldig gesprochen wurde, unzüchtige Lieder gesungen und bei einer Prozession der Kapuziner nicht den Hut abgenommen zu haben, verordneten die Richter von Abbeville, dass man ihm die Zunge herausriss, eine Hand abschlug und ihn auf dem Scheiterhaufen bei kleinem Feuer verbrannte. Man ließ Gnade walten, er wurde nicht lebendigen Leibes ins Feuer geworfen, sondern vorher enthauptet.« Ein Showprozess im Frankreich der Aufklärung, wenige Jahre vor der Französischen Revolution, die den Chevalier rehabilitierte.

Keiner der einschlägigen Fremdenführer erwähnt den Chevalier und sein Denkmal. Was, wenn im Gedenken an den Chevalier ein europäisches Gütezeichen La Barre geschaffen würde, um der Historie als Ganzes gerecht zu werden? – als Ergänzung zu den Empfehlungs-Sternchen, wie sie der Tourismus verteilt, warum nicht La-Barre-Sternchen? Warum nicht als Logo für den Euro-Barre ein durchbohrtes Herz: In Erinnerung an das durchbohrte Herz Sacré-Cœur, in dessen Namen andere Herzen durchbohrt wurden.

Ich hatte meine Europakarte Kenntnisnahme um Kenntnisnahme zu erweitern.

Sachsenhausen – der erste Taxichauffeur wollte mich nicht hinfahren. In die Gedenkstätte des einstigen KZ im Norden Berlins, Ausbildungsort für KZ-Kommandanten. Erschießungsplatz und Werkstatt, wo Häftlinge englische Pfundnoten fälschten. Hier machte ich eine beschämende Bekanntschaft. Ein Mann, der vor den Nazis in die Schweiz flüchtete; er wurde abgeschoben und fand in Sachsenhausen den Gastod. Etwas hätte ich gerne erworben, eine Plattenaufnahme oder eine CD mit dem Musikstück, das das jüdische KZ-Orchester zu spielen pflegte: »Zehn kleine Negerlein« – da waren's nur noch neun. Und am Ende waren es Millionen.

An anderen Ufern – mobile Grenzen.

Das Europa, das für die Jugend meiner Generation Aktualität erlangte, war das Europa der Nachkriegszeit: Nie wieder Krieg. Als jugendliche Bande schlichen wir nachts zu einem Posten der deutsch-französischen Grenze, einer zersägte den Schlagbaum, wir verbrannten ihn und tanzten ums Feuer.

Frankreich und Deutschland – ihre Versöhnung war die primäre Herausforderung. So beschränkte sich das Nachkriegseuropa vorerst auf diese Länder, in Gemeinschaft mit den Benelux-Staaten und Italien.

Da gab es Grenzen, die noch eine Zeitlang Grenzen blieben.

Hinter den Pyrenäen begann Afrika. Das französische Ondit bot eine brauchbare Formel. Das faschistische Iberien hatte mit dem demokratischen Aufbruch der Nachkriegszeit kaum etwas zu tun.

Nun waren die Pyrenäen keineswegs eine Grenze, wie es die Geographie annehmen ließ. Jedenfalls nicht für Sprachen. Das Baskische überstieg dieses Gebirge und behauptete sich diesseits und jenseits: Guten Morgen hieß *egun on* und *gau on* Guten Abend.

Mit Spanien kam auf meine Europakarte eine Stadt wie Salamanca. Und damit ein Platz, den ich in meine Anthologie europäischer Plätze aufnahm, eine Anthologie, die ich umso mehr pflegte, als in meiner Heimatstadt ein Platz nach dem andern dem Verkehr geopfert wurde.

Ja, der Platz, abgewonnen dem, was dem Menschen an Raum zur Verfügung steht, und in dem er sich verlieren könnte: überblickbar, ein abgesteckter Ort, für sich bestehend und nicht eingeschlossen, ein öffentlicher Innenraum und zum Himmel offen.

In Salamanca der Platz vor der Alten Universität. Die Straße ist aufgerissen, der Belag wird repariert, die Kanalisation neu verlegt. Die Statue von Fray Luis de León steht auf seinem Sockel in der Schutzhaft eines Gerüsts. Unbeeindruckt von Pressluftbohrern, schaut der Augustiner zum Portal. Möglich, dass der Blick dem Wandpfeiler mit dem Frosch gilt, der dort auf einem Totenschädel hockt. Luis de León hatte das Hohelied des Alten Testaments ins Spanische übertragen und damit gegen den Wortlaut der bis anhin gültigen Version verstoßen. Dafür wurde er von der Inquisition zu fünf Jahren Gefängnis verurteilt. Nach seiner Freilassung nahm er die Dozententätigkeit wieder auf und begann die erste Vorlesung mit den Worten: »Wie wir gestern sagten ...«

In einer anderen spanischen Stadt lernte der Flaneur in mir eine Variante des Stadtspaziergangs kennen: *ramblear.* Auf den Ramblas in Barcelona flanieren und eine Straße liebgewinnen, weil ich sie als ehrlich erlebe, da sie zu dem steht, was eine Stadt ausmacht, und nichts in Nebenstraßen oder Gassen abschiebt. Da hat die Kirche wie die Oper ihre Hausnummer, das Bordell wie die Markthalle. Da wird gepredigt und gebettelt, da zeigt der Jongleur seine Nummer, und der Anarchist verteilt Manifeste. Da bietet der Schnellporträtist seine Dienste an. Und Rentner mieten Stühle, um dem Treiben beizuwohnen.

Wir mussten uns rechtfertigen, als wir uns seinerzeit für die Bauten eines Gaudí einsetzten – die Kirchen und Wohnhäuser dieses katalanischen Architekten galten im besten Fall als verspielt, wenn nicht schlicht und einfach als schlechter Geschmack oder Kitsch. Seine vegetative Ornamentik entsprach nicht dem linearen Modus, wie ihn die klassische Moderne postulierte und ein gängiger Rationalismus im Rest Europas guthieß.

Wenn hinter den Pyrenäen Afrika begann, was lag erst hinter den Sierras, jenen Gebirgszügen, die Portugal von Spanien trennen.

Mit Iberien begann mein Europa, selbstbewusst Barock zu reden, und ich hörte zu. Wie unterschiedlich wurde Barock gesprochen, ob in Kirchen oder Palästen, in Lustschlössern, Grotten und an Brunnen. Von Lissabon bis St. Petersburg. Gärten mit begehbaren Welt- und Himmelskugeln. Kuppeldecken, in denen ein Engelsorchester aufspielte. Gewundene Säulen und auswechselbare Altarbilder.

Ein Barock auch, wo ich ihn nie erwartet hätte. In Kasan an der Wolga. Die Studentin präsentierte mir zunächst den Kreml, die Kul-Scharif-Moschee und die Mariä-Verkündigungs-Kathedrale, ein Nebeneinander von Minarett und Kirchenkuppel, das für das friedliche Zusammenleben von Muslimen und Christen steht. Danach führte sie mich zu einer Kirche, an deren Namen ich mich nicht mehr erinnere, umso mehr blieb im Gedächtnis ihr Ausspruch: typisch ukrainischer Barock. Noch nie hatte ich von ukrainischem Barock gehört. Eine Jet-Stunde von Moskau, asienwärts, wurde ich auf Barock angesprochen. Osten, ja. Wir befanden uns noch westlich vom Ural, die Stadt Kasan errichtet als Bollwerk gegen den Einfall der Tataren.

In der Schule hatte ich gelernt, dass mein Land, die Schweiz, im Herzen Europas liegt. In Wien wurde mir bewusst: Wenn ich zu Europa rechne, was damals hinter einem Eisernen Vorhang lag, das sogenannte Osteuropa, dann lag die österreichische Hauptstadt mehr im Herzen des Kontinents, ein Herz, das ungarisch und böhmisch klopfte. Wie aber nun, wenn mich aus Minsk die Neuigkeit erreicht, dass das wahre Zentrum nach genauer Berechnung in Weißrussland liegt? Gibt es so etwas wie ein Wanderherz? Oder gilt nicht vielmehr: Das europäische Herz ist polyzentrisch.

Dieser Osten... Soweit ich von ihm Kenntnis genommen hatte, war es vorerst der russische Osten.

Ich hatte von einem russischen Städtchen gehört, wo man mit toten Seelen verstorbener Leibeigener politischen Handel trieb; daran musste ich denken, als ich in lateinamerikanischen Provinzen miterlebte, wie Verstorbene bei Wahlen ihre Stimme abgaben. Und wenn ich bemalte Staubvorhänge sah, welche Gebäude abdeckten, die renoviert wurden, erinnerte ich mich an russische Dörfer, wo, der Hauptstraße entlang, Kulissen Häuser simulierten. Zudem hatte ich längst hinter dem Ural einen Archipel ausfindig gemacht, Gulag, aber auch die Gefangeneninsel Sachalin. Neben einem Helden seiner Zeit und einem Sargmacher hatte ich von Lagerhäftlingen gelesen, von Verbannten und Liquidierten. Ich kannte die Geschichte eines Taubenschlags, hatte an einem *Mysterio buffo* teilgenommen und beherzigte den Ratschlag »Schlaf schneller, Genosse«. Ins Herz aber hatte ich einen Idioten geschlossen, der wie ich stets idiotische Dinge machte und den ich hoffte, einmal in einem schweizerischen Sanatorium anzutreffen.

Dieser Osten – als es mit der Sowjetunion zu Ende ging, kam vielen von uns erst zu Bewusstsein, in welchem Maß dieser Staat ein Verband von Völkern war. Da tauchten Namen von Nationen und Ethnien auf, die mir alles andere als geläufig waren. Nationen, von denen ich bei Aufenthalten in Moskau *off duty* eine Vorstellung gewann.

Das Georgische Restaurant (O Hammeleintopf und Walnusssauce) und seine Weinliste (O Saperawi und Mukuzani). Die Georgier, die als Passagiere der Aeroflot Gemüse und Obst nach Moskau brachten, schlemmten hier nach dem Verkauf ihrer Ware. Einer tanzte schon nach dem zweiten Tresterbrand (O Tschatscha). Auf die Brust trommelnd besang er, soviel ich per Übersetzung mitkriegte, das Schwarze Meer, die Berge von Transkaukasien und die Güte der Erde, und dies mit dem Refrain: »Wir exportieren nicht nur Stalin, aber Stalin exportieren wir.«

Armenien war mir ein Begriff wegen Radio Eriwan, das nach der Hauptstadt hieß. Dem Zuhörerservice verdankte ich eine wesentliche Auskunft: »Kapitalismus ist die Ausbeutung des Menschen durch den Menschen und Kommunismus ist das Gegenteil.«

Eine neue Karte: Welches Land grenzt ans Schwarze Meer und welches ans Kaspische, wo fand die Tulpenrevolution statt, und von wo bis wo führt die Ölpipeline, wo gibt es neben Baldrian und Wermut reiche Uranvorkommen, und wo wurden die von Atomwaffentests verseuchten Gebiete gesperrt.

Und bald danach abermals eine neue Karte, diesmal für das Gebiet des einstigen Jugoslawiens. Eine Karte, auf der die Grenzen der neuen Unabhängigkeiten eingetragen waren. Was darauf fehlte, waren die Wege der Vertriebenen, die albanischen und mazedonischen Flüchtlingslager und die Massengräber.

Als der Eiserne Vorhang hochging, beherzigten wir, was wir schon immer hätten wissen müssen.

In dem Europa, das jetzt zusammenkam, gab es nicht mehr länger nur ein katholisches und protestantisches Christentum. Schon immer wurde auch orthodox gepredigt und gebetet. Aber orthodox war nicht gleich orthodox. Das war nicht anders gewesen im Westen mit seinen Religionskriegen, mit seinen Sekten und Freikirchen. Zerstören und morden, alles im Zeichen des Kreuzes. Doch das Kreuz wurde im Osten anders dargestellt. Zwar war auch darauf ein Christus genagelt, er zeigte aber keinen Schmerz. Als hätte er nur im Westen gebettelt: Lass diesen Kelch an mir vorübergehen.

Neu die Einsicht, dass auch Moscheen zu den europäischen Kirchenbauten zählen, neben dem Glockenturm das Minarett. Im Wortschatz meiner arabischen Freunde aus der Pariser Studienzeit war das Wort ›Moschee‹ kaum vorgekommen. Wenn schon, war Beschneidung ein Thema gewesen oder auch, dass sie als Junge geholfen hatten, ein Schaf zu schlachten zum Opferfest Idu-l-Adhā. Aber sonst …

Unser Schulbuch wusste, dass die muslimischen Türken einst bis vor Wien vorgedrungen waren. Nun stellte sich heraus, dass in den Ländern, die wir als Balkan abhakten, schon immer ein Muezzin zum Gebet gerufen hatte, dass es ein muslimisches Europa gab, und dies nicht erst seit den Zuwanderern aus islamischen Ländern. Ein neuer Osten wurde zugänglich. Zum Beispiel Kiew.

Kiew, die Mutter aller russischen Städte, einst Zentrum des östlichen Christentums, von Mongolen und Tataren zerstört, von allen Nachbarn zwischendurch besetzt. Die goldene Stadt, von der noch einige goldene Dächer zu sehen sind, diejenigen eines Klosters oder Stadttors. Die Kathedrale musste dem Imponierbau des Zentralkomitees der Kommunistischen Partei der Ukraine weichen. Auch Plätze machten Plätzen Platz: Der Platz der Oktoberrevolution dem, der nun nach Europa heißt. Das ehemalige Pensionat für höhere Töchter diente den Sowjets für Folter und Hinrichtung. In der Festung, wo heute die Nationalgarde untergebracht ist, wurden zur Zarenzeit die Revolutionäre exekutiert. Der gestiefelte Kater und der Junge mit der langen Nase zieren noch immer den Hauptaufgang zum Puppentheater, einem Raum, der einst der Synagoge zugehörte. Zu gedenken gälte es auch der Millionen von Bauern, die bei der Hungersnot von 1932 starben. Und zu gedenken erst recht der Fußballer von Dynamo Kiew. Ihnen wurde mit dem Tod gedroht, falls sie im Spiel gegen die Luftwaffen-Mannschaft der deutschen Besatzer gewännen. Hinter dem alten Stadion erinnert ein Relief an die ukrainischen Sieger dieses Todes-Matches.

Im Großen Vaterländischen Krieg hatten die Russen Brücken und Industrieanlagen gesprengt, ehe sie die Stadt den Deutschen überließen. Als sich die Hitlertruppen dann vor den anrückenden Sowjets zurückzogen, sprengten sie ihrerseits. Nach der Befreiung wurde man nicht mehr zu Zwangsarbeit nach Deutschland deportiert; jetzt wurde man nach Sibirien in die Lager des Gulags verschickt.

Kein Gebäude darf höher sein als der Glockenturm des Höhlenklosters Petscherska Lawra. Die Schwertspitze, mit der Mutter Heimat einst in den sowjetischen Himmel wies, musste gestutzt werden. Noch immer blickt sie über den Dnjepr hinweg aufs andere Ufer, zu den Wohnsilos, die den real existierenden Sozialismus überdauerten. Die Kolossalstatue gehört zur Anlage des »Museums des Großen Vaterländischen Krieges«. Eine Kunstlandschaft aus Blöcken, zu einem Monument geschichtet. Aus den wuchtigen Quadersteinen lösen sich überlebensgroß Soldaten, das Bajonett gezückt, das Gewehr erhoben – eine vaterländische Freilichtinszenierung.

Als Kontrast dazu die Höhlenklöster, deren Mönche sich bis auf eine Durchreiche einmauern ließen. Bis heute sind sie in ihren offenen Särgen nicht verwest. Tote, von denen man die Namen kennt. Das trifft nicht auf alle zu.

An einem Septembertag wurden Zehntausende von Juden mit ihrer Habe aus der Stadt in ein Tälchen geführt, wo man sie erschoss. In Babyn Jar wurden später weitere 65 000 von den Nazis liquidiert. Als Grabinschrift eine Zahl.

Bei der Rückkehr ins Hotel an der Straßenecke der blonde Junge, der schief in seinem Rollstuhl liegt, unter einer Wolldecke, in der Hand ein Stück Karton. In dem Handgekritzelten entziffere ich: »Tschernobyl«.

Und dies in einem Kiew, das heute seinen Namen mit

ukrainischen Lettern schreibt. Jedermann meinte: »Sie sind zur besten Zeit gekommen – zur Zeit der blühenden Kastanien.«

Auch anderswo bin ich in diesem Osten auf den Westen gestoßen. In Bukarest etwa, das mit Denkmälern daran erinnert, dass seine Sprache, das Rumänische, zur lateinischen Sprachfamilie gehört.

Frankreich schenkte eine verkleinerte Ausgabe des Arc de Triomphe. Eine Erinnerung daran, dass rumänische Avantgardisten und Philosophen sich in Paris niederließen – ohne sie wären wir nie Fußgängern in der Luft begegnet oder einer kahlen Sängerin, und nie hätten wir auf dem Gipfel der Verzweiflung ohne Hoffnung erkannt, dass das Leben ein stetiger Zerfall ist und es einen Nachteil darstellt, geboren worden zu sein. Italien spendierte Bukarest eine Plastik mit der Wölfin, die Romulus und Remus säugt. Wollte Rom daran erinnern, dass die Römer das Land besetzt hatten, das damals Dakien hieß und aus dem sie ganze Völkerschaften in die Sklaverei verschleppten?

Doch dann eine ganz persönliche Wiederbegegnung. In der Mensa des European College, wo ich für ein paar Monate arbeitete, wurde häufig Polenta serviert. Ein Maisbrei, wie ich ihn aus der italienischen Schweiz kannte. Die Erklärung dafür: Der Mais ist von Istanbul über Venedig nach Italien gelangt und heißt deswegen auf Italienisch *gran turco,* türkisches Korn. Gleichzeitig hat dieses Korn von der Türkei aus auch den Weg ins benachbarte Rumänien eingeschlagen, bis zu meinem Mittagstisch.

Eine aufschlussreichere Entdeckung machte ich in Transsilvanien, jenseits der Wälder, in Siebenbürgen. Es dauerte, bis ich den Mann aufspürte – wer wohl den Schlüssel verwahrt, wenn er nicht mehr lebt? Über einen ausgetrockneten Wassergraben führt die Zugbrücke durch einen Eingangstunnel zum Fallgitter und zum Portal. Auf der Innenseite der Ringmauer im Obergeschoss die Gaden, wo die Bauernfamilien bei drohender Gefahr Unterschlupf fanden, unter ihnen die Stallungen und Vorratskammern. Die Wehrtürme mit Kampf-Erkern und Schießscharten. Und dann die Kirche selbst. Der alte Kustos grüßt den heiligen Nikolaus. Vom Letzten Gericht blättert die farbige Tünche. In dieser Wehrkirche, berichtet er in seinem siebenbürgischen Deutsch, hätten einst Menschen Zuflucht gefunden, vor Türken, Tataren und Kosaken, aber nicht vor den Europäern. Sein Vater habe noch unter den Ungarn gedient. Der älteste Bruder sei von den Nazis in die Armee gezwungen worden, der allerjüngste von den Sowjets; nach dem Krieg habe man sie als Deutsche alle zu Hitleristen erklärt. Die Arbeitsfähigen, Männer und Frauen, seien in die Sowjetunion deportiert worden, zum Wiederaufbau. Zurückgekehrt sei keiner. Die, die blieben, wanderten einer nach dem andern ab, nach Deutschland. Für jeden habe die Bundesrepublik ein Kopfgeld bezahlt.

Um solche Wehrbauten zu sehen, hätte ich nicht bis nach Siebenbürgen fahren müssen. So spottete jedenfalls der, der wieder einmal mehr wusste, als ich mit meinen Erlebnissen auftrumpfen wollte. Zuerst fragte er, ob ich auch Dracula einen Besuch abgestattet hätte, er selbst habe einen Bogen um sein Schloss gemacht, denn Dracula sei selbst auf solche scharf, die wie er einen Blutverdünner nehmen. Er könne mir für den Rhein oder den Neckar eine lange Liste von Wehrbauten zusammenstellen. Ob er diesen mittelalterlichen Hinweisen etwas Moderneres beifügen solle? Eine Liste von Luftschutzkellern mit splitter- und gassicheren Türen? So sei das nämlich mit dem Davonkommenwollen: einmal hinter die Mauer und einmal unter den Boden. Ich erinnerte mich, dass sich unter meinen behördlichen Papieren ein Plan befindet, dem ich entnehmen kann, in welchem städtischen Bunker der Zivilschutz mir für den Ernstfall einen Platz reserviert hat: »Beziehen Sie den Schutzraum erst auf Anweisung der Regierung. Nehmen Sie Ihren Notvorrat mit.«

Es lag auf der Hand, dass ich bei diesem Disput nicht von etwas sprach, das für mich ein Novum war: Holzkirchen. Gebäude aus Holz, das kannte ich, bei uns waren das Bauernhäuser oder Chalets, vielleicht mit Schindelfassaden, die meisten mit einem steinernen Fundament. Nun aber Glockentürme und Kuppeln aus Holz.

Ich konnte mich später selbst davon überzeugen, dass ich dafür auch in eine ganz andere Richtung hätte aufbrechen können, nach Norden, zum Beispiel zu den norwegischen Stabkirchen. Teerbraun und schwärzlich die Schindeln. Bauten mit bis zu sechs Stockwerken, die zunehmend kleiner werden, jedes mit einem eigenen Satteldach versehen. Im Innern, wie Masten, Säulen aus Holz. Wenig Licht, das durch eine Luke einfällt. Keine farbigen Glasfenster, die irdisches Licht zu himmlischem filtrieren. Erstaunlich die Drachenköpfe an den Firsten, sie ließen mich an Asiatisches denken, aber warum sollten Drachen nicht überall Feuer spucken.

Unter den Europas, die ich entdeckte, hatte ich bereits

ein Europa der Kathedralen kennengelernt, eines, das in Bauhütten entworfen wurde, ein Europa der Strebepfeiler, Spitzbogen und Kreuzrippengewölbe. Und nun ein Europa der Holzkirchen. Neben dem Steinmetz der Zimmermann. Ein Europa, an dem nicht Tretrad, Hammer und Meißel mitgearbeitet haben, sondern Axt, Säge und Hobel. Eine europäische Epoche mehr, die mir eine neue Geographie und eine neue Geschichte abverlangte. Wobei ich mich fragte, aus was für Material und in welchem Stil man wohl die Zukunft Europas bauen wird.

Sollte es eine Zukunfts-Simulation geben, würde ich gerne mitmachen, obwohl ich von Simulatoren nichts verstehe. Natürlich bin ich eingeschüchtert, wenn man mich fragt, seit wann ich mich für Stochastik interessiere; wie könnte ich auch, ich hatte das Wort noch nie gehört – Wahrscheinlichkeit hin oder her. Aber andererseits habe ich mit Staunen zugeschaut, wie beim Entwurf eines Modells auf einem Bildschirm mit einem digitalen Lasso aus einem ovalen Gesicht ein rundes gemacht wurde, wie eine Figur freigestellt wurde, um den gewonnenen Raum Ebene für Ebene zu füllen. Simulant war ich als Junge gewesen, der eine Krankheit vorschützte, um nicht in die Schule gehen zu müssen. Aber beim Europa-Simulieren ginge es ja nicht um das Schwänzen der Zukunft, sondern darum, dabei zu sein.

An meiner Sihl hatte ich vom einen Ufer zum andern geschaut, doch eines Tages stehe ich am Rand eines Kontinents und entdecke eine neue Art von Gegenufer.

Es ist nicht die Galata-Brücke, wie ich sie kennengelernt habe. Die alte Brücke, Opfer einer Feuersbrunst, ist durch eine stählerne ersetzt worden, ebenfalls zweistöckig. Mir kommt es vor, als hätten die Fischer, die sich über das Geländer beugen, schon damals darauf gewartet, dass einer anbeißt. Ob die Brücke noch immer bietet, was ich zum ersten Mal hier erlebte? Eine Zugbrücke bei der Arbeit, um größeren Schiffen die Durchfahrt zu ermöglichen. Mitten in der Nacht zwischen zwei und vier. Ein zerrissener Wolkenhimmel, durch dessen Fetzen Mondlicht geisterte. Ein Sirenengeheul als Warnung. Motoren stampften und rumorten. Drahtseile ächzten, und hydraulische Pumpen stöhnten, dann spreizte sich die Brücke, die beiden Teile hoben sich im Scheinwerferlicht.

Istanbul, Byzanz und Konstantinopel – ich hielt mich gleichzeitig in drei Städten auf. Und habe verpasst, wovon ich erst später vernahm. Eine Säule, in die zu byzantinischer Zeit ein hölzernes Athena-Bild aus Troja eingemauert wurde, ferner die Axt Noahs und ein Stück von dem Felsen, aus dem Moses Wasser springen ließ, sowie die zwölf Körbe und die Reste der sieben Brote, mit denen Jesus die Zehntausend speiste. Eine modernere Säule hätte ich mir kaum vorstellen können. Allerdings hätte ich meine Säule um eine Kalligraphie von Mohammeds Himmelfahrt ergänzt und ein Haar oder einen Zahn von Buddha dazugetan.

Mein Besuch fiel in das Jahr, als die Türken fünfhundert Jahre Eroberung von Konstantinopel feierten. Ein Anlass, um Vexier-Geschichte zu spielen: Wo ist der Venustempel, der in die Kirche einer Heiligen umgewandelt wurde, bis die Kirche als Moschee diente und diese wiederum zum Museum wurde. So erging es auch der »Heiligen Weisheit«. In ihr, der Hagia Sophia, konnte ich freigelegte Mosaiken bewundern, die während Jahrhunderten aus Bilderfeindlichkeit übertüncht geblieben waren. Neben hölzernen Rundschildern mit Aussprüchen von Mohammed und von Kalifen die thronende Gottesmutter mit Kind und Erzengeln. Ähnliches kannte ich aus der Schweiz, wo die Protestanten begannen, in ihren Kirchen übermalte Heilige ans Licht zu holen.

Das Café Pierre Loti gibt es noch. Nur dass jetzt eine Schwebebahn zur Eyüp-Sultan-Moschee hinunterführt. Damals stieg ich zu Fuß den Hügel hinab, streckenweise auf einem Trampelpfad, durch den Friedhof, der sich den Hang entlangzieht. Unter alten Zypressen blumenlose Gräber, manche mit hohem Gras überwachsen. Mit Blüten und Muscheln verziert die Grabplatten der Frauen, die Stelen der Männer mit einem Turbanmotiv gekrönt, der schiefe Turban ein Zeichen, dass der Tote geköpft worden war. Ich versuchte einem Alten auszuweichen, der sich mir in den Weg stellte. Ein struppiges Gesicht, der Mund fast zahnlos, als Gürtel eine Schnur, die Hose ausgefranst, barfuß, das eine

Bein nachschleppend. Schließlich folgte ich ihm in seine Behausung, eine Unterschlupfhöhle mit einer Grabplatte als Dach. Die Matratze zerschlissen, ein paar Kerzenstummel, auf dem Boden ein angeschlagenes Emailbecken. Er hinkte in eine Ecke und holte hinter abgegessenen Melonenschalen etwas hervor, streckte es mir hin: »Ich war damals ein Junge. Von Pierre. Von Loti.« Ein Roman des französischen Schriftstellers, der in jenem Café viel geschrieben hat und sich gern mit Jungen umgab. Das Buch in rotes Leder gebunden, mit Goldschnitt. Der Mann, der mir zum Abschied die offene Hand hinhielt, bettelte nicht, er verkaufte eine Erinnerung.

Keine Ahnung mehr, wie die Flüsse heißen, die vom einen Ufer ins Goldene Horn fließen, und die, die es vom andern Ufer her tun. Süßwasserflüsse wie meine Sihl. Wenig ist geblieben von den einstigen Palastgärten – ein paar Kaskaden, ein Brunnen oder ein Kiosk. Noch immer möglich die Frage: Wo verbringen wir eine schattige Stunde – an den süßen Wassern Europas oder an den süßen Wassern Asiens.

Ich bräuchte nur eine Fähre zu nehmen, und ich würde drüben meinen Fuß auf asiatischen Boden setzen, auch wenn dieses Asien sich auf den ersten Blick nicht groß von der europäischen Seite unterscheidet mit ihrer Minarett-Skyline. Aber immerhin. Dort liegt der Bahnhof für die Züge, die mich ins Innere Kleinasiens bringen würden. Zu Felsenkirchen und unterirdischen Städten. Zu einem Volk auch, von dem ich ein paar Kleinplastiken kannte, eine Fruchtbarkeitsgöttin und den Hirsch, den sie jagten und zur Verehrung in Bronze gossen.

Als Binnenländer kann ich nachempfinden, dass sich einer

an einem Ende wähnt, kommt er dort an, wo das Land aufhört und wo das Wasser beginnt: *land's end.*

Nie war ich am irischen *land's end,* wo Europa im Westen aufhört und von wo einst einige westwärts aufbrachen, weil sie im Atlantik die Insel der Seligen vermuteten. Auch gehörte ich nicht zu denen, die glaubten, dass die Erde eine Scheibe ist und die deswegen am Rand achtgaben, nicht hinunterzupurzeln; dennoch, auch ich hüte mich an einem *land's end* vor Fehltritten, um nicht in einen Abgrund zu fallen. Denn dort, wo die Erde aufhört, verstecken sich Schlupflöcher der Hölle. Wenn schon, müsste man mich zu den Pilgern zählen, die, den Jakobsweg und den Segen der Kathedrale von Santiago de Compostela hinter sich, noch weiter pilgern, bis nach *finis terrae,* zum Meer. Dort hätte ich die Pilgerkleider verbrannt, um als neu eingekleideter Mensch zurückzukehren, und wohl auch eine Jakobsmuschel gesucht, um sie mir an den Hut zu stecken. Eine Endstation, die heute auf einem Denkmalsockel ein ausgelatschter Schuh in bronzener Übergröße markiert. Ach was, ich tauge nicht zum Pilger, aus dem einfachen Grund: Ich kenne kein Wallfahrtsziel, weil die Welt selbst der Pilgerort ist, an dem ich noch immer dabei bin, anzukommen.

Doch ich hatte die Vorstellung zu korrigieren, dass, wo Land aufhört, ein Ende ist. Ich hatte stattdessen einzusehen, dass es Gegenufer gibt, auch wo sie nicht von bloßem Auge auszumachen sind.

Ein eindrücklicher Antikennachmittag – doch nicht im Stammland der Römer, sondern am andern Ufer, nicht an einem italienischen, sondern am nordafrikanischen Gegenufer. Im Rücken die Jifarah-Ebene mit ihren Oasengärten, die Bergrücken des Dahar und dahinter die Sahara. Vor mir aber an der libyschen Mittelmeerküste eine von Römern errichtete Stadt. Ein ausgedehntes Ruinenfeld, Bruchstücke von Thermen und Basiliken – Erinnerungen. In einem Theater stieg ich die Stufen zu den Sitzreihen hinauf. Eine dreistöckige Kulisse, mannshoch die Bühnenfront, auf der Orchestrawand Reliefs. Ehe ich mir zwischen Füllhorn und Opferschale ausmalte, was für ein Drama ich auf dieser Bühne inszeniere, traten Schafe auf. Dank der Akustik ein raumfüllendes Blöken, nicht weniger laut das Gebell des Hundes, der sie vertrieb, und danach der scheppernde Schlager aus dem Transistor des Hirten, der seiner Herde folgte. Die einzigen Zuschauer außer mir waren Masken, der erstarrte Blick und der vor Schreck offene Mund der Tragödie, und das breitverzerrte Grinsen der Komödie.

Noch steht der Tempel der Schutzpatronin der Seeleute, der Hafen selbst ist ins Meer abgesackt, ein Stück Stadtmauer steigt noch aus den Wellen heraus. Ob sie sich vor dem Ertrinken zu retten versucht, oder ob sie ins Wasser taucht auf der Suche nach einem Gegenufer?

Nicht nur die Römer von damals, auch die meiner Jahrzehnte haben sich an dieser Küste urbanistisch betätigt. Mit Staunen habe ich in Tripolis das Viertel aus der Zeit der italienischen Kolonialherrschaft zur Kenntnis genommen: Wohnblöcke, Verwaltungsgebäude, das Gericht und die Post, eine Kathedrale, die inzwischen in eine Moschee umgewandelt wurde. Bauten mit Loggien und Arkaden, von monumentaler Protzigkeit. Nie bin ich in Italien selbst durch solch einen zusammenhängenden Komplex faschistischer Architektur spaziert.

Dieses Mittelmeer erlebte ich, per Augenschein und per Lektüre, als Drama von Ufer und Gegenufer; ein zutiefst verschmutztes Gewässer, an dem ich umsonst darauf gewartet habe, dass den Schaumkronen die Göttin der Liebe entsteigt.

Mit dem Finger bin ich auf einem arabischen Portolan der Route eines Fünfzigruderers gefolgt, bis zu den Säulen des Herkules, hinter denen die antike Welt aufhörte. Habe mich auf ein griechisches Schiff geschmuggelt, das Oliven, Wein und Amphoren transportierte, und auch Götter; ich bin hinter ihnen in einem Hafen des überseeischen Großgriechenlands an Land gegangen. Vom Fenster meines Hotelzimmers in Syrakus aus sah ich, von Scheinwerfern angestrahlt, den Tempel des Zeus, der hier in Sizilien Jupiter hieß, und ich begriff in dieser Vollmondnacht: Es gibt neben Gastarbeitern auch Gastgöttter.

Ein Meeresschauplatz, um ganz andere Routen einzutragen, die der Piraten so gut wie die der Apostel. Die der Karthager, die den Marmor nach Jerusalem brachten, mit dem die Juden ihren Tempel bauten, aber auch die Route der Römer, die Karthago zerstörten, auf dessen Ruinen ich herumgeklettert bin.

Hinter einem Verbotsdrahtgitter staunte ich, wie Pipelines, die Erdgas durch die Wüste transportieren, aus dem Sand auftauchen und dann ins Meer absteigen, um es auf dem Tiefseegrund zu durchqueren und an einer Gegenküste wieder ans Tageslicht gehievt zu werden.

Ein vielsprachiger Schauplatz, wo den Gegenufern die Sprache der Sieger aufgezwungen wurde und wo am aufgegebenen Ufer die Verlierer eine Mezquita zurückließen, mit

Portalen der Gnade und der Palmen, mit Myrten-, Orangen- und Löwenhöfen, mit Hufeisen- und Fächerbogen und Inschriften als Dekor.

Ist das nicht das Meer, wo der Wal schwamm, der den Propheten Jonas im Bauch aufnahm, und wo Ikarus ins Wasser stürzte, nachdem er mit seinen Wachsflügeln der Sonne zu nahe gekommen war, das Meer, mit dem sich ein Doge verlobte, indem er einen Ring ins Wasser warf, ein Meer, aus dem ich bei den Äolischen Inseln Bimssteine gefischt habe.

In einem Passagierhafen kletterte ich an einem Besuchstag in ein mehrstöckiges Luxusschiff, das vor Anker lag, bereit für eine Kreuzfahrt, mit Sonnendeck und Balkonkabinen: »Sieben Länder in einer Woche: Bummeln Sie unter den Arkaden und in den Treppengassen von Rhodos, genießen Sie das Panorama von der begehbaren Stadtmauer von Dubvronik aus, und bewundern Sie die weiße Taube auf der Schulter Afrikas in Tanger.«

Ein Meer, von dem niemand weiß, wie viele Soldaten auf seinem Grund liegen. Flotten und Flotillen gingen unter, mit dem Schlachtschiff auch die Schwesternschiffe. Nicht nur Halbmond und Kreuz, auch der spanische Löwe und der deutsche Adler, Torpedoboot wie Flugzeugträger.

Ein Meer von unzähligen Inseln, unter den kleineren diejenige, auf der einer das Jüngste Gericht erfand, und die, wo ein einäugiger Riese lebte, oder die, wohin sie einen Kaiser verbannten, und all die, welche Zugvögel für ihren Zwischenhalt wählen.

Auf der Karte markierte ich den Hafen, von dem die Karavellen ausfuhren, die eine Neue Welt entdeckten und mit

Gold und Sklaven aus ihr zurückkehrten: die aus ihrem Herkunftsmeer ein Binnenmeer machten; die *ida y vuelta* sangen, das Lied vom Weggehn und der Rückkehr.

Wäre das nicht der Moment, eine meiner ungesungenen Oden anzustimmen: Oh ihr Küsten und Strände. Die Küste, auf deren Felsen Affen hocken und nach Afrika hinübersinnieren, woher ihre Vorfahren kamen. Die Küste mit den erloschenen Leuchttürmen, nach wie vor von Wellenbrechern geschützt, die aber eine Springflut überspringen kann. Militärische Sperrgebiete, aber auch ein Wallfahrtsort, wo die Lieder von Zigeunern zu Ehren von Sainte Marie erklingen. Und immer wieder eine Mole, wo einer sitzt und in den Sonnenuntergang hineinträumt. Auch die Küste, die wegen eines Seebebens einstürzte und eine Stadt in den Abgrund mitriss. Abbrechende Küsten und solche, die mit Steilfelsen trotzen, in denen Vögel nisten. Nicht zu vergessen die ausgedienten Autos und Altreifen, die ins Meer geworfen werden und sich zu neuen Lebensräumen für Pflanzen und Tiere entwickeln, die Betonklötze und Eisengerüste, die, an Land gebaut, ins Meer versenkt, künstliche Riffe bilden. Strände, die von Killeralgen heimgesucht oder von einem Tanker mit Schweröl verpestet wurden, nachdem er auseinanderbrach. Doch neben dem Abfallstrand nach wie vor die Bucht, an der die Nackten baden. Weiße Strände mit Sonnenschirmen und die Erwartungslosigkeit der Zwischensaison. Und sicher ein Vers auf die Route, die unters Wasser führt, zu einer Höhle aus der Zeit, als hier noch kein Meer war: an der Felswand Wisente und Steinböcke, die als Zeichnung weiterleben.

Zur ungeschriebenen Ode eine noch nicht etablierte Formation von Instrumenten, die an diesen Küsten gespielt werden: Gitarre und Ziehharmonika, Flöte und Laute, Trommel und Trompete, auch die Zither und die Fingerzimbel – klingt die Pauke aus Ton anders als die aus Metall, und wie klingen überhaupt Kanun und Darbuka?

Und um die Show zu komplettieren, mediterrane Darbietungen. Wer die zuckende Sinnlichkeit des Flamencos nicht mag und nicht den Rhythmus, den nägelbeschlagene Holzabsätze vorgeben, der kann dem Bauchtanz applaudieren, bei dem alle Bewegungen vom nackten Nabel ausgehen, auch das Zittern der Hüfte, so dass selbst das paillettenbesetzte Oberteil die Melodie widerspiegelt. Oder ziehen Sie die Tarantella-Nummer vor? Da sticht eine Spinne einen jungen Mann, der windet sich vor Schmerz, es kommen ihm Musikanten zu Hilfe, der von der Tarantel Gestochene fügt sich der Musik und beginnt zu tanzen. In der Ecke hockt ein Apotheker, stampfend, betrübt, dass er seinen Trank nicht an den Mann bringt – denn der Tanz ist die Medizin.

So viele Gegenufer, auch all diejenigen, die der Hoffnung nicht gerecht wurden.

Dieses Meer teilte sich nicht, wie Kindern und Jugendlichen prophezeit worden war, die ins Heilige Land aufbrachen: nach Moses' Manier trockenen Fußes das Meer durchqueren, um Jerusalem aus den Händen der Ungläubigen zu befreien. Sie waren waffenlos, ausgerüstet mit Gebeten und Litaneien, ohne das rote Kreuz der erwachsenen Kreuzrittter auf der Brust. Von denen, die zu diesem Kinderkreuzzug aufgebrochen waren, kehrten wenige heim, zerlumpt, ausgemergelt, von Krankheit gezeichnet. Die meisten wurden als Sklaven verkauft, sofern sie nicht mit den Schiffen ertranken, die im Sturm kenterten; sie alle hatten das Celeumal gesungen, das die Seefahrer bei günstiger Witterung anstimmen.

Als rettendes Ufer blieb die palästinensische Küste auch denen verwehrt, die gehofft hatten, dass sie ein *Hagana ship,* ein ›Schiff der Verteidigung‹, ins gelobte Land bringt. Im Hafen von Haifa, das verheißene Palästina vor Augen, wurden sie von Briten, die die »Exodus« außerhalb ihres Hoheitsgewässers geentert hatten, auf englische Schiffe umgeladen und nach Europa zurückdeportiert. Sie weigerten sich, das Schiff zu verlassen, bis sie nach einer Irrfahrt gezwungen wurden, in einem Land an Land zu gehen, dem sie als Verfolgte entronnen waren.

Das andere Ufer noch immer als Hoffnungshafen für Arbeit und Wohlstand, auch wenn der Hafen vorerst ein unwegsames Uferstück ist, das man watend und kletternd erreicht. Am afrikanischen Ufer Boote besteigen, kaum seetüchtige Schiffe, zusammengepfercht Frauen, Männer und Kinder, auch Alte, die man stützen muss. Unter Umständen schon nach wenigen Seemeilen von Radar und Infrarotkameras ausfindig gemacht und zur Umkehr gezwungen. Oder auf offener See von den Menschenschmugglern verlassen, die noch die Richtung angeben, bevor sie sich davonmachen. Tagelang auf dem Meer treiben, ohne Benzin und ohne Notvorrat. Falls das überladene Boot auseinanderbricht, sich an Käfigen festklammern, die der Aufzucht von Thunfisch dienen. Aufgefischt von einem Kutter, dem die Einfahrt in den nächsten Hafen verwehrt wird. Oder von den Schleppern ins Wasser gestoßen, sobald ein Patrouillenboot der Polizei gesichtet wird. Aufgefangen von der

Küstenwache und dorthin zurückgeflogen, wo sie alles aufgegeben haben, um an Geld für die Überfahrt zu kommen. Abgeschoben, ohne einen Asylantrag stellen zu können. Und die, die es geschafft haben, im Auffanglager. Andere ebenfalls am Ziel, aber angespült an einen Bade- und Surferstrand. Ertrunken auch die Schwangere, die hoffte, am Gegenufer zu gebären.

Als die Küste ozeanisch wurde, und das Ufer ein Grenzwall.

Was, wenn Berge ins Wasser stürzen, wenn Felswände senkrecht aus der Gischt aufsteigen und statt eines Vorgebirges ein Gletscher seine Finger in die Wasser ausstreckt. Was, wenn das Meer seinerseits Hügel und Berge durchbricht und als Fjord tief ins Landesinnere vorstößt?

Zwischen Schären und Inselchen Kurs nehmen. Einer zerklüfteten Küste entlang. Kieferwälder zu Füßen von Eiswänden. Risse tun sich im steilen Felsmassiv als Täler auf. Karges Grün und tosende Wasserfälle, unter ihnen der Brautschleier. Bläulich schimmernd die Firnfelder in der Morgensonne, rot angelaufen am Abend. In der Nacht weisen die Seezeichen den Weg. Wegen Lawinengefahr ist es verboten, einen Fjord anzusteuern. Doch dann der angekündigte Sturmwind, in Knoten gemessen, meterhoch schlagen die Wellen über Klippen und Molen.

Erholung bei der Natur, ihrem Anblick hingegeben. Neben dem eigenen Herzschlag das stampfende Atmen des Schiffes. Tage und Nächte, die keine Stunden zählen. Manchmal die Kurven einer Straße oder farbig bemalte Holzhäuser von Fischern. Häfen, die angelaufen werden. Speicherhäuser auf Stelzen und Containerdocks. Autos fahren über eine seitliche Rampe in den Rumpf. Der Dorsch, zum Trocknen aufgehängt an Holzstecken und auf Klippen.

Danach wieder Schnee und Fels, eine Inselkette, die sich vors Festland schiebt. Das immer dringendere Bedürfnis, dieser Natur zu Geschichte zu verhelfen, sie zu bevölkern, als wäre, was die Erosion an Bizarrem schuf, Runenschrift, die zum Entziffern lockt.

Ich nehme ein Taschenbuch über die Wikinger zu Hilfe. Lasse mir von ihnen erzählen, dass sie in einer Neuen Welt landeten und keine Ahnung hatten, was mit einer solchen Entdeckung anzufangen ist. An abweisenden Ufern und schroffen Gebirgen vorbeigleitend, erfuhr ich: Sie waren auf ihren Eroberungszügen bis hinunter nach Konstantinopel gelangt und hatten sich nicht durch die Kette abschrecken lassen, die den Meereszugang zu Hafen und Stadt sperrte; sie holten die Schiffe an Land und trugen sie auf den Rücken an der Kette vorbei. Ihre Schiffe habe ich im Museum gesehen. Ein Volk, das seine Toten in einem Schiff begrub. Oder zumindest das Grab mit Steinen in Schiffsform absteckte. Bei ihren Erzählungen klirrte über dem Schiffshimmel die nordische Luft vor Waffen. Ein Götterhimmel, der an Mord, Verrat und Intrige den Menschen ebenbürtig ist. Unter den Wikingergöttern begann mich Wieland der Schmied zu interessieren, in Erinnerung an die Esse meines Vaters, und nicht weil er die Söhne seines Despoten tötete und aus deren Köpfen Trinkgefäße herstellte, die er dann dem Tyrannen zum Gebrauch darbot. Nach all dem Götterwirrwarr in der Lektürepause der Blick hinaus auf die offene bewegte See, um den Moment nicht zu verpassen, wenn Thor, der Donnergott, nach der Weltschlange fischt.

Da setzte sich ein Mann neben mich. »Wunderbar«, sagte er. Ohne zu wissen, was er meinte, nickte ich. »Doch«, fuhr er fort, »die Antarktis bietet mehr.« Ich sah mir den Mann mit seiner Strickjacke und seiner angekauten Pfeife genauer an. Sollte es der sein, der ein Buch mehr gelesen hat? Er sah nicht danach aus, als wäre er ein großer Leser. Er sei Mechaniker, habe schon auf einer der ersten Bohrinseln gearbeitet, als das noch reine Männergesellschaften waren und noch kein Hubschrauber die regelmäßige Verbindung von der Plattform zum Festland herstellte. Er habe Erfahrung mit Bohrinseln, mit solchen, die verankert sind, und solchen, die schwimmen: »Was haben wir Bohrlöcher gesucht.« Er klimperte mit seinem Schlüsselbund; daran ein metallenes Schildchen mit einer eingravierten Zahl: »Für den Fall, dass die Insel knickt. Damit ich nicht die Nummer des Rettungsbootes vergesse, auf dem ein Platz für mich reserviert ist.«

»Was für ein Moment, wenn der erste Eisberg auftaucht.« Er grinste. »Kennen sie das Titanicprickeln?« Er habe vor einem Jahr eine Schiffsreise in die Antarktis unternommen. »Die da unten in Chile können nicht angeben, wie lange die Fahrt dauert. Wegen des Wetters. Die sturmreichste Region der Welt. Nicht umsonst gibt es einen Meerbusen, der ›Letzte Hoffnung‹ heißt. Klar sind die Schneelandschaften hier nicht schlecht. Aber da unten, das ist was ganz anderes. Nicht nur Fjorde, die es mit den hiesigen aufnehmen können. Ganze Kolonien von Pinguinen, bei denen brüten die Männchen die Eier auf den Füßen aus.«

In der Tat, weder auf dem Festland noch auf den Höckerinseln watschelten Pinguine. Am milchig schlierigen Himmel flogen ein paar Heringfresser, die in dem überfischten Gewässer nach Nahrung suchten.

Im Auge das eine Ende der Welt und im Ohr ein anderes.

Die Fahrt hatte im hohen Norden begonnen. Ich hätte gerne Tage miterlebt, an denen die Sonne weder auf- noch untergeht. Meine Termine hielten sich nicht daran. Als wir den Polarkreis in Richtung Süden überquerten, wurden wir in den Salon gebeten. Der Kapitän überreichte uns ein Zertifikat; mit einem Drink stießen wir darauf an, wir waren Heimkehrer in die gemäßigte Zone.

Schon einmal war ich ein beglaubigter Überquerer geworden. Auf dem Weg in die südliche Halbkugel, die einst als lebensgefährlich galt. Als ich zum ersten Mal nach Südamerika flog, wurde noch die Äquatortaufe gefeiert. Ein paar Wasserspritzer aufs Hemd, um mich vom Staub der nördlichen Hemisphäre zu reinigen. Und danach ein Glas Champagner. Ein Steward, den Dreizack in der Hand, hatte sich als Neptun verkleidet. Damals war der alte Meergott auch für das zuständig, was sich über den Wolken tat. Eben gab eine Lautsprecherstimme durch: Bitte anschnallen. Es ist mit Turbulenzen zu rechnen.

Unser Ausgangspunkt war Kirkenes gewesen. Ein Ortsname, den ich noch nie gehört hatte. Ich hatte als Junge eine gemischte Vorstellung von Norwegen erlangt. Aus den Kriegsnachrichten hatte ich mir den Namen des deutschen Schlachtschiffes Tirpitz gemerkt, das unzählige Angriffe überstand, bis es unter einem britischen Bombenhagel kenterte; auf einem Foto in der Zeitung Matrosen, die aus dem Rumpf herausgeschnitten werden mussten. Auch wir Schuljungen führten Seekriege. Auf einem karierten Blatt Papier positionierten wir unsere Marine: Schlachtschiff, Flugzeugträger und U-Boot. Für jeden Schiffstyp eine entsprechende Anzahl von Quadraten, es galt beim Gegner die entsprechenden Koordinaten zu erraten für den Abschusstreffer beim »Schiffchen versenken«.

Und nun also Kirkenes, im Hinterland der Blick in die verlorene Weite der Taiga und ihre Nadelwälder. Ich trug einem Schwarm von Zugvögeln auf, bei ihrem Flug in die unendliche Baumlosigkeit den erstbesten Bären zu grüßen. Bis zum Anbordgehen leere Stunden, die ich ausfüllte mit einem Besuch der nicht mehr genutzten Erzgrube. In ihr hatte die Bevölkerung die Schlachten zwischen den deutschen Besatzern und den Russen überlebt, auch in die tropfnassen Katakomben waren sie hinuntergestiegen. Bei dreißig, vierzig Grad Frost Krieg um einen eisfreien Hafen. Zehntausende von Soldaten gefallen oder erfroren. Panzer, die im Morast steckenblieben. Vor ihrem Rückzug brannten die Deutschen nieder, was von den Bombardierungen geblieben war.

In Kirkenes enden nordwärts die Europastraßen. Für mich begann hier ein Europa der Verbarrikadierung. Der Atlantikwall, den die Deutschen ausgebaut hatten entlang der Länder, die sie besetzt hielten. U-Boot-Bunker, Küstenbatterien, Schartenstände und Panzertürme. Festungen, im Sand vergraben, auf Pfählen eingeschlämmt oder auf Felsen verankert. Mit Tarnnetzen überzogen, als Wohnhaus oder Kirche kaschiert. Mit Munitionslagern für Torpedos ausgestattet, bestückt mit Granatwerfern und Beutekanonen.

Von dieser Festungsfront bot Domein Raversijde an der

belgischen Küste eine besondere Anschauung, da die Anlage rekonstruiert wurde bis in alle Details von Uniformen und Bunkeralltag. An den Campingplätzen der Wohnwagen vorbei, im Rücken der Dünen, führt eine hölzerne Freitreppe hinauf zu den Laufgräben und den unterirdischen Gängen. Danach über den Nahkampfraum ins Innere zum Mannschaftsbereich, zu Funkerstand, Belüftungsanlage, Sanitätszimmer und zu den Beobachtungsposten. In wohlberechnetem Abstand, auf Drehtellern, die Bettung der Abwehrkanonen. Das Schussfeld ausgerichtet aufs Meer, keine 360-Grad-Drehung einkalkuliert. Man rechnete bei der Invasion mit einem Feind, der vom Meer kommt. Er kam von hinten.

Bollwerke aus Beton und Bruchstein mit einem unterirdischen Leben. Von der Straße aus ist mit bloßem Auge kaum etwas wahrzunehmen. Über die Bunker hinweg wachsen nach wie vor Dünengras, Strandhafer, Flechten und gelbe Blüten. Wegweiser markieren abgesteckte Holzwege für einen Spaziergang, der Käfer und andere Dünenbewohner respektiert.

Geert erzählt mir, wie er den Vater in die Dünen begleitete, um Vögel zu beobachten. Die Dünen entlang flanieren wir, den Sandstrand entlang, er würde uns ungehemmt südwärts nach Frankreich leiten. Halt beim Casino, wo jetzt Hochhäuser mit Zweitwohnungen und Ferienappartements die Seefront bilden.

Einmal mehr wird mir klar, dass Küsten nicht einfach die Ränder des Hinterlandes sind, sie führen ein Eigenleben. Landschaftliche Amphibien. Fischer und Seefahrer orientieren sich aufs Meer hinaus. Ihre Geschichte ist nicht die des Festlandes. Habe ich nicht anderswo Beispiele dafür erlebt, wie die maritime Weltläufigkeit einer Nation ohne Wirkung auf das Landesinnere blieb? Wo die Bauern, nicht weit von den Häfen, bis heute mit der primitiven Pflugschar den Boden bearbeiten?

Und somit auch eine Küste wie diese, wo sich in der Saison die Einwohnerzahl verdreifacht. Als der Tourismus aufkam, hat mein Freund mit dem Vermieten von Rollern Taschengeld verdient. Die Bauern wurden hinter die Dünen abgedrängt, aber die hatten schon immer mehr landeinwärts geschaut, im Gegensatz zu den Sommerfrischlern.

Als kleiner Junge aber war Geert stets mit einem Holzschwert nach draußen gegangen, um mögliche Feinde zu vertreiben. Was aber, wenn der Feind nicht ein Heer ist, sondern Wellen, wenn das Wasser keinen Damm respektiert und jeden Deich überspringt, wenn die Sturmflutwehre nichts gegen die Sturmflut vermögen. In der Stunde, wenn Erde, Sonne und Mond auf einer Achse liegen und die Anziehungskräfte sich verstärken. Selbst jene Dämme würden keine Sicherheit bieten, bei deren Bau man einst einen Menschen oder mindestens ein Tier opferte.

Wir hatten uns kurz zuvor im Holländischen aufgehalten. Da waren wir fast beiläufig ins Spekulieren geraten: Was, wenn die Sintflut kommt, nicht von einem zürnenden Gott geschickt, sondern von uns mit hochentwickelter Technik selbst ausgelöst, indem wir das Klima verändern, so dass die Gletscher sich erwärmen und die Arktis dahinschmilzt.

Wir waren uns nicht einig, wie viele Meter unter Meeresspiegel wir unser Bier genehmigten. Wenn der Meeresspiegel steigt, wird dieser Platz der holländischen Stadt mit seinen Cafés und Geschäften überflutet sein. An den Stationen der Straßenbahn werden Fische warten. Nur Fahrräder mit Flossen kommen voran. Was wird noch aus dem Wasser schauen? Die oberen Stockwerke von Wolkenkratzern, die keinen Eingang mehr haben. Die Spitze des Euromast sicherlich. Der Kirchturm, der noch die Zeit angibt, obgleich niemand da ist, der nach der Uhr schaut. Die Pylonen einer Hängebrücke, die nun unter Wasser hängt. Und vielleicht sind Ohrspitzen auszumachen: die Ratten schwimmen mit.

Was, wenn das Meer zurückholt, was ihm abgerungen wurde, die Weiden und Tulpenfelder, die Polder, das durch Eindeichung gewonnene Land. Wenn trockengelegte Seen wieder Seen werden.

Was als Abstecher geplant war, erwies sich, wieder einmal unverhofft, als Nachhilfestunde. Wir fuhren von Rotterdam aus die Maas flussaufwärts nach Kinderdijk – ein touristischer Ausflug: an schilfbewachsenen Gräben Windmühlen, Flügelkreuz um Flügelkreuz bis zum Horizont.

Natürlich waren Windmühlen nichts Neues. Schließlich drehte sich eine in meinem Kopf, gegen die ich erstaunliche Attacken geritten bin, wahrscheinlich eine von den Mühlen, gegen die bereits Don Quijote gekämpft hat. Windmühlen hatte ich bis anhin vor allem in Mittelmeerländern angetroffen. Das waren gewöhnliche Mahlmühlen gewesen, für Korn oder Oliven. Viele davon heute weißgekalkt für den Tourismus. Oft mit eingebrochenen Mauern und zerfetzten Segeln an den Flügeln, gelegentlich mit einem Unterstand für Hirt und Herde. Jetzt aber traf ich auf Bockwindmühlen, Pump- oder Schöpfmühlen; diese holten Wasser aus dem Boden, um trockenes Land zu gewinnen oder das gewonnene trocken zu halten.

Wie anders die Windmühlenlandschaft, wie sie meine Zeit hervorbringt und die ich liebe: hohe Masten mit dem Wind zugewandten Dreiblattrotoren, die auch vor der Küste im Meer arbeiten. Ihr Generator wandelt die Rotationsenergie in Elektrizität um. Auch Windräder geheißen. Den Ausdruck ›Windrad‹ habe ich jedoch für anderes reserviert. Als Kind spielten wir mit einem Stecken, an dem ein buntes Rädchen befestigt war, das sich umso rascher drehte, je mehr Wind wir beim Laufen einfingen. Turbinen oder Windkraftanlage mögen als Bezeichnung auch dienen, aber warum sich nicht an einen poetischen Kollegen halten, der von Dreiflüglern spricht.

Ein Dialog am Rande des Kontinents. Mit einer See, über die Völker Buch geführt haben wegen der Meertragödien, eine Chronik der Schiffbrüche. Blitzartig der Gedanke an den Delphin, der sich unter Wasser im Netz der Fischer verfängt und der erstickt, da er nicht mehr mit einem Sprung zum Atmen an die Luft kann. Ein Wassertier, das im Wasser ertrinkt, ein Tod im eigenen Element.

Im Hafen flanieren, auf eigenem Kiel, wie der Seemann sagt. An den Öltanks vorbei zu den Speichern und Kühlhäusern. Vom Reparaturdock zum Schwimmdock. Kräne mit Kohle und Erz als Greifgut. Saugrüssel fürs Getreide. Zuschauen, wie Stückgut gestapelt wird, damit das Schiff bei Sturm nicht das Gleichgewicht verliert. Einen Schlepper beobachten, der einen einfahrenden Tanker zu seinem Liegeplatz bugsiert. In den Eichenbooten die Festmacherleinen. Nie gedacht, dass ein Tau zentnerschwer sein kann. Aus einem Lautsprecher grölt die Liebe der Matrosen: in jedem Hafen eine Seemannsbraut, ein Lob der Zuschickfrauen und Barkassenhuren. Und auf der Brust ein Kreuz tätowiert: »damit ich zu einem christlichen Begräbnis komme, werde ich, ohne Papiere, irgendwo an Land gespült.«

Von einem Hafen wie diesem bin ich nie ausgelaufen. Obwohl ich davon träumte, in einem Überseedampfer in andern Kontinenten anzukommen. Nein, von einem solchen Hafen aus hätte ich es nicht einmal gewagt, ein mit einem Zündholzmast zurechtgebasteltes Holzscheit auf große Fahrt zu schicken.

Aber ich habe Schiffen nachgewunken, die ich selbst nicht wegfahren sah.

Noch im Kopf das Tableau mit den Teufelchen, die den heiligen Antonius zu verführen versuchen, schaue ich, neben dem Museum für Alte Kunst, von der Terrasse auf die Hafenanlagen von Lissabon hinunter: auf Docks, auf Lagerhäuser, Silos und Werkstätten, auf die Zollgebäude und das Schienennetz. Bis hinüber zu den lahmgelegten Werften. Unten an der Freitreppe die Quais. Dort sind vormals die großen Ozeandampfer vor Anker gegangen. An der Brüstung dieser Aussichtsterrasse haben einst die gestanden, denen die Flucht aus Deutschland durch Frankreich und über die Pyrenäen gelungen war. Hier haben die, die ein Visum erlangten, auf den Überseedampfer gewartet, der sie an ein jenseitiges Ufer bringen sollte, an das andere Ufer des Atlantiks, wo sie eine Freiheitsstatue begrüßen würde. Ich winke ihnen mit denen, die zurückblieben, nach. Ich denke wieder an die Museumsbilder. Auch an die Hölle, in der an einem Balken Verdammte kopfabwärts über einem

Siedekessel hängen, und Teufelchen das Feuer schüren für den Grill, auf dem Sünder gebraten werden.

Einmal mehr auf eigenem Kiel die Quais entlang. Das Vergnügen, die Namen der Schiffe zu entziffern, anhand der Flagge vorn den Zielhafen und anhand der Flagge hinten den Heimathafen ausfindig zu machen.

Bei meinem Holzscheit verriet keine Flagge, woher es kam, und keine, wohin es ging. Ich hatte es, meinem eigenen Geschick entsprechend, ungefragt und ohne festes Ziel auf große Fahrt geschickt.

Was aber, wenn es mehr als nur ein Gegenufer gibt – wohin dann, zu welchem.

Ein Kontinent war schwarz, so lernten wir. Das stimmte nicht ganz. Im Norden wohnten keine Schwarzen, sondern Araber und Berber, und im Süden Weiße, zwar in der Minderzahl, aber an der Macht.

Die schwarzen Einwohner waren Heiden. Zu ihrem Glück gab es Missionare, welche tauften, so dass auch Neger in den Himmel kamen, obschon vielleicht nicht in den gleichen wie wir. Es braucht nun einmal solche, die dafür sorgen, dass wir einen sauberen Himmel haben, und sei es nur, dass sie die Sterne putzen.

Doch Taufen und Predigen kostete. Das erste schwarze Gesicht, das ich sah, gehörte einem polierten Negerlein, das, die Hände gefaltet, auf einem kleinen Opferstock kniete; warf man durch den Schlitz eine Münze, nickte es, ein Beweis, dass man Schwarzen Frömmigkeit beibringen konnte.

So weit der Religionsunterricht.

Schwarze traten in meiner Kindheit an unerwarteten Stellen auf. Zum Beispiel am Kiosk. In den italienischen Illustrierten in der Auslage, nicht auf Fotos, sondern auf Zeichnungen vom Krieg in Äthiopien. Da wurden auf der Titelseite Schwarze in die Luft geschleudert, andere rannten im Bastrock und mit dem Speer in der Hand vor Tanks davon oder sahen entgeistert in den Himmel, aus dem Flugzeuge Bomben warfen. Nicht irgendwelche Bomben – sie waren für ihren Auftrag von weißen Bischöfen gesegnet worden.

Leibhaftiger schon eines Tages der Negus, der Zürich besuchte. Die Neger hatten nicht nur Häuptlinge, wie wir meinten, sondern etwas, was wir Schweizer nicht hatten, einen Kaiser. Ich, noch nicht dem Kindergarten entwachsen, wollte vom Vater wissen, ob der Negus den alten Mann aus Afrika mitbrachte, von dem mein Vater bei Gelegenheit sang und von dem er ein Tässchen Kaffee erbat: »Wo ist denn nur der guete Maa, / der Kaffee bringt aus Afrika / möcht' es Tässeli Kaffee haa / vom guete Maa aus Afrika.«

Schwarzen hatte ich im Zirkus bei der Arbeit zugeschaut. Sie bauten die Raubtiergitter auf, wischten nach der Dressurnummer Pferdeäpfel weg, fütterten Tiere und hielten die Seile straff, an denen die Artisten hochkletterten. Der Schwarze am Eingang imponierte am meisten. Er trug eine rote Uniform, die war mit Knöpfen aus Trompetengold geschmückt, und auf den Epauletten gähnten Löwen; er ging auf Stelzen, seine Hosenbeine waren mannshoch, und manchmal schaute überm Schuh ein Pinscher hervor.

Als wären sie alle Nachkommen jenes Dieners aus bemaltem Holz, den ich während Jahren bei Schönwetter vor einem Antiquitätengeschäft antraf, ein Holzpage, auf den Händen ein Tablett für Zeitungen oder Aschenbecher.

Für uns Studenten wurde der Schwarze zu einer Herausforderung. Wir hatten beschlossen, einem Schwarzen ein Medizinstipendium an der Witwatersrand-Universität zu geben, der einzigen Hochschule in Südafrika, an der

Schwarze Medizin studieren durften. Um die Geldbeiträge zusammenzubringen, hatte ich die Studentenschaften der einzelnen Universitäten und Hochschulen zu überzeugen. Bei diesen Diskussionen wurde mir immer wieder vorgehalten: Und was ist mit unseren armen Bergbauern? Sicher, ich kaufte ja auch Abzeichen für die Winterhilfe an Berggemeinden. Dass auch Schwarze Menschen sind, war durchaus ein Argument; aber ich lernte, dass Literarisieren nachhilft. »Witwatersrand, Weißwasserrand«: Warum sollten am Ufer des weißen Wassers nicht Schwarze spazieren? Wo das weiße Wasser floss, hatte ich vorerst auf der Landkarte ausfindig machen müssen.

Gut fünfzehn Jahre später reiste ich in die *négritude,* zum *Festival mondial des arts nègres,* nach Dakar. In die Kultur jenes Afrikas, von dem einst auf der Landkarte zu lesen war: *Hic sunt leones,* hier leben Löwen.

Noch benutzten die Schwarzen selbst das Wort »Neger«; noch unbekannt die *political correctness*-Diskussion. Wenn schon war der Begriff der *négritude* aus andern Gründen unter Beschuss geraten. Anglophone Schwarzafrikaner und Autoren aus den englischen Antillen höhnten: Warum nicht dem Urwaldtiger mit einer *tigritude* gerecht werden? Sie attackierten den Begriff als rassische Fixation, sie wollten nicht primär als »schwarze Autoren« angesehen werden, sondern als Schriftsteller *tout court.* Sich auf die Rasse als Kriterium berufen, war dies nicht umgekehrter Rassismus? Zum ersten Mal wurde mir klar, dass Hautfarbe kulturell pigmentiert ist.

Die Hauptstadt Senegals hatte sich schöngemacht. Bettler und Krüppel waren aus dem Stadtgebiet entfernt worden, es waren keine Opfer von Syphilis und Rachitis zu sehen. Den Chauffeuren der Überlandlastwagen war verboten worden, irgendwelche Leprakranke in die Stadt zu bringen. In Bogotá sollte ich später Ähnliches erleben, als die Polizei Straßenkinder in Lastwagenkolonnen aus der Hauptstadt schaffte, um dem Papst bei seinem Kolumbienbesuch eine saubere Stadt zu bieten. Über die kolumbianische Hauptstadt und das Papamobil hielt auf einem Hügel eine Christusstatue ihre lädierten Hände.

Dakar war hergerichtet worden. Ein moderner Flughafen, der sich sehen lassen konnte, ein »Stadion der Freundschaft« wurde eingeweiht, ebenso ein »Dynamisches Museum« und das Prachttheater Sorano. Die Kathedrale hatte man umgebaut, um Chöre auftreten zu lassen. »Auf euren Schultern ruht die Ehre Afrikas«, hatte der Staatspräsident postuliert – was sollte mit dieser Ambition der Bauer anfangen, der Erdnüsse anbaute, für die Frankreich nach der Unabhängigkeit keinen Vorzugspreis mehr zahlte.

Der Staatspräsident, ein führender Intellektueller und Schriftsteller Schwarzafrikas, träumte von der afrikanischen Einigung und kombinierte Marx und Katholizismus zu einer *union progressiste,* einer »Einheit des Fortschritts«. Dies zu einem Zeitpunkt, als Südafrika mit Gewalt seine Apartheid verteidigte und Portugal in seinen Kolonien Krieg führte. Um die »intuitive Logik der Schwarzen« zu erklären, ordnete der Präsident das afrikanische Denken dem griechischen *logos* zu und nicht der lateinischen *ratio.* Wie laut redete bei dieser afrikanischen Identitätsklärung Europa mit. Orpheus war schwarz geworden. Ihm hörten nicht mehr nur Ziegen, Schafe und Vögel zu, sondern Löwen und Antilopen. Liederlang fraß der Tiger die Gazelle nicht.

Den geheimnisvollsten Dialog führte ich mit Masken. Auch wenn unklar blieb, worauf sie mit ihrem beredten Schweigen anspielten: Geburt oder Begräbnis, Initiation oder Hochzeit? Diese Masken erwiesen sich nicht als Versteck – ob man sie auf den Kopf stellte, sie über ihn stülpte oder vors Gesicht hielt.

Die Masken offenbarten das wahre Gesicht, die Gesichter dahinter waren die Masken, die man im Alltag trägt. Die wahren Gesichter sind herz- oder mondförmig, haben Reißzähne und Eberhauer, ihre Augen sind Löcher oder Tropfen, die nach außen quellen, die Nase bildet ein Viereck oder einen Rüssel, Pflanzenfasern als Haare so gut wie ein Fell als Haut, der Mund eine Schaufel und auf der Stirn Noppen und Hörner.

Sicherlich, ich kannte Masken von der Schweiz her, auch wenn ich nie groß an ihrem Treiben teilgenommen hatte. Als Junge hatte ich mich einmal für die Fasnacht als Hexe verkleidet, war in den Rock meiner verstorbenen Großmutter geschlüpft. Mit einem Teppichklopfer ausgerüstet, hatte ich auf Abfalleimer losgeschlagen und alle Geländer und Laternen verdroschen.

Das hatte wenig zu tun mit den Masken, die sonstwo im Land den Winter vertrieben und böse Geister verscheuchten. Verzerrte Fratzen, oft Tierzähne auf dem geschnitzten Holz befestigt. Die Maskierten schlichen sich heimlich an, sie hatten Säcke um die Beine gebunden, ein Fell über dem Kopf, die Kleider mit dem Futter nach außen, ein Sacktuch um den Hals. Aus der Ferne der Marsch von Trommeln und

Piccoloflöten, Jungmänner zogen im gemächlichen Landsknechtschritt in die Schlacht und in den Tod. Auch ich, ohne Maske und Kostüm, war bereit, die kalte Jahreszeit zu verjagen. Ich warf ihr einen Ball nach, aus dem letzten Schnee verfertigt, durchaus wissend, dass der Sommer auch kommt, wenn wir den Winter nicht verjagen.

Was ich damals in Dakar noch nicht kannte, waren indianische Masken. Erst viel später standen mir alle Elemente zur Verfügung, um ein großes Maskentreffen zu imaginieren. Da konnte die Fruchtbarkeitsmaske aus Nigeria die goldene Totenmaske aus Peru liebkosen; dieser hingen aus den Augen Schmuckschnüre, als hätten Tränen sich in Edelsteine verwandelt. Ich konnte die von Termiten angefressenen Rückenflossen des Sägefischs mit der Jade des Fledermausgottes bekannt machen. An diesem Stelldichein beteiligten sich auch Masken aus Asien, die stellten sich Jahrzehnte später ein. Diejenige zum Beispiel, die, eine Kirschblüte auf der Stirn, Mimik vorgaukelte dank beweglicher Augen. Oder die mit Metallplättchen auf den Beißflächen, die wie der Paradiesvogel das Geschlecht wechselte. Oder ein flachgesichtiger Voyeur, die Nase platt, er war auf dem Erdboden aufgeschlagen, als er vom Himmel fiel.

Sie alle, die mein Zufall vereinte, schwiegen auf unterschiedliche Art. Auch die Holzmaske mit dem Mund als Schalltrichter, um den stummen Schrei besser zu vernehmen, das Gesicht mit Narben verziert, von einer heißen Klinge eingebrannt. Sobald die Masken Figurinen wurden, redeten sie mit Fuß und Arm, tanzten, hüpften und trippelten. Einer, ein drittes Auge auf der Stirn, um den Hals eine Gebetsschnur mit farbigen Kugeln, an den Schuhen kleine Totenschädel, zerstampfte die Dämonen, die sich unter den Boden verkrochen hatten. Zwischen denen, die sich drehten und wirbelten, huschten schwarze Gestalten umher, Vermummte, als seien Ahnen auf Besuch, als sei ein Leichenzug versprengt worden oder ein Protestmarsch auseinandergejagt.

Über der Garderobe zu diesem Maskenball ein Zettel: »Coole Gruseldinger«. Da hängen die Schürzen der Hausfrauen und die Krawatten der Biedermänner, da wird die Polizeiuniform abgegeben wie die Roben der Richter und die Talare der Pastoren. Hier taucht auch einer auf, der als Hals ein Ofenrohr trägt, zusammen mit seinem Flirt, dem Puma aus Goldblech. Muschelaugen starren in ein Gesicht, dem Zifferblätter als Augen dienen. Ein ganzer Trupp von Masken drängt sich durch, denen Gestrüpp aus dem Hals wächst, voran der mit dem weißen Blindenstock. Aus Ohren wachsen Geweihe. Inmitten des Treibens ein Altweib im Bikini mit Gurkenscheiben auf dem Gesicht, und der Maskenbildner, den Schminkkasten als Bauchladen vorgebunden, offeriert bündelweise Augenbrauen. Am Rand verschnauft eine Staubmaske und kratzt sich am Ventil. Unter einem Turban schaut ein Falkenschnabel hervor: »Ich bin Maharat, der Vater aller Masken.« Ihn hänselt einer, dessen Nase, Mund und Augen durcheinandergerieten: »Ich bin das Erdbeben.« Es drängt sich eine Klappmaske vor zum Strip, nach den ersten Klappen öffnen sich kleine und kleinere, zuletzt kommt ein Zwiebelkopf zum Vorschein, und der, geschält, reizt mich zu Tränen.

Das ist die Posse, die sich im Lauf der Zeiten ohne Anlass in meinem Kleinhirn wiederholt, aus heiterem und aus düsterem Himmel. Was sich da nicht alles an Mitbewohnern in meiner Brust outet. Dazu gesellen sich Fratzen aus Sumpf und Moor und Schemen aus Gruft und Grab. Ungebeten, ausgelassen und bedrohlich. Anbiedernd und unverfroren ihre Frage: Für was für eine Maske steht mein Gesicht?

Eine einmalige Begegnung bot ein ehemaliger Tänzer und Schauspieler der Sichuan-Oper, eine graziöse Erscheinung, der dank seiner hohen Stimmlage als Vorsänger gefeiert worden war. Er hatte von den vier Flüssen erzählt, die seine Provinz durchziehen und sich zum großen Yangtse vereinen, und ich berichtete von meiner Sihl, die sich mit der großen Limmat verbindet. Er brachte mich in Verlegenheit, als er aufzählte, was an seinen Flüssen alles wächst, Tee und Reis und die für die Seidenzucht unerlässlichen Maulbeerbäume, und wissen wollte, was an meiner Sihl gedeiht. Ich konnte ihm nicht das Liedchen einer Teepflückerin vorpfeifen.

Er war ein Dissident, da er die Bühnenkunst des Maskenwechselns einem interessierten Publikum enthüllte, was seine Zunft als Verrat eines streng gehüteten Berufsgeheimnisses auslegte. Man trieb ihn ins Exil. Das Beraterbüro, das er dort eröffnete, fand nicht den Zuspruch, den er erwartet hatte, auch wenn sich prominente Intellektuelle und erfolgreiche Politiker Rat bei ihm einholten. Die Kunstfertigkeit, in zwanzig Sekunden bis zu zehn Mal die Maske zu wechseln, interessierte sie nicht. Sie konnten sich fürs Drehen und Wenden Zeit lassen. Hingegen waren sie begierig auf die Technik, wie man es anstellt, dass beim Abreißen der einen Maske nicht etwas von der alten an der neuen Maske kleben bleibt. Um mit dem Maskenwechsel vergessen zu machen, wofür einer einst eingestanden ist.

Dem Weltfestival *des arts nègres* verdanke ich neben solcher Maskenphilosophie eine zusätzliche Einsicht.

Die afrikanischen Gruppen traten nicht nur in Theatersälen auf, sie spielten auch auf Plätzen und Straßen, für ein Publikum, das sich die Eintrittspreise für die offiziellen Veranstaltungen nicht leisten konnte. Ich erlebte eine Theatertruppe bei einer ihrer improvisierten Straßendarbietungen und war hingerissen. Doch dann sah ich dieselben im Theater und war enttäuscht. Bis mir klar wurde: Der traditionelle Spielplatz einer solchen Truppe ist nicht die Bühne, sondern das Freilicht, wo die Zuschauer um die Darsteller einen Kreis bilden. Die Arena-Situation bestimmt den Stil. Tritt diese Truppe auf einer Bühne auf, muss sie perspektivisch spielen, in nur eine Richtung, und nicht mehr »rund«, wie man in der Zirkussprache sagt. Der Guckkasten ist keine afrikanische Erfindung, so wenig wie der Vorhang. Umgekehrt erging es amerikanischen Musikbands. Sie feierten auf der Bühne Triumphe; aber als sie im Freien auftraten, umringt vom Publikum, wurden die Musiker unsicher, nicht gewohnt, auch im Rücken Zuhörer zu haben.

Alle afrikanischen Staaten hatten Tanzgruppen geschickt. Der Tanz als Ausdruck eines Kollektivs. Initiationsriten oder Jagdszene als Tanz. Die Darbietungen ähnelten sich: unverzichtbar die Kalebasse als Fruchtbarkeitssymbol. Die Aufführungen erhielten einen folkloristischen Charakter. Anders bei den Tänzern aus den USA oder Brasilien, aus Trinidad oder Haiti. Oder um nicht geographisch zu reden, sondern existentiell: Was aus der Diaspora kam, hatte sich zu behaupten, war auf Zuckerrohrplantagen und Baumwollfeldern entstanden, entwurzelt und voller Sehnsucht, das Verlorene am Leben zu erhalten, indem man Neues erfindet. Nicht mehr nur das Tamtam der Urwaldtrommel. Sondern das Ölfass zum Klingen bringen, während die Sklaven den Musikinstrumenten der Sklavenhalter einen Rhythmus abgewannen, den Piano, Klarinette oder Gitarre bisher nicht gekannt hatten.

Diaspora – es tanzten und spielten an dieser Küste andere Küsten mit. Gegenufer, an die Millionen verschleppt worden waren. Dafür gab es einen Anschauungsplatz. Dakar vorgelagert die Insel Gorée. Umschlaghafen für den Sklavenhandel. Kolonialgeschichte, touristisch hergerichtet. Pastellfarbig idyllisch die Häuser der Sklavenhändler. Man kann die Kirche besuchen, in der diejenigen für ihr Seelenheil gebetet haben, die mit Menschen als Ware handelten – Portugiesen und Holländer, später Engländer und Franzosen. Hauptattraktion ist das Sklavenhaus – oben die familiäre Gemütlichkeit jener, welche in den Kellerverliesen die schwarze Fleischware stapelten. Zusammengepfercht und in Ketten stierten die Sklaven durch ein Fensterloch in der Zellenwand aufs Meer, woher die Schiffe kamen, auf die sie, bugsiert durch das »Portal ohne Wiederkehr«, verladen werden würden.

Ein Kontinent, der auf Gegenufer hinwies, ein Weltmeer weit auseinander, entstanden, nachdem ein Festland auseinanderdriftete.

Eines der Gegenufer sollte eines Tages das brasilianische heißen. Denen, die dort ausgeladen wurden, gossen Missionare Wasser über den Kopf, und das Taufwasser rann an ihnen herab. Unter der Haut behaupteten sich die trockengebliebenen Götter, die mit den Sklaven den Südatlantik überquert hatten. Der Vatergott des Donners ebenso wie der, der für Wüsten zuständig ist, auch der Gott der Straßen und der Türen. Die Füße, obwohl angekettet, erinnerten sich an die Tänze von einst. Und die Hände vergaßen nicht, was für Instrumente sie gebaut hatten; sie ließen von neuem den Kürbis und das Schilfrohr erklingen, und die Trommel trug das ihre zum Rhythmus bei. Auch die Bäuche hatten Hunger, nach dem, was die Mütter aufgetragen hatten. So vertraute man sich von Generation zu Generation Rezepte an. Die Dendê-Palme hatte neuen Boden gefunden, so duftete ihr Öl nicht nur im Gedächtnis, sondern auch über den Garküchen von San Salvador. Eine dicke Bahianerin (»Alte Köchinnen sind besser als junge, die denken zu viel an anderes«), diese schwarze Mamma führte mir vor, wie viel Koriander man dem gekochten Huhn beigibt und wann die getrockneten Garnelen, wenn man ein Xim-Xim für die Göttin der Liebe und des Geldes zubereitet.

An einem andern Gegenufer, am nordamerikanischen, hielt ich mich auf, als die Nachfahren der Sklaven auf die Frage, woher sie kämen, mit Dahomé, Mali oder Sudan antworteten, auch wenn sie in der Bowery oder der 78. Straße wohnten. Sie trugen ihr Bekenntnis auf dem Kopf als Frisur, Naturhaar mit Kunsthaar verwoben zu Rastazöpfen oder der Kopfhaut entlang geflochten zu einer *cornrow*, oder die Haare zu vielen Strähnchen gedreht und verfilzt. Das Geschäft mit den Salben, um aus Kraushaar glattes zu machen, lief überhaupt nicht. Und zu den Frisuren ein entsprechender Kaftan oder das passende Hüfttuch in allen denkbaren Batikfarben. Über dem Kleid Tüll und luftiges Gewebe, als würden die Frauen die Dessous nicht unterm Kleid tragen, sondern darüber. Afrika als Herkunft, Heimat. Und einige fuhren hin und erlebten, dass sie Kinder der Neuen Welt waren und nicht des alten Afrikas. In *black America* hörte ich: *black is beautiful.* Ja, dieses Schwarz hat sinnliche Lippen, deren Rot keine Schminke hervorbringt. Dass die Schönen aber noch nicht geboren sind, das vernahm ich am afrikanischen Ursprungsufer: *The beautiful ones are not yet born* las ich in einem ghanesischen Englisch, an dessen Übersetzung ich mich machte, wofür mir oft genug der Wortschatz fehlte. Das Wörterbuch des neuen Ufers kannte manches nicht vom alten, schon bei vielen Früchten gab es keine Entsprechung.

Die Reise in die *négritude* war auch eine Reise in die eigene Hautfarbe.

Ich hatte mich im Anschluss an das Festival zu einer Fahrt nach Ndar, Saint-Louis, entschieden. Hinter Dakar begann bald nach den Affenbrotbaum-Wäldern die eintönige Savanne. Sandstraßen, die sich im Sand verliefen. Die Eisenbahn hielt an Stationen am Rande der Wüste. Das Bahnhofsgebäude und die Lagerhäuser aus Stein, daneben die *cases,* die runden Strohhütten. Bei einem solchen Halt ein Rudel Kinder, die den Zug abwarteten, auch die größeren noch völlig nackt. Als sie mich unter der Waggontür erblickten, drängten sie sich vor, rückten zusammen und zeigten auf mich, indem sie die beiden Zeigefinger aneinanderwetzten: *»Un blanc, un blanc, donnez-moi un franc.«* Ich sah um mich, kein Weißer sonst, der einen *franc* hätte geben können. Noch nie war ich so weiß gewesen.

Und dann Saint-Louis. Im Niger Schiffe, die beladen werden. Am Quai eine Karawane, die ans andere Ufer nach Mauretanien aufbricht. Auf dem vordersten Kamel einer mit einem Transistor, der auch für die Kamele, die im Passgang folgen, den Rhythmus angibt. Von der Moschee der Ruf des Muezzins. Im ›Hotel de la Poste‹ steige ich ab. Der Besitzer, ein Elsässer, bietet *un vrai plat français* an, eine *choucroute.* Nach dem Essen eine Klaviereinlage, die Tochter des Hauses spielt Liszt. Unten vor dem Fenster eine Frau, die Datteln zum Verkauf ausruft. Und nach dem ersten Prélude und dem ersten Knicks des Mädchens vom Kai her der Fluch eines Kameltreibers. Zum ersten Mal erlebe ich, wie sich in Exkolonien Bourgeoises am Leben behauptet, wie es in den sogenannten Mutterländern kaum mehr anzutreffen ist.

Schwarz, das war nicht nur die Hautfarbe eines Kontinents.

Ich hatte ein schwarzes Gesicht gekannt, vor dem wir Kerzen anzündeten, die schwarze Muttergottes von Einsiedeln. Sie war umso schwärzer, als sie eingebettet war in das Gelb von Wolken und Strahlen aus Gold. Wir erfuhren nie genau, warum sie schwarz war, sie habe eine Feuersbrunst überstanden, aber wie kommt man nach einem Brand zu einer makellos glänzenden Haut, wie sie auch das schwarze Kind besaß, das sie geboren hatte. Am Pfingstmontag pflegte das katholische Zürich nach Einsiedeln zu wallfahren. Wir Altardiener zogen uns im Wartesaal um für die Prozession vom Bahnhof zur Klosterkirche, wo wir sangen: »Maria du eine, du reine.«

Ich ärgerte mich maßlos. Ich hatte ihn gleich erkannt, ihn, der immer ein Buch mehr gelesen hat und nun in einem

Reisebüro hinterm Schreibtisch saß, Stapel von Prospekten vor sich. Ich erkundigte mich nach Unterkünften in Barcelona. »Wegen der Fußballspiele?« Ich antwortete schroff: »Nein, wegen der schwarzen Madonna von Montserrat«. – »Warum nicht die von Loreto. Soll ich die Liste ausdrucken?«, erhielt ich zur Antwort. Was für eine Liste, wollte ich wissen. »Die Liste der schwarzen Madonnen. Nur schon in Deutschland an die fünfzehn solcher Gnadenbilder, von Italien und Frankreich ganz zu schweigen«. Als ich bereits unter der Tür war, rief er mir nach: »Und erst Mexiko, die Schutzpatronin!«

Da hatte ich der schwarzen Madonna meiner Kindheit als einer Besonderheit die Treue gehalten, auch wenn ich mein Christentum nicht mehr praktizierte. Ich hatte die schwarze Gottesmutter von Tschenstochau in Polen auf einem Poster in einer Pariser Buchhandlung zur Kenntnis genommen, das ging ja noch an. Nun aber gab es Listen schwarzer Madonnen. Darunter eine, die aus dem Lehm eines Kriegsgefangenenlagers modelliert worden war. Als ich mit einem ausländischen Bekannten die Klosterkirche von Einsiedeln aufsuchte, um ihm in der Zentralschweiz ein hohes Beispiel von Barock zu zeigen, stand ich verlegen vor »Unserer lieben Frau von Einsiedeln«. Allein das Wissen, dass es andere schwarze Madonnen gibt, kam mir als Sündenfall und Treuebruch vor.

Schwarz – ich entwarf eine schwarze Philosophie. Das hatte nichts zu tun mit schwarzer Magie. Weder Verwünschung noch Beschwörung oder Hexerei. Kein Amulett und keine Runen als Zauberzutat. Ich mixte weder Tränke noch Tinkturen. Auch besaß ich keine Kristallkugel.

Mir wurde schwarz vor Augen wegen meines hohen Blutdrucks. Eine abrupte Bewegung mit dem Kopf, und ich wurde Schwarzseher. Ich stolperte, und das Stolpern war einmal mehr der erste Schritt ins Denken:

Der Schwarze Freitag, an dem mir als Schwarzem Peter eine schwarze Katze über den Weg lief, begleitet vom Blöken schwarzer Schafe.

Was, wenn die Trauer nicht Schwarz trägt, sondern Weiß? Wie in China. Gibt es, ohne Grau und Gilb, eine porentiefe, fleckenlose Trauer? Warum sollte die Trauerfarbe Afrikas nicht Weiß sein, eingedenk der Weißen, die einst kamen.

Und was, wenn die Trauer keine besondere Farbe kennt – trauert in diesem Fall jede Farbe oder vielmehr keine, derart, dass weder das Rot der Rose noch das Blau des Enzians trauert, trotz des Verwelkens, so wenig wie das Gelb der Sonnenblume.

War dieses Schwarz nicht auch eine Farbe der Feierlichkeit? Für die Erstkommunion hatte man mich in einen schwarzen Anzug gesteckt. Schwarz mit weißer Pochette war die Kleidung, die ich zur Examensfeier trug, und schwarz der Secondhand-Smoking mit schwarzem Spiegel, den ich bei ›*Black Tie Occasion*‹ erstand.

Worüber trauert der Bräutigam in Schwarz? Worüber im schwarzen Talar der Dekan, der Richter und der Priester? Trauert der eine über die Vorläufigkeit aller Wissenschaft, der andere darüber, dass Recht nicht von vornherein Gerechtigkeit ist, und warum sollte eine Kirche nicht Schwarz tragen im Gedenken an all die, die im Namen ihres Gottes geopfert worden sind?

Schwarze Zahlen versprechen dem Buchhalter doch Gewinn. Sollte im Schwarz der Zahlen die Trauer über diejenigen mitklingen, auf deren Kosten der Gewinn erzielt wurde?

Eine der schönsten Schwarz-Weiß-Geschichten hat mir jemand erzählt, von dem ich es am wenigsten erwartet hatte. Was für ein Anlass, ein *blackout* in einem Café. Als das Licht wieder anging, stand er vor mir mit einer Reisetasche in der Hand, er sei eben zurückgekommen, woher, sagte er nicht. Längst beharrte er nicht mehr darauf, ein Buch mehr gelesen zu haben. Dieser Kurzschluss, dieses Schwarzwerden vor Augen erinnere ihn, und er berichtete gleich, woran:

Der Mann, der eines der berühmtesten Grabmäler errichten ließ, das Taj Mahal, habe die Absicht gehabt, neben diesem Mausoleum in strahlendem Marmorweiß ein zweites bauen zu lassen, ganz in Schwarz. Mit dem weißen habe er dem Glück Ausdruck gegeben, das er mit seiner Frau empfinden durfte. Das schwarze Grabmal hingegen hätte für den Schmerz stehen sollen, den er über den Tod seiner Frau erlitt. Doch zu dem Bau kam es nicht. Sein eigener Sohn setzte ihn gefangen. Von seiner Zelle aus konnte er zum Taj Mahal hinüberblicken, er verbrachte die Tage damit. Als seine Sehkraft schwand, ließ er sich Gläser schleifen. Doch dann verlor er allmählich das Augenlicht; was er sah, dunkelte ein. Bevor er völlig erblindete, hatte sich das Weiß seines Grabmals in Schwarz verwandelt.

Schwarz – war das nicht eine Farbe der Liebe?

Meine Augen wurden feucht, als ich zum ersten Mal einen schwarzen Körper in den Armen hielt, in den Augen ein Weiß, das alles Dunkle durchbrach. Ein Vers aus dem

Alten Testament kam in mir hoch, zwei Übersetzungsversionen: »Ich bin schön und schwarz«, jedoch auch: »Ich bin schön, *aber* schwarz.« Ich habe das »aber« weggeküsst.

BEI MEINEM AUFBRUCH nach jenseitigen Ufern entdeckte ich, was ich wusste: Die Erde ist rund.

Go west, young man – ich habe die Aufforderung ernst genommen; ich brach in einen vielseitigen Westen auf.

Aus einer Stadt kommend, die einen zentralen Bahnhof hat, den Hauptbahnhof, staunte ich, dass es in Großstädten Westbahnhöfe gab und noch andere, je nachdem, in welche Richtung die Züge fuhren. Am meisten gewundert habe ich mich, als ich in Wien von einem Westfriedhof hörte. Den habe ich mir gemerkt, weil es hieß: Der Westfriedhof ist halb so groß wie Zürich, dafür doppelt so lustig.

Und dass in meinen späteren Jahrzehnten das einstige Industriequartier zu einem boomenden Viertel meiner Geburtsstadt wurde, war eine nie vermutete Erfahrung. Zürich West erlangte im Veranstaltungskalender einen unbestrittenen Platz: Disco, Eventzentrum, Cinemax, Kulturforum und Technopark. Bei allem Neubauen und Umbauen blieb einiges erhalten: ein Backsteinkomplex für die Probebühne des Opernhauses und eine Schiffbauhalle für ein Theater. Auch die Gleishalle des Tramdepots mit den angebauten Werkstätten. In dieses Tramdepot waren wir als Jugendliche zuweilen eingedrungen. Wenn es hieß, »Endstation. Alles aussteigen«, blieben wir in einem der leeren Straßenbahnwagen und ließen uns ins Depot chauffieren, um von einem Abstellgleis aus hinauszuschleichen. Das Viertel war uns nicht unbekannt. Noch immer steht der Stahlsilo der Brauerei. Bier war für unsere Väter so wichtig wie für uns die Milch von der Großmolkerei daneben. Zum Arbeitsschluss war manchmal eine Sirene zu vernehmen, das klang anders als Hiphop oder Ragga in den Klubs von heute. Vor den Fabriktoren haben wir unsere Väter abgeholt. »Meiner arbeitet bei den Zahnrädern.« Dem konnte ich erwidern: »Meiner beim Maschinenbau. Turbinen sind wichtiger als Zahnräder.« Besonders an den Zahltagen passten wir unsere Väter ab; so konnten sie, mit uns an der Hand, nicht den ganzen Abend im Wirtshaus verbringen. Zürich West, das lag am Westufer der Sihl.

Nun bin ich, der in den Westen aufbrach, bereits in einem Westen zu meiner ungefragten Welt gekommen. Im Abendland, das so heißt, weil hier für einen Kontinent die Sonne untergeht. Den südwestlichen Zipfel dieses Abendlandes habe ich einmal aufgesucht, dort, wo ein Typus Schiff ausgedacht und gebaut wurde, der hoch am Wind segeln kann. Mit ihm haben sich die Portugiesen auf die Weltmeere gewagt, die einmal Atlantik und Pazifik heißen sollten. Im Südwesten Portugals, in Sagres, bin ich zum Kap der Karavellen gewandert, wie ich das Vorgebirge taufte, als wäre es an mir, das Lateinersegel der Karavelle zu erfinden. In einer Provinz, die, obwohl christianisiert, aus der arabischen Besatzerzeit den Namen beibehielt: *al garve.*

Über seine Heimat der untergehenden Sonne hatte sich ein Studienfreund aus der Pariser Zeit lustig gemacht – er komme vom nordafrikanischen Gegenufer, von dort, wo sein Kontinent eindunkelt, aus Marokko. Von einer Atlantikküste, von der es nicht viel zu berichten gibt, außer dass der Wind kontinuierlich Sand verweht. Diese Sonnenuntergangsherkunft sei wohl der Grund, weshalb er Nightclubs liebe. Ich tröstete ihn philosophisch: Der Vogel der Weisheit bricht am Abend zum Flug auf. Aber nie haben wir in einem Nachtklub eine Eule angetroffen.

Nicht dass in meinem Abendland die Sonne nicht aufgegangen wäre. Wir fuhren dafür eigens zu Berg. Um in aller Herrgottsfrühe dem Emporsteigen der Sonne beizuwohnen. Aus einem Dunstmeer erheben sich die Gipfel. Mit dem Licht erwachen die Schatten und modellieren die Runsen. Der Firn läuft rot an, als hätten die Berge blutig geträumt. Wir verfolgen, wie das Licht talabwärts gleitet. Die Flüsse gewinnen an Lauf, und auf den Alpwiesen kriegen Häuser und Ställe schieferglänzende Dächer. Die Helle schwappt über Hänge und Hügel hinweg in die Täler und in die Ebenen hinaus, und dort, irgendwo in der Ferne, reflektiert ein zufälliges Fenster einen Sonnenstrahl und leuchtet auf, die gleißende Nebensächlichkeit eines jungen Tages.

Ich könnte mir auch ein Abendland vorstellen, in dem die Sonne nicht untergeht. Dann, wenn ich sie im Flugzeug begleite. In der Phantasie so viel Kerosin tanken, dass es ausreicht, vierundzwanzig Stunden lang um die Welt zu fliegen, ohne dass es Abend wird – von Frühstück zu Frühstück.

Auf einem realen Flug in den Westen wurde es mehr als einmal Abend. Nicht nur, weil ich auf halber Strecke haltmachte, auf den Inseln, deren Archipel ungefähr in der Mitte zwischen dem europäischen und dem amerikanischen

Kontinent liegt. Einst wichtig als Zwischenstation für die Atlantikflüge, doch inzwischen nicht mehr unerlässlich, so wenig wie als Schaltstelle für Unterwasserkabel. Die Häfen taugen noch zur Wartung von Hochseeyachten.

Als die Azoren besiedelt wurden, gab es noch keine Neue Welt, somit lagen sie nicht in der Mitte, sondern an einem Ende. Nun sind es Inseln auf halbem Weg. Auf welchem Weg wohin? *Go west,* hieß es für einige Emigranten: nicht ins einstige portugiesische Mutterland abwandern, sondern westwärts in die USA und nach Kanada.

Dort, wo eine der Azoren-Inseln grün ist, zwischen Lorbeer- und Wacholderwäldern, inmitten von Hortensienbüschen und Hibiskus, neben einer japanischen Sicheltanne, vernahm ich ein insulares Säuseln: Wie macht man aus einem halben Weg einen ganzen, ohne weggehen zu müssen.

Auf einer der andern Inseln haben wir einen zugedeckten Topf mit Fleisch eingegraben und die Mahlzeit in der vulkanischen Bodenwärme garen lassen. Schwefelgeruch in der Luft. Dampf steigt aus Tümpeln hoch. Rostrotes Wasser. Fumarolen. Abstieg in den Krater eines erloschenen Vulkans. Grotten und unterirdische Seen. Basaltküsten mit bizarren Formen. Dunkle Klippen. Mysterien heißen die vulkanischen Erdlöcher; überzieht ein schüchternes Grün den Lavaboden, spricht man von einem Wunder. Anderswo Lava, die einen Vulkanwein ermöglicht. Eine Vulkanlandschaft mit Friedhöfen, deren Gräber an Beben und Eruptionen erinnern.

In einer Bar einen getroffen, der, mit wenig Zähnen zwischen Schnauz und Bart, sich als einen der letzten Walfischfänger vorstellte. Hinter ihm an der Wand in einem Schaukasten Knochen, Zeichnungen waren darin eingeritzt, Porträts von Seeleuten und ihren Traumfrauen – ja das waren noch Zeiten. Ich erinnerte mich an die Zeiten, als ich, ein Kind, gezwungen wurde, Lebertran zu schlucken, weshalb ich Wale hasste, aber betete, dass keiner gefangen wird.

»Wir haben nicht wie die japanischen und norwegischen Flotten mit Kanonen Jagd gemacht. Wir versuchten, so lautlos wie möglich an den Wal heranzukommen, um ihm die Harpune in den Leib zu schießen; wir mussten auf ihn, der sich aufbäumte und das Schiff hinter sich herzerrte, einstechen, bis er, das Meer rot färbend, aufgab und sich abschleppen ließ – in die Fabrik, für Kosmetik, Pharmazie, Tran oder Tierfutter.« Nun vermittelt der Alte Schiffspassagen für die Bootsfahrt »Symphonie der Azoren«: »Um die Wale zu beobachten und ihren Ruf zu vernehmen, die Erhabenheit ihres Gesangs.«

Warum nicht nach diesem Archipel bei meinem *go west* einen Zwischenstopp auf einer der Westindischen Inseln machen. Im einstigen Klein-Spanien, der Dominikanischen Republik.

Hier geht die Sonne anders auf, glaub ich meiner Bekanntschaft, einem mulattischen Dichter: »Meine Morgenröte ist eine schwarze Morgenröte.« Ein Straßenverkäufer, der Kämme und Döschen aus Schildpatt feilhielt, bot als Zugabe afrikanische Sprichwörter: »Ein aufrichtiger Mann kaufe sich ein Pferd, dann kann er davonreiten, nachdem er die Wahrheit gesagt hat.« Ob ich nicht seinen Sohn grüßen könnte, er habe keine genaue Adresse, aber er lebe bestimmt in New York, Fernandez Mir. »Sie gehen doch bestimmt dorthin.«

Diese westindischen Inseln als Beispiel dafür, wie man ungefragt zu einem falschen Namen kommt; es sind die andern, die einen taufen. Die Antillen-Inseln liegen im Westen, ja, doch in Indien-Nähe? Nein. Der Entdecker meinte, er sei an einer indischen Küste gelandet, so dass die Ureinwohner bis heute Indianer heißen. Wenn das kein Anlass ist, um an einem Tropenstrand unter einem Palmdach eine geköpfte Kokosnuss mit einem Halm auszusaugen. Mit dem Papagei an der Bar, dessen karibischen Dialekt ich nicht verstehe, darüber zu sinnieren, welchen meiner Entdeckungen ich einen unzutreffenden Namen gab, an dem ich bis heute festhalte, und welche Entdeckungen ein Irrtum sind, von dem ich nicht einmal ahne, dass dies der Fall ist.

Wie irreführend die Wegweiser sein mochten, die Richtung stimmte, auch wenn es mit *west* immer weniger eindeutig wurde.

Die Stadt, die auf meinem ersten *go west* eine wichtige Etappe darstellte, lag an der Ostküste. Dieses New York hatte mich aufgewühlt. Vom Flughafen kommend, noch vor dem Unterwassertunnel Midtown, der Blick auf die Friedhofsanlagen von Queens: Kreuze, abgebrochene Säulen und Platten, im besten Fall mannshoch, Grabmäler, die ohne großen Schmuck an die erinnerten, die hier unterm Boden zur letzten Ruhe kamen, und im fernen Hintergrund die Skyline von Manhattan, Bauten, die in den Himmel zeigten. Die mit den Antennen schienen mir die wahren Wolkenkratzer zu sein. Ich sah nach oben, einen Jungenscherz in Erinnerung: Ob eine Wolke auflacht, wenn sie gekitzelt wird, oder ob sie sich ärgert, so dass ich den Schirm aufspannen muss.

Ein Staunen über die Wolkenkratzer, ob Quader oder Turm, die einen mit Backstein, andere mit Beton oder Glas. Die Terrassen nach oben immer weiter zurückversetzt, um dem Licht den Einfall in die Straßenschluchten zu ermöglichen. Auf einzelnen Stufen Bäume und Büsche. Zuoberst ein Helm oder ein gefaltetes Glasdach, Wasserspeier vielleicht und Zickzackzinnen. Asketische Großflächen spiegeln die Nachbarfassaden. Der Form wegen als Bügeleisen verspottet oder als Kathedrale der Bürolandschaft bewundert. Dazwischen ein Stahlskelett und ein Betongerippe. Und in der Nacht im Scheinwerferlicht eine *light show.* Lauter Solitäre unter Solitären.

Ich lernte Skylines lesen. Dies erwies sich als brauchbar für anderswo. Für Städte, in denen einzelne Hochbauten das bisherige Stadtbild durchbrachen. Und dies in der Alten Welt. Erst recht, als ich später nicht westwärts, sondern ostwärts aufbrach. Asiatische Städte, die Manhattan wiederholen, es imitieren und dazu Neues erfinden, seien es schwenkbare Stockwerke oder schiefe Zwillingstürme, die mit einer Brücke verbunden sind. *Financial Center* oder *Investment Company,* hier werden die Tower dem Bambus oder der Pagode nachempfunden, und einer der Wolkenkratzer heißt mit seinen 79 Fahrstühlen »goldenes wunderbares Haus«.

Hoch und höher, bis dort hinauf, wo der Wolkenkratzer wankt, je nachdem, wie viel Windgeschwindigkeit eingeplant wurde. Schon bin ich im Disput: Gehe ich bei der Höhenmessung von der Antennenspitze aus oder vom Dach? Nehmen wir den Aufzug bis zur Aussichtsplattform. Wenn ich je eine Ode auf New York schreibe, wird es eine auf den Fahrstuhl sein, eingedenk des Jungen, der an freien Nachmittagen in Warenhäusern Rolltreppe fuhr. Als Anfangsvers die Erinnerung an die Gitterkabine, die einen Blick in den Schacht erlaubt, in dem man zu Tode stürzen kann und wo Tragseile zittern, die reißen können, als letzter Vers das Lob der Selbstbremse. Doch sogleich eine Eloge auf den Express, von dem ich für die oberen zwanzig Stockwerke auf den lokalen umsteige. Die Lifts evozieren, die mit Samt ausgeschlagen sind, und diejenigen mit besprayten Wänden. Aufzüge, die so lautlos fuhren, dass Leute Panik kriegten, worauf man wieder Fahrgeräusche einspeiste. Ein Metapherntrinkgeld für die Pagen, die polieren, was es zu putzen gibt, und die, die Etagen ausrufen. Und die andern Aufzüge, die den Etagenstand per Leuchtschrift anzeigen oder gar zu reden beginnen. Und sicher ein Vers auf das Schaltbrett: mit *stop* und *start* und mit Alarm, mit Türe zu und Türe auf. Die Tafel würdigen, die angibt, welche Nummer anzurufen ist, falls der Lift steckenbleibt, und feststellen, dass am Telefonkabel der Hörer fehlt.

Aus einem Land kommend, wo in den Städten und Dörfern der höchste Bau ein Kirchturm ist, machte ich Kirchen ausfindig, die sich mit ihren Glockentürmen zwischen Hochhäusern ducken. Die Consultingfirma liegt höher als die Kanzel. Das Investment ist dem Himmel näher als der heilige Patrick oder Saint James. Himmelsnähe aber bedeutet Kälte. Wenn es unten aufs Kirchendach regnet, schneit es oben bei den Engeln.

Eine Stadt, deren Straßen sich in *west* und *east* aufteilen. *West* war in der Tat nicht *east,* das West Village nicht die Bowery, von der mir ein Malerfreund erzählt hatte. Er hatte ein Atelier besucht und fand sich in einer Straße, wo sich die Geschäfte für Restauranteinrichtungen, Küchen und Badezimmer konzentrierten. Zwischen Spülen, Töpfen und Wannen stieß er auf Obdachlose. Er, der in Zürich stolz war, zu seinen Bekannten einen Clochard zu zählen, und ihn auch gemalt hatte, sah nun zu Hunderten Stadtstreicher und Alkoholiker vor sich, einer neben dem andern auf dem Asphalt hockend oder für sich an einer Hausmauer eingenickt, neben Kartonschachteln, Verpackungsmaterial und was sonst als Schlafstatt diente, inmitten von Abfall. Einer, der vom Pfandgeld der zusammengesammelten Dosen lebte, hatte ihm anvertraut: Wenn man schläft, muss man achtgeben, dass die von der Abfuhr einen nicht auf den Müllwagen kippen. Unter den Verwahrlosten auch Frauen und Kinder. Für sie alle reichte meinem Malerfreund eine einzige Leinwand nicht; er deckte sich mit Skizzenblöcken ein und zeichnete als Erste die, die bei der Suppenküche anstanden.

Andererseits war mir *West Side* ein Begriff, ihn kannte ich von einem Musical. Ich war überrascht, als ich vernahm, dass die *West Side Story* ursprünglich *East Side Story* hieß. Man korrigierte, weil man *East Side* mit wohlhabenden Adressen assoziierte. In der Tat, wie mein Sightseeing bestätigte, dort hatten sich Wohlhabende einst ihren italienischen Palazzo oder ihr französisches Renaissanceschloss bauen lassen. Die feine Meile von heute war mir vetraut, ich fand die Namen wieder, die ich von meiner einheimischen Boutiquengasse her kannte.

Ob *west* oder *east,* es war einmal mehr die Geschichte von Romeo und Julia, aber diesmal in »America, America«, wo es keine Schande ist, Immigrant zu sein, so sangen sie. Sie kamen von der »miesen« Insel, von der »schönen« Insel und begrüßten America mit Hallo, denn »hier hat jede Laus ihr eigenes Haus«. Nicht zwischen zerstrittenen Familien, der Krieg fand zwischen einer amerikanischen und einer puerto-ricanischen Jugendbande statt. Auch ich liebte, nicht nur die beiden Verliebten, sondern auch all die, die miteinander tanzten und aufeinander einstachen. *Somewhere,* wie sie sangen. Irgendwo musste auch mein *somewhere* sein. Fraglich, ob wir das gleiche Irgendwo meinten, sicher aber war es ein Irgendwie und Irgendwann.

Allerdings hatte ich Mühe, die Straßen ausfindig zu machen, in denen die Story spielte, die Flachdächer, auf denen sie sich trafen, und die Autobahnbrücke, unter der sie aufeinander losgingen. Wenn schon Puerto-Ricaner *live,* dann woanders. In Spanish Harlem, wo *spanglish* gesprochen wird. Dort entdeckte ich in den Fenstern Heiligenstatuen. Als Katholiken gehören die *Ricans* einer Minderheit an. Im Gegensatz zu den Schwarzen sind sie nicht volle Amerikaner, aber insofern sie weiß sind, setzen sie sich dem Aussehen nach von den schwarzen Mitbürgern ab. Ich konnte meinem Thema des »Dazugehörens« eine Variante beifügen.

Was soll da *west, east* – jeder Ort scheint auf eigene Weise die Himmelsrichtungen zu bestimmen, als gebe es Kompasse mit Nadeln, die lokal ausschlagen und die gegebenenfalls auch nach oben zeigen.

Als ich Barry, einen Offiziersanwärter, eine schneidige Bekanntschaft, fragte, warum seine Militärakademie auf einem Hügel über dem Hudson, nördlich von New York,

»Westpoint« heißt, salutierte er: »Ein Militär stellt nicht solche Fragen. Mein Wohnort heißt: zu Befehl.«

Weder *west* noch *east,* sondern *down and up or middle.* Upper East Side, das war eine Museumsmeile ebenso wie die riesige in byzantinischem Stil errichtete Synagoge oder ein Islamic Center. Und *downtown.* Nicht nur Wall Street, wo sich Vaterland und Börse treffen, National Memorial und Stock Exchange. Und Chinatown, wo ich unter Papierlaternen meinen Doppelstecker erstand, und Little Italy. Mein Arbeitsort in Midtown lag gegenüber dem Marmortempel der Public Library, dahinter der Park, den die Dealer okkupierten, ein paar Hausnummern weiter der erste Sexshop.

Was nützt schon eine Westlage: Mein Gastgeber hatte Lust auf eine Pizza, gerne war ich bereit, diese zu beschaffen, die nächste Pizzeria lag nur eine Straße weiter. Doch mein Gastgeber griff zum Telefonhörer, wählte eine Nummer und bestellte: eine Pizza Margherita bitte. Die Bestellung ging von der dreiundvierzigsten Straße ins All, über einen Satelliten nach Indien und vom indischen Callcenter über den Satelliten an die Vierundvierzigste Straße. Und schon klingelte der Pizzakurier. Der kürzeste Weg ist nicht der um die nächste Ecke, sondern der übers Universum. Der Osten erledigt die Bestellungen des Westens.

Doch unüberhörbar blieb der Lockruf *go west, young man.* Und sei es nur eine Stadt weiter. Zum Beispiel nach Chicago. In die Zweite Stadt, die mit ihren Hochhäusern New York vormachte, was Höhe und Stil heißt. Mit ihren Schachbrettstraßen dem Nordwind ausgeliefert, gegen den ich ankämpfte. Ein Chicago, von dem ich aus Büchern, Filmen und Schallplatten Vorstellungen mitbrachte: Mafia und die einzige Heilige der USA. Unvermeidlich der Jazzkeller, wo Gitarre und Bass-Saxophon mit Blues an die Sklavenarbeit auf den Baumwollfeldern im Süden des Landes erinnerten, aber auch an die Schlachthöfe Chicagos. Kurz zuvor war der letzte geschlossen worden, verstummt das hohe Quieken, das grimmige Grunzen und das qualvolle Wimmern – *no cover, no minimum charge.*

Über diese Stadt legte sich ein Gesicht. Erich war ein brillanter Kommilitone. Uns allen war klar, der schafft es. Gleich nach dem Zürcher Examen wurde er Assistenzprofessor an der Chicago University. Dort besuchte ich ihn, er führte mich durch den neogotischen Bau. Mit dem gehobenen Ambiente kontrastierten die Studenten, chic war ein zerschlissenes T-Shirt, als Bekenntnis zum Anti-Establishment konnte man sich im *university shop* die Hosenbeine der Bluejeans ausfransen und sich Flicken aufnähen lassen.

Beim zweiten Besuch lag er in einem Krankenhausbett, in der Aids-Abteilung. Für seine Sätze klaubte er Wörter zusammen. Die Fingernägel gelblich verfärbt. Eine Wendung erlangte neue Bedeutung: Augenhöhlen. Ich sah in abgrundtiefe Höhlen, in denen zwei Pupillen Licht suchten. Über den abstehenden Knochen eine fleckige Haut.

Dieses Gesicht legte sich über die Stadt, ohne die erste Erfahrung zu löschen, die ich mit ihr gemacht hatte. Wenn ich in einem Verzeichnis eine Straße nachschlug, fand ich nicht nur eine Adresse, ich vernahm das erstickte Lachen eines jungen Menschenlebens.

Die Pracht- und Renommierstraße ist die Michigan Avenue. Alle Wege und Absichten der *Second City* treffen sich hier einmal. Gewöhnlich nur auf der »wundervollen Meile«, ihrem repräsentativen Nordabschnitt, oder auf einem Teil der South Michigan Avenue. In dieser Straße imponiert Chicago, nicht zuletzt sich selbst. Aber die Michigan Avenue hört nicht nur geographisch an einem anderen Ort auf, als sie beginnt. Die Straße führt dorthin, wo Chicago sich genierte und wo es litte, nähme es für beides Zeit.

Als ich erwähnte, ich sei die Michigan Avenue ganz abgefahren und abgelaufen, rief dies Verwunderung hervor. Nicht nur wegen des unkonventionellen Sightseeings, manche Bekannte wussten gar nicht, dass die Straße noch weiter in den Süden verläuft. Aber sie zielt südwärts, jenseits der Viertausender-Nummern, in ein Chicago, das wenige kennen; in ein Chicago, wo es gefährlich sei, als Weißer hinzugehen, und gar noch allein.

Also fangen wir oben an, wo es weniger gefährlich ist, wo einem höchstens Geschäftsinhaber und Restaurantbesitzer Geld aus der Tasche ziehen und wo man nicht nach Scheinen greift, sondern nach der *credit card.* Wo es keine Gangs gibt, aber wo genauso unerbittlich mit dem Gegner abgerechnet wird, nur dass der Anwalt hier von Anfang an dabei ist. Beginnen wir zum Beispiel an jenem Platz, wo neben den Hotelriesen das Playboy-Building steht, und hören wir dort auf, wo die Prostitution einen Broterwerb darstellt, wo noch die alte Promiskuität regiert und nicht der therapeutische Gruppensex, wo Abfall und Kinder auf der Straße liegen.

Die Straße führt an allem vorbei, was Chicago ausmacht und was zu ihm gehört, stellvertretend und zur Schau gestellt. Vorbei am Loop, dem zentralen Geschäftsviertel, dem

Stadtherz mit den größten Warenhäusern. Vorbei an Imperien wie Standard Oil oder Prudential, vorbei am Wrigley Building, dessen Macht auf Kaugummi gebaut ist, vorbei an dem Feuerwehrturm, der als Einziger den historischen Stadtbrand überlebte. Hinunter ins Imperium der Slumlords, vorbei am Institute of Fine Arts und am Auditorium, dorthin, wo man nicht Bilder, sondern Ratten sammelt und wo man nicht nur Ohren mit Musik füllt, sondern auch Mägen.

Ein Quartier, das die Schwarzen in den zwanziger Jahren des letzten Jahrhunderts eroberten. Sie siegten nur schon, indem sie kamen. Kaum waren sie als Schwarze aufgetreten, räumten die Weißen ihre Villen, fluchtartig, sie überließen ihre Prachthäuser dem Schicksal, und das war schwarz.

Zuweilen musste ich genauer hinschauen, bis ich die scheibenlosen Fenster entdeckte. Bis ich sah, dass bei dieser oder jener Villa Eingang und Fenster mit Brettern vernagelt waren oder Stacheldraht durch einen Ziergarten zog. An jenem Nachmittag, als ich zum ersten Mal durch diesen Teil der südlichen Michigan Avenue ging, herrschte eine schläfrige Ruhe, wie sie vornehme Residenzviertel kennen, aber es war die Ruhe der Lethargie und der Aussichtslosigkeit. Das diskreteste Dekor für Arbeitslosigkeit und Unterernährung, das ich je sah, eine Szene, die mich vergessen ließ, dass ich mich unweit vom Zentrum der zweitgrößten Stadt Amerikas befand: ein alter Nigger, der auf den Stufen vor dem Haus saß, auf der Veranda ein Hund und ein Knabe, eine schwarze Mama, die Erbsen enthülste, aus dem Transistor ein Song der Baumwollpflücker – wie aus einem Bilderbuch über die Südstaaten.

Ich habe an die Bemerkung von Seneca gedacht: »Jetzt zählen die Herren die Sklaven. Was aber, wenn einmal die Sklaven anfangen, die Herren zu zählen.« Einer der Aussprüche, die ich mit mir herumtrage. Was sich der römische Philosoph im ersten nachchristlichen Jahrhundert fragte, taugte ebenso für chinesische Dynastien und arabische Imperien, für den amerikanischen Sezessionskrieg wie für das kaiserliche Brasilien und das zaristische Russland, und selbst für die Michigan Avenue.

Welche Assoziation sich auch einstellen mochte, keine konnte den Ruf übertönen: *go west, young man.* Wenn dieser an einem Ort stilgerecht war, dann sicher hier.

Allerdings hatte ich nicht den Wunsch, auf einer *Family Ranch* ein Wildwestleben kennenzulernen, wie ein Prospekt empfahl. Ich verspürte weder Lust, Kühe zu treiben, noch Rindern ein Brandzeichen zu setzen oder auf einem Pferderücken eine Kakteenwüste zu durchreiten.

Ich sah mich um: Was da im Wartesaal an Männern herumsaß, in Zeitungen und Zeitschriften blätternd, dösend, die Füße auf dem Gepäckstück, in ein *mobile phone* hineinsprechend oder einem Kopfhörer hingegeben – das waren keine Trapper und keine *mountain*-Männer. Der mit einem Musterkoffer zwischen den Knien führte wohl kaum ein Sortiment von Waffen mit sich: Darf es eine Winchester sein oder eher eine Derringer? Die Blondine daneben, in deren Ausschnitt Kreuze und Muscheln baumelten und die zwischen Hutschachteln, Schmuckkästchen und prallvollen Tüten saß, durfte trotz Busen kaum ein Saloonengagement in der Handtasche haben. Ich selbst sah auch nicht gerade nach einem Fallensteller oder Pelzjäger aus. Aber vielleicht waren sie alle verkappte Glückssucher auf ihrem *go west.*

Warum sollten die, welche mit mir darauf warteten, auf die Bahnsteige gelassen zu werden, warum sollten sie das gleiche Ziel haben wie ich, nicht einfach *go west,* sondern *go wild west.* Für die Pistolenduelle, wie ich sie von der Leinwand und vom Bildschirm her kannte, hätte ich ebenso gut nach Andalusien fahren oder einem Kopfgeldjäger in der Umgebung von Rom begegnen können. Selbst eine Kiesgrube in den Abruzzen war für hundert Fäuste und ein Vaterunser dienlich. Auch an einem europäischen Drehort wartet eine Bahre auf den Sheriff, tragen Kugeln keine Unterschrift. Grußlos macht sich auch hier keiner davon: zum Abschied noch ein Totenhemd. Verflucht, verdammt und halleluja.

Ich will in den Wilden Westen, der westlich des Mississippis beginnt. Habe ich nicht gelesen: Die Sonne geht im Westen auf?

Es ist doch etwas anderes, statt auf dem Bildschirm in einer Bar die Einschusslöcher in der Theke zu zählen oder vor dem Telegraphenmast zu stehen, an dem ein *outlaw* gelyncht wurde. Nicht per Pony-Express gelangte ich in diesen Western-Westen, nicht per *stagecoach,* nicht per Planwagen. Nein – per Eisenbahn. Leider nicht mit einer der längst ausrangierten Lokomotiven, bei denen vorn über dem Scheinwerfer ein Geweih angebracht war. Nein – mit der Pacific Railroad. Die Südroute. Drei Tage Eisenbahn.

Eines Morgens in der Ferne die Rocky Mountains, eine bläuliche Erinnerung an die Berge zu Hause, hingemalt, als wären sie nicht aus Stein. Der Amtrak zieht eine Schleife.

Hügelkette und Wellental gehen ineinander über. Vor dem Waggonfenster die Prärie. Leer die baumlose Grassteppe. Ein Stück Land von einem Brand verkohlt. Wo blüht der Indigo und wo die Kugelblume? Schließe ich die Augen, vernehme ich ein Krachen, eine gebrochene Deichsel. Dann das dumpfe Böllern der Kanone, die in die Büffelherde schießt, und deutlich vernehmbar der Indianer, der mit erhobenem Tierschädel die Rückkehr der Büffel beschwört. Das Heulen eines Kojoten, Huronengebrüll. Schwarzfußindianer wiederholen auf Geheiß des Regisseurs ihre Attacke. Ein Pfiff, die Lokomotive keucht bergwärts, sie schafft es nicht, sie lässt sich zurückrollen, mit etwas Anlauf nimmt sie die Steigung. Santa Fe entgegen. Der Santa Fe Trail, hieß er nicht einst Straße des Todes. In den harten Wintern blieb da mancher liegen, zur Freude der Wölfe. Ich lege das Ohr ans Fenster, die Scheibe zittert, mir ist, als vernehme ich Pferdegetrampel. Es war der schwarze Schaffner, der klopfte: »Sir. Dinner. Reserviere ich für die erste oder zweite Schicht?«

Und endlich jener Westen, der gemeint ist mit *go west, young man.* Kalifornien, allerdings nicht das Kalifornien der einstigen Goldschürfer, sondern das südliche. Wo man die Träume, die nicht wahr werden, in den Filmstudios auf Celluloid herstellt. Es sei denn, man baut wie ein Nachtwächter und Tellerwäscher drei Jahrzehnte lang aus Eisenstäben, Draht und Mörtel sinnlose Türme, schmückt sie mit Nischen und Bögen, mit Muscheln und Kacheln, und überlässt sie eines Tages sich selbst.

Und ich? Habe ich etwas anderes gemacht, als den Träumen anderer nachzufahren?

Los Angeles. Nicht zum ersten Mal. Diesmal nicht auf einem Flugplatz gelandet, sondern in einem Bahnhof angekommen. Nicht weit davon entfernt die Mission San Gabriel, die mich inspirierte, weitere Missionsstationen aufzusuchen, welche die spanischen Missionare nordwärts entlang dem *camino real* errichtet haben.

Noch einmal venezianische Kanäle, die am Pazifik an die europäische Lagunenstadt erinnern sollen. Noch einmal der Teerteich, in dem Dinosaurier ersticken. Und noch einmal im Studio erleben, wie unter einer Eisenbahn eine Brücke einstürzt, und zusehen, wie ein Stuntman aus einem brennenden Haus in die Tiefe auf eine Matratze fällt. Erneut in *downtown* mein Hotelkasten, nur dass jetzt neben dem Eingang ein *warning* zu lesen ist: »Beim Bau wurde Asbest verwendet.« Aber nicht noch einmal Disneyland, obgleich ich die beiden Bärenköpfe, die, an die Wand genagelt, das Bühnengeschehen kommentieren, in bester Erinnerung habe.

Wiederum im Straßenbilderbuch unterwegs sein, von Verkehrsschildern geleitet. Reklametafeln abfahren, Highway um Highway: »Nehm ich die Ausfahrt bei der Mickey Mouse oder die übernächste beim hingemalten Waldstück?«

Sicher aber diejenige nach East Los Angeles, wo die wohnen, die nicht westwärts zogen, sondern aus dem Süden hochkamen, legal oder illegal, über irgendeine grüne Grenze, die vielleicht von der Patrouille aufgegriffen wurden und erst beim zweiten oder dritten Mal Glück hatten, und von denen ein Großteil schwarz arbeitet, zu einem Hungerlohn, der weniger Hunger hat als der einheimische. Mexikaner, die Chicanos heißen. An den Mauern nicht nur Markierungen von Gangs und politische Parolen. Malereien, in denen mexikanische Geschichte evoziert wird. Bilderinnerungen an Aztlán. Aztlán, ein mythischer Ort, von dem einst das Volk der fünften Sonne aufbrach, um eine neue Heimat zu finden. Eine Herkunft, von der noch der Sand im Flussbett zeugt und die Farbe der Augen und der Haut ihrer Söhne.

Nicht nur schwarz ist schön, sondern auch braun, was man besser bronzen nennt. So wohne ich einem Aztekentanz vor einer katholischen Kirche bei. Die Madonna von Guadalupe segnet ihre Chicanos mit bronzener Hand.

Und ich, dem als Kind der Zürichsee so groß vorgekommen war, stehe am Pazifik. Mit schlechtem Gewissen gedenke ich der Sihl, einen *creek* vor Augen, einen Flusslauf, der nicht das ganze Jahr Wasser führt, nah am Meer und ausgetrocknet als Zufluss.

Am Pazifik, der mich lehrte, dass die USA nicht bloß eine atlantische Nation sind, sondern auch eine pazifische.

Am Pazifik. Auf dem Pier von Santa Monica, neben der Wurlitzerorgel und dem nostalgischen Karussell. Der Blick in die Bucht, verstellt von Zuckerwatte, doch dann das Badetreiben auf dem bewachten Sandstrand.

Oder über der Brandung auf einer Terrasse den Wellenreitern zuschauen, die auf ihrem *longboard* paddeln oder auf ihrem *shortboard* Stehvermögen ausprobieren. Eine Welle, ein Surfer, lautet die Spruchweisheit. Mitten in der Gischt behauptet sich ein Körper, dahinter ein schwarzer Gummianzug, der durch die Wogen wirbelt. An einer Brüstung ein *beach boy,* der mir als Visitenkarte die Narben vorzeigt, die sein Surfbrett an Armen und Beinen schlug.

Oder oben auf den abfallenden Klippen, unter Eukalyptusbäumen auf einer der Bänke, auf denen einst jüdische Emigranten von dem sprachen, was sie in Deutschland hinter sich ließen. In parkierten Autos andere beim *people watching.* Auf Klappstühlen ältere *ladies,* die eben ihr Lunchpaket auspacken.

Draußen Segelboote. Was, wenn ich meinem Blick folge. Hinaus in die Ferne, noch weiter nach Westen. Ein Weltmeer durchquerend gelange ich in Gedanken an ein anderes Ufer, an das eines andern Kontinents.

Nur eben, wenn ich auf diese Weise westwärts gehe, gelange ich in den Fernen Osten. Der Chinese, der mir die Wäsche besorgt, oder der, der im Delikatessenladen die Medikamente betreut. Der Vietnamese, der mir erzählt, wie seine Familie und er noch mit einer der letzten Maschinen aus Saigon rauskamen und um die Flugplätze kämpften, und wie sie die Toten die Rolltreppe hinunterwarfen. Der Filipino, der Taxi fährt, und derjenige, der das Kulturzentrum betreut. Und die Japaner, die an der Universität Auszeichnungen holen. Der Koreaner, der im Spezialitätenrestaurant serviert, ebenso wie der Computerspezialist im Discount. Sie alle sind aus dem Westen gekommen, heißen aber *orientals,* als kämen sie aus einem Osten.

West und Ost geraten ineinander, weil die Landkarte noch flächig ist. Ich bin in Richtungen aufgebrochen, von denen ich annahm, sie seien entgegengesetzt. Hätte ich mich an einem Globus orientiert, wäre es kein Widerspruch, in den Westen aufzubrechen und im Osten anzukommen. Unsere Sprache hinkt der Erdkugel nach. Der Wortschatz ist noch nicht global. Ich sah mich genötigt, umzulernen. So dass ich in den Osten aufbrechen kann, um im Westen anzukommen und um im Westen einen Osten zu finden. Daher mein Bemühen um eine Sprache, die rund ist.

Und hier, am Pazifik, eine Erinnerung an die Ägäis. Ich saß in Ägina vor dem Tempel und wartete auf den Bus. Da tauchte ein junger Amerikaner auf, unverkennbar, Turnschuhe und Bluejeans waren noch nicht internationalisiert. Ich fragte ihn, was er von unserer Antike halte, durchaus im Bewusstsein, dass wir Schweizer eher für Pfahlbauten zuständig waren als für Tempel. Da antwortete er: Die amerikanische Antike, im Gegensatz zur europäischen ... Ich horchte auf: amerikanische Antike? Diesen Ausdruck hatte ich noch nie gehört. Er war der Sohn eines Diplomaten, aufgewachsen in Mexiko. So wusste er von Völkern wie den Olmeken. Nicht nur das: Sein Vater sei nach Indien versetzt worden, er freue sich auf die asiatische Antike, und da habe er gedacht: auf dem Weg dorthin nehme er die europäische Antike mit. Da saß ich mit einer Antike, und mir gegenüber einer mit drei Antiken. Ich schwor, eines Tages mehr als eine Antike zu haben.

Was für Momente, wenn Wörter zu rotieren beginnen.

Go EAST, YOUNG MAN – so *young* war der junge Mann nicht mehr.

Mein erster Osten hieß Morgenland. Dort roch es wundervoll, kostbarer als Weihrauch. Dort vergoss ein Akazienbaum nach der Verwundung eine wohlduftende Träne aus Harz. Solche Myrrhe brachten die drei Könige nach Bethlehem. Einer der drei Weisen war ein Schwarzer. Der kam zu seinem Krippenauftritt auf einem Kamel, begleitet von einem Diener mit Turban, prächtig gekleidet wie sein Herr und Gebieter: Caspar.

Jahrzehnte später nahm ich zur Kenntnis, dass er auch Balthasar oder Melchior hätte heißen können. In der Bibel selbst haben die drei keine Namen; und von keinem der Magier vernimmt man, dass er schwarz ist. Eingefärbt wurde einer, als die Bethlehem-Szene machtpolitisch interpretiert wurde und die drei Könige als Repräsentanten der Kontinente verstanden werden sollten, die sich mit ihrer Reverenz dem Anspruch der Kirche beugten. Da musste einer von ihnen als Vertreter Afrikas schwarz werden. Das war nicht überall derselbe. So begrüßte ich in Iberien Balthasar als schwarzen König und nicht wie bei uns zu Hause Caspar.

Man ist nicht von vornherein Neger; man wird dazu gemacht, das gilt auch für die Bibel.

Den Weisen aus dem Morgenland hatte am Himmel ein

Komet aufgeleuchtet, einer, der Gutes verhieß, der Wegweiser zu einem Stall. Was wir als Zeichen Gottes und als Himmelserscheinung bewunderten, war, wie wir im Physikunterricht von einem atheistischen Lehrer erfuhren, ein Stern mit einer durch Ausgase erzeugten Koma, von der Bestandteile durch Strahlungsdruck und Sonnenwind weggeblasen werden, so dass sich ein Schweif ausbildet.

Nun ist der Himmel über dem Heiligen Land der Flüchtlingslager und okkupierten Territorien längst nicht mehr der Himmel, aus dem der Erzengel Gabriel herunterstieg, um einer Jungfrau die Geburt eines Sohnes zu verkünden und um dem letzten Propheten, Mohammed, die Weisheit des Korans zu diktieren. Es ist nicht mehr der Himmel, in dem der Erzengel Raphael ins Horn stoßen wird, um das Weltende zu annoncieren. Sicher ist es auch nicht mehr der Himmel, aus dem ein Michael das Böse, den Satans-Drachen, in die Hölle stürzt. Denn der Himmel selbst ist mit Raketen und Bomben eine Basis der Hölle geworden. Die Schutzengel flüchteten und suchten Schutz bei Menschen, die selbst auf Schutz angewiesen sind. Einer hat sich bis zu mir verirrt.

Doch beim Wort Morgenland hatte einst ein Tamburin andere Vorstellungen geweckt.

Natürlich war mir als Junge klar, dass der Teppich nicht fliegen wird, aber man weiß ja nie. Ich hockte mich auf den Vorlegeteppich und rief hü und hott, als säße ich auf einem Pferd. Der Teppich bewegte sich erst, als ich die Augen schloss. Er setzte zum Flug an, und ich flog über den Hinterhof hinauf bis zum Schulhaus, kreiste über dem Pausenplatz und steuerte die Sihl an. Da meine Schwester mir im

Flur über die Füße stolperte, stürzte ich, ich fiel weich auf einen Schuhabstreifer.

Aber die Methode habe ich beibehalten: geschlossene Augen als fliegenden Teppich benutzen. Geübt hatte ich das an der Sihl, wenn ich die Augen zumachte, um zu vernehmen, was das Rauschen zu berichten weiß und was das Wasser vorhat, das davonfließt.

Das verhielt sich mit »Sesam, öffne dich« anders. Ein Schulkamerad der oberen Klasse behauptete, er könne mit einem Zauberwort Schlösser sprengen. Er versprach mir die Hälfte, wenn ich ihm hülfe, das Geld aus dem Tresor hinauszutragen. Er übte das Bankensprengen im Keller. Wir standen vor der Abteiltür und sahen durch das Holzgitter die Hurde mit den Äpfeln, an die wir ranwollten. So oft, so laut und so beschwörend wir »Sesam, öffne dich« riefen, das Vorhängeschloss gab nicht nach. Mein Kamerad war überzeugt, das Schloss verstehe kein Hochdeutsch, weswegen er sich bemühte herauszufinden, wie »Sesam, öffne dich« in Zürcher Mundart lautet.

Das änderte nichts an unserer Überzeugung, dass ein Geist in einer Flasche wohnt. Unsere Väter hatten solche Flaschen, aus denen sie den Geist schluckweise befreiten, bis er ihnen in die Beine fuhr.

Dieses Morgenland konnte einen mit seinen Bauchtänzerinnen bis in feuchte Träume verfolgen: Mädchen hatten wie Buben einen Nabel.

Dass ich die Bekanntschaft mit Aladin, Ali Baba und Sindbad einem blutrünstigen König verdankte, erfuhr ich von dem, der in dem Fall nicht ein Buch mehr, sondern es ganz gelesen hatte: Ein Herrscher über eine Insel zwischen

Indien und dem Kaiserreich China ließ seine Frau, die ihm untreu war, hinrichten. Ihm musste Nacht für Nacht eine neue Jungfrau beschafft werden, die er anderntags zum Tod verurteilte. Ein Morden, dem Scheherazade ein Ende bereitete, indem sie dem Herrscher Geschichten erzählte, auf deren Fortsetzung dieser so versessen war, dass er sie schonte, was eine Serie von tausend und einer Nacht ergab.

Erzählen, um am Leben zu bleiben, das habe ich in meine Poesie aufgenommen. Dazu passte auch meine Gänsegeschichte. Als der Fuchs die Gänse fressen wollte, baten sie um die Gunst, ein Sterbegebet verrichten zu dürfen. Was der Fuchs gewährte, worauf die Gänse zu schnattern begannen, und so schnattern sie bis heute. Eine Geschichte, an die ich jeweils am Martinstag denke, wenn Gänsebraten serviert wird. Es war der Fuchs, der das Sterbegebet erlaubte, und nicht der Mensch.

Das allerdings habe ich nicht im Orient vernommen. Was hab ich sonst schon von dem Morgenland, das zu Palästina und Israel wurde, aus eigener Anschauung gewonnen?

Ein kurzer Besuch in Israel als Begleiter einer Reisegruppe, und dies eine Woche vor dem Sechstagekrieg. Man hatte uns die laufenden Motoren der Militärflugzeuge vorgeführt: »Dank ihrer Bereitschaft werden wir Minuten früher zuschlagen.«

Geblieben sind Eindrücke wie der Hügel, auf dem die Bergpredigt gehalten wurde, die Bild gewordene Erkenntnis, was es heißt, Steinen zu predigen.

Erstaunlich, welche Momente sich zuweilen bei meinem Unterwegssein einprägten.

Wenn ich zum Beispiel an Moskau denke. An das Moskau der Sowjetzeit, als man in der Warteschlange anstand beim Lenin-Mausoleum, und an die Zeit danach. Jedenfalls habe ich bei dem Denkmal haltgemacht, das die Stelle markiert: Bis hierher und nicht weiter stießen die deutschen Besatzer vor. Unterkunft in einem Stalinbarock-Hotel. Von der Lomonossow-Universität aus ein Panoramablick. In der Moskwa treiben und stauen sich Eisschollen. Nur mit Mühe wurde ich in den Friedhof beim Neujungfrauen-Kloster eingelassen: er ist gesperrt, um die Fans daran zu hindern, sich am Grab eines Protestsängers zu versammeln. Ein Besuch im Atelier eines Künstlers, der mit Bildern an einer Freilichtausstellung teilnahm, die von Bulldozzern niedergewalzt wurde.

Oder beim Schriftstellerverband. Anstoßen auf Mütterchen Russland und auf Väterchen Frost und auf die Schweiz. Und zwar ex. Das Glas umdrehen, um zu zeigen, dass kein Tropfen mehr drin ist. Ein einziger Schluck und nicht bloß nippen. Einschenken bitte, und zwar voll. Auf den Frieden trinken und auf die Brüderlichkeit. Trinken ohne Anlass ist Trunksucht, also her mit einem Anlass: Stoßen wir an auf den Vaterländischen Krieg und auf die Astronauten. Auf deine Familie und auf meine Familie, auf jedes Kind, denn jedes hat sein Wässerchen verdient. Auch auf die Kinder, die noch kommen. Als ich in die Runde fragte, ist Pjotr schon gegangen, hob mein Gegenüber das Tuch und sah unter den Tisch: Er ist noch da.

Kurz vor der Reise hatte ich ein Telefongespräch mit einem Kollegen geführt. Darüber, ob er von Orion schreiben kann, ohne angeben zu müssen, dass es ein Sternzeichen ist, und zwar das des Jägers – wie weit noch mit Kenntnissen der antiken Götter und Helden gerechnet werden kann. Das Problem stellte sich hier in Russland anders. Ein Übersetzer aus dem Deutschen bat mich um Hilfe: In einem realistischen Text komme plötzlich eine surrealistische Wendung vor, da sei die Rede von einem »brennenden Dornbusch«. Der Surrealismus erwies sich als Anspielung auf die Moses-Szene im Alten Testament.

Wenn Religion nicht mehr Schulfach ist, so ging die Diskussion, fehlt die Voraussetzung, die eigene Kultur zu verstehen.

Ost wie West – der europäische Osten lag nicht in einem geographischen Osten, sondern in einem ideologischen. Die ideologische Grenze verschob die geographischen. Auf die Frage, was liegt weiter im Osten, Prag oder Wien?, die irrtümliche Antwort: Prag ist östlicher, weil kommunistisch.

Und wo lag schon Polen? Hinter dem Eisernen Vorhang weit hinten im Osten. Bis ich nach dem Fall der Mauer merkte, dass polnische Städte wie Szczecin und Poznań einige Bahnstunden näher bei Berlin liegen als westdeutsche Städte. Ich stand in Warschau vor einer Ansammlung von Kreuzen, sie erinnerten an die Polen, die nach der Invasion der Sowjets getötet oder deportiert worden waren. Ich war in den Osten gereist und fand ein Denkmal, das auf all die hinwies, »die im Osten umkamen.« In einem Osten hinter dem Osten.

Der ideologische Osten lag hinter einer Grenze, welche die einen als Schutzwall verstanden und die andern als Todesstreifen erlebten. Ein halbes Jahrhundert hinter Wachtürmen, Panzerwagensperren, Minenfeldern und Hundelaufanlagen.

Ein Osten, den ich aus politischem Anlass kennenlernte.

»Wie europäische Sicherheit sich schon längst nicht mehr nur auf den europäischen Kontinent beschränkt, zählt zur europäischen Kultur ebenso der Sowjetschriftsteller, der kirgisisch schreibt, wie die französischsprachige Kanadierin und der amerikanische Autor von der Pazifikküste.«

Das notierte ich in meinem Bericht über das Europäische Forum 1985, an dem ich die Schweiz vertrat. Ein Treffen der Experten, wie es die ›Helsinki-Konferenz über Sicherheit und Zusammenarbeit in Europa‹ vorsah. Zusammen kamen Vertreter aus dem kapitalistischen und sozialistischen Lager sowie Repräsentanten neutraler Länder wie der Schweiz. Zur Debatte standen die kulturellen Beziehungen:

»Wenn ein amerikanischer Delegierter eine Namensliste von Autoren vorlas, die in russischen Gefängnissen oder in psychiatrischen Kliniken sitzen, wies ein sowjetischer Delegierter auf die Zensurmaßnahmen in den USA und deren restriktive Visa-Politik hin. Schwieriger wurde eine solche Replik, wenn von Unterdrückung in Südafrika, Argentinien oder in der Türkei die Rede war. Je konsequenter einer von der Repression im eigenen Land oder im eigenen Kulturraum spricht, umso legitimer ist er mit seiner Kritik an der Repression der andern. Wenn diesen oder jenen der Prozentsatz an Analphabeten vorgerechnet wurde, galt es festzuhalten, dass nicht der Analphabetismus zur Diskussion stand, sondern der Alphabetismus. Lesen- und schreibenkönnen ist nicht ein Ziel, sondern eine Voraussetzung dafür, das lesen zu können, was einer möchte, und das schreiben zu dürfen, was einer will.«

Eine Auseinandersetzung im Zeichen einer Perestroika,

von der wir nicht sicher waren, ist diese Liberalisierung in der Sowjetunion und damit im sogenannten Ostblock ernst gemeint oder Propaganda.

Budapest als Tagungsort, eine Stadt, die ich zum ersten Mal ins Bild bekam, als die Sowjets den Aufstand niederwalzten. Ein Foto und zwei Legenden. Ein Panzer und davor ein russischer Offizier, einmal stand darunter: »Die Befreier sind da.« Und das andere Mal: »Die Unterdrücker besetzen die Stadt.«

Und nun die Stadt, unvermittelt, sie nahm sich in ihrem *train de vie* aus, als wäre sie eine Weiterführung von Wien. Auf dem Teller Gulasch, der ein Markenzeichen des Kommunismus abgab.

Wenn schon ein ideologischer Osten, dann Ostberlin.

»Nehmen Sie die Brille ab.« Es war eine mit getönten Gläsern. Der Volkspolizist besah sich den Pass, verglich mehrmals das Foto mit meinem Gesicht, das Foto war nicht mitgealtert. Der Uniformierte verschwand hinter einem Schalter, dessen Rollladen heruntergelassen war. Ich schaute an die kahle Wand, von der das Porträt eines Vorsitzenden auf mich heruntersah. Ein vergittertes Fenster. Scheppernde Marschmusik aus einer Tür, die gleich zugeschlagen wurde. Ich spürte einen Luftzug und fragte mich, woher die Kälte kam. Totenstille, die man kaum mit seinem Atem zu stören wagte. Ein anderer Grenzübergänger betrat den Raum, sah sich um, gab mit dem Pass die Tüte ab. Er setzte sich neben mich. Jeder überlegte, ob er ein Gespräch anfangen sollte; wir ließen es bleiben. Er erhielt Pass und Tüte zurück. Warum dauerte es bei mir länger? Bis ein anderer Uniformierter erschien und den Pass aushändigte. »Devisen-Zwangsumtausch«. Seine Worte trugen Stiefel, blankgeputzte. Und dann spazierte ich unter den Linden, in den Linden Lautsprecher und aus den Lautsprechern Parolen und Parolenmusik.

Ostberlin bot Ungereimtheiten. Zum Beispiel den russischen Soldatenfriedhof von Treptow. Die einen warnten, dort dürfe man nicht hin, andere beschwichtigten, noch nie sei etwas passiert. Mir wurde bewusst, wie unklare Verhältnisse wirkungsvoller verunsichern als klare Verbote; das musste ich mir merken, sofern ich einmal vorhaben sollte, eine Diktatur aufzubauen.

Ich suchte den Friedhof auf. In der Mitte ein Mausoleum, zu dem Freitreppen hinaufführten. Unter der Kuppel, in Mosaik, Stalin als byzantinischer Pankrator. Eben als ich von diesem Heiligtum heruntersteig, legten russische Soldaten ihre Hand auf meine Schultern. Wir gingen an den ausgerichteten Gräbern vorbei, rechts ein Russe, links ein Russe und in der Mitte ein junger Schweizer, der sich zu erinnern versuchte, was er über die endlosen Fahrten in Viehwagen nach Sibirien gelesen hatte. Dann bogen wir um eine Ecke. Soldaten, die hintersten in einer Reihe, davor einige in der Hocke und zuvorderst auf dem Boden ein paar mit gekreuzten Beinen. Einer von den beiden, die mich abgeführt hatten, drückte mir eine Kamera in die Hand und ordnete sich ins Gruppenbild ein; sie hatten einen gesucht, der den Auslöser betätigt. Ich fürchte, die Aufnahme war verzittert. Damals wurde ich zum ersten Mal »Hugotschka« genannt.

Dies in einem Berlin noch vor dem Bau der Mauer. Das erste Mal war ich (»Sie verlassen den amerikanischen Sektor«) rückwärts durchs Brandenburger Tor in den russischen Sektor gegangen, weil der Wind einem Staub und Trümmerpartikel ins Gesicht jagte.

Bald danach das Brandenburger Tor zugemauert. Die ersten Gräber derer, die bei ihrer Flucht von Ost nach West von Grenzsoldaten niedergestreckt wurden. Die Bereicherung des Wortschatzes: Selbstschussanlage. Aufs Podest geklettert, ein Blick über die Mauer. Der Fernsehturm in der Ferne und die Allee mit den Plattenbauten.

Nach dem Fall der Mauer, an einem Souvenirstand neben dem Reichstag, habe ich günstig einen russischen Orden erstanden für Verdienste, die noch zu leisten waren. Ein bespraytes Stück Mauer im Taschenformat eingesteckt. Vor der Humboldt-Universität Stände mit antiquarischen Büchern; darunter, was aus einstigen DDR-Bibliotheken aussortiert wurde. Als politisches Souvenir kaufte ich ein Wirtschaftslexikon mit dem Stempel: »Eigentum der Parteihochschule Karl Marx beim ZK der SED«.

Und dann die Wessi-Ossi-Zeit. Um die Blöcke ziehen in Prenzlauerberg, als noch manche Leninallee sagten, obwohl die nun Landsberger hieß. Eine Bierfabrik, zur Kulturbrauerei umfunktioniert. Eingänge zu Kellern und Läden zugemauert, und an den Hausfassaden die Balkone wegen Absturzgefahr abgeschlagen. Vor der Gethsemanekirche die Christusstatue, auf deren Sockel die Kerzen der Mahnwachen gebrannt hatten. Gelegentlich eine rote Fahne oder die schwarzrote der Anarchisten. In der »Klangschmiede« hätte ich Kurse für Müllmusik belegen können, um dem Joghurtbecher, der Kartonhülse, der Pappschachtel und dem Gartenschlauch einen zeitgemäßen Sound abzugewinnen.

Nach der Wende Reisen in ein Europa, das im Osten lag und das sich auf den Westen berief. Zum Beispiel eine Fahrt ins Baltikum.

Dort hatte es mir eine Brücke angetan, die von Narwa. Auf der westlichen Seite ein Trutz- und Trotzbau, wuchtig die fensterlosen Mauern, von Schießscharten gekrönt, Wart- und Wachtürme, über dem Uferhang die gedrungene Festung, sich auf dem Fels abstützend. Auf der gegenüberliegenden Seite die Gegen-Festung, ein Spazierweg den Fluss entlang, dahinter die schwer erklimmbaren Streben der Ringmauer, kastellartig die Anlage, in ihr der Bergfried mit Wehrgang.

Drüben Russland und hier Estland. Hier West und dort Ost. Fuhr man in den Osten weiter, kam man nach St. Petersburg, das wie keine andere russische Stadt in den Westen schaut.

Baulich hat die Brücke mit den Festungen nichts gemein. Bei allem Understatement aber ist sie nicht so harmlos, wie sie sich auf den ersten Blick gibt. An jeder Uferseite Abschrankungen, Stahlgerüste und Gitterzäune: Polizeiposten und Abfertigungsschalter, Zollabteil und Wechselstube: Rubel/Kroon, Russia /Eesti. Wächter mit Schäferhunden – die heißen nicht mehr Deutsche Schäferhunde, es sind jetzt osteuropäische.

Auf der Fahrt dorthin durchquerte ich Ebenen von Brachland, ungenutzt die Felder und die Weiden. Was das Auge nicht wahrnimmt: der Boden überdüngt und ausgelaugt. Von weitem zu sehen die Abraumhalden von Ölschiefer, eine schwarze Hügellandschaft ruinierter Natur. Der Ölschiefer dient als Brennmaterial den beiden Kraftwerken. Von Ruß und Asche grau eingefärbt die Schafe. Noch immer die Moore, wenn auch kaum mehr Torf gestochen wird. Birkenwälder und Föhrenforste. Am Himmel der Zug von Wildgänsen. In den Wäldern der Elch, der »in die Ewigkeit schaut«.

Auf dieser Reise bin ich Kreuzrittern begegnet. Dass Kreuzritter nicht nur südwärts oder südostwärts in den Missionskrieg gezogen waren, sondern im Norden auch in den heidnischen Osten ausrückten, war eine Erkenntnis, die ich erst jetzt gewann. Das Schwert in der Hand haben sie diese Territorien christianisiert, gnadenlos die Frohbotschaft verkündet. Schwertbrüder, wie sich ein religiöser Soldatenorden unverblümt nannte. Ein schwarzes Kreuz auf einem weißen Mantel. Pilgerheere, auf Taufe und Unterwerfung aus. Mit dem Blankoscheck eines päpstlichen Ablasses abgesichert, gleichgestellt jenen, die gegen Jerusalem zogen. Sie konnten für ihre Taten nicht zur Verantwortung gezogen werden, so wenig wie Jahrhunderte später die, die im Dienste der US-Regierung eine Lizenz zum Töten haben und jeder Gerichtsbarkeit entgehen.

Ich habe die Geisterorte der Kreuzritter aufgesucht, Zeugen von verlorener Macht. Ihre Ordensburgen: Wehrbauten, eine Mischung aus Kastell und Kloster. Wenige haben die volle Machtdemonstration beibehalten, viele wurden als Steinbruch genutzt. Zuweilen markieren auf einem strategischen Hügel ein paar Grundmauern die einstige Anlage. Wallgräben, die kein Wasser führen.

Und danach die Verlassenheit ganz anderer Städte, solcher aus unserer Geschichte. Garnisons- und Satellitenstädte aus der sowjetischen Besatzungszeit. In ihnen lebten bis zu dreißigtausend Menschen. Zurückbeordert die Belegschaften. Geräumt die Laboratorien, Werkstätten und Fabriken. Aufgegebene Viertel. Tote Straßenzüge von Mietskasernen mit gähnenden Fenstern, zusammengebrochenen Dächern und eingestürzten Treppenhäusern, von den Fassaden gefallenen Balkonen. Ausgedient die Verwaltungsgebäude, aufgegeben die Industrieanlagen. Leer die Mauernischen für die Bilder von Bestarbeitern. Ein verwaschenes Plakat am Kinopalast. Das Kulturhaus vernagelt. Gitterzäune und Drahtverhaue durchlöchert und eingerissen. Nichts mehr zu schützen und nichts mehr zu verbergen. Warnungen, die bedeutungslos geworden sind, und Schilder, die annoncieren, was nicht mehr ist. Noch steht das monströse »Pentagon«. Abgebaut das original Atom-U-Boot, das Schulungszwecken diente. Nicht weit davon zwei Kühltürmchen, die dazugehörigen Reaktoren wurden entsorgt und nach Russland geschafft. Weiter hinten ein Marinefriedhof, von den toten Matrosen kaum einer älter als zwanzig. Einstige Sperrgebiete, jetzt zugänglich, aber gemieden. Im Verdacht, verseucht zu sein. Leukämie und Pankreaskrebs als verstrahlte Langzeiterinnerung. Durch das Schulungszentrum für Nuklear-U-Boote geht der Wind, und die Türen bei der Aufbereitungsanlage von Uran für die Atombombe sind aus den Angeln.

Nicht lange her die Zeit, als wir mit der Möglichkeit eines Atomkriegs rechneten: Kriegsschauplatz Europa und Zentraleuropa hinterher eine Mondlandschaft. Und nun im Auge der Staub von Bauschutt. In den Portalen wuchert Gestrüpp. Schrott allenthalben. Aus dem Beton der Kommandantur ragt verbogenes Eisengestänge. Durchlöchert die

Straßen. Was für die Zerstörung geplant und geprobt worden war, dämmert der eigenen Zerstörung entgegen. Ein vergessener Panzer und ein abgestellter Traktor. Eine Apokalypse rostet vor sich hin.

Aber es gab einen Osten, der weiter im Osten lag – hinter dem Nahen Osten, viel weiter weg: ein ferner.

Im fernen Südosten gibt es einen privaten Osten. Einen Ort, bei dem das Gefühl den Kompass ausschlagen lässt. In Thailand, gegen Laos zu, in Isan, einer halbariden Region. Aus diesem Armutsgebiet wandern viele junge Frauen ab in die Hauptstadt, wo sie Arbeit suchen und in Bordellen unterkommen.

Ein Dorf, weit weg von der asphaltierten Überlandstraße. Als ich es kennenlernte, trafen sich die Burschen und Mädchen beim Eindunkeln am Brunnen zum Wasserholen, ein Moment des Scherzens und des Flirtens. Heute verfügen die Häuser über Wasseranschluss. Nutzlos die großen Tongefäße, die unterm Dach ums Haus herumstehen und in denen einst das Regenwasser aufgefangen wurde. Noch allenthalben die traditionellen Pfahlbauhäuser, zu denen eine Leiter hinaufführt. Die meisten haben den Unterbau ummauert, ein Abstellplatz.

Etwas außerhalb des Dorfes ein Haus, gebaut aus Erde, die mit Reisstroh gemischt wird. Ein feuchtes Material, das in der Sonne trocknet. Die erste Wand noch schief, die andern gerade und stabil. Das Dach aus Stroh, das alle zwei, drei Jahre gewechselt werden muss. Hinter dem Haus fossile Erde, aus der Brennstoff gewonnen werden kann. Noch jung der Bambus, aber dicht die Bananenstauden. Ums Haus herum Hühner.

Ein Haus, errichtet mit eigenen Händen, von einem Mann und einer Frau. Die Frau ist, was ich in meinem Familienwortschatz als Wahltochter bezeichne. In ihrem Elternhaus werde ich in den Familienclan aufgenommen. Bei der Zeremonie sitzen auf Matten Verwandte, Angeheiratete, Bekannte, Befreundete, vor allem Ältere. Ich, in einen breiten Seidenschal gewickelt, entzünde eine Kerze auf dem Blumengesteck. Anhaltend ist das Singsang-Gebet des Alten; es muss, dem Lachen nach, lustige Passagen aufweisen, beim Nennen meines Namens verhaspelt er sich jeweils. Er überreicht mir ein Ei und in ein Bananenblatt gewickelten Klebereis. Dann holt er aus dem Blumengesteck einen Flacon *eau de vie,* besprengt mit dem Branntwein meine Essensgaben und die Teilnehmer, als Wedel eine Blumendolde. Uns alle verbindet, von einem Knäuel abgehaspelt, ein Baumwollfaden, der durch die gefalteten Hände der einen Person zu denen der nächsten läuft. Noch nie war mir das Verbindende eines Schicksalsfadens vorgeführt worden, an den auch mein Geschick geknüpft war. Doch da durchzuckt mich die Vorstellung: Was, wenn statt des Fadens von Hand zu Hand ein Stacheldraht liefe.

Am Ende der Zeremonie bindet mir jeder der Anwesenden einen Bindfaden ums Handgelenk, Glück und langes Leben wünschend. Bindfäden, die man nicht abschneiden oder wegknüpfen darf; sie müssen von allein abfallen. Ich habe es dank Bindfäden bis über achthundert Jahre gebracht.

Doch dieser Osten war ja nicht nur ein privater Osten. Für mein erstes asiatisches *go east* begab ich mich auf die

Spuren der Portugiesen, wohl deswegen, weil Portugal mir zum ersten transatlantischen Gefühl verhalf. Doch bevor die Seefahrer über den Atlantik in den Westen segelten, um mit Gold heimzukommen, waren sie ostwärts gefahren. Der Gewürze wegen. Um das Kap der bösen Stürme herum, das sie Kap der Guten Hoffnung tauften, um den Seefahrern die Furcht zu nehmen. Ich wählte den Luftweg über den Wolken für meine gute Hoffnung.

Meine ersten Begegnungen mit diesem Osten waren historisch und westlich mitgeprägt – bereits beim ersten Halt in Indien.

Das »goldene Goa«, die »Königin Indiens«, das »Rom Asiens«, aber auch, wie ein Dichter meinte, die »Mutter der Schurken« und die »Stiefmutter ehrbarer Männer«. Ein Reisender aus diesen portugiesischen Anfängen machte sich angesichts einer Straße, in der sich Händler und Geldwechsler drängten, Notizen zur damaligen Globalisierung: Silber aus Japan, Gold und Seide aus China, Gewürze von den Molukken und aus Ceylon Zimt, aus Bengalen kostbare Stoffe, aus Burma Rubine und aus Moçambique Elfenbein, Ambra und Ebenholz, aus Indien Diamanten und Elefanten aus Jafnaparnam und Pferde aus Arabien... Ja, wer Goa gesehen, braucht Lissabon nicht zu sehen. Aus Goa wurde Alt-Goa, als man die Hauptstadt nach Panjim verlegte. In diesem Velha Goa Klöster und Kirchen mit eingestürzten Schiffen und zerfallenden Türmen, Ruinen, die sich durch Kokoshaine hindurch bis in die Hügel hinauf erstrecken. Assoziationen an Florenz, Griechenland und Byzanz. Aber es ist genug an Repräsentativem geblieben. Die Kathedrale, eines der größten Gotteshäuser der Christenheit, daneben das Franziskanerkloster und in schwarzem Granit Bom Jesus, der Gute Hirt.

In diesem Goa habe ich am einzigen Karneval teilgenommen, der östlich von Suez abgehalten wird; ja, da tanzt der Admiral mit der Rokoko-Hindu, und der Pirat hält den Missionar im Arm. Hippies waren eben daran, sich einzurichten. Sie, die vierhundert Jahre nach den Portugiesen kamen, fühlten sich als Anti-Portugiesen. Sie kamen, nicht um ein Heil zu verkünden, sondern um ein Heil zu suchen; sie legten jene Zivilisation ab, in deren Namen die Portugiesen erobert hatten. Der Traum »weg von der westlichen Zivilisation«, wie offen und ehrlich auch geträumt, der Ausbruch aus einer Welt des Konsums und des Profits garantierte nicht die Rückkehr in ein Paradies, sondern die Fahrt in eine unterentwickelte Region. Das einfache Leben ist hier ein billiges Leben, und billig ist es, weil die soziale Lage misslich ist; davon kann man profitieren. Die Anti-Westler erwiesen sich am Ende als Nachfahren der einstigen Kolonialisten. Wie chic waren die zerschlissenen Jeans oder die T-Shirts mit Löchern neben den Lumpenkleidern der Minenarbeiter.

Nun ja, es gab andere Routen in den Osten als die, die ich einschlug, wie mich ein Aussteiger belehrte. Seine Route hatte im Puddingshop in Istanbul begonnen. Als Tipp: Geld in die WC-Rolle einwickeln. Angaben, wie viel wo ein Drei- oder Vierbettzimmer kostet. Eine Tabelle mit den Zeichen dafür, wie sich Zahlen auf Arabisch schreiben. Über Teheran (Achtung Farsi), Lahore (Kulis auf der pakistanischen Seite kosten 5 Rupien) und Bombay (keine Schiffe nach Goa bei Monsun). Als Warnung: Trotz der öffentlich Marihuana rauchenden Asketen pro Gramm Hasch ein Jahr Gefängnis. Wir standen vor einer Palme mit dem Anschlag: »Nach Kabul. Mitfahrt nächste Woche. Bus. Hervorragende Stereoanlage.«

Meine Route führte mich an Orte, an denen kaum noch etwas an Portugal erinnerte wie in Sri Lanka, wo die blutigen Auseinandersetzungen zwischen Tamilen und Singhalesen noch nicht ausgebrochen waren.

In Malaysia hingegen, in der Nähe von Malakka, in einem Dorf mit etwas über tausend Fischern, Nachkommen der Portugiesen. Kaum erblickten mich ein paar Jungen, stellten sie sich vor der Kirche des heiligen Antonius auf und sangen das Volkslied vom portugiesischen Haus, *uma casa portuguesa.* Dieses Haus lag für diesmal an einer Meerenge, an der Straße von Malakka. Der Priester, der sich dazugesellte, war vor kurzem erst aus Nordportugal hierhergeschickt worden. Er redete mit den Jungen englisch, zu meiner Verwunderung. Er erklärte: Sie sprechen das Portugiesisch der Entdeckerzeit, das möge er ihnen nicht verderben, zudem, er beherrsche es auch nicht.

Erneut westliche Reminiszenzen in Macao. Bei der Einfahrt mit dem Flügelboot grüßen von den Hügeln weißgetünchte Kirchen, wenngleich das Casinohotel beim Hafen imposanter wirkt. Ich schaue zu, wie hier Nächte hindurch der Zufall des Glücks beschworen wird. Nur schon bei den einarmigen Banditen. Neben Bakkarat oder Roulette chinesische Spiele, bei denen ich nicht herausbekomme, nach welchen Regeln verloren und gewonnen wird, wenn die Einsätze in Körben von einer Balustrade auf den Spieltisch heruntergelassen werden. Da hilft auch nicht, dass ich seit geraumer Zeit auf meiner Festplatte ein Programm ›Mahjong‹ anklicke und nicht ungern Zeichen oder Zahlen, die sich paaren, eliminiere.

Macao, damals noch portugiesische Überseeprovinz. Den Schatten in einem Park genießen, wo Camões am portugiesischen Nationalepos der Lusiaden gearbeitet haben soll, wohl in Gesellschaft einer jungen Chinesin, einer der ersten nichtweißen Frauen, die ein Europäer im Gedicht besungen hat. Als das Schiff, auf dem Camões nach Europa zurückfuhr, Schiffbruch erlitt, soll er nicht die Freundin, sondern das Manuskript gerettet haben, und somit die Verse von den »bisher nie befahrenen Meeren« und davon, dass sein Land »der Welt Welten schenkte«.

Ja, mein erstes *go east* führte mich zu den »Gärten des Schweigens«, wo die Sikhs auf den Bäumen die Leichen den Vögeln zum Fraß anbieten, aber auch zu einem »Baum der Erleuchtung«, zum »Buch der Wandlungen«, zum »Buch vom südlichen Blütenland« und zum »Gehen in der Hauslosigkeit«. Zu einem Gott, der jegliche Gestalt annimmt, und zu einer Göttin, die ebenso hilfreich wie böse ist. Statt der Dreifaltigkeit eine Dreieinigkeit von Göttern, die für Schöpfung, Erhalten und Zerstören zuständig sind, eine Dreieinigkeit mit Gattinnen, die sich des Glücks, der Weisheit und der Schönheit annehmen. Vom Grab des heiligen Franz Xaver zum Tempel, wo ein Buddhazahn verehrt wird, und danach zu einer Moschee mit einem Fußabdruck des Propheten. Im Hotelzimmer gab ein Pfeil an der Wand die Richtung nach Mekka an. Oder neben dem Bett ein Hausaltar, der gleicherweise dem Ahnenkult wie der Heiligenverehrung huldigte. Thomas-Christen, Erleuchtete und Brahmanen. Vom Schmutzteich, auf dem Lotusblüten schwammen, zu Plastiklilien vor einem Taufbecken. Ich vernahm erneut von Versuchungen. Diesmal kein Teufel, der die ganze Welt verspricht, auf die Gefahr hin, dass die Seele Schaden leidet, sondern Leidenschaft, Lust und Begierde in Gestalt von drei Frauen, die Buddha verführen wollen und dazu einen Bikini tragen, wenn ich einem Tempelmaler glauben darf. Erneut die Hölle, nur dass diesmal Chinesen den Verdammten die Eingeweide aus dem Bauch herauswinden oder die Leiber in siedende Töpfe stecken. Statt Weihrauch Räucherstäbchen. Und Glocken, die nicht zum Kirchgang mahnen, sondern zur Meditation, und bei Tageserwachen der erste Ruf des Muezzins. Paare beim Akt auf den Außenwänden von Tempeln, Engel wie Himmelstänzerinnen.

Was, wenn die Welt nicht in sechs Tagen geschaffen wurde, sondern weder Anfang noch Ende hat. Und wenn doch ein Anfang, was, wenn am Anfang ein Ei war mit einem Riesen drin, der die Schale sprengte und aus dessen Flöhen Menschen wurden?

Nicht nur von Gott zu Gott und von Göttern zu Göttern ging das *go east,* auch von Sprache zu Sprache. Vom Marathi zum Singhalesischen, und dieses im Widerstreit mit dem Tamil, die heiligen Schriften aber in Pali auf Palmblättern. In Sanskrit die drei Körbe der Weisheit. Danach die chinesischen Differenzierungen, bei den Filmen aus Hongkong die Untertitel in Mandarin, damit ein Chinese den andern wenigstens lesenderweise versteht. Von den vierundvierzig Konsonanten und fünfzehn Vokalzeichen des Thai, die ich nicht unterscheiden kann, zu Ländern, die dabei sind, eine

Nationalsprache durchzusetzen wie Tagalog in den Philippinen oder Bahasa Melayu in Malaysia. Zum intellektuellen Vergnügen habe ich ein Wörterbüchlein für das Cebuanische erstanden und mich zum Spaß der andern bei einer Tonsprache in Höhen- und Tiefenlagen versucht, weit weg von allem Deklinieren und Konjugieren. Von Mal zu Mal wurde mein Analphabetismus weltläufiger.

Von Göttern zu Göttern, von Sprache zu Sprache, von Geschichte zu Geschichte – koloniale Ausbeutung und Unabhängigkeit, demokratischer Aufbruch und Diktatur, Weltreiche, die untergingen, und Brudermord im Königshaus, Exil und Befreiungsfronten – von der Folter der einen zur Folter der andern. Geschichte, die sich wie Aktualität ausnahm.

Ich war damals über vierzig. Ich wurde mir der Löcher in meinem Wissen bewusst, und mir war klar, dass ich diese Löcher nie werde stopfen können. Aber ich werde die Umrisse meiner Löcher präzisieren.

Nun fand mein *go east* in den Jahren statt, als asiatische Städte ihren Bauboom erlebten. Eine Stadt, die mir dies von Besuch zu Besuch vor Augen führte, war Bangkok.

Ich kaufte mir Ansichtskarten mit Motiven von früher. Bilder aus der Zeit, als die Stadt noch von Klongs durchzogen war, von Kanälen. Die einstigen Wasserstraßen heute zugedeckt. Asphalt statt Wasser. Von den übriggebliebenen Klongs die meisten versumpft. Hätte die Sihl einen Briefkasten gehabt, ich hätte ihr eine der Postkarten geschickt: Ob sie wisse, dass Flüsse sterblich sind?

Dem Auge bot sich anderes. Was nur schon in Spazierdistanz vom Hotel aus zu erleben war …

Ein Kolonialbau mit einer englischen Flagge. Im anonymen Grau eine Kuppel mit Halbmond. Inmitten von Antennen und Parabolspiegeln das Minarett. Zwischen Geschäfts- und Bürohäusern ein Hindutempel. Auf dem Gelände neben dem elefantenköpfigen Ganesha ein Buddha; auch er kommt zu Lotusblüten und Raucherstäbchen. Im *Thai Village* Souvenirs, Antiquitäten und Thaiboxen. Die Besitzer der Kleiderläden gewöhnlich Inder. Gegen den Fluss hin das Handelsviertel der Comptoirs mit der Auferstehungskirche. In der andern Richtung ein aufgegebener Friedhof. Grabsteine mit deutschen Inschriften, zugleich Abstellplatz. Etwas weiter auf der andern Straßenseite ein *christian hospital*, ein renommiertes Krankenhaus. Danach ein chinesisches Tempelchen, verbunden mit einer Garküche. Und schon bald *dream boys* und *girlie bars*, das Revier der Schlepper und Transvestiten, *Asia Books* und *supermarket*, Gogo, Strip und *Electronic Discount*. Massagesalons mit *specials* und die Kliniken für Hautkrankheiten.

Als ich vom Flughafen auf einer der Expressstraßen in die Stadt fuhr, tat sich eine Skyline von Hochhäusern auf, die mich an Frankfurt oder Manhattan erinnerte und sich aufs Erste kaum von einer anderen asiatischen Boomstadt unterschied. Bis ich am Horizont einen Bau wahrnahm, der einen stilisierten Elefanten darstellte, deutlich erkennbar das Auge als Durchblickloch und ein farbiger Querbalken als Stoßzahn. Ich begriff diese Themenarchitektur als Hinweis, dass der traditionelle Thai-Elefant am modernen Bangkok mitbaut. Und sei es nur, dass an den Kreuzungen weibliche Fabelwesen die Ampeln halten oder dass Telefonkabinen und Unterstände bei Haltestellen mit geschweiftem Dach und einer Andeutung von Ziergiebeln ausgestattet werden. Kein Haus, welchen Geschmacks und welchen Stils auch immer, das nicht sein Geisterhäuschen hätte, bei repräsentativen Firmenbauten manchmal bis zur Größe eines kleinen Wohnhauses, der Standort von einem Priester gemäß astrologischer Konstellationen bestimmt, so gelegen, dass nie der Schatten des Hauses darauf fällt. Dieses tempelartige Häuschen ist die Bleibe, die der Bauherr den vom Grund vertriebenen Geistern stiftet, und diese werden sorglich mit Blumenschmuck und Essensgaben besänftigt. Nicht nur an den Fassaden von Regierungsgebäuden der mythische Garuda-Vogel, ein goldenes Emblem auf schmucklosen Bauten.

Nun stand dieses Bangkok zugleich für eine ganz andere *go east*-Erfahrung.

Vorweihnachtszeit. Fast vierzig Grad. Ein *department store* wird eröffnet. Beim *opening* vor dem Warenhaus ein Nikolaus mit roter Kapuze und Wattebart. Glöckchen am Schlitten, diesem zwei Holzelche mit Kerzen auf dem Geweih vorgespannt. Die winterliche Szene auf einem Schneeboden aus Styropor. Und ab Band *jingle bells, jingle bells.*

Wir waren belustigt und leicht indigniert: Diese Amerikaner mit ihrem *way of life* und ihrem *way of consumption* und ihrer Vermarktung von Weihnachten.

Aber nein. Es waren nicht Amerikaner. Es waren Japaner. Die hatten in den USA gesehen, wie zur Weihnachtszeit vor den Warenhäusern ein Nikolaus mit Schlitten wirbt. Dementsprechend haben die Investoren aus Tokyo das Kaufhaus saisongerecht ausstaffiert. Im Hintergrund fehlte auch nicht der Stern von Bethlehem, ein Komet, an dessen

Strahlen Kosmetikpackungen baumelten, eine Frohbotschaft für Falten, Orangenhaut und Hühneraugen.

Bald danach, als wär's eine Fortsetzung, eine ähnliche Erfahrung.

In Kuala Lumpur ein Ministerium für Muslim-Angelegenheiten. Auch zuständig für die Wallfahrten nach Mekka und ihre Finanzierung. Zunächst als psychologisches Problem: die Malayen auf eine Welt vorbereiten, die bei vielen einen Kulturschock auslöst. Um sie mit dem vertraut zu machen, was sie in Saudi-Arabien erwartet, hat man zur Anschauung Kamele importiert.

Dieses Ministerium war in einem der jüngsten Wolkenkratzer untergebracht. Allein im Lift vernahm ich: *»we are going up«*. Ein Lift, der mit den Benutzern sprach: *»we are in the first floor«*. Tatsächlich, ich fuhr aufwärts, begleitet von einer Stimme, die das Etage für Etage bestätigte. Im Gespräch mit dem Ministerialbeamten erkundigte ich mich nach den dringendsten Aufgaben. Der Kampf gegen die *westernization,* gegen die Verwestlichung, war die prompte Antwort. Ich erlaubte mir die Frage, ob dies nicht in Widerspruch stehe zu einem Wolkenkratzer mit modernsten westlichen Errungenschaften. »Nein«, die Antwort war recht bestimmt: »Dieses Hochhaus haben Asiaten gebaut, Koreaner.«

»Westlich«, das gehörte nicht mehr in den Tätigkeits- oder Vorstellungsbereich des Westens oder von »Westlern«. Verwestlichung, das konnte in den Händen von Japanern und Koreanern liegen. Und sei es nur, dass der Osten sich des Westens als Accessoire bedient.

Kampf gegen den Westen als Selbstbehauptung: Wir können es auch, und wir können es besser und höher – der längste Unterwassertunnel in einem Aquarium oder die längste Seebrücke der Welt. Noch konnte ich damals nicht als Beispiel die Twin Towers in Kuala Lumpur oder den Taipei 101 in Taiwan zitieren. Und auch nicht den Jin Mao Tower in Shanghai mit seinen 412 Metern. Meinem westlichen Herzen mit drei Bypässen war der asiatische Schnelllift nicht bekömmlich, so nahm ich den Lokallift, dank dem mein repariertes Herz Stockwerk um Stockwerk sich bis zum 88. akklimatisierte.

Ungetrübt indessen die Neugierde und der Spaß, mit denen ich einem Affen in den Westen folgte. Ich liebte Monkey wegen seiner fabulösen Gabe, alles durcheinanderzubringen, und seinem nicht minder fabulösen Talent, daraus hinauszufinden. Er, ein »Himmelsebenbürtiger«, der im Himmel Unfug trieb. Einem Felsspalt entsprungen, war er ein Rebell; er konnte in einen Baum, eine Fliege, ein Raubtier oder in einen Vogel schlüpfen. Er verwandelte seine Haare in kleine Affen, die ihm beim Waffentragen halfen, und machte aus der Nadel hinterm Ohr eine Keule. Ihm gehorchten Drachen, und in der Backentasche hatte er ein Elixier. Wenn's drauf ankam, schlug er Purzelbäume durch die Wolken. Er stand einen Roman lang dem Mönch Tripitaka zur Seite, der sich auf den Weg machte, buddhistische Schriften nach China zu holen. Dafür reiste er mit seinem Beschützeraffen in den Westen, nämlich nach Indien.

Die Reise ging in das Indien, wohin wir Europäer fahren, wenn wir in den Osten und seine Geheimnisse reisen – und aus dem einige zurückkehren mit einer Atemtechnik oder einem Curryrezept. Oder, wer weiß, mit östlicher Weisheit.

Ich hatte auch eine solche Weisheit für meine Sihl kennengelernt: »Der kleine Bach fließt laut murmelnd; in Schweigen ruht der Ozean.« Oder, als müsste ich mein Weggehen erklären: »Es fließt dahin und fließt immer weiter, und auch wenn es wegfließt, kommt es zurück.«

Ja, der Affe, der in den Westen reiste, und ich, der in den Osten aufbrach, wir trafen uns am gleichen Punkt – was für den andern das Westmeer, war für mich der Indische Ozean.

Ich habe bei meinem *go east* das Schicksal von Magellan geteilt, dem ersten Weltumsegler, der allerdings von seiner Fahrt nicht nach Spanien heimkehrte. Nicht, dass ich Meutereien niedergeschlagen oder miterlebt hätte, wie der Skorbut Gefährten dahinraffte, wie aus Lederstücken Suppen gekocht wurden oder wie von den fünf Schiffen vier verlorengingen.

Ich habe aber mit angesehen, wie Filipinos heute Magellans Ankunft auf der Pazifikinsel Cebu mit einer Messe und einer Prozession gedachten, im Namen des Kreuzes einen hohen Moment der Begegnung von West und Ost feierten. Ich feierte meine Begegnung mit.

Die Gleichen, die Magellans Ankunft zelebrierten, ließen kurz danach nicht weniger feierlich Lapu-Lapu hochleben, den einheimischen Häuptling, der in der Schlacht von Mactan dem verwundeten Magellan den Kopf abschlug. Im Gedenken daran habe ich auch meinen Kopf hingehalten, und mit ihm wurden Klischees und Erwartungen enthauptet.

DIE RICHTUNG STIMMTE. Aber wo bin ich angekommen?

In den ersten Jahren fand der Aufbruch in einem Zimmer statt. Ein Kind unterwegs von Wand zu Wand. Mit der Eisenbahn von hier nach irgendwo. Da die Blechlokomotive stumm war, habe ich ihr mit Tütütü geholfen und ihr den Dampf geblasen. Obwohl ein guter Weichensteller, konnte ich den Zusammenprall mit dem Tischbein nicht vermeiden. Alle Knöpfe und Zuckerwürfel, die ich geladen hatte, lagen verstreut. Von der Katastrophenhilfe lenkte mich eine Fliege ab, die bis zur Decke hinaufkletterte, an der Tapete hoch, auf der Flucht von Mohnblume zu Mohnblume.

Diese Fahrten boten etwas anderes, als ein zurechtgebasteltes Holzscheit auf große Fahrt zu schicken, es der Sihl anzuvertrauen und ihm nachzuwinken.

Ich war in diesem Zimmer nicht nur auf Schienen, die klemmten, unterwegs, sondern auch mit Hilfe von Buchdeckeln. Das ging weit über das hinaus, was vor dem Fenster und dem Küchenbalkon lag.

Bis dorthin gelangte ich, wo Sindbad der Seefahrer mir vorführte, dass der Vogel Roch seine Jungen mit kleinen Elefanten füttert. Und bis zu Leuten ohne Köpfe, Wesen mit Augen auf den Schultern, den Mund auf der Brust. Einbeinige, die rascher liefen als solche mit zwei Beinen. Zu Liliputanern, die nicht größer waren als mein Daumen.

Ich hatte schließlich aus einem Holzscheit ein Schiff verfertigt, warum sollte ich da nicht Buchdeckel verwandeln. Sie wurden auch zum Schiff, das legte auf seiner Irrfahrt bei einer Zauberin an, die meine Gefährten in Schweine verwandelte. Ein Schiff, das allen Wellen trotzte, als wir den weißen Wal jagten. Doch dann Schiffbruch erlitt und mich auf eine einsame Insel verschlug, wo ich, Klein-Freitag, Robinson empfahl, noch einmal den Büchsenöffner zu erfinden.

Die Buchdeckel ließen sich in ganz andere Transporthilfen verwandeln. In eine Wildgans, auf der ich über Seen und Wälder hinwegzog. Oder in eine Rakete, mit der ich zum Mond flog. Selbst in eine Kanonenkugel, auf der ich davonritt, nachdem ich mich am eigenen Haar aus dem Sumpf hochgezogen hatte.

Ich staunte: so wenig Buchstaben und so viel Welt.

Bald die Zeit, als ich nicht mehr auf Buchdeckel angewiesen war, obwohl ich sie nach wie vor als Fortbewegungsmittel benutzte, schließlich führten mich die einen in die Unterwelt, und ich sah, wie in der Hölle die Geizhälse am tiefsten unten verbannt waren, und andere Einbände beförderten mich zu einem Knusperhäuschen, an dem ich knabberte.

Dazu kamen die Buchdeckel-Reisen, an deren Ende sich fand, was ich später Bibliographie nannte, Wegweiser für andere mögliche Routen.

Vorbei die Zeit, als ich ein Stück Brot in eine Tüte tat und mich verabschiedete: Ich gehe zu den sieben Zwergen hinter den sieben Bergen.

Statt Buchdeckeln Taxis, Busse, Lastwagen, Eisenbahnen,

Flugzeuge und nicht zuletzt einfach Füße, auch wenn die in späteren Jahrzehnten Mühe hatten wegen Kreislaufstörungen.

War es wirklich dringend und unerlässlich, das Zimmer zu verlassen?

Gab es nicht die Möglichkeit, im Fauteuil auf Reisen zu gehen? Per Prospekt, Reiseführer und Handbuch, per *official guidebook,* Geheimtipp oder Erotikratgeber, Flussfahrten oder mit dem Rucksack durch einen Kontinent, »richtig« und auch »anders« reisen. Nach Grönland, das lag nie am Weg. Ich habe noch eine halbe Stunde, bis ich rausmuss zu einer Verabredung. Warum vorher nicht nach Nunaat fahren, als Mensch ins »Land der Menschen«. Nicht per Kreuzfahrt – obwohl es sicher aufregend ist, an Eisbergen vorbeizumanövrieren –, sondern hingehen, bevor die Eisdecken schmelzen, die Häfen der Weltmeere im steigenden Ozeanspiegel ertrinken und Grönland wieder eine grüne Insel wird, wie sie es schon einmal war und woran unter der Eisdecke erfrorene Pinien erinnern sollen. Ich klappe das Buch zu, nehme von draußen ein Hundekläffen wahr. Mir ist, als würden Moschusochsen durch die Gasse trampeln.

Nun locken ganz andere Orte, wenn ich vor dem Gestell die Rücken der Reiseführer durchgehe: »Welche Wüste darf es sein – von Atacama bis Gobi«, oder »In dreißig Tagen um die Welt mit fünf Dollar pro Tag«, andererseits »Wie wär's mit der Insel?« Und mit dem Niger? Da könnte ich der Sihl dann einiges erzählen, ein Fluss, der Berge durchquert, der Regenwald und Savanne kennt wie Wüste und Steppe. Ich hole mir noch einen Drink, bevor ich zusteige, vielleicht auf eine Piroge, nicht am Oberlauf, wo Flusspferde den Booten hinderlich sein sollen. Aber Station machen in Timbuktu. Wie dieser Name nur schon klingt. Eine Oasenstadt, die ich von einem Film her kenne, ich hatte mir die Lehmbauten genau angeschaut, in denen die Legionäre untergebracht waren. In meiner Adoleszenz hatte es einen Moment gegeben, da ich daran dachte, in die Fremdenlegion abzuhauen, wo sie einen nicht erwischen und von wo sie einen nicht ausliefern. Ich erinnere mich nicht, welchen Vergehens wegen ich mich absetzen wollte, ich weiß lediglich, dass ich mich, trotz meiner Sehbehinderung, bei den Kamelreitern bewerben wollte: »Mein Vaterland ist die Legion.« Ich sah mich auf einem vergilbten Foto in der Paradeuniform: Lederschürze, weißes Käppi, weiße Handschuhe, eine Axt geschultert, auf den Champs-Élysées paradierend.

Warum sollte ich nicht aufbrechen, ohne mich vom Sessel zu erheben, schließlich koche ich auch, ohne an einem Herd zu stehen.

»Man nehme«, und ich nehme eine Dose Sardellen für den *osso buco,* eine Zutat, auf die ich bei Kalbshaxe selbst nie gekommen wäre, aber die Kochmütze, die das empfiehlt, hat vier Sterne, und was sie sonst vorschlägt, mundet ebenso gut wie Großmütterchens Küche. Doch den Ratschlägen meiner Großmutter folge ich nicht mehr ohne weiteres, die Butter pfundweise und die Eier im Dutzend. Aber in ihrem Rezeptbuch finde ich, was kaum mehr auf Tellern serviert wird: gedämpftes Herz. Als Süddeutsche mochte sie Innereien: Lunge, Leber, Nieren. Blut für die Marinade von Wild, das kriegt man selbst in Metzgereien nicht mehr. Aber eine *galinha ao molho pardo,* ein Huhn in schwarzer Sauce, schmeckt nicht ohne sein Tierblut. Die Sklavenküche von einst offeriert heute Spezialitäten. Nicht nur in Bahia, auch im Süden der USA: *soul food.* Gut, meine »Seelennahrung« hat ihre eigene Kochlöffelstrategie. Als Wegleitung ein Stapel Kochbücher, damit ich weiß, wann ich blanchieren und wann ich eindämpfen soll, wann köcheln lassen und wann dünsten. Was nicht heißt, dass mir gelingt, was ich Schritt für Schritt befolge. Ich erziele nicht die knusprige Haut der Peking-Ente, obwohl ich sie mehr als einmal trockne, mit dem Fön, außen wie innen.

Was ich für den Moment nicht berücksichtige, dem Hausarzt sei's verheimlicht, ist der »Kompass mit der Fünfzig-Kalorien-Tabelle«, mit all dem, was mir wegen meines Altersdiabetes verboten ist. Zeitgemäße, natürliche, gesunde Ernährung, das kümmert mich nicht beim Zubereiten meines Zehngängemenüs in der Großküche des Fauteuils. Da prüfe ich nach, ob man den Basmatireis eine Stunde vor Kochen eingeweicht hat, da will ich wissen, wie spickt man einen Hecht und wie füllt man die Gans mit Äpfeln und Marroni, und wie erlange ich die streichbare Masse für das Filet Wellington. Ja, wenn mir angesichts all der Gerichte, von den Desserts ganz zu schweigen (O Saint-Honoré), wenn mir da das Wasser im Mund zusammenläuft, stehe ich auf, gehe zum Kühlschrank und schaue nach, was an Essbarem drin ist. Immerhin ein kristallzuckerfreies Joghurt.

Hatte nicht ein Philosoph behauptet, das Unglück des Menschen beginne damit, dass er sein Zimmer verlasse. Dieser Denker lebte in noch nicht vernetzter Zeit. Unsereins braucht das Zimmer nicht zu verlassen, um mit Unglück konfrontiert zu werden, das Unglück kommt zu uns ins Zimmer, viel fremdes Unglück und unter dem fremden vieles, was sich als eigenes entpuppt.

Ich brauche mich nicht zu erheben. Dank einer Fernbedienung hüpfe ich von Sender zu Sender. Falls mir das Schreien von Verwundeten oder Klagenden unerträglich werden sollte, schalte ich den Ton ab. Oder ich wechsle zum nächsten Sender – von der Autobombe zum Sommerplausch auf der Alp, oder lieber zum ungelösten Mordfall der Vorstadtwitwe? Nachrichten und runde Tische. Was ist mit Formel 1 oder der Prêt-à-porter-Show? Warum nicht »Meine Fauna / Deine Fauna«: Meeresschildkröten, die, von der Sonne ausgebrütet, schlüpfen und mit ihren jungen Beinen so rasch wie möglich vom Sandstrand ins rettende Wasser laufen, um nicht von Rabenvögeln und Möwen gefressen zu werden.

Zappen – bei einer Umfrage störte es mich nicht, als *grazer* tituliert zu werden, der »durch die Programme streift auf der Suche nach irgendwelchen Höhepunkten«. Ich Umgestand, auch ein *switcher* zu sein, der dank seiner Umschalttechnik mehrere Sendungen gleichzeitig verfolgt. Was einleuchtet bei jemand, zu dessen bestimmender Welterfahrung die Gleichzeitigkeit gehört.

Nicht nur zappen, sondern auch surfen.

Für mein Surfen benötige ich kein Brett und somit auch kein Wachs, um die Rutschfestigkeit zu erhöhen, kein Neoprenanzug ist nötig. Überflüssig das Meer, dafür unerlässlich ein Bildschirm. Ein Wellenreiten ohne Wellen, statt Wellen Buchstaben und Zeichen und eine eigene Form des Absturzes.

Mein persönlicher Computer, den ich »auf den Schoß

nehmen« kann, ist so groß wie eine Bibliothek. Was ich da an Lexika und Wörterbüchern konsultiere. Aber dieser Laptop ist ebenfalls Magazin und Rumpelkammer, je nachdem, wonach mir Begierde oder Neugierde stehen.

Wohin bin ich dank dieses Laptops nicht überall aufgebrochen. Selbst auf den Meeresboden. Ohne Schnorchel und ohne Flossen, weder Atemregler noch Bleigurt waren vonnöten. An Korallenbänken und ertrunkenen Vulkanen vorbei hinuntersinken bis zu den Kolonien der Seefedern. Zu den Blumentieren, die mit hundertfachen Tentakeln auf Lauer liegen. Dorthinab tauchen, wo Fische Stielaugen haben und über Leuchtorgane verfügen. Und überrascht sein, dass manche nachts an die Oberfläche steigen und bei Tagesanbruch in ihre ewige Finsternis zurückkehren, zu Schlamm und Schlick, zu einem Grund, den Schleppernetze leer fegen können.

Doch dann ein Rot, das nicht von einem Leuchtfisch stammt, ein Rot, das nicht warnt, sondern einlädt. Verheißen wird Straßenstrich oder Bordell, Parkplatzsex mit Bordsteinschwalben ebenso wie Erotikkaufhaus und Sexklub. Kinderstrich und Hobbyhuren neben professionellen Nutten. Ein Stundenhotel so gut wie ein Etablissement mit Kontaktraum. Ein Puff mit Spezialangeboten wie dem Seniorennachmittag oder Fesselspiele im Stundenservice, Gesichtsbesamung inbegriffen. Soll es als Besonderheit eine Hochschwangere sein oder eine Minderjährige. Und wenn nicht eine Frau ein Boy, und wenn ein Mann, soll es ein Bärtiger sein oder ein Glattrasierter. Oder doch nur eine Telefonnummer – garantierte Befriedigung in sechzig Sekunden. Zu wie vielen Pornoträumen lädt dieser Laptop ein.

Doch unvermittelt nicht ein Laufhaus, sondern ein Kreuzgang. Nicht Frauen in Strapsen, sondern mit Haube und Habit. Nackt sind einzig die minderjährigen Putten, die den Altar und die Kanzel stützen. Die Zuhälter Gottes tragen Talar oder Kutten, und wenn sie küssen, küssen sie eine Stola. Ein Szenenwechsel ohne Kulissenschieber und Requisiteur, aber die Requisiten sind da, Kelch wie Monstranz. Ein Klick, und Säulen streben nach oben in ein gotisches Geheimnis oder in einen barock ausgemalten Kuppelhimmel. Kathedrale, Wegkapelle oder Betschopf, alle frommen Portale und Türen offen, auch die für die letzten Tage der Menschheit. Als könnte man auf mich nicht nur als Sünder bauen, sondern auch als Jünger und Missionar. Logge ich Buchstaben und Zeichen ein, verwandelt sich die Tastatur in den Spieltisch einer Orgel, die Manuale zaubern ein *jubilate* und ein *de profundis* herbei. Station um Station lege ich den Passionsweg zurück. Was ich als Schweißtuch der Veronika zur Kenntnis nehme, teilt sich, als wär's ein Vorhang. Es tut sich eine Bühne auf. Das Spektakel kann beginnen – ob mit oder ohne Prolog. Es treten Puppen auf, die an Fäden hängen, und solche, die an Stäben tanzen. Auch der, der in einen leeren Raum hinein seinen Monolog spricht, und all die, die bei jeder Gelegenheit singen, auch wenn sie erdolcht werden. Vagantenbühne, Nationaltheater, *off* Broadway.

Mein PC ist ein Magier, eher ein Mentalist als ein Zauberkünstler. Sicher kein Gaukler und kein Taschenspieler. Er arbeitet nicht mit Hokuspokus, sondern mit Suchmaschinen. Er zaubert nicht einfach aus einem Zylinder einen Hasen hervor, sondern er erklärt den Hasen, was nicht weniger geheimnisvoll ist: zu unterscheiden vom Wildkaninchen und dieses vom Hauskaninchen, alle hochbegabt für die Begattung, mit einer Wurfgröße von zwei bis sieben, und dies zwei bis drei Mal im Jahr. Und nicht alle Hasen haben lange Ohren.

Dieser PC macht aus Illusionen Zahlen und aus Zahlen Illusionen. Verglichen damit sind meine Tricks äußerst bescheiden. Aber auch ich habe meine *special effects:* In der Wärme gezeugt und in die Kälte geboren, hab ich mir eine Decke übergezogen, das war mein erster Trick.

Ein Stichwort, ein Klick, und ich hole mir Welt herein, zu jeder Tages- und jeder Nachtzeit, ohne dass ich mich erhebe und das Zimmer verlasse.

Zappen oder Surfen – was aber ist mit dem, was nicht abrufbar ist. Und doch, galt es nicht, dieses Nichtabrufbare zu suchen? Und aufzubrechen.

Unterwegs sein, das war meine Art zu fragen. Die Antworten rochen nach Deodorant und Exkrementen, nach Erbrochenem, Schweiß und Blütenduft. Und dies, weil meine Fragen eine Nase haben. Sie haben auch Augen, die geblendet werden können und die tränen; was sie sehen, ist kein Ausschnitt. Die Fragen haben Ohren, die hören auch Schreie, Schüsse, Lieder und Reden, die nicht aus dem Lautsprecher kommen. Es fragen die Finger mit, auch dort, wo eine Zensur warnt: »Berühren verboten«.

Unterwegssein, das war Befragen des Nichtgefragten – erfahren wollen und kennenlernen, was mir als Welt zugefallen war.

Was da im Lauf der Jahre zwischen Bagatelle und Tod nicht alles an Themen und Figuren zusammenkam, aus Anlass und per Zufall, als Bericht, Analyse, Kommentar, Notiz und PS – Ausweis von Redaktionstätigkeit und journalistischer Zulieferung:

Die Erde auf Wanderschaft und herbstliche Heimatkunde. Enterbter Geist und Vexierbilder der Vergangenheit. Ein Besiegter, der Geschichte schreibt, und Selbstmord als Waffe. Mystifizieren statt problematisieren. Streiktheater und szenische Kleinkunst. Bestiarum so gut wie Kulturmaschine. Passive Rebellen, Weltenstürmer und Schattenjäger. Ein Friedhof für Schiffe, eine besetzte Universität und danach ein Irrenhaus für Dissidenten. Im Panoptikum der Helden die Hochstapler des Erlebens, der Zynismus des enttäuschten Idealisten und der Kartengruß des Emigranten *honoris causa.* Ein Volk in Familienbesitz, und sich einem Land mit Versen nähern. Ein chinesischer Übungsplatz der Zukunft und hoffnungsvolle Wahlen in Chile. Indische Nachhilfestunden, eine blockierte Revolution in Kuba und entlaubte Wälder in Vietnam. Eine vielpolige Welt und die achte Todsünde. Ein Rückblick auf unsere Zukunft von einem pazifischen Ufer aus. Grimms Märchen, Straßenkindern erzählt. Vom Himmlischen zum Irdischen und die Welt als Gast bei Tisch. Das perfekte Bild in einer nicht perfekten Welt, und die Alphabetisierung des Bildes. Was, wenn Radikalitäten sich begegnen. Das Verteidigen des Vielleicht, das Flanieren innerhalb von Möglichkeiten.

Zum Beispiel Neujahr in Singapur. Die Siebte Flotte war an Land gegangen. Den Offizieren war erlaubt, sich über die Feiertage in einem Hotel einzuquartieren und Zivilkleidung zu tragen. Auch in dem Hotel, in dem ich abgestiegen war. Das Management lud am ersten Januar zu einem Neujahrsdrink an der Bar ein. Dort machte ich die Bekanntschaft eines jungen Mannes, der sich als amerkanischer Marineoffizier vorstellte. Gleich gesellte sich ein zweiter dazu, vom selben Schiff. Die beiden begrüßten sich mit Hallo und Schulterklopfen: *»Nice to meet you«*, meinte der aus Maine, er sei oben für die Wartung der Bremsseile verantwortlich: »War da nicht neulich ein Feuer bei euch unten?« Der Texaner, der acht Stockwerke tiefer arbeitet, nickte: »An der Ecke, wo normalerweise gedealt wird und wo sie vor kurzem einen erstochen haben, kurz nachdem man die vier Soldatinnen nach Hause geschickt hat, weil sie schwanger waren.« Beide lachten auf: *»Make love not war.«* Sie berichteten einander, was sonst alles auf dem Flugdeck und in den Hangars passiert war, da tat sich schon einiges auf dem *supercarrier* bei über viertausend Mann Besatzung. Ich nippte an meinem Manhattan und dachte an unsere Redewendung: Wir sitzen alle im selben Boot. Aber was weiß der, der selten ans Tageslicht kommt, von dem, der oben mit schwarzer Kreide einen Gruß auf die Rakete schreibt: Schick sie zur Hölle.

Was aber, wenn schon die, die im selben Boot sitzen, voneinander nicht viel wissen, was wissen erst all die voneinander nicht, mit denen ich auf derselben Erdkugel sitze, darauf bedacht, nicht abzurutschen.

Seitdem ich einmal gesehen habe, wie ein Hindu in die Knie ging und die Schwelle küsste, die zum Tempelbezirk überleitete, haben meine Füße Respekt vor Schwellen; sie vermeiden es, darauf zu treten, sie überschreiten sie, auch wenn sie abgetreten sind und sich dahinter keine Erwartung auftut. Verheißungsvoll seltsam, dass Lippen Schwellen sind, die des Mundes und die der Scham.

Nun bin ich längst nicht überall angekommen, wo ich eingetreten, ausgestiegen oder gelandet bin. Es gab Städte, wo ich einen Aufenthalt lang versuchte anzukommen, aber nie sicher war, bin ich da oder schon gegangen. So habe ich auch von Orten Abschied genommen, an denen ich nie angekommen bin.

Unterwegs, ein Entdecker, der Entdecktes entdeckt.

Im Deutschen unterschied man einst nicht zwischen Entdecken und Erfinden. Auch wenn sich die Begriffe mit der Zeit in der Anwendung trennten, in meiner Erfahrung und Erkenntnis gehen sie nach wie vor ineinander über. Ich erfinde immer zugleich, was ich entdecke, und korrigiere mit meinen Entdeckungen meine Erfindungen. Indem ich andere entdeckte, erfand ich mich selbst, und die anderen erfanden mich, indem sie mich kennenlernten.

Verrückter hätte die erste Begegnung nicht sein können, das Fleisch, dem man im Karneval Lebewohl sagte, war noch da, nackt, mulattig, verwirrend schön: Rio. Der Aufmarsch der Sambaschulen, unter brütender Hitze Rokokoperücken, junge Schwarze, die sich ein Frottiertuch um die Lenden banden, sich eine Feder ins Haar steckten und als Indios mittanzten. Der jüngste Schlager galt denen, die im Luxus leben, und denen, die zum Abfall gehören.

Und nach dem Karneval eine eingedunkelte Aschermittwoch-Stadt mit Elendshügeln und Promenadenstränden. Und ein Land mit einer Metropole, wo jede halbe Stunde ein Wolkenkratzer gebaut wird, und mit Amazonien, wo Ureinwohner als Sammler und Jäger leben. Vor allem aber eine Stadt wie Bahia, das ›Rom der Neger‹. Hier mischen sich drei Kontinente: im Bett, im Kochtopf und am Altar.

Da die Herren Portugiesen waren, spricht Bahia portugiesisch. Wo Bahias Geheimnis beginnt, spricht die afrikanische Seele: beim Spiel, beim Tanz, beim Essen, beim Fest. Und da die Indios als Erste die Früchte, das Gemüse und die Tiere dieser Region benannt hatten, benutzt Bahia deren Namen. Im Brasilien der Anfänge meldeten sich drei traurige Rassen zu Wort: die Portugiesen mit ihrer europäischen Nostalgie, die schwarzen Sklaven, aus ihren Mutterländern wegverfrachtet, und die Indios, um ihre einheimischen Territorien gebracht. Drei Rassen, jede auf ihre Art fremd, gezwungen, eine neue Gesellschaft zu erfinden; sie taten es, lasziv, verzweifelt und stolz. Und erfanden den Traum von der ethnischen Demokratie; ich träumte die Rassengleichheit mit. Doch als ich erwachte, sah ich, dass die arme und ärmste Schicht schwarz ist und die wohlhabend-reiche weiß. Was für ein Traum, und welche Voraussetzungen wären da, um ihn zu verwirklichen. Auch gebrochene Träume können zukunftsträchtig sein.

Mein gebrochener Traum besaß weiße Sandstrände. Koshaine und Kaffeeplantagen. Zuckerrohrfelder und Zuckerrohrschnaps. In den Flüssen Fische, die noch keinen Namen haben. Die »neue Welle« hieß *bossa nova*. Wasserfälle und arides Land, wo nur Kakteen gedeihen. Dürrekatastrophen und Landflüchtige. Bänkelsänger, religiöse Fanatiker und als Diktatoren Militärs. Verlassene Missionen und aufgegebene Goldstädte. Indios, die ein Solarkrankenhausschiff fordern. Ein Indianerhäuptling, ein »Mann ohne Charakter«, der eine Metropole wie São Paolo in ein Faultier verwandelt. Die schwarze Köchin und dunkelhäutige Transvestiten. Auf den Straßen streunende Kinder.

Habe ich nicht auch darüber berichtet, wie die Armee eine Straße durch den Urwald plante, eine Transamazonica, und wie die Soldaten die Schneise gleich asphaltierten, weil sonst in ihrem Rücken der Urwald grün emporschoss. Einige Monate zuvor war ich mit israelischen Soldaten zusammen, sie standen in der Wüste um ein einsames Pflänzchen, in der einen Hand das Gewehr und in der andern die Gießkanne.

Nach welchem Natur- und Schöpferwillen auch immer, die einen hatten zu viel von dem, was den andern fehlte – sollte die Gesellschaft bei der Natur in die Lehre gegangen sein?

Ich, der ich Städte liebte, die über sich hinauswiesen, verliebte mich in Gesellschaften, die sich mischten. Ankommen nicht einfach in Dörfern und Städten, sondern auch in Ideen und Vorstellungen, wie in der des *melting pot.*

Der *melting pot* – eine nordamerikanische Prägung. Aber in den USA hatten sich die Rassen nicht vermischt, ein Tropfen afrikanisches Blut, und schon war einer schwarz. Der wirkliche *melting pot* lag südlicher. Nicht erst dort, wo die Mulattin und der Mulatte auf die Welt kamen. Er begann schon südlich des Rio Grande in Mexiko, südlich einer Grenzanlage mit meterhohen Stahlwänden. Uns hatten entlang der Grenze Verkehrsschilder vor illegalen Immigranten gewarnt.

Die Mutter Indianerin, der Vater Spanier, ein Volk von Mischlingen. Unverzichtbar in Mexico City der Gang zur Plaza de las Tres Culturas, dem Platz der drei Kulturen: der indianische Tempel, die Kirche des heiligen Santiago und die Wohnsiedlungen des modernen Mexikos. Ich suchte nach einer Erinnerung besonderer Art. Ein Gedenkplatz für die Studenten, die hier bei einer Demonstration zusammengeschossen wurden und deren Todeszahl bis heute unbekannt blieb. Aber es gab keine Gedenktafel, auch keine für die Indios, in deren Namen einst die Revolution ausgerufen wurde, die jedoch nach der Institutionalisierten Revolution noch immer am Rand vegetieren.

Wenn nicht drei Kulturen, dann wenigstens zwei. Dies unter Umständen wegen des Zufalls von Kanalisationsarbeiten. Bei solchen stieß man im Zentrum von Mexiko-Stadt auf die Reste des Templo Mayor, gleich neben der Kathedrale. So stehen heute, nicht weit auseinander, die monolithische Mondgöttin Coyolxauhqui und der Altar der Vergebung. Dieser im größten Gotteshaus von Lateinamerika. Abgestützt wegen Einsturzgefahr. In der Mitte ein Pendel, der die seismographischen Bewegungen angibt, eine sanft schwingende Mahnung an mögliche Katastrophen. Ich suchte vergeblich den Seitenaltar des Schutzpatrons, der für Erdbeben zuständig ist.

Ein Ausblick auf mestizische Gesellschaft auch anderswo.

Von weitem ist die Kirche auf dem Hügel zu erblicken, sie dominiert die Landschaft. Sie wurde auf der Tepanapa-Pyramide errichtet, einem Heiligtum, das gemäß dem rituellen Kalender der Azteken alle zweiundfünfzig Jahre zerstört und neu überbaut wurde. Ich folge den Archäologen durch das Hügelfundament, der Gang führt mich Schicht um Schicht hinauf, zuoberst christlich die *ecclesia triumphans.*

Es gab auch Orte, wo die Kirche ihre Triumphe demonstrierte, wo aber die Besiegten nicht verstummten. Das Kirchenschiff, die Apsis, die Kuppel und der Glockenturm, das demonstrierte Macht, sie gehörten den Siegern – die Ornamente den Besiegten. Die indianischen Kunsthandwerker verliehen beim Ausmalen der Kirchen den Heiligen und Putten indianische Gesichtszüge; sie stellten ihre Agaven und Palmen unter einen importierten Engelshimmel. So lockte auch die Ruine Santa Cruz de las Flores, wo mir aztekische Götter in Aussicht gestellt wurden, die auf den Bildern gleichberechtigt neben Heiligen stehen; doch keine Auskunft half, den Ort zu finden.

Da arbeitete ich schon längst an einer Weltkarte, auf der ich Orte eintrug, an denen auf irgendeine Weise und aus irgendwelchem Grund sich Kulturen trafen.

Sei es, dass ich mir in meinen Alpen den Pass merkte, der einst einem keltischen Gott geweiht war, bis er von den Eroberern römisch umgedeutet wurde, worauf dann der römische Regionalgott dem christlichen Bernhard Platz machte, dessen Hospiz für Bernhardinerhunde berühmt wurde.

Oder sei es eine Kirche in Wrocław, im einstigen Breslau, die sich drei Heilige verschiedener Nationalitäten teilen, im Zeichen der Versöhnung nach all den Kriegen. Wenzel aus der Tschechei, Gertrud aus Thüringen und Stanislaus aus Polen, der böhmische Landespatron, die Mystikerin und der Bischof aus Krakau, der während der Messe ermordet wurde; seine zerstückelte Leiche wurde auf freiem Feld verstreut.

Um zu erleben, wie sich das Zusammentreffen als ein Miteinander oder gar als Vereinigung ausnimmt, dafür hätte ich nicht den Kontinent wechseln müssen, mein Heimatkontinent bot dafür eigene Anschauung. Dick hatte ich Grenzen angestrichen, wo beide Seiten eine Verbindung eingingen, ein Hüben wie Drüben.

Sizilien. An der Straße von Messina weist ein Tagelöhner aufs Gegenufer: »Drüben ist Europa.« Als ich mich wundere, präzisiert er: »Drüben ist Italien.«

Meine Überraschung galt auch noch anderem: im Süden Europas Oströmischem zu begegnen. Byzantinischen Figuren, die in der Fläche verharren und nicht in den Raum hinaustreten. Eine nichtindividuelle Strenge der Gesichter, die sich wiederholt in den Falten der Gewänder. In Monreale der Dom – »in hellem Licht erglänzend, von Edelsteinen funkelnd, ein Blütenschmuck von Malereien«, wie einst ein anderer schwärmte. Ein goldener Hintergrund für Himmel wie Erde, nicht gemalt, sondern aus Mosaiksteinchen zusammengesetzt. Diese Steine ergaben an Wänden und Bogen nicht nur Bilder von der Schöpfung bis zur Passion; sie redeten auch. Als ich sah, wie Adam den Tieren Namen gab, vernahm ich deutlich, wie er die einzelnen benannte. Zudem hätte ich gerne gewusst, was Johannes der Täufer und der persische Dichter Omar Khayȳam besprachen, die sich weit oben an der Decke umarmten.

Aus einem viersprachigen Land kommend, notierte ich mir unbekannte Kombinationen: islamisch-arabisch ebenso wie lateinisch-germanisch oder östlich-byzantinisch. Es fiel mir fürs Erste allerdings nicht ein, beim Anblick mehrfacher Kuppeln an maurische Baukunst zu denken oder wegen Orangen, Feigen und Datteln an Arabien.

Wie anders in Spanien. Nur schon die Kathedrale in Córdoba, die sich noch immer Mezquita nennt und die einst, wenn auch nur für kurze Zeit, Muslimen wie Christen diente. Durch einen elfschiffigen Säulenwald gestreift, bei der Gebetsnische vor den Marmorintarsien verharrt und Richtung Mekka geschaut.

Beeindruckt von dem, was die *mudejáres* schufen, die Muslime, die nach der Vertreibung der Araber »bleiben durften«, auch »die Geduldeten« geheißen. Sie bearbeiteten nach der Niederlage weiter das Land, das sie bewässert hatten. Einmal mehr haben Besiegte Siegern zu Monumenten verholfen, als Bauarbeiter und Kunsthandwerker das architektonische Gesicht des Landes verändert: Wo man Spitzbögen kannte, haben sie Hufeisenbogen gebaut, und statt einer Kassettendecke habe ich in ein Stalaktitengewölbe geblickt.

Mauresk benommen, den Blick voll Ranken und Blätter, sinnierend, ob die Inschriften Poetisches oder Religiöses verhießen. So stand ich viel später vor chinesischen und koreanischen Schriftzeichen, die in den Straßen neben Ampeln, Neonröhren und Lampions aufleuchteten. Ihr Geheimnis ergründend, erfuhr ich: Sie empfahlen Coca-Cola und mahnten »Stop«.

Spanisch-arabischen Reminiszenzen bin ich auf einem andern Kontinent erneut begegnet, im Pazifik, in den Philippinen. Da bin ich dem Erdbebenbarock nachgefahren, Kirchen, die wie Festungen gebaut wurden. Ich habe Heilige getroffen, *santos,* die das philippinische Nationalhemd trugen. Und natürlich die Kathedrale in Manila aufgesucht. Vor dem Portal grimmige Löwen. Nach der Vollendung des Baus platzierten hier chinesische Gastarbeiter die Monstertiere, damit sie als Wächterfiguren das christliche Gotteshaus vor bösen Geistern schützen – was, wenn Religionen vermehrt darauf bedacht wären, einander beim Schutz vor bösen Geistern zu helfen?

In den Philippinen habe ich auch einem Volksfest beigewohnt, das an die *reconquista* erinnerte, an die Vertreibung der Muslime aus Spanien. *Moros y cristianos,* ein historisches Spektakel in den katholischen Philippinen. Was hier im Kostüm auftrat, besaß Aktualität; zur selben Zeit berichteten die Medien von blutigen Auseinandersetzungen zwischen muslimischen Rebellen und der Armee, auf einer Insel, die seit Jahrhunderten nur in den Küstenregionen christianisiert ist.

Christen und Mauren traf ich auch auf dem Teller: *cristianos* als weißen Reis und die *moros* als schwarze Bohnen. Nach Hause mitgenommen aber habe ich eine Speisekarte aus dem Chinesenviertel: *cena,* das Abendessen als Erinnerung an die spanische Kolonialzeit, *lunch* aus dem amerikanischen Protektorat, *adobo,* das Nationalgericht, und natürlich das Süß-Saure oder die Haifischflossensuppe vom chinesischen Koch.

Wie oft sollte ich im Nachhinein erfahren, wonach ich schon längst Ausschau hielt.

Ich ließ mir erklären, wie der Ägypter Horus römisch nationalisiert zu Apoll wurde, wie der Gott mit dem Falkengesicht ein Anführer der Musen werden konnte. Ich begleitete einen Freund auf einer Reise durch Ägypten: immer der Nase Kleopatras nach, wie er vorschlug. Bis zur Insel Philae in Oberägypten, wo ein römischer Tempel wegen des Staudamms von Assuan zweitausend Jahre nach seiner Einweihung von einer Insel auf eine andere versetzt wurde, Stein für Stein. Isis geweiht, der Göttin der Liebe, die auf den römischen Foren, nachdem sie lange verboten war, einen festen Platz eroberte. Mit ihrer Darstellung als Göttin mit Säugling, so legte mein Freund dar, nahm sie das Bild der Gottesmutter mit dem Jesuskind vorweg. Und er führte auch gleich die hundertbrüstige Diana an, die zusätzlich das Vorbild abgegeben habe für die stillende Madonna, die Maria *lactans.* An solchen Beispielen könne unsere Zeit lernen, vernahm ich, wie man den einen Gott mit einem andern kombiniert: was bleibe uns schon übrig als ein Himmel voller Mischlinge und eine Hölle voll Puristen.

Unter denen, die mit uns für die Rückfahrt aufs Boot warteten, sprach mich ein älterer Mann an, dessen übergroße Sonnenbrille mir aufgefallen war: Er habe mich an meiner Stimme erkannt. Als er redete, wusste auch ich: der Schaffner, der mich einst in einem Zürcher Tram beim Schwarzfahren ertappt hatte und der mit seiner Zange die Zeit geknipst hatte. »Ja«, sagte ich, »ein Buch mehr.« Doch er unterbrach mich: »Nicht ein Buch mehr.« Ich erwiderte: »Richtig, eine Bibliothek mehr.« Er unterbrach mich erneut: »Nein. Ein Gott mehr.« Schon hatte er sich abgewandt; er entfernte sich, gestützt von einer Frau. Steine abklopfend, suchte sein weißer Blindenstock den Weg.

Die Haut weiss, männlich das Geschlecht und wohlgetauft, ein Christ.

»Es war einmal ein Credo, das mit ›*Credo in unum deum*‹ begann, mit dem Glauben an den einen und einzigen Gott. Was aber, wenn ich ein solches Credo nicht mehr spreche? Beginnt dann eine Credo-lose, eine Glauben-lose Zeit? Oder trat an Stelle des einstigen Credos ein anderes? Wenn ja, wie sieht dasjenige aus, an das ich mich halte oder an das ich mich zu halten vorgebe?«

Die Frage stellte ich mir, als ich zum Predigen eingeladen wurde, ein Laie auf einer Kanzel. Nie habe ich von so hoch oben auf Leute hinuntergeschaut:

»Dieses neue Credo basiert nicht auf Offenbartem. Es geht von dem aus, was ich als *conditio humana* erlebe, als unsere menschliche Bedingtheit. Da steht am Beginn meine Irritation, dass wir ungefragt auf die Welt kommen. Ob eine Frau ja sagt zu dem, was in ihr heranwächst, oder ob sie sich dazu gezwungen sieht: Mensch werden ist kein Entscheid. Es ist etwas, das auferlegt wird – von der Zumutung bis zur Chance, ob zu unserem Glück oder Unglück. Sicherlich ist es nicht außergewöhnlich, dass wir bei unserer Geburt begrüßt werden. Doch selbst wenn wir willkommen geheißen werden: Wir kommen ungefragt auf diese Welt. Wir stellen unsere Fragen erst, nachdem wir längst mit dieser

Welt verhaftet sind. Wir haben die Antworten, bevor wir fragen.«

Dass wir auf eine Welt kommen, für die wir nichts können, das hat mich nicht erst mit dieser Predigt beschäftigt:

»Da wird ein Geschlecht mitgegeben. Schon dies kann bedeuten, dass eine Frau Konsequenzen auf sich nehmen muss, die einzig aus ihrer Geschlechtszugehörigkeit resultieren – Benachteiligungen im sozialen Stand, in Ausbildung und Beruf, sonstwo und sonstwie, bis zur Unerwünschtheit. Zu dem, was die Natur uns ebenfalls verschreibt, zählt die Hautfarbe. Ihretwegen wird einer ins Ghetto verwiesen, wird er zum Objekt von Ausbeutung und Diskriminierung, wird er als Rassenangehöriger liquidiert oder gibt er Anlass zur Horror-Terminologie der ›ethnischen Säuberung‹. Darüber hinaus: Wir werden in ein soziales Milieu hineingeboren, für das wir nichts vermögen und wofür wir unter Umständen bitter bezahlen, und nicht nur, wenn wir auf eine Welt der alarmierenden Misere kommen, der Unterernährung und des Hungers, auf eine Welt, in der es kaum oder keine medizinische Betreuung gibt und schwerlich eine schulische Ausbildung. Das soziale Milieu, in das wir hineingeboren werden, ist Ausdruck politisch-wirtschaftlicher Verhältnisse, historisch festgelegt und kulturell geprägt. Unsere Ankunft in dieser Welt erhält eine paradoxe Spannweite: Im gleichen Maße, wie wir Opfer von Bedingtheiten werden, für die wir nichts können, werden wir Profiteure von Bedingungen, zu denen wir nichts beigetragen haben. Es genügt, auf der Seite der Mächtigen und Privilegierten geboren zu sein, um Komplize zu werden.«

Das führte mich zu einem Punkt, der mich auch anderweits beschäftigte: nämlich die Laizierung religiöser, in diesem Fall alt- und neutestamentarischer Vorstellungen.

Das konnte sich als naive Demokratisierung ausnehmen, wenn ich meinte, dass bei jeder Geburt Weihnachten gefeiert werden müsste. Nicht, dass jedes Mal der Erlöser begrüßt werden soll, aber mit jedem und jeder, die auf die Welt kommen, kann die Hoffnung jemanden begrüßen, der die Welt nicht hinnimmt, wie er sie vorfindet.

»Da ließ sich mit der Erbsünde ergiebiger spekulieren. Keine kindliche Unschuld, sondern von der Wiege an Schuldpartizipation. Größer- und Erwachsenwerden als Hineinwachsen in die aufgezwungene Komplizenschaft, und damit in ein Schuldbewusstsein. Schritte in Richtung einer Unschuld, die nicht am Anfang steht, sondern am Ende, die Unschuld wird, indem sie sich der eigenen und kollektiven Schuld bewusst wird. Welches immer auch die Umstände sind für meinen Auftritt als Mensch, mein glaubenloses Credo möchte an eine Welt glauben, in der der Mensch nicht leiden soll für etwas, wofür er nichts vermag – weder für Hautfarbe, Geschlecht noch Neigung. Damit würden auch alle mildernden Umstände wegfallen. Wenn keine mildernden Umstände mehr in Betracht gezogen werden müssen, ergäbe sich die Möglichkeit einer unbedingten und vollen Verantwortung.«

Eine Szene geisterte immer wieder durch spätere Gedankengänge: wie Abraham mit Gott rechtet, ob nicht fünfzig oder vierzig oder zwanzig Gerechte Sodom vor der Zerstörung retten könnten, oder am Ende wenigstens zehn Gerechte. Nach Kriegsende hatte André Gide in einer Rede an die europäische Jugend davon gesprochen, dass er an »die kleine Zahl glaube« *(»je crois au petit nombre«).* Ein Credo, das uns aufbrachte; wir glaubten an die Allgemeinheit, an die Masse. War es nicht auch so, dass ich mich im Kollektiv zukunftsträchtig fühlte, in der Jugend in einer Litaneigeschwängerten Prozession und später in einem Protestmarsch als ein Wir der Transparente. Doch zusehends gewann der Glaube an die kleine Zahl an Terrain, so dass ich mich fragte, ob nicht schon viel damit gewonnen wäre, wenigstens einer der zehn Gerechten zu werden, die eine Stadt vor dem Untergang bewahren.

So spekulierte ein Mann in fortgeschrittenem Alter. In einem Alter, als er Alltagsschwierigkeiten hatte, die ihn an die Kindheit erinnerten. Die Mühe, Schnürsenkel zu binden oder für Knöpfe die entsprechenden Knopflöcher zu finden. Die Finger waren nicht mehr griffig, aber immer noch gefühlsfähig, wenn auch die Knöchel unreparierbar abgenutzt.

Nie hätte ich gedacht, dass ich von einer Kanzel aus zu Menschen sprechen würde. Gar von der Kanzel einer Kirche aus, der ich als Katholik einst mit Abneigung begegnet war, im Großmünster, der Reformationskirche, einem Wahrzeichen des Zürcher Protestantismus.

Da predigte ein Mann, der als Junge davon geträumt hatte, Missionar zu werden. Dafür hatte er sich China ausgesucht. Nicht nur Missionar wollte er werden, sondern auch Märtyrer; so wäre ihm ein Seitenaltar sicher gewesen. Bis er belehrt wurde: Ein solcher Wunsch ist Hochmut, für die Märtyrerkrone muss man ausersehen sein. Damit war er auch das Problem los, welche Hinrichtungsart ihm gemäß, um nicht zu sagen willkommen gewesen wäre. Wenn er an die Darstellung von Märtyrertoden dachte, an Fässer mit siedendem Öl, an von Pfeilen durchbohrte Körper oder Leiber auf einem glühenden Rost, hätte er die modernere Form des Erschießens vorgezogen. Das eher jedenfalls, als was er auf einem chinesischen Bildchen gesehen hatte: einer, bis zum Kopf im Sand eingegraben, und einer, der ihm bei der Siegesernte den Kopf mit einer Sense abschlägt.

Der Gymnasiast fühlte sich nach wie vor missionarisch berufen. An seinem Gymnasium gab es einen protestantischen, jedoch keinen katholischen Religionsunterricht. Als Katholik besuchte er die protestantische Unterweisung freiwillig, während die protestantischen Mitschüler sich drückten und murrten. Er meldete sich bei jeder Gelegenheit zu Wort. Der Pastor war ein schmächtiges Männchen, das mit ausgestrecktem Zeigefinger redete und vorher jeweils einen Blick nach oben warf. Manchmal brachte er seinen Dackel mit, mit dem er zärtlich umging; er hatte seine Liebe an der Leine.

Ich hatte nichts Geringeres vor, als den Pastor von seiner Irrlehre abzubringen. Oft wünschte ich mir später, noch einmal so unverfroren zu sein.

Ich weiß nicht, wann es mit dem Credo meiner Kindheit und Jugend zu Ende war. Jedenfalls ist kein Ereignis auszumachen, kein Stichtag. Gott und ich hatten uns auseinandergelebt, und dies zunehmend in dem Maße, in dem ich seine Schöpfung, die Welt, kennenlernte.

Es gab Momente der Erinnerung an eine gottergebene Jugend, nicht als nostalgische Rückbesinnung oder gar als Bedauern, sondern als Wiedererkennen und Wiederbegrüßen. Wenn ich erlebte, wer alles Gott verteidigte, fasste ich zuweilen Mitleid mit ihm; ich hätte ihm oft anspruchsvollere

Verteidiger gegönnt. Auch Gott kann sich seine Gläubigen nicht aussuchen.

Doch da war die Wiederbegegnung mit Heiligen, die anderswo Götter waren, zu denen sonstwo gebetet wurde oder die im Museum untergekommen waren, mit einer Katalog- und Versicherungsnummer.

Nur dass jetzt der Mann, der für die Fischer zuständig ist, nicht wie der Apostel Petrus einen Schlüsselbund in den Händen hält, sondern einen Karpfen. Oder ein Winkelmaß, da er zudem mit der Erfindung der Schrift und der Musik beschäftigt ist. Oder dass es gar eine Frau ist, die volle Netze garantiert und Fischer und Matrosen aus der Seenot rettet, so wie sie einst auf Wolken ihrem Vater und ihren Brüdern zu Hilfe eilte, als diese einem Taifun ausgeliefert waren.

Da erinnert mich der Chinese, der für Scharlach und Pocken zuständig ist, an den heiligen Rochus, der seinen Rock hochzieht, um die Pestwunde zu zeigen, und der den himmlischen Kollegen die Schelle vorführt, mit der er die Gesunden vor seinem Kommen warnt. Die beiden überlegen, ob sie nicht den heiligen Serum fürs *consortium* beiziehen sollen, der einen Ampullengürtel um die Lende trägt und in der Hand eine himmlische Spritze mit einer zur Erde gerichteten Nadel.

Ja, ich habe mir im Lauf der Jahre mit solchen Szenen ein Panoptikum zusammengestellt; ich würde es im Pantheon in Rom unterbringen. Dort haben usurpatorische Papstgräber nichts zu suchen. In dem Rundbau sollten, dem Namen entsprechend, Allerwelts- und Allerlei-Götter und -Göttinnen Zuflucht finden. Auch unbekannte wie der dicke Gott des Lachens, der auf einem Wagen einfährt, den Kinder ziehen. Hier fänden auch Verstümmelte und Verbrannte ihren Platz, Verhöhnte und Verfluchte. Der mit einem Ochsenkopf oder der mit der Pferdeschnauze. Der, der zwei Gesichter hat, um gleichzeitig in die Vergangenheit und in die Zukunft zu sehen, und der, der über vier Gesichter verfügt, um sich in alle Richtungen gegen Dämonen abzusichern.

Natürlich auch die, die ich mir ausdenke. Nicht nur der Gott des Computers: ein Kabel als Büßergürtel und ein Kabel als Lasso, mit dem er weit entfernte Wörter einfängt, mit der *Ora-pro-nobis*-Taste »Verbinde mich, verbinde mich«. Oder die selige Porno, die statt Brustwarzen zwei Bildschirme hat. Einen Gott des Weines kennt man. Doch für das, was nach dem Rausch folgt, gibt es keinen Heiligen. Es findet sich in der Hagiographie kein Sankt Cafard, der im Wappen einen Kater führt, und keine Nothelfer, weder Bruder Brummschädel noch Schwester Bauchgrimm – oder ist es vielleicht doch besser, sich an den heiligen Aspirin zu wenden?

Wo immer ich von meinem Panoptikum erzählte, meldete sich stets irgendjemand zu Wort, alle schienen im Geheimen auf einen Gott zu hoffen. Und wenn's nur ein Schutzpatron war wie der heilige Stau, dem man nachsagt, dass er Rot in Grün umwandelt, ganze Herbstwälder weit. Was habe ich nicht an Ehepaaren erlebt, die vor dem Gang zum Anwalt gerne eine Gottheit für Scheidungen angerufen hätten, für die mir unpassenderweise ein siamesisches Paar einfiel, deren Herzen zusammengewachsen sind, umkränzt von Anwälten und ihrem chirurgischen Paragraphenbesteck.

Abgesehen von denen, die über Heilige spotteten, da sie einen Psychiater aufsuchten und für die Anrufung nicht niederknieten, sondern sich auf einer Couch ausstreckten, um rückwärts schauende Propheten ihrer Erfahrungen zu werden.

Natürlich war ich verwundert, als ein Freund, mit dem ich ein Open-Air-Konzert besuchte, sich erkundigte, ob ich ein Feuerzeug eingesteckt hätte – ich rauchte damals schon lange nicht mehr –, nicht für Zigaretten, sondern um die brennenden Feuerzeuge über unsere Köpfe hinwegzuschwenken. Ich machte mit, im Rhythmus der Frohbotschaft, die uns von der Bühne her aus Lautsprecherboxen erreichte – o Rock, o Pop, o Rap. Für die musikalische Offenbarung deckten wir uns mit *fuel* ein. Unter einem Gerüst von Scheinwerfern, neben einem Turm mit dem Pult, das Licht und Ton mischte, ein Sänger, der aus dem Urnebel von verdunstendem Trockeneis emporstieg.

Ich dachte an Ostern. Da hatte ich als Altardiener einst am frühen Morgen nach Karfreitag geholfen, das Osterfeuer draußen vor dem Portal herzurichten. An ihm zündeten wir die Kerzen an, die wir in eine dunkle Kirche trugen, wo das Ewige Licht gelöscht war und Knarren die Schellen ersetzten.

Und viel später dann, als älterer Mann, griechische Ostern. Ich hielt meine Kerze dem Nachbarn hin, der sie anzündete, und reichte das Feuer weiter an die Bäuerin neben mir. Ein Ungläubiger unter Gläubigen, der aber hoffte, dass es nicht nur hell werde, sondern auch luzid.

Als Student hatte ich bei einem Kerzenfabrikanten gejobbt.

Er trug dazu bei, dass auf dem Markt genügend Kerzen da waren für den Adventskranz oder den achtarmigen Leuchter. Ich half Kerzen verpacken, die am Grab des Propheten angezündet oder bei Lichtprozessionen an Buddhas Geburtstag mitgeführt wurden. Ich machte die Anfänge mit, als sich der Fabrikant auf Duftkerzen spezialisierte und auf Designerkerzen. Er erlebte einen kurzen Boom zu der Zeit, als die Protestierenden bei politischen Demonstrationen Kerzen mittrugen, und verdiente nicht schlecht mit den Kerzen, die auf Straßen und Plätzen angezündet wurden, an denen jemand umgebracht worden oder wo ein Unfallopfer gestorben war.

In Erinnerung an meinen Studentenjob hatte ich einmal mit meinen Nichten Kerzen gezogen: den Docht ins geschmolzene Wachs getaucht, hochgehalten, erkalten lassen und wieder eingetaucht. Kerzen, die auf eine Geburtstagstorte kamen und die an Stelle der vergangenen Jahre mit einer einzigen Puste totgeblasen werden sollten.

Ich habe die Gewohnheit beibehalten. Wenn ich irgendwo unterwegs bin und eine Kirche aufsuche, zünde ich Kerzen an – für die zu Hause, für meinen Freund, für mich, für sonst wen. Nicht, dass ich an Wunderhilfe glaube. Ich tu es wohl dem einstigen Jungen in meinem verkrochenen Innern zu Gefallen, damit er, den ich um seine fromme Zukunft brachte, sich nicht verlassen vorkommt.

Selbst der Kalender behielt religiöse Erinnerungen, nicht nur wegen der Festtage. Der Monat Mai war der Monat der Jungfrau Maria und ihrer Andachten gewesen. Doch an Stelle des Wonnemonats und seiner Himmelskönigin war Juno getreten. Jedenfalls in der lusitanischen Welt. Im Juni feiern in Portugal gleich drei populäre Heilige ihre Gedenktage: Antonius, Petrus und Johannes. Ein Monat der Prozessionen, der geschmückten Boote, der Blasmusik und der Volkstänze, des Weins und des Branntweins. Aber nicht nur. Es war auch der Monat, in dem ich mit anderen Raketen in den Himmel schoss, um die Heiligen aufzurütteln: Das Land brauchte Regen. Und dies nicht bloß im ariden Nordosten Brasiliens, wo die Kuhhirten bereits das Vieh wegen der Dürre mit Kakteen fütterten und von wo Ungezählte mit Bündeln in den Händen und auf dem Rücken aus dem Elend des Hinterlands in die Misere der Großstadt-Slums flüchteten. Auch im thailändischen Nordosten, nicht minder arid, die Beschwörung mit Raketen, der Sprache, die Himmlische verstehen: Regen, das ist Reis, mit Reis bleibt der Teller nicht leer, dank des Regens füllen sich Tümpel, Teich und Stausee, wo Wasser ist, schwimmt der Fisch, der in der Pfanne brutzelt.

Es hatte sich aber etwas in mein Bewusstsein eingenistet, das ich nie mehr loswurde. Bei der Glaubensunterweisung hatte uns ein Kapuziner gewarnt: Wenn wir onanieren oder am Freitag Fleisch essen, kommen wir in die Hölle. Dort gibt es Teufelsspezialisten, die den Sündern die Nägel ausreißen. Wann immer ich später von Folter vernahm, drückte ich die Fingerkuppen gegen die Handinnenfläche, als könnte ich damit mich und andere vor dem Nägelausreißen schützen.

Es war derselbe Kapuziner, der mich belehrte: Hör zu und frag nicht. Ich wusste aus meiner Cowboy-Lektüre, dass die Amerikaner die Ureinwohner vertrieben und umgebracht hatten, bevor sie in den Besitz von Gottes eigenem

Land kamen. Mussten die Isrealiten auch Indianer vertreiben, als sie in das verheißene Land einzogen? In welches Land führte Gott die Verjagten?

Es blieben Fragen: »Müsste man sich nicht wundern über einen Gott, der den Menschen dem Leiden aussetzt, um sich hinterher als Erlöser zu bestätigen? Gibt es auch für die Religion Initiationsriten, Schmerzprüfungen zu bestehen. Ist erst der ein Mensch, der schmerzresistent ist, ist er erst dadurch ein volles Glied der Gesellschaft – ob das für diese Gesellschaft spricht? Was, wenn der Mensch nicht darauf geprüft würde, wie viel Leiden er erträgt, sondern darauf, wie viel Glück ihm zuzumuten ist?

Aber es war längst nicht mehr mein persönliches Credo, das mich beschäftigte, sondern, was überhaupt als Credo möglich ist. Im Ohr nicht der Schlachtruf des Dschingis Khan, »Mein Gott ist besser als dein Gott«, sondern: »Erzähl mir von deinem Gott, dann erzähl ich dir von meinem.«

Doch die Frage war nicht, welcher Gott ist besser, sondern welcher hat Waffen, die wirkungsvoller sind, welcher hat Gewehre und nicht nur Blasrohre und Pfeile. Gab es nicht auch einen Gott, der einen Himmel beherrscht, um Atombomben abzuwerfen?

Die andern Credos – ich kam auf den Gedanken: Jedem sein Gott und für alle die Vielgötterei – das Ende der monotheistischen Diktaturen.

Habe ich nicht in muslimischen Städten Moscheen aufgesucht, mich vor eine Säule hingekauert, einem Schüler zugeschaut, wie der auf das Blatt vor sich Zeichen malte und zwischendurch mit der Stirn zu Boden ging, Ich habe mich in der Schattenkühle dem hingegeben, was ich mag: einem gegenstandslosen Meditieren. Ich hatte vor dem Betreten der Moschee mit den Schuhen die Zeit abgegeben.

Ich lernte das Kamel auf überraschende Art schätzen; von den hundert Namen Allahs sind die neunundneunzig »schönen« bekannt, den hundertsten aber kennt nur das Kamel; es trägt diesen Namen auf allen Karawanen durch die Wüsten. Bei den Menschen allerdings mag ich die Wiederkäuer nicht, und nicht nur, weil sie von Zeit zu Zeit spucken.

Wie aufmerksam habe ich einem jüdischen Schulkameraden gelauscht: Als Jüngster der Familie durfte er am Pessach-Abend den Vater bitten: »Erzähl, wie es war.« Hatten tatsächlich in Ägypten Engel nachts Haustüren mit Blut bespravt? Gerne hätte ich von Benjamins Matze ein Stück abgebrochen, einmal ungesäuertes Fladenbrot gekostet, in Erinnerung daran, dass die Juden beim Auszug aus dem ägyptischen Frondienst keine Zeit mehr hatten, den Teig vor dem Backen zu säuern. Wir hatten uns nach dem Turnen beim Duschen verglichen. Ich erklärte, ich sei beschnitten worden wegen einer Verengung; er lachte: Das würden auch Juden sagen, die nicht zu ihrer Beschneidung stehen. Er überraschte uns immer wieder mit seinen Einfällen, nicht nur, dass er den Stolpertanz vorführte: wie einer, der stolpert, nicht torkelt oder gar hinfällt, sondern aus dem Stolpern einen Tanzschritt erfindet. Nie konnte ich Ebenbürtiges zu dem bieten, was er erzählte. Von ihm hingegen vernahm ich: Da gab es einen Jungen, die Nazis hatten seinen Vater zu Tode geprügelt und die Mutter verschleppt, ihn selbst schlugen sie zusammen, die Rippen gebrochen, ein Fuß verstaucht, Blut im Mund, die Lippen geplatzt und die Augen geschwollen; als ihn Verwandte auffanden, wie er sich am Boden wand, fragten sie, »Tut's weh?«, da meinte er: »Nur, wenn ich lach.«

Das blieb mir. Oft habe ich erst gemerkt, wie weh es getan, wenn ich lachte, als habe das Lachen dem Schmerz einen Witz erzählt.

Und andererseits: Ich habe einen Jungen gekannt, der lachte offenherzig wie niemand. Wie man einen Mund küsst, wusste ich, aber ich wusste nie, wie küsst man ein Lachen.

Mein erstes Unterwegssein in einem friedhoflosen Dorf, als mich mein Wahltöchterchen an die Hand nahm für eine Bestattung. Unter einem verhängten Himmel die Leiche bereits auf einem Steintisch verbrannt. Zum Singsang der Mönche und der Trauergemeinde wusch die Totenbetreuerin die Knochen mit Kokoswasser, für Buddhisten das reinste Wasser, wie ich erfuhr; sie sammelte die Knochen in einem Blechbehälter. Später schaute ich zu, wie die Alte die Blechschachtel, die man als Urne verstehen konnte, an einem Wegrand vergrub und sie mit Steinen gegen scharrendes Getier schützte. Die Hinterbliebenen begleiteten mit singenden Gebeten den Toten ein Stück weit, dann respektierten sie seinen Weggang und überließen ihn dem, was als Zukunft für seine Wiederkehr auf ihn zukam.

Was, wenn kein Credo beanspruchen kann, als einziges die Wahrheit zu besitzen, wenn es keine alleinseligmachenden Kirchen gibt, keine auserwählten Völker mehr und wenn nicht zwischen Gläubigen und Ungläubigen unterschieden wird, sondern höchstens zwischen Gläubigen und Andersgläubigen.

Musste ich da nicht gleich präzisieren? Nein, ich meine

nicht einen Liberalismus, der großzügig gelten lässt, der jene Toleranz pflegt, die dem andern auf die Schultern klopft: Ich habe nichts dagegen, dass es dich gibt, ich setze mich dafür ein, dass du sagen darfst, was du sagen möchtest.

Nein, ich meine eine andere Grundhaltung. Sind wir als Person nicht defizitär, als Individuum nur eine Möglichkeit des Menschseins lebend? Ich habe mich für das Schreiben entschieden, für das informierende und das erfindende.

Was ist nicht alles in mir ansprechbar und ungenutzt. Auch diejenigen, auf deren Einfälle und Episoden ich selbst nie gekommen wäre, und all die, vor denen ich erschrecke, weil ihre Übeltaten in meinem Innern ein applaudierendes Echo finden. Es sind die andern, die Möglichkeiten von mir leben, indem sie ihre eigenen leben, und wie schön, wenn ich von jemandem hören könnte, ich hätte für ihn eine seiner Möglichkeiten gelebt.

Ist nicht jedes Land im gleichen Sinn bloß eine Möglichkeit von Nation? Und die Religion: Ist nicht jedes Credo nur ein Credo neben andern? Wenn es also darum geht, den Menschen in all seinen Möglichkeiten zu kennen, wird der andere nicht jemand, den ich toleriere, sondern jemand, den ich unerlässlich und unverzichtbar im Zeichen eines umfassenden Menschseins brauche: Ich bin erst dank seiner und aller andern ein kompletter Mensch.

Ich hatte mir einmal als Protagonisten einen Immunen ausgedacht, dessen Herz nicht mehr mitmacht. Zum Weiterleben benötigt er ein neues Herz. Ein solch neues Organ ist ein Fremdkörper, den der Körper gemäß einem funktionierenden Immunsystem abstoßen müsste. Nun aber wird dem Körper beigebracht, dass es ohne Transplantation nicht geht und dass er das Verpflanzen dieses Organs im eigenen Interesse akzeptieren muss. Dank eines fremden Herzens ist ein eigenes Leben möglich – hatte das nicht auch damit zu tun, dass ich liebte?

Einmal mehr ein Moment, um über den Moment hinauszuphantasieren. So wie der Mann, der über das Vergängliche nachdachte, als er die Regentropfen zu zählen begann, die vom Dach fielen, hörbare Zeit, die auf dem Boden zerplatzte.

In einem Teehaus auf einem Inselchen in einem Lotusteich. Ich schaue den Goldfischen zu auf ihrer Suche nach Pflanzen und Wirbellosem. Das orange Schuppengold leuchtet auf im zersplitterten Laternenlicht. Zielgerichtet ziehen die Fische ihre Kurven, unvorhersehbar die Wendungen, und sie gleiten aneinander vorbei. Mit Schwanz und Flossen teilen sie das Wasser hinter sich, was sie aufwühlen und was aufspritzt, verläuft sich als Gischt. Danach ein sanfter Teich, als wäre er nie durchschwommen worden. Was, wenn die Zeit Wasser wäre und ich darin ruhelos unterwegs meine Schleifen zöge, keiner Worte bedürftig und spurenlos.

Ich gebe mich den Gedanken hin, zu denen mich der Tee anregt. Ich habe im Jade-Buddha-Tempel die Luohan-Statuen bestaunt. Der erste Aufguss weckt und verführt mich dazu, auf dem Tischchen vor mir ein Theaterchen zu eröffnen, eine Bühne, auf der ich, inspiriert von den Luohan, den buddhistischen Weisen, meine Inkarnationen auftreten lasse, mehr als die zwölf, die ich im Tempel gesehen habe. Bei mir werden alle in einem einzigen Theaterstück untergebracht, da ich meine Inkarnationen nicht per Wiedergeburt lebe, sondern gleichzeitig.

Da begegne ich dem Stummen, der beim übelsten Vorkommnis den Mund nicht aufmacht, und dem Drauflosredner, so dass ich mir die Ohren zuhalte, um nicht hören zu müssen, was ich alles von mir gebe. Da torkelt der Trunkenbold in meine Brust zurück, aus einer Bar kommend, die ich lieber gemieden hätte, und was für ein Hüsteln, als ich den Dahinsiechenden wahrnehme. Der, welcher von der Tigerjagd zurückkommt und statt einer Beute Abenteuer feilbietet. Der Kleinwüchsige, der den Buckel im Innern trägt, und der, der behauptet, er habe das Feuerspucken von einem Drachen gelernt, und der sich deswegen bei der Feuerwehr meldet. Und dann der »Nur-der-nicht«.

Die Brücke, die zum Pavillon führt, verläuft nicht gerade, sondern gewinkelt, so dass die bösen Geister einem nichts anhaben; sie können nur geradeaus gehen, weil ihnen die Knie fehlen. Doch dann kommt ein Amerikaner, Amerikaner haben Knie. Als ich ihn frage, wie es ihm gehe, antwortet er, gut, er sei bei achthundert Zeichen. Er ist Sinologe. Da erkundigt sich der chinesische Kellner nach seiner Frau. Der Texaner schiebt sich den Hut in den Nacken, fächelt sich dann damit Luft zu: Sie stand zu nah am Ufer beim Springflutfestival; sie hätten nicht damit gerechnet, dass tatsächlich eine Springflut kam, sechs Meter hoch. Jenny, sie hat die besten und die schönsten Mondkuchen gebacken; er schwärmt: Mondkuchen knabbern, den Mond betrachten und dies, ohne einen Wunsch zu hegen oder gar zu äußern. »Ja Jenny, und nun stehe ich da, allein, ohne Mondkuchen und ohne *opposite sex.*«

Opposite sex, die Chinesen tuscheln. Der, welcher dem Amerikaner antwortet, macht einen Kotau, die Hände gefaltet. Und weist auf das Yin-Yang an der Wand: *opposite*, er wiederholt das Wort mehrere Male. Die Frau ist nicht Gegensatz, Mann und Frau gehören zusammen, sie bilden eine Einheit wie Himmel und Erde, die Erde ist kein Gegensatz zum Himmel und der Himmel nicht *opposite* zur Erde: »Was für Schatten soll der Schatten werfen ohne die Sonne.«

Mit dem zweiten Aufguss wirbeln Teeblätter auf, und ich sehe zu, wie sie langsam versinken, zum dunklen Bodensatz hin, aus dem das Aroma aufsteigt. Als sei mit den Teeblättern ein alter Plan aufgequollen: nicht über das Entweder-Oder nachzudenken, wie es mir meine westliche Herkunft beibrachte, sondern über ein mögliches Sowohl-als-auch, ein Ende aller Ausschließlichkeiten.

Ich schlürfe mit dem Rauchgeschmack eine Erinnerung ein.

Unter der lastenden Schwüle der Vorregenzeit, vor Augen das irisierende Blau einer Vulkankette. Ein kleiner See, verloren in der Hochebene. An einem Ort, der seine Blütezeit vom siebten bis zum zehnten Jahrhundert gehabt hat. Xochicalco. Ich hatte den Tempel, die Ballspielplätze, die Schwitzbäder hinter mir. Die Neugier galt nur mehr dem Observatorium. Es liegt tief im Berg. Ein Lichtkanal, mit einem engen Aufblick in den Himmel. In dieser Sternwarte trafen sich im neunten Jahrhundert die Astronomen-Astrologen Zentralamerikas, um ihre Kalender aufeinander abzustimmen. Auf einem Relief der Hauptpyramide eine Hand, die nach einem Bündel Tage greift, und eine andere Hand, die an einem Strick ein Paket von Tagen herbeizieht. Ein Maya-Priester inmitten von aztekischen Schlangen, ein steingewordenes Protokoll.

Was, wenn sich die Credos von heute zu einer Tagung träfen, um ihre Kalender aufeinander abzustimmen?

Ich hätte einen Vorschlag, wo das Treffen stattfinden könnte: Fathepur Sikri. Einst Hauptstadt des Großmoguls Akbar, als »perfekte Stadt« konzipiert und gebaut, nach vierzehn Jahren verlassen wegen Wassermangels, als »tote Stadt« geendet. Geblieben auf einer riesigen Sandebene ein religiöser und touristischer Wallfahrtsort von verfallenden und hergerichteten Ruinen: Moscheen und Paläste, Audienzhallen und Gerichtssäle, ein Harem und eine Münzstätte, Archive, Bäder und Mausoleen von Propheten, unter den Privaträumen das Schlafgemach des Großmoguls, das »Haus der Träume«. Welche Zahlen Historiker auch seinem Hofstaat zugestehen, ob es tatsächlich über hundert Elefanten, dreißigtausend Pferde und Hunderte von Tigern und Leoparden waren oder ein paar hundert Konkubinen – mich interessierten drei Frauen, seine Lieblingsfrauen, eine Muslimin, eine Hindu und eine Christin, die jede ihre Religion bewahren durften. Jeder hat der Großmogul einen Palast gebaut. Er respektierte nicht nur die Verschiedenheit der Religionen, er hielt zur eigenen Distanz, indem er seine Bauten mit Fresken schmückte, Abbildungen von Lebewesen, was der Koran verbot. Ich machte den Hindustil neben maurischer Ornamentik aus, chinesische Motive so gut wie persische.

Ich wüsste, wo die Verhandlungen abgehalten werden könnten: der freie Platz, wo der erfolgreiche und gnadenlose Eroberer einst mit Menschen als Figuren eine Art Schach spielte. Ein idealer Ort, um Gläubige von Spielfeld zu Spielfeld zu verschieben. Hatten wir als Kinder nicht das

Hüpfspiel Himmel und Hölle gekannt? Um in den Himmel zu kommen, nützte es nichts, brav zu sein, die richtige Zahl musste man würfeln.

Ich wüsste auch, wo ich selbst Platz nehmen würde, neben dem Ring in der Mauer, an den einst ein ungezähmter Elefant gekettet war; ihm wurden die zum Tod Verurteilten vorgeworfen; zerstampfte er sie nicht, waren sie unschuldig. Ein Rüsseltier fällte Gottes Urteil.

Von hier aus würde ich den Verhandlungen beiwohnen, den Referaten und Interventionen, dem, was in Kommissionen diskutiert und worüber im Plenum abgestimmt wird. Ich würde dem Inder zuhören, der erzählt, wie sie in seinem Subkontinent einst versuchten, dreißig regionale Kalender auf einen Nenner zu bringen, und wie viele Dorfgötter sich mit Erfolg dagegen wehrten. Dem Disput der Lunaren und Solaren lauschen, wie der Vertreter des Sonnenkalenders sich darüber lustig macht, dass beim Mondkalender mit seinen siderischen Monaten ein Jahr zehn bis zwölf Tage zu kurz ist, und wie die Vertreter des Mondes die Schaltjahre der Solaren verhöhnen. Erfahren, dass man eine Minute nicht in Sekunden einteilt, sondern in sechzig Augenblicke, so dass einer auf der Aschenbahn ein Tausendstel Augenblick rascher läuft als ein anderer – eine Olympiade der Augenblicke.

Am Rand der Tagung der Aufmarsch westlicher Gespenster; sie protestieren dagegen, dass der Tag wie bei den Juden schon am Vorabend beginnen soll (»da war Abend, da war Morgen«): Wenn keine Mitternacht mehr zur Geisterstunde schlägt, wann sollen die Geister geistern? Und unter denen, die aus der Ferne lauernd zuschauen, ein Krokodil; es öffnet bedächtig die Augen beim Singspiel: Buddha lädt die Tiere ein, um sie in seiner Lehre zu unterweisen, wozu aber nur zwölf kommen. Der Erleuchtete belohnt sie, indem er jedem einen Monatsnamen zuweist. Wundersam der Chor, in dem sich der Affe, das Schwein und die Ratte hervortun, bis das Krokodil mit seinem Song dazwischengähnt: »Ich geb für dreißig Tage nicht meinen Reißzahn hin.« Gemeint hat das Schuppentier allerdings etwas anderes: Warum sollte es bei einem asketischen Wanderprediger in die Lehre gehen, der Vegetarier ist.

Dispute bis in den Abend und in die Nacht hinein. Über allen Worten ein Mond. Als Kind hatte ich mich gefragt, wo geht der Mann im Mond hin, wenn Leermond herrscht. Erst später habe ich erfahren, dass er bei der Mondgöttin schläft, der er eine Kette aus dreizehn Monatssteinen schenkte. Aber vielleicht ist es dem Mondmann einfach zu viel, was er über seine Bewegungen zu hören bekommt von den Erdbewohnern, die ihn beobachten und berechnen, Grund genug, sich auf seinen Hof zurückzuziehen – die Irdischen ihrem Wortschatz mit ihren Apsidenlinien überlassend.

Hätten wir eine solche Kalenderabsprache, wäre ich nicht nur an einem einzigen Tag auf die Welt gekommen, nicht nur an dem, der sich nach einer Geburt im Stall berechnet, sondern auch an einem Tag, der der Erschaffung des Menschen gedenkt, an einem, der an eine Flucht erinnert oder an eine Erleuchtung – warum nicht auch am Tag irgendeiner Thronbesteigung oder einer Viehzählung. Ich hätte auf den Formularen für den Eintrag meiner Geburtsdaten mehrere Linien benötigt.

An wie vielen Daten auch immer ich geboren worden

wäre, ich wäre in jedem Fall mit der ungefragten Welt zu einer ungefragten Zeit gekommen.

Über diese Zeit werde ich ständig und ausführlich informiert. Schon beim Erwachen vernehme ich, was sich getan hat, und ich erfahre, was für Wetter bevorsteht. Was blättere ich in Zeitungen, Zeitschriften und Magazinen. Ich lasse kaum einen Tag verstreichen, ohne den Fernseher einzuschalten, oft nicht nur eine Station – ich werde informiert, per Text, Ton und Bild.

So ist mir gestern zu Ohren gekommen, welcher Kriegsverbrecher flüchtig ist und wie viele Tote bei einem Selbstmordattentat gezählt wurden, ich habe von einer Schönheitskönigin gehört, die verunglückte, und von einem Brand in einem Reisebus. Ich bin auf dem Laufenden, gegen welchen *big boss* wegen Korruption ermittelt und dass ein Schlachthaus in ein Kulturzentrum umgewandelt wird. Und nicht nur das. Nur schon die Geiselnahme und die Drohung, einen der Gekidnappten zu enthaupten. Von der Formel 1 und den korrupten Wahlen ganz zu schweigen. Und einmal mehr der Tipp, welches Pulver weißer wäscht als weiß.

Heute las ich vom Prozess über die Frage: Ob kopulieren auf einer subventionierten Bühne Kunst ist? Eine Versicherung schrumpft sich gesund, indem sie tausend Leute entlässt. Igel mögen auch Katzenfutter, und Banken suchen Zuflucht beim Staat. Hinter dem Journalistenmord steckt die Mafia, und es werden nicht länger Doppelbetten in Gefängniszellen geduldet. Man trägt wieder überm Knie, und der Benzinpreis steigt.

Und für morgen steht mit Bestimmtheit fest, was bestens bekannt ist. Kaum Schwankungen beim internationalen

Wechselkurs: zwei Whisky für einen Monat Schulbesuch in einem Drittweltland; eine Allwetterjacke kostet so viel, wie nötig wäre, um fünf Kinder zu impfen, damit sie nicht erblinden; noch immer hilft keine Kosmetik gegen die von Unterernährung aufgeschwollenen Bäuche.

Für alle News gewappnet. Sollte der Blutdruck zu hoch sein, hilft Amlodipine-Mepha, das auch nützlich ist bei Sauerstoffmangel im Herzmuskel. Mit dem Alter nahm der morgendliche Medikamentenkonsum zu. Natürlich hat ein Blutverdünner zur Folge, dass bei der geringsten Hautverletzung das Blut nur schwerlich gerinnt. Und ein Betablocker ist auch nicht unbedingt der Potenz dienlich. Aber zum Glück brauche ich mir wegen des Alterszuckers keine Spritzen zu setzen, da tun es noch Filmtabletten.

Wie wohl die Medikamente aussehen gegen die Unbill einer Unzeit?

War meine Zeit eine Unzeit?

War das eine Zeit für einen, der von der Welt erwartete, auf ihr könnten alle sich nach ihren Fähigkeiten und Neigungen entwickeln, nach ihren Möglichkeiten und Erwartungen leben. Wenn ich unterwegs war, ob mit einem Ticket oder mit einem Buch, ging es da nicht stets darum, mich und die andern über das Menschenmögliche zu orientieren.

Was aber, wenn dieses Menschenmögliche hinter Gitter und Stacheldraht gesperrt wird, in Dunkelzellen und Lagern vegetiert, wenn es gejagt und eingefangen wird, gefoltert und umgebracht, oder es einfach verhungert?

War das eine Zeit für einen, der andere braucht, um selbst jemand zu sein?

Wenn Menschenmögliches weltweit vernichtet und verunmöglicht wird – kann dies eine Gesellschaft des Menschenmöglichen sein? Oder sollte die Geschichte des Menschenmöglichen noch gar nicht angebrochen sein? Wenn aber eine solche Geschichte der Menschheit noch nicht begonnen hat, in was für eine Zeit (oder in was für eine Unzeit) wurde ich hineingeboren?

Sollte ich in der Vorgeschichte gelebt haben? In der Prähistorie? Die in Höhlen begann und es zu Wolkenkratzern brachte, von Strichmännchen auf einer Felswand bis zu denen, die heute über Ampeln oder einen Bildschirm laufen. Jahrhunderte, genutzt zur Verbesserung der Methoden, einander umzubringen. Weisheiten auf Tontafeln und Steinen, auf Pergament, Papier und Bildschirm. Eine Prähistorie, die darauf bedacht ist, selbst eine Geschichte zu haben und dafür Städte und Stätten ausgräbt. Mit einer Geographie von Imperien und Ruinenfeldern. Millennien, in denen Tempel und Kirchen gebaut wurden, Synagogen und Moscheen. Eine ergiebige Zeit für Krieger und Mönche, nicht minder für Poeten und Philosophen – nur eben noch nicht eine Geschichte, die global spielt.

Eine Prähistorie, in der eine Menschheit seit Jahrtausenden unterwegs ist. Vor Dürre oder Eiszeit fliehend. Ganze Völker umgesiedelt. Millionen in Notzelten. Eine Geschichte von Verschleppten und Gestrandeten. Auswanderer auf der Suche nach einem gelobten Land. Oder auf Wallfahrten dorthin, wo Lahme gehen lernen und Frauenleiber fruchtbar werden. Eine Menschheit, nach wie vor unterwegs, den Ort zu finden, wo sie sich einrichten könnte, um auf der Welt heimisch zu werden.

Entspricht es einer solchen Vorgeschichte nicht, dass die

Welt darangeht, reinen Tisch zu machen für das, was kommt? Hat es das schon einmal gegeben: Nationen, die sich entschuldigen, dass zu ihrer historischen Größe der Sklavenhandel beitrug. Regierungen, die das Unrecht gutzumachen versuchen, das Ureinwohnern zugefügt wurde – ob Eskimos, Indios oder Aborigines. Bischöfe, die um Vergebung dafür bitten, dass die Kirche angesichts des Holocausts geschwiegen hat. Kein leichtes Unterfangen. Ich erlebte mit, wie schwer mein Land sich damit tat, Leute zu rehabilitieren, die verurteilt worden waren, weil sie sich nicht an den Buchstaben des Gesetzes hielten, als sie während des Zweiten Weltkriegs Verfolgte vor dem sicheren Tod retteten. Und was erst mit der Revision von Hexenprozessen, der Seligsprechung einstiger Ketzer.

Und was mit all dem, was noch aufgearbeitet werden müsste... Was für ein Traum von Neubeginn und sauberem Anfang.

Beim Nachdenken über solches Bereinigen sehe ich Verstümmelte vor mir. Ob auf dem Marktplatz oder vor den Straßencafés. Einbeinige, auf Krücken gestützt. Beinlose in Rollstühlen vor den Hotels, bei den Postkartenständern und den Wechselstuben. Manche der Verkrüppelten tun sich zu Musikgruppen zusammen und postieren sich an den Torwegen der Tempel. Nicht auf dem *causeway* zu Angkor Wat, dem berühmtesten der Tempel. Man will den Besuchern keine Musikanten zumuten, die vor ihrem Spiel die Prothesen abschnallen und neben sich deponieren. Und schon gar nicht solche, die ihre Arm- und Beinstümpfe entblößen. Im Kriegsmuseum sind die verschiedenen Typen von Personenminen zu sehen, aus Kunststoff und apfelgroß.

Das Opfer soll nicht getötet werden, sondern verstümmelt, kampfuntüchtig gemacht. Und somit der Gesellschaft zur Last fallen. Fotos zeigen die Zerstörungsspezialität der einzelnen Tellerminen. Da sind die, welche beim Explodieren hochspringen und das Gesicht zerfetzen, und andere, so gebaut, dass sie den Unterleib aufreißen. Vor dem Museum Jugendliche. Darunter ein Junge, der für ein Bettelgeld bereit ist, seine Geschichte zu erzählen: Er hat das Bein verloren, als er beim Viehhüten eine Kuh einfing. Und das Mädchen neben ihm trat auf eine Mine beim Wasserholen. Es liebkost die Schrauben am Knie: »Ich habe das Glück zu wachsen, aber die Prothese wächst nicht mit.« Einer der Jugendlichen arbeitet bei einem Säuberungsteam, das minenversiegelte Gebiete entschärft.

Die Vorgeschichte ent-minen.

Ein Aufarbeiten, um mit einem mehr oder weniger guten Gewissen an die Zukunft zu gehen. In der Annahme und Hoffnung, dass eine Zukunft auf uns zukommt. Damit der Vorgeschichte eine Geschichte folgt.

Ich lebte in einer Zeit, der es bewusst wurde, dass wir dafür zu sorgen haben, dass genug Luft zum Atmen da sein wird. Klima nicht als etwas, das gegeben ist, sondern das wir bestimmen. Vom Magenbrüterfrosch erfuhr ich, als er ausstarb, und es hängt offenbar auch von mir ab, ob in Sumatra ein Nashorn an den Flüssen lebt, ein Tier, das ich nur von einem Foto her kenne, den Blauwal hingegen, den hab ich im Fernsehen gesehen. Ich wäre gerne einmal dem Affen begegnet, der einen Kamm und einen Backenbart hat. Sollte ich als Vorgeschichtler Mit-Schöpfer einer Welt sein, die wir schaffen, indem wir sie retten?

Geht diese Prähistorie zu Ende, nachdem die Welt zusammengekommen ist? Entsteht nun zum ersten Mal Weltgeschichte, da nicht mehr irgendwo etwas passiert, ohne dass es anderswo Folgen hat? Jeder Ort ein Überall, da auf einer Kugel jede Stelle ein Zentrum sein kann. Die Spannung von Rand und Zentrum hinfällig. Keine weißen Flecken mehr auf der Landkarte außer dem Niemandsland, das jeder von uns in seiner ungenutzten Hirnsphäre mit sich herumträgt.

Eine Prähistorie, die zu Ende geht – bietet das nicht die Chance, eine Ahnung zu erlangen von dem, was sich als Menschheitsgeschichte abzeichnet?

Wäre das nicht ein Moment, um vor Freude zu hüpfen, um vom Luftsprung in einen Tanz zu verfallen. In Tänze. In alle Tänze, die getanzt wurden und getanzt werden. Da sollten auf alle Fälle die Schwarzafrikaner dabei sein, die bei den Protestmärschen tanzen, und die Indianer mit dem verbotenen Sonnentanz und sicher die mit dem Schlangentanz, der Regen verspricht. Da wirbeln die Derwische mit, bis sie in Trance verfallen, und es drehen sich die Eingeweihten des Candomblé, bis der Gott sie reitet. Vorführen, was getanzt wird, um die Schädlinge von den Feldern zu vertreiben. Bei den Kosaken der Wechselsprung aus der Hocke heraus und daneben die Pirouette auf Spitzenschuhen. Auf jeden Fall die Frau, die vor der Kathedrale tanzt, bevor sie ihr »Jesulein« aufsucht, und der Rabbi, der am »achten Tag« mit den Thorarollen im Arm tanzt. Nicht nur solo, sondern auch im katalanischen Kreis von Hand zu Hand. Warum soll nicht auch der Schuhplattler mittun, der sich auf Schenkel, Knie und Fußsohle klatscht. Jedes Volk böte seine Volkstänze dar: Komm, tanz mit mir – in der Reihe, als Paar, ob auf Brautschau oder auf der Jagd, vielleicht mit Schwert und Feuer, mit Kastagnetten und Fächern. Wie vieles man mit Füßen sagen kann, denen man einmal das Gehen beigebracht hat.

Und ich? Wie tanzen Beine mit, die Jahrzehnte spüren, und Füße, die schlurfen? Ja doch, ich hatte als Gymnasiast Tanzkurse besucht – Gesellschaftstänze im Dreivierteltakt, und im Slow Fox war ich gar nicht schlecht. Aber bei Rock, Pop, Twist hab ich zugeschaut. Und nun? Müsste ich zur Begrüßung der Weltgeschichte nicht wieder einen Kurs besuchen. Ich wüsste, wer als Tanzlehrer in Frage käme: Shiva. Als Jüngling hat er mit seiner Schönheit unzählige Mädchen bezaubert, daher hat er sich im Tanz vervielfacht, um allen Verliebten und Verehrerinnen einen Liebesdienst zu erweisen. Einen solchen Tanz möchte ich tanzen, damit der Weg, den ich einschlage, sich vervielfacht.

So viele jenseitige Ufer ich kennengelernt habe, für die Erdkugel fand ich kein Gegenufer. Auf ihr erwies sich alles Jenseitige als diesseitig. Ob ich das meiner Sihl verständlich machen kann, an deren einem Ufer ich einst ein jenseitiges entdeckte. Ob sie dem beistimmen wird: jede Brücke führt von hier zu hier.

Daran musste ich denken, als mich unerwartete Post erreichte, der ausführliche Prospekt einer Versandfirma von Globen. Leuchtgloben wurden angeboten und solche mit echtem Oberflächenrelief, bruch- und wärmefest, auch internetfähig. Doppelbildgloben: unbeleuchtet topographisch und beleuchtet politisch. Die Erdkugel aufklappbar: großformatig als Bar zu benutzen und kleinformatig als Aschenbecher. Für Kinder aufblasbare Globen, der blaue Planet als Luftballon oder als Bleistiftspitzer. Bis ich zwischen Kleingedrucktem einen handschriftlichen Gruß bemerkte: »Von dem, der die Zeit knipste, um durch die Löcher in die Leere zu schauen, die andere Ewigkeit nennen.«

Für mich jedenfalls gibt es den Himmel nicht mehr, in den einst meine Großmutter in einem Sarg aufgebrochen ist. Dorthin hat sich auch meine kleine Schwester begeben, die starb, bevor sie schulpflichtig war, und von der wir annahmen, dass sie die Sprache der Katzen beherrschte. Meine Mutter zeigte nach oben: Dort warten die beiden, dorthin werden auch wir gehen. Ob dort auch der Vater warten würde, blieb offen; er meinte, er würde lieber statt nach oben tief ins Glas schauen.

Wenn schon, lebten Großmutter, Schwester und Mutter in meinem Kopf oder in meinem Herzen; sie würden mit meinem Tod ein zweites Mal sterben. Man stirbt zwar einsam, aber nicht allein.

Wer und was nicht alles mitstirbt, wenn die tausenddreihundert Gramm Eiweiß meines Gehirns nicht weiter funktionieren, wenn keine Windung mehr genutzt und kein Signal mehr durchgegeben wird, wenn es zwischen Nervenzellen zu keiner Verständigung mehr kommt, wenn die Schaltstellen ausgeschaltet sind und jede Rückkopplung überflüssig.

Ich habe mich manchmal gefragt, wo und bei wem und wann ich schon mitgestorben bin, welche Urnen und Gräber ich teile.

Und doch: Wenn es zutrifft, dass wir unser Fleisch und Blut dem Sternenstaub verdanken, warum nicht als Staub zu den Sternen zurückkehren – was sind für einen Toten schon ein paar Milliarden Jahre.

Mein Himmel beginnt bei einer Grenzhöhe von etwelchen hundert Kilometern, dort, wo die Erdenschwere ihr Gewicht verliert und der Mensch zu schweben anfängt, und wo ein Planet mehr als nur einen Mond hat. Wo sich ein Weltraum auftut, in dem sich auch Fixsterne bewegen. Eine feste Adresse hingegen haben Raumstationen mit Wohnmodulen, Laboren und Luftschleusen, so dass Frachter andocken und Personal ausgetauscht werden kann. Ein Universum mit Sonnensegeln und Radiowellen, die Wolkendecken durchdringen. Raketen, die Planeten umrunden, die neue Magnetfelder entdecken, und andere, die Weltraumschrott transportieren. Sonden, die der Erde Bilder über die Erde funken. Ein All, in dem Sterne explodieren und Galaxien kollidieren. Wo einst Engel ihre Botschaften austrugen, sind Satelliten unterwegs, als Antriebskraft nicht Flügel, sondern Trägerraketen und das Rückstoßprinzip. Ein Himmel auch, der nicht Sintfluten und Feuerregen schickt, sondern diese mit Hilfe eines Frühwarnsystems anzeigt, so rechtzeitig, dass Rettung möglich ist – statt Offenbarung Nachrichten.

Statt des Himmels und seiner Paradiese tut sich mir das Reich der Credo-losen Poesie auf. Hier werden die Credos nicht gepredigt, sondern erzählt; denen, die dennoch predigen, fault der Zeigefinger ab.

Hier stützen noch immer Berge als Säulen das Firmament. Die tausendfachen Sterne sind Augen von Göttern. Hier kann man auf Wolken reiten. Ein Juwelier verkauft an der Milchstraße Perlen, aus echten Tränen gewonnen, aber er bietet auch Kunst- und Zuchttränen feil. Hier ist die Muschel zu sehen, aus der einst die Göttin der Liebe an Land stieg, auch der Schwingbesen, mit dem die Milch im Urmeer aufgewühlt wurde, und die Leier, bei deren Klang die Steine sich von allein zu einer Mauer fügen. Nicht nur Engel dürfen hier auf Jakobs Himmelsleiter hoch- und niedersteigen. In einem Windkanal fliegende Teppiche. Die Zeit geben Uhren an, denen nicht das Rädchen der Unruh zur Präzision verhilft; das Pochen von Herzen bringt die Zeiger in Umlauf. Zudem Sonnenuhren, die keinen Schatten kennen. Das ganze Jahr hindurch blühen Windrosen. Hierher kehren nach ihrer Wanderschaft durch gelehrte Köpfe Mythen zurück, viele abgezehrt und ausgenommen. Die meisten Pferde sind geflügelt, sie grasen an dem Fluss, der als einziger ein drittes Ufer hat. Hier führen die Schaukelpferde Rennen durch, und die Computer-Mäuse kriegen Junge, von denen einige als Schwänzchen einen Cursor haben. Am Baum der Erkenntnis wachsen birnengroße Phantasien.

Es bleibt die ungefragte Welt. Eine andere habe ich nicht. Würde ich sie aufgeben, ich hätte nichts unter meinen Füßen. Ich stünde im Bodenlosen, ich hätte nichts im Herzen und nichts im Kopf – alle sterblichen Momente von Glück und Verzweiflung würden selbst um ihre Vergänglichkeit gebracht.

Also will ich, dass es diese Welt gibt. Nicht zuletzt, weil ich will, dass es die gibt, die ich liebe. Auch wenn mir die Argumente zugunsten dieser Welt schwerfallen. Eines bleibt, sie zu lieben, da ich für die Liebe keiner Begründung bedarf – alle Ungeheuerlichkeiten und jeden Wahnsinn vor Augen, ertragbar dank einer Zuneigung, die unbelehrbar ist.

Es sind die Füße, die den Boden erfinden.

Aus einer ungefragten Welt eine gefragte machen.

In dieser Welt war eine Sihl. An diesem Fluss ein Junge, der bastelte an einem Holzscheit und schickte es auf große Fahrt. Und aus dem Jungen wurde ein Mann, der dem Wasser von heute vom Wasser von gestern erzählt.

Hugo Loetscher im Diogenes Verlag

Abwässer

Ein Gutachten

»Nach einem politischen Umsturz ist der Inspektor der Abwässer aufgefordert worden, einen Bericht über den Zustand der Kanalisation zu verfassen. Denn die Leute, die immer ›so gewaschen tun‹, müßten einmal da hinabschauen können, was alles unter ihren Füßen dahinfließt, das Verborgene und Chaotische unter ihrer sauberen Stadt... Der Inspektor in *Abwässer* hat den ›Abwasserblick‹, der die oberflächlichen Dinge durchschaut. Ein außerordentliches Prosawerk, das ein schwieriges Thema in einer gewagten Metapher meistert –; nicht die Welt als Kloake, aber die Kloake als eine Konstante der Welt.«
Anton Krättli / Kritisches Lexikon zur deutschsprachigen Gegenwartsliteratur

Die Kranzflechterin

Roman

»Jeder soll zu seinem Kranze kommen«, pflegte Anna zu sagen; sie flocht Totenkränze.

»Auch hier führt die Wahl des ungewöhnlichen Blickpunktes zu ungewöhnlichen Ansichten aus der Menschenwelt und Farbenspielen des Lebens, die um so mehr faszinieren, als vom Tode her ein leichter Schatten auf sie fällt.« *Nürnberger Zeitung*

Noah

Roman einer Konjunktur

Loetscher erzählt die Geschichte eines Mannes, der die Konjunktur anheizt mit seinem Plan, die Arche zu bauen. Niemand glaubt im Ernst an die kommende

Flut, aber alle machen mit ihr Geschäfte. Aber nicht nur im Geschäftsleben, auch im Kulturbetrieb zeitigt die Konjunktur ihre unerfreulichen Begleiterscheinungen. Noahs Lage verschlimmert sich aus vielen Gründen, so daß einer zuletzt sagen kann: »Jetzt kann ihn nur noch die Sintflut retten.«

Wunderwelt

Eine brasilianische Begegnung

Die Begegnung eines Europäers mit den Mythen von Leben und Tod einer fremden Kultur: eine Hymne, aber noch mehr eine Elegie, geschrieben für ein kleines Mädchen.

»Ich würde *Wunderwelt* gerade auch besonders viele junge Leser wünschen. Nicht nur weil Loetscher die Sprache fand, um die Wirklichkeit bis in Nuancen genau so darzustellen, daß man ganz in sie hineingenommen wird. Sondern auch wegen einer Geisteshaltung, ohne die dieses Buch nicht hätte geschrieben werden können... Statt ›Wunderwelt‹ könnte dieses Buch auch ›Die Fähigkeit zu trauern‹ überschrieben sein.«
Deutsches Allgemeines Sonntagsblatt, Hamburg

Herbst in der Großen Orange

»Hugo Loetscher ist mit *Herbst in der Großen Orange* ein großer Wurf gelungen. Auf 165 Seiten enttarnt Loetscher eine Scheinwelt, reiht ein sprachliches Kabinettstückchen ans andere, ist mal lyrisch, mal satirisch. Immer aber schwingt eine heitere Melancholie mit, angesichts einer Menschheit, die nicht mehr so recht weiß, wo's langgeht.« *Stern, Hamburg*

Der Waschküchenschlüssel

oder Was – wenn Gott Schweizer wäre

»Zum Schluß der Lektüre meint man, den Abend mit einem Freund verbracht zu haben, dem man gern län-

ger zugehört hätte. Wer schreibt uns so trefflich, so distanziert und aus liebevoller Nähe über die Italiener? Die Franzosen? Uns in der Bundesrepublik?«
Titel, München

Der Immune

Roman

»Noch bevor manche jüngeren Autoren und Autorinnen Literatur als Mittel zur Erforschung und Bewältigung des eigenen Lebens entdeckten, setzte Hugo Loetschers *Der Immune* einen Maßstab, vor dem nicht viele bestehen. Ein Muster und deshalb auch heute noch aktuell, weil es hier einer verstand, in der selbstkritischen Beschäftigung mit dem Ich auf geistreiche, witzige, eloquente Art den Blick freizugeben auf die Epoche, in der dieses Ich sich formte und in der es lebt.« *Tages-Anzeiger, Zürich*

Die Papiere des Immunen

Roman

»Der Immune ist ein überaus witziger und intelligenter Herr, ein weitgereister, gebildeter Gesprächspartner, elegant und originell – ein durchaus passabler Gefährte für ein Buch von 500 Seiten. Ein Buch voll von schönen und abstrusen Geschichten, die einen wuchtigen Kosmos bilden.« *Westermann's, München*

Die Fliege und die Suppe

und 33 andere Tiere in 33 anderen Situationen
Fabeln

Einst hatten die Tiere Charakter, dann erging es ihnen wie den Menschen, sie fingen an, sich zu verhalten.

»Ganz ohne missionarisches ›Du sollst‹ macht Loetscher einsichtig, was der Mensch nicht soll, aber tut. Ähnliches habe ich nie gelesen. Literatur pur. Da wird nichts angemerkt, reflektiert, verdeutlicht. Wörter und Sätze als Essenz.« *Die Zeit, Hamburg*

Der predigende Hahn

Das literarisch-moralische Nutztier

»Unter dem Titel *Der predigende Hahn* nimmt Loetscher gleichsam als Arche Noah von ›Aar‹ bis ›Zukunftsgeiß‹ jenes Getier auf, das Dichtern seit alters zu literarischem und moralischem Nutzen diente. Was nebenher beweisen soll, daß kaum einer der großen Autoren ohne Tiere hat auskommen können. Die Ausbeute reicht von Abraham a Sancta Clara bis Emile Zola, vom Gilgamesch-Epos bis zu Walt Disney. Eine schöne und anregende Idee.«
Harald Hartung / Frankfurter Allgemeine Zeitung

Saison

Roman

Er war berühmt, nur wußte dies niemand. Aber er hatte noch ein ganzes Leben vor sich. Philipp, zwischen Schulabschluß und Berufsausbildung stehend, von der Großen Bühne träumend, jobbt einen Sommer lang als Bademeister. Aus einer Zürcher Seebadeanstalt macht er mit unbekümmerter Phantasie ein buntes, spannend-überraschendes Badetheater. Philipps erste Saison wird zudem zur Saison einer zarten Liebe.

»*Saison*, das ist ein melancholisches Buch und zugleich ein moderner Entwicklungsroman mit erstaunlichem Tempo. Blendend formuliert, mehrfach ironisch gebrochen, mit schnellen Schnitten und überraschenden Wendungen.« *Österreichischer Rundfunk, Wien*

Die Augen des Mandarin

Roman

»Kann man mit blauen Augen sehen?« Die Frage eines fiktiven Mandarins stimuliert Past, den Ex-Angestellten einer obskuren Kulturstiftung, zu Erinnerungen aus seinem bewegten Leben, entführt ihn noch einmal in fast alle Erdteile und entlockt ihm pointierte

Geschichten – in einem berauschenden Nebeneinander der Kontinente, Zeiten und Bilder. Bilanz eines intensiven Blicks.

»Hugo Loetscher ist ein großes, ein schönes Werk gelungen. Was an *Die Augen des Mandarin* mehr als alles andere beglückt, ist seine Kühnheit: ohne Scheu handelt es vom Sterben und greift doch mitten ins Leben hinein.« *Roman Bucheli/Neue Zürcher Zeitung*

Vom Erzählen erzählen

Poetikvorlesungen
Mit Einführungen von Wolfgang Frühwald
und Gonçalo Vilas-Boas

»Vom Erzählen erzählen« – diesen Titel gab Hugo Loetscher seinen Münchner Poetikvorlesungen aus dem Jahr 1988. Die erweiterte Neuausgabe dieser Texte wird ergänzt durch »Ein Schriftsteller in und außerhalb der Schweiz«, die Antrittsvorlesung an der CUNY (City University of New York), wo Loetscher 1982 der erste Inhaber des Swiss Chair war. Zudem finden sich in dem Band auch die Poetikvorlesungen, die er im Frühjahr 1999 an der Universität Porto hielt.

Der Buckel

Geschichten

Neunzehn Geschichten von einzigartiger Vielfalt, doch ein Thema zieht sich durch sie wie ein roter Faden: »Der Buckel« steht für den lädierten Menschen, den Ausgestoßenen und Benachteiligten. Geschichten von wunderbarer Präzision und abgründiger Leichtigkeit, die in Pointen von oft aphoristischer Erkenntnisschärfe gipfeln.

Lesen statt klettern

Aufsätze zur literarischen Schweiz

»Das Leiden an der Enge. Der Druck eines Konformismus, der sich als Demokratie ausgibt. Die Anbie-

derung bei Schicksalhaftem. Der Ausbruch aus der Enge. Eine Hypochondrie, die vor Leiden an Problemen die Probleme verpaßt...« Ist dies das einzig mögliche Schweizer Selbstverständnis?
»Nein, Provinz ist nicht eine Gegebenheit, sondern eine Entscheidung« – lautet die provozierende Bilanz dieses Buches.

»Siebzehn passionierte Für- und Widerreden: Porträts, postume Interviews, Montagen aus eigenen Rezensionen und Erinnerungen, am Ende ein fiktiver ›Chat‹ zwischen dem Autor und einigen seiner Zeitgenossen. Bekannte und Vergessene aus fünf Jahrhunderten kommen zu Wort und werden verteidigt im Namen der Literatur.«
Andreas Nentwich / Die Zeit, Hamburg

Es war einmal die Welt
Gedichte

Gedichte, Suchbilder, »in Grammatik gebrachte Gefühle«, melancholisch, verspielt, entrückt und von hellsichtiger Präsenz, lyrische Notate aus »Allerwelt«.

»Wunderbare Gedichte.«
Michael Krüger / Buchreport, Frankfurt am Main

Außerdem erschienen:
In alle Richtungen gehen
Reden und Aufsätze über Hugo Loetscher
Herausgegeben von Jeroen Dewulf
unter Mitarbeit von Rosmarie Zeller

Hugo Loetscher: Weltreisender, Verfasser essayistischer Prosa, Lyriker, Vollblutepiker und Citoyen – hochkarätige Beiträge illustrieren die verschiedenen Facetten von Person und Werk.